TITUS
VERLAG

Das Buch

In einem kleinen Dorf in der Pfalz finden sich zwei junge Menschen, die sich nie gesucht haben. Ronny und Iris erleben ihre erste große Liebe im Zeitgeist der 80er Jahre. Zwischen lieb gewonnener Provinz und der Sehnsucht nach grenzenloser Freiheit erleben die beiden ihre kleinen Wunder und Abenteuer auf dem Weg ins Erwachsenwerden.

30 Jahre später drängen Ronny die Erinnerungen an die Zeit seiner ersten Liebe zurück in das Dorf seiner Kindheit. Als Zeugen der Vergangenheit sind 130 Briefe geblieben, die Ronny vollkommen aus seinem normalen Leben reißen.

Michael Schröder, geboren 1966 in der pfälzischen Kleinstadt Grünstadt, als Kind einer Erzieherin und eines Technikers, verbrachte seine Kindheit in dem kleinen Dorf Hettenleidelheim.

Er ist verheiratet, hat eine kleine Tochter und arbeitet bei Siemens als Trainer im Softwarebereich.

Die Anfänge seiner Schriftstellerei liegen in den 70er Jahren, als er mit erst acht Jahren auf der Schreibmaschine seiner Mutter eine erste Kurzgeschichte verfasste.

Seine Motivation zum Schreiben, ist die Befreiung vom Alltag und sein Wunsch Menschen, Dinge und Situationen festzuhalten, die ihn selbst faszinieren.

Weitere Informationen im Internet unter **www.titus-verlag.de** oder auf der Webseite des Autors **www.dieschroeders.net**

131 Briefe

Ein Roman

von

Michael Schröder

TITUS
VERLAG

Druck und Bindung:
AALEXX Buchproduktion, Großburgwedel

Lektorat und Buchsatz:
Sascha Ehlert

Gestaltung Cover:
Titus Verlag

1. Auflage 2011

Bibliografische Information der Deutschen Bibliothek
Die Deutsche Bibliothek verzeichnet diese Publikation in der Deutschen Nationalbibliografie; detaillierte bibliografische Daten sind im Internet über http://dnb.ddb.de abrufbar.

ISBN 978-3-942277-17-4

An meine erste große Liebe ...

Danke an:

Ute G. - nur sie allein weiß, wofür …

Jessica, meine Frau - weil sie eine wirklich seltsame Zeit ertragen musste, in der ihr Mann besessen in seiner Vergangenheit wühlte.

An die Liebe! - Ohne diese Empfindung wären Menschen wahrhaftig schreckliche Wesen.

Absturz

Ich bin kein großer Mann von Welt.
Bin in meinem Leben mein eigener Held.
Am Himmel der nicht allzu helle Stern,
Nur einer von allen - gar nicht so fern.
Des Besonderen nicht unbedingt wert,
Bin ich es, der Dich hiermit für immer verehrt ...

ES WAR SAMSTAG, der 26. Juni 1982, als ich sie zum ersten Mal traf. Ich saß an einem meiner Lieblingsplätze, und sie kam mit dem Fahrrad ihrer Oma die Straße herunter geradelt. Natürlich wusste ich damals noch nichts von Omas Fahrrad. Aber sie so in meiner Erinnerung zu sehen und zu wissen, dass es ein altes, wirklich schäbiges Damenrad war, amüsiert mich noch immer. Es hatte einen Speichenschutz aus kleinen Gummiseilen über dem Hinterrad, war mattschwarz lackiert und besaß einen so gigantischen Gepäckträger, dass auf ihm vermutlich drei bis acht Kinder Platz fanden. Es quietschte bei jeder Bodenwelle auf der alten Betonstraße, die zur Schweinefarm führte. Das lag überwiegend an den drei rostigen Federn unter dem abgeriebenen Sattel. Am Lenker konnte ich schon von Weitem den kleinen, halb verrosteten Korb erkennen. Ich erinnere mich, dass man ihn abnehmen und damit einkaufen gehen konnte. Das Rad besaß nur einen Gang, der immer irgendwie unpassend war. Zu schwer für einen Anstieg, zu leicht für hinunter. Und ich erinnere mich auch sehr genau an diese schreckliche Klingel. Ein schwarzes Ding mit einem stark oxydierten Hebel, der verdammt schwergängig war. Schaffte man es - natürlich nie in einer Notsituation, denn damit zu klingeln bedeutete eine Menge Kraft und Konzentration aufbringen zu müssen, um den Hebel nach hinten zu pressen - schrillte das Klingeln, ich schwöre, dann bis nach Eisenberg.

Später wurde es zu ihrem Zeichen. Sie klingelte, und ich wusste, das konnte nur meine Iris sein.

Heute weiß ich, dass sie von der Schweinefarm kam und bei dem Bauern Fett geholt hatte, mit dem man Leder geschmeidig hielt. Eine Bonbondose für Fruchtdrops hüpfte mit jeder Unebenheit wie ein aufgeregter Frosch in dem Korb hoch und runter, als versuchte sie, aus dem Korb zu springen. Wie fantastisch lebendig solche Bilder in der Erinnerung sein können ...

Auf dem Sattel saß ein Mädchen mit langen, braunen Haaren. Die Sonne stand über ihr, der Schatten huschte mit ihr über die alte Straße.

Der Sommertag war damals sehr warm. Meiner Erinnerung nach muss es kurz vor 16 Uhr gewesen sein, als ich in den Kirschbaum kletterte. Sie kam mit dem Rad den Weg entlang, da war es beinahe 17 Uhr vorbei. Und es war noch fast so warm wie um die Mittagszeit. Es blies ein leichter Wind, der mich mit dem Ast, auf dem ich saß, leicht hin und her wiegte. Die Blätter um mich herum rauschten sanft. Ein herrlicher Ort für einen wunderbaren Tag.

Ich war dort oben, um meine ›Obst-Klau-Saison‹ zu eröffnen. Das tat ich immer Ende Juni - wobei ›immer‹ ein gewaltig übertriebener Begriff ist, davon ausgehend, dass ich 1982 kurz vor meinem 16. Geburtstag stand. Ich klaute jedenfalls Kirschen, die erst seit ein paar Tagen richtig reif waren. Der Baum, über der Ponykoppel am Ende der Gartenstraße, trug die Früchte als Erster. Vor allen anderen, die ich kannte und zu denen ich unverletzt und unbeobachtet gelangen konnte. Das Klettern glich einer eingeübten Choreografie. Vom Koppelgatter aus, mit einem beherzten Sprung erreichte ich den ersten Ast, an dem ich mich einfach hochziehen konnte. Eine Drehung um den dicken Stamm, und der Rest wurde zu einem Spaziergang. Wie leicht das Leben sein konnte, wenn man jung war. Ich mochte den Baum. Immerhin erntete ich schon das vierte Jahr davon. So war meine Lieblingsstelle weit oben auf einem Ast, der bis auf die Straße hinaus ragte. Dort wuchs einer der abstehenden Äste fast gerade gen Himmel. Setzte man sich auf den dickeren Ast, konnte man sich hervorragend anlehnen, hatte die Straße im Blick und die Kirschen in bequemer Reichweite. Eine wundervolle Version eines bescheidenen Schlaraffenlandes.

Natürlich saß ich da nicht nur zum Essen - in Wahrheit frönte ich dort oben meinem Hobby: Ich malte. Von oben, ich glaube, es waren beinahe acht oder neun Meter über der Straße, besaß man einen fantastischen Ausblick auf das kleine Dorf, in dem ich wohnte. Die Kirche, die alle Häuser überragte. Die Felder rechts und links des Betonweges. Und streckte man sich etwas, konnte man sogar gerade noch die Schweinefarm erkennen. Ich war auch wegen der Ponys da. Zu der Zeit fertigte ich für mein Leben gern Bleistiftzeichnungen von Pferdeköpfen an.

Noch heute besitze ich einige Zeichnungen aus dieser Zeit, die ich mir immer wieder und gerne betrachte.

Erst beim zweiten Blick beachtete ich Iris bewusst. Ich unterbrach das Zeichnen und sah zur Straße, auf der sie mit dem Rad fuhr. Der Wind spielte mit ihren Haaren, die im Licht der Sonne hinter ihr glänzten. Ihr Gesicht war gut zu erkennen, auch deshalb, weil sie kein Pony über der Stirn trug. Ich beobachtete sie, ließ sie näher herankommen. Mit der Sicherheit, dass sie mich nicht sehen konnte, sollte sie an mir vorbei und unter mir hindurchfahren. Die Blätter verbargen mich. Mit den braunen Hosen und dem dunklen T-Shirt – ich weiß noch genau, was ich damals trug – war ich recht gut an den Baum angepasst.

Eigentlich wollte ich nur sehen, wer sie war, weil ich sie nicht erkannte.

Iris trug Jeans, darüber eine Bluse oder ein Jäckchen aus dünner Wolle und über dieser noch eine Jeansjacke, die von Weitem verlebt wirkte. Um den Hals trug sie eines dieser

Tücher, die heute wieder modern geworden sind. Ich kann nicht sagen, wie sie heißen, aber Jassir Arafat band sich die Dinger um den Kopf, bis er 2004 starb. Es verwunderte mich, dass sie dieses Tuch trug, denn es waren bestimmt über 25 Grad.

Als sie näher kam, konnte ich erkennen, dass ihr die Jeansjacke zu groß war. Die Ärmel waren umgeschlagen. Und es gab noch etwas, das ich an diesem ersten Anblick nie vergessen werde: Über einer der seitlichen Jackentaschen prangten schätzungsweise tausend bunte, provokative Buttons. ›Arbeiten ist Scheiße!‹, ›Leck mich, Popper‹, ›Lieber Arm dran, als Arm ab‹, ›Ich steh auf Rock‹, ›Deff Leppard‹, die Friedenstaube und ein Button von Greenpeace. Kleine Sticker mit Symbolen, zudem ein Tuch am Arm, wie eine Binde gewickelt. Ich weiß nicht mehr, was noch alles an der Jacke hing. Es waren unheimlich viele Anstecker.

Selbst für die damalige Zeit war ihre ganze Erscheinung schlichtweg ungewöhnlich. Heute frage ich mich oft, was es schließlich war, das mich an sie fesselte, mich dazu brachte, ihr nachzusehen und was mich neugierig gemacht hat. Irgendetwas faszinierte mich. Und heute danke ich Gott, dem Zufall oder wem auch immer dafür, dass es passierte.

Sie war nie auffallend hübsch gewesen, beurteilte man sie nach allgemein anerkannten Schönheitsidealen. Das klingt nach einer so langen Zeit vielleicht hart. Gerade heute, in einer Zeit in der standardisierte Schönheit das stereotype Gebet aus Werbeindustrie und Langeweile ist. Aber damals waren in meiner Vorstellung Frauen erst dann wirklich schön, wenn sie Beine bis zum Hals hatten und Brüste, in denen man sich verstecken konnte. Dazu stand ich auf Puppengesichter. Also, genau diese Frauen, die heute ihren Geschlechtsgenossinnen aus Magazinen heraus erklären, wie dünn man sein soll, wie glatt die Haut sein muss und wie fein das Gesicht strahlen kann. Tatsache ist, das habe ich viele Jahre später erst verstanden, dass diese Frauen nur in Magazinen und der Werbung existieren. Im realen Leben laufen die normalen, makelbehafteten Menschen wie du und ich herum. Das ist eben so!

In meinem Fall bedeutete das übrigens, dass ich auch mit 15 Jahren keinen Waschbrettbauch zeigen konnte und nur mäßig ausgebildete Muskeln vorzuweisen hatte. Ich bändigte meine blonden Haare, die ständig zu lang waren und irgendwie eine halbe Popperfrisur bildeten, entweder mit dem Haarspray meiner Mutter – nicht lachen - oder einem Stirnband à la Ivan Lendl. Mein Gesicht hatte mehr die Züge eines Mädchens. Für den gefährlich, männlich herben Ausdruck fehlten mir die typischen Kanten und Ecken am Kinn. Bartwuchs kannte ich noch nicht und glücklicherweise ließ der auch noch gut fünf Jahre auf sich warten. Ich war nicht groß gewachsen. Ich habe auch heute noch einen recht durchschnittlichen M-Körper. Einen, mit dem man problemlos in jedem Laden von der Stange kaufen kann. Das ist praktisch, aber eben keinesfalls aufregend.

Sie war nicht hässlich. Ich glaube, dafür gibt es, wie für ›hübsch‹, eine unbewusste Art der allgemeinen Definition. Eine Frau mit schiefer Nase, einer zu hohen Stirn, vorstehendem Kinn und großen Glubschaugen wird niemand äußerlich hübsch nennen. Höchstens die Menschen, für die die Schönen unerreichbar scheinen. Genauso, wie man eine anerkannt schöne Frau mit perfekten Maßen, ideal harmonischem Gesicht, schlank, mit den geometrischen Grundvoraussetzungen eben entsprechend nie hässlich nennen wird.

Nach fast 30 Jahren ringe ich um die richtigen Worte, sie zu beschreiben. Um den genauen Eindruck wiederzugeben, den sie bei mir in dieser einen Sekunde unauslöschlich hinterlassen hatte. Alles, was mir einfällt ist, dass sie interessant schön war.

Es ist so, als würde man spontan sagen: »Hey, wer ist denn das?«

Und dann will man sie kennenlernen, weil da etwas ist, das einen berührt, von dem man einfach so weiß, dass man es mögen kann. Weil in uns in solchen Momenten eine unverständliche Chemie jene Mixtur zusammenbraut, die uns blind für Tatsachen werden lässt, die man sonst nie übersehen würde. Taub, für gut gemeinte Ratschläge, die man sonst ohne Zögern annimmt. Eine Mixtur, die uns ohne Zögern über Klippen springen lässt. Es ist und bleibt eine verwirrende Sache, zu beschreiben, wie sich die Liebe auf den ersten Blick anfühlt. Vielleicht ist das gut so - schon alleine aus der Angst heraus, die Medizin könnte mit einer perfekten Beschreibung eine Pille erfinden, die uns diese Augenblicke um ihre Einzigartigkeit berauben.

Viele Eindrücke erreichen mich über die Augen. Auch heute schaue ich Frauen zuerst in die ihren. Erst dann lasse ich meinen männlichen Genen die Genugtuung, den Rest des weiblichen Körpers für die instinktive Partnervorauswahl zu selektieren. Damals konnte ich von ihren Augen nicht viel sehen. Diese Begegnung verlief in vielerlei Beziehung anders.

Ich habe tiefblaue Augen. Vermutlich das Einzige an mir, bei dem ich in all den Jahren die Erfahrung gemacht habe, dass es in der Tat auffallend ist. Magisch blaue Augen, die ich von meinem Vater habe - sein Anteil an mir. Auch das Mädchen unter mir, auf dem Fahrrad, sollte sich in diese Augen verlieben.

Ich hockte in meinem Baum, kaute eine Kirsche und bereitete den Kern zum Ausspucken vor. Mein bester Tagestreffer war ein Stein in dem verwilderten Garten auf der gegenüberliegenden Straßenseite. Auf meinem Schoß lag mein Block. Die Beine übereinandergeschlagen, einen Bleistift in der Hand, saß ich mit dem Rücken an den geraden Ast gelehnt, als sie bremste. Das grässliche Geräusch der Bremse ließ eine Zahnfüllung in meinem Gebiss vibrieren. Sie lehnte das Rad direkt unter mir an den Koppelzaun. Die Ponys setzten sich in Bewegung. Sie trotteten auf sie zu, während sie ihr Rad abschloss, die Dose aus dem Einkaufskorb nahm und zum Gatter ging. Dort kramte sie einen Schlüssel aus ihrer Jackentasche.

Diese Bilder gleiten heute mühelos an meinem inneren Auge vorbei, als könnte ich sie erneut erleben.

Ich beugte mich zur Seite und versuchte zu erkennen, was sie da tat. Der Bleistift, übrigens waren meine Bleistifte immer sehr dünn an beiden Enden zugespitzt, lag in meiner Hand, eine Seite zwischen den Fingern und das andere Ende in der Handinnenfläche. Sie begann mit den Ponys zu sprechen - ich weiß nicht mehr, was sie sagte. Ich wollte unbedingt mehr von dem Mädchen sehen und bog meinen leicht pummligen Körper so, dass ich sie besser erkennen konnte.

Dann passierte es.

Das Erste, was Iris von mir, ihrer späteren ersten, großen Liebe hörte, war ein erstickter Schrei, gefolgt von fünf oder sechs dumpfen »Uffs« und »Urgs«. Ich rutschte seitwärts vom Ast. Schnell versuchte ich, irgendetwas zu greifen, knallte mit dem Rücken auf einen anderen Ast und wurde nach vorne an den dicken Stamm geworfen. An dem erlebte ich einen schmerzhaft, dumpfen Aufprall, federte ab, wie ein bescheuerter Gummiball und schlug wieder tiefer auf einem Ast quer auf. Den rutschte ich ein paar Zentimeter entlang, glitt am Stamm vorbei und fiel, wild nach Halt rudernd, in die Tiefe. Das waren dann glücklicherweise nur zwei Meter. Aber zwei Meter, die schmerzhaft im stinkenden Pferdemist endeten. Das Geräusch meines Aufpralls kann ich noch heute hören.

Ich landete mit dem Gesicht neben und mit dem Bauch auf den Pferdeäpfeln. Ich prellte mir die Schulter und bohrte mir den Bleistift mitten durch die Hand, sodass dieser auf der Oberseite der Handfläche herausstach. Übrigens eine Stelle, an der sich immer noch eine kleine Narbe befindet. Die ersten Sekunden fühlte ich mich wie weggetreten. Der Sturz hatte wohl alle Schubladen in meinem Oberstübchen herausgeschleudert. In der Zeit, in der sich mein Hirn um fachgerechtes Einräumen bemühte, rollte ich mit den Augen, lag da und stöhnte. Ich war noch nie von einem Baum gefallen. Später purzelte ich drei Mal in unterschiedlichster Weise von einem Dach, einmal mit dem Rad mehrere Treppenstufen und in unserem alten Haus kopfüber die Kellertreppe hinunter - aber nie wieder fiel ich von einem Baum.

Ganz langsam drehte ich mich auf den Rücken und sah auf meine Hand und den darin steckenden Bleistift. Ich weiß noch genau, wie ich mich fragte, wie das in Gottes Namen möglich war. Die Antwort bekam ich prompt, zusammen mit den einsetzenden Schmerzen, die wie ein D-Zug ungebremst in meinen Körper rasten. Neben ein paar Schürfwunden und der geprellten Schulter blieb ich sonst unverletzt.

Neben mir landete mein Zeichenblock mit dem begonnen Ponykopf obenauf. Sascha hieß das Tier, wie ich noch erfahren sollte. Hinzu kamen einige Kirschen mit kleinen Zweigen daran. So lag ich dort auf dem Boden, einen Bleistift durch die Hand gebohrt, im Mist der Ponys, stöhnte und wand mich hin und her.

Für diesen ersten Eindruck, den ich bei ihr hinterlassen hatte, gab es nun wirklich keine zweite Chance.

Und was tat sie? Sie lachte.

Iris stand hinter dem geschlossenen Gatter. Die Ponys waren erschrocken einige Schritte weggetrabt. Die Sonne stach mir in die Augen, und ich konnte Iris nicht richtig sehen. Aber ich hörte sie lachen, so ungezwungen und echt, wahrlich amüsiert, keine Sekunde voller Hohn oder Schadenfreude. Vielleicht war es auch das Lachen? Heute glaube ich daran. Ich glaube, dass es eine Mischung aus allem war, was da geschah.

Iris stand plötzlich über mir. Die Sonne direkt hinter ihrem Kopf. Ich sah ihre Augen, ihre haselnussbraunen leuchtenden Augen, die mich anstrahlten. Ohne eine Spur

Mitleid, und doch mit dem Blick eines Menschen, von dem man Hilfe erwarten konnte.

Feine Züge spielten um ihren Mund, die mit ihrem Lachen kleine Fältchen warfen. Ihre Nase war klein und spitz. Die Brauen dünn über die Augen gezogen. Sie war auf dem Weg eine Frau zu werden, stand genau in diesem unbeschreibbaren Umbruch zwischen zwei Lebensbereichen. Noch das süße Mädchen in sich, aber auch schon etwas Erwachsenes, schwer Erkennbares. Diese Eindrücke, und wie ihre Haare in Strähnen neben ihrem Gesicht hingen, ist mir bis heute kristallklar in Erinnerung geblieben. So vieles habe ich wirklich vergessen, diesen Anblick jedoch habe ich fest in mir behalten.

Ich ergriff mit meiner gesunden ihre Hand, die sich mir entgegenstreckte. Sie zog mich hoch und half mir auf die Beine. Erst dann fiel ihr auf, dass mein Bleistift in der anderen Hand steckte. Ihr Lachen erstarb und wich jähem Entsetzen.

Ich habe sie nie gefragt, was sie in diesem Moment dachte. Nie! Ist das nicht seltsam?

Wir speichern alle wichtigen Momente in unserem Leben als Wendepunkte oder Markierungen ab, an die wir uns immer wieder zurückerinnern können. Nicht selten sind es andere Menschen, mit denen wir diese Augenblicke teilen. In keinem dieser Momente habe ich gefragt, was die Menschen davon in Erinnerung behalten haben. Wahrscheinlich, weil ich verhindern wollte, dass sie sich nicht mehr erinnern. Oder weil ich nicht hören wollte, dass es für sie kein besonderer Augenblick war. Nun ja, Zweifel ist leichter zu ertragen als Enttäuschung.

»Mein Gott!«, sagte sie mit dem gleichen Entsetzten in der Stimme, das man an den Tag legt, wenn bei einem Unfall der beste Freund gestorben ist.

»Nein«, keuchte ich. »Der nicht. Nur Ronny«, entgegnete ich mit gequältem Grinsen. »Ich bin Ronny!«

Dann schaute ich auf die Hand, auf meinen Stift, blickte in den Baum und dann zu ihr.

»Ich komme von da oben, ich glaube, ich habe eben eine irre Abkürzung gefunden!«

Iris starrte mich einige Sekunden tatenlos an. Das kann einem sehr lange vorkommen. Doch schließlich ergriff sie meine ›Hand mit Stift‹–Konstruktion und zerrte sie fest zu sich.

»Scheiße, das muss doch höllisch wehtun!«, rief sie.

Ich zuckte mit den Schultern. Es schmerzte noch nicht. Die Schulter pochte, okay, wie Galeerentreiber, die auf Trommeln droschen. Die Schürfwunden brannten, weil sie voller Dreck waren - doch der Stift inmitten meiner Hand tat kaum weh.

Ich wuchs zu einer Zeit auf, da war es beinahe etwas Besonders, unverletzt nach Hause zu kommen. Die Kinder wachsen heute zumeist in einer wohlbehüteten Umgebung auf. Wenn meine kleine Tochter zu mir kommt, mit einem Mikrosplitter im Finger, fahre ich sofort die große Apotheke auf: Jod, Verband, Pflaster oder doch besser gleich den Notarzt! Aber damals …!?

Ich erinnere mich gut an eine Szene mit meiner Oma. Ich hatte mir an der Holzleiter im alten Hof einen Splitter in die Hand getrieben. Das Ding eiterte, und die Wunde glühte gefährlich rot. Also ging ich zu meiner Oma - meinem Teilzeitkindermädchen. Sie nahm den Arm, drehte ihn wenig zärtlich nach außen und riet mir, falls ich da unten, sie tippte mit ihrem dicken Finger ohne Rücksicht auf die geschwollene Stelle, einen roten Strich sehen würde, sollte ich wiederkommen. Dann würde sie den Splitter mit dem Kartoffelmesser rausschneiden. Heute weiß ich, dass sie meinte, ich solle auf die Zeichen einer Blutvergiftung achten. Das Kartoffelmesser, ein dünnes, in vielen Jahren oft geschärftes kurzes Messer mit einem verschlissenen Holzgriff, zwang mich dazu, selbst den Splitter zu entfernen. Und das gelang mir auch. Hat man einmal im Leben mit einer glühenden Stopfnadel, in und unter der Haut nach Holz gesucht, sind danach garantiert viele Schmerzen auf der hauseigenen Skala weit nach unten gerutscht.

»Geht so - muss ich aber nicht noch mal haben«, versuchte ich, witzig zu klingen.

»Idiot!« war alles, was sie sagte. ›Idiot‹ - wie sollte mich das kleine, unscheinbare Wort noch verfolgen.

Sie zog mich am Handgelenk zu einer kleinen Hütte am Ende der Koppel. Iris maß gerade mal eineinhalb Meter. Aber dafür hatte sie einen recht kräftigen Zug am Leib. Sie schob mich energisch in die kleine Hütte.

»Setzt dich da hin!«, befahl sie mir.

Ich erkannte eine Kiste und nahm gehorsam Platz. Als sie sich wieder zu mir drehte, hielt sie eine kleine Metallkiste in der Hand. Aus ihr holte sie ein Fläschchen und eine Rolle Mull. Was man so alles auf einer Koppel finden konnte?

»Willst du ihn raus ziehen, oder soll ich das machen?«, fragte sie mit einem Blick, in den ich mich auf der Stelle verliebte.

Eine Augenbraue zog sie leicht nach oben, kniff die Augen zusammen und legte den Kopf schief. Ich weiß, es klingt nach billigem Kitschroman, aber die treffen manchmal die Realität wie der sprichwörtliche Hammer den Nagel auf den Kopf.

›Wow!‹, dachte ich und streckte ihr wortlos die Hand hin.

Sie sah mich an, nahm meine Hand - fast schon zärtlich - und ergriff den Bleistift. Ein toller Trick, wenn es einer wäre, so einen Stift aus der Handmitte kommen zu sehen. Sie holte ein Papiertaschentuch aus ihrer Hosentasche, das genau so aussah, wie es aussehen musste, wenn es seit Tagen, was sage ich, Wochen in der Tasche hin und her gerutscht war.

»Das wird wehtun, Ronny«, sagte sie, und ein Lächeln umspielte ihre Lippen.

›Wow, was für ein Mund, was für ein Mädchen, was für ein Anblick.‹

»Ach was!« erwiderte ich gelassen, mehr als ich es war.

Und dann zog sie.

Einmal sprang ich bei meinem Opa in der Scheune in eine Heugabel. Ja, ich weiß, so etwas sollte man nicht tun. Aber zu meiner eigenen Entschuldigung muss ich vorbringen, dass ich das nicht absichtlich getan habe. Eine Leitersprosse konnte meinen Erwartungen hinsichtlich der Stabilität nicht gerecht werden. Ein langer, rostiger Zinken der Heugabel bohrte sich durch meine Wade. Mühelos wie durch Butter, nur eben deutlich schmerzvoller. Ich schrie wie am Spieß. Mein Opa, ein Mann, der im Krieg Offizier gewesen war, kam gemächlich in die Scheune, sah mich, erkannte, was er sah und lachte. Von da an musste es wohl zur Gewohnheit werden, dass die Menschen meine Tollpatschigkeit mit Lachen quittierten. Er zog die Heugabel einfach heraus. Das Gefühl spüre ich noch heute wie ein Ziehen in den Knochen. Aber es hatte erst wirklich wehgetan, als der Metalldorn entfernt war. Und es blutete pulsierend wie bei einem abgestochenen Schwein die aufgeschnittene Halsschlagader.

So glaubte ich mich also vorbereitet auf die ›Operation Bleistift‹. Leider traf das nicht annährend zu. Heute bin ich sicher, dass der Stift einen Nerv getroffen hatte oder an einem Knochen der Hand rieb, gibt ja genug davon unter der Haut. Jedenfalls schrie ich auf und zerrte die Hand in einem Reflex zurück. Der Stift rutschte heraus. So weit, so gut. Erschrocken hielt Iris das blutverschmierte Ding in ihren Händen. Instinktiv zog ich die Hand zu mir, und mein Blut schoss regelrecht aus der Handmitte. Ich versaute mir den Pulli, versaute den Boden der kleinen Hütte, meine Hosen und die fast neuen Turnschuhe. Iris sprang zu mir, packte meine Hand und zog sie zu sich. Also versaute ich noch ihren Pulli und die Jeansjacke, die, wie ich später erfuhr, dann zum ersten Mal gewaschen werden musste. Das Blut spritze auf ihre Hand, den Arm, eigentlich überall hin.

»Du Vollidiot. Jetzt halt doch mal still!«, blaffte sie mich an und drückte mit erboster Mine, den Blick starr auf die verfluchte Hand gerichtet, das Papiertaschentuch in die Wunde.

Geschickt öffnete sie mit dem Mund die Flasche Jod. So schnell, dass ich keine Zeit hatte, darüber nachzudenken, schüttete sie das Zeug in meine Handmitte, drehte sie und verteilte den Kram auf der Handoberseite. Jahre später erfuhr ich von ihr, dass es Jod für Tiere war. Nun ja, mir sind keine Hufe gewachsen, und die Hand ist noch dran. Was schlimm war: das Feuer, das da wie ein Flächenbrand durch die Wunde raste. Iris drückte fester das blutgetränkte Papiertaschentuch in die Wunde, packte die Mullbinde und begann, die Hand geschickt zu verbinden. Wie die Fesselbeine eines Ponys.

Ich verfluchte irgendetwas, stöhnte und wand mich. Doch Iris' harter Griff verankerte meine Hand in der ihren. Am Ende beugte sie sich herunter, riss mit den Zähnen den Stoff der Binde durch und knotete die beiden Enden zusammen. Dann erst, und mir kam es widerwillig vor, entließ sie meine Hand aus ihrem Schraubstockgriff.

»So, Memme!«, sagte sie und lächelte wieder.

Ihre Augen lachten noch vor ihrem Mund. Irgendwie löste sich ein Pfropfen, und wir lachten beide. Iris setzte sich zu mir und betrachtete unsere Klamotten. Diese blutige Sauerei.

Ich folgte ihrem Blick und sah auf meine Hand, als sei es die Pranke eines Außerirdischen. Sie hatte in der Tat mehr davon, im Vergleich zu meiner anderen, menschlichen Hand. Der Verband begann bereits durchzubluten, die Finger, braun vom Jod, bildeten einen schönen Kontrast zum Weiß der Binde.

»Himmel, du blutest ja wie ein Schwein«, sagte sie nach einer Weile und wischte sich dabei eine Lachträne aus den Augenwinkeln.

Ich schaute sie an.

»Wie heißt du?« fragte ich und atmete hörbar auf.

Die Schulter pochte im Wettstreit mit der Hand, unter dem Pulli brannten die vermutlich hundert Schürfwunden. Aber alles war erträglich. Lachen kann Schmerzen gut verdrängen.

»Iris!«

»Iris?«, wiederholte ich dümmlich. »Danke, … Iris.«

»Gern geschehen. Immerhin fallen nicht jeden Tag Jungs aus den Bäumen, wenn ich zu meinem Sascha komme.«

Ich schaute durch die Hütte, hoch zu dem Baum und nickte unwissend. »Sascha?«

Sie zeigte auf das Pony, das neugierig und inzwischen mutiger zur Hütte vorgerückt war.

»Das ist Sascha, und da hinten sind Jamai und Liselotte.« Sie schaute mich an. »Meine drei Lieblinge.«

Ich nickte. »Deine?«

Sie lachte. »Nein, die sind von Heinrichs. Denen gehört die Koppel. Ich kümmere mich nur um sie.«

Ich nickte wieder. Wenn das so weiterginge, bekam ich gute Ähnlichkeit mit einem dieser Wackeldackel, die auf den Mercedes-Benz Hutablagen neben den umhäkelten Klopapierrollen sitzen mussten. Ich musste das ändern.

»Was machst du denn auf dem Baum?«, fragte sie mich plötzlich.

Ich sah nach oben, als könnte ich dort eine Antwort finden.

›Mein Gott‹, dachte ich, ›ich bin beinahe neun Meter in die Tiefe gepoltert, wie eine Flipperkugel und habe mir nichts gebrochen. Wenn das kein Zeichen ist.‹

»Gemalt.«

Sie starrte mich verständnislos an.

»Kannst du auch in ganzen Sätzen sprechen, Ronny von wo auch immer? Oder stammelst du stets so daher?«

Ich war entrüstet. »Hey, ich bin eben vom Baum gefallen. Also gib mir die Zeit, mich zu sortieren«, fuhr ich sie an, wurde aber sofort wieder sanfter in meiner Tonart. »Ich habe Kirschen gestohlen und dabei gemalt. Da, deinen Sascha.« Ich zeigte auf eines der Tier. »Ist das eigentlich ein Er oder eine Sie?«

»Sascha ist eine Sie. Echt? Du malst Ponys?«

Ich wollte wieder nicken, erinnerte mich an die Hutablage und sagte: »Ja, ist so eine Art Hobby von mir.«

Sie war es nun, die nickte. »Kann ich mal sehen?«

Ich deutete mit dem Kopf nach draußen. »Der Block liegt vermutlich da, irgendwo im Dreck - so wie ich vorhin.«

Sie stand auf und lief zu der Stelle. Ich trottete hinter ihr nach draußen und setzte mich auf eine alte, mit Moos und Efeu überwucherte Bank - oder was davon im Laufe der Jahre übrig geblieben war. Iris blätterte in meinem Block herum, betrachtete meine Zeichnungen und setzte sich zu mir. Um uns war es angenehm still geworden. Sascha und die anderen Ponys standen ungeduldig vor uns. Sie hatten Iris erkannt und erwarteten wohl Futter. Iris drehte den Block einige Mal hin und her und gab ihn mir mit anerkennendem Blick. Ich legte ihn neben mich auf den Boden. Dreckig war er so und so schon.

»Toll, du kannst gut malen. Fast so gut, wie vom Baum fallen«, fügte sie süffisant hinzu.

Ich lachte ehrlich erleichtert. Vielleicht, weil es ein Kompliment war, von einem Pferdekenner zu hören, dass die Zeichnungen wie Ponys und nicht wie degenerierte Hunde aussahen. Vielleicht aber auch, weil ich mich in diesen Momenten verliebt hatte? Ich weiß es nicht.

Sie grinste mich an. Die Ponys waren nun ganz nahe zu uns herangekommen. Iris stand auf, streichelte Liselotte über den Kopf und klopfte Sascha auf die Flanke.

Bei Ponys oder Pferden sieht man nicht unmittelbar, ob ihnen das gefällt. Meine Katze schließt die Augen und brummt wie ein V8-Motor, wenn ich sie zwischen den Ohren kraule. Aber wer will schon ein Pferd neben sich auf dem Sofa haben, das grunzt und brummt?

»Danke!«, sagte ich und wollte aufstehen, sackte aber zurück.

Mir tat mein Fuß weh, was für ein Mist. Ich war mit dem Rad hier, wenn der Fuß nicht wollte, war das ein echtes Problem.

Iris kam zu mir. Ich schaute sie an, und erneut war ihr Kopf vor der untergehenden Sonne. Ihre Augen strahlten mich an wie kleine Bernsteine, gebettet in helles Weiß. Eine Haarsträhne hing ihr übers Gesicht, und sie blies sie ganz nebenbei zur Seite. Ich sah ihre Hand, die sie mir reichte. Und so ergriff ich sie. Mit einem Ruck war ich auf den Beinen. Sie zog mich zu feste hoch, und so stolperte ich ihr entgegen. Sascha machte einen enormen Satz, Liselotte schnaubte laut. Iris aber fing meinen Sturz nach vorne mit beiden Händen an meiner Brust ab und verhinderte, dass ich in ihren Armen landete.

Noch heute glaube ich, ihre warmen Hände durch mein T-Shirt gespürt zu haben. Es sind so kleine Dinge, die mich tiefer und tiefer in meine Erinnerung ziehen. Die mich nicht loslassen und immer mehr glasklare Bilder vor meinem inneren Auge erscheinen lassen.

So standen wir uns damals gegenüber. Eine Sekunde reglos, schweigend. Genau diese magische, alles erklärende Sekunde, in der das Leben einen völlig neuen Weg einschlug. Ich wusste das, und heute kann ich sagen, dass Iris es auch gewusst hatte.

»Upps«, entfuhr es mir, »sorry!«

Iris zuckte die Schultern. »Nix passiert.«

Nein, das stimmte nicht, und das war uns beiden klar. Es war etwas passiert. Ihr und mein Leben hatten einen Weg gefunden, sich zu kreuzen. Das war geschehen. Nicht mehr und keinesfalls weniger.

Ich bin nie der stürmische Typ gewesen. Wahrscheinlich hätte ich uns viel Zeit erspart, wenn ich ihr in diesem Augenblick einfach einen Kuss gegeben hätte. Heute würde ich es vermutlich tun. Ich bin ein kleiner Feigling in Sachen Liebe und erste Schritte gewesen. Es war mir bewusst, dass die Mädchen aus meiner Altersklasse auf mich standen. Irgendwie war ich auf meine Art der Typ ›süß‹. Eine Bekannte, die ich unlängst traf, und mit der ich in alten Zeiten schwelgte, bezeichnete mich so. Kein typischer Mädchen-Abschlepper. Ich wollte erobert werden, zweifellos nur, weil ich mir somit sicher war, dass das Mädchen wirklich auf mich stand. Wie gesagt, das Verhalten eines klassischen Feiglings. Wer kein Risiko eingeht, der wird auch nicht enttäuscht und muss nur mit dem Was-wäre-wenn leben. Das ist erträglicher als unerwiderte Liebe.

Nun, ich küsste sie nicht. Verlegen und mit zunehmend schmerzenden Knochen stand ich da. Also sah ich auf die Uhr. Es war fast sechs Uhr durch. Ich musste nach Hause. Bald. Nicht zwingend sofort.

»Na ja!«, druckste ich herum, »dann danke noch mal, für das hier!« Damit hob ich die inzwischen tonnenschwere Hand. »Ich muss dann mal wieder losfliegen«, sagte ich mit einem breiten Grinsen und war mir nicht sicher, ob sie diese Anspielung verstanden hatte.

»Oh, ja klar«, sagte sie und trat mir aus dem Weg.

Ich nickte, hob die andere Hand zum schwachen Gruß und war mir sofort bewusst, wie bescheuert das aussehen musste. Ich lief zum Gatter, fummelte es umständlich auf und hinter mir wieder zu. Sie sah mir nach. Also schenkte ich ihr noch einen dieser bescheuerten Winker und floh zu meinem Fahrrad.

Ja, ich bin damals geflohen. Geflohen vor dem Gefühl »Was war denn das hier?«. Geflohen vor ihr und weiteren schwachen Dialogen. Geflohen vor dem Moment, dessen Wucht mich zu erdrücken drohte.

Iris winkte zurück, hatte das offene Lachen in ihrem Gesicht. Erst als ich aus ihrer Sichtweite war, mein Rad stand etwas entfernt an einer Baumreihe, spürte ich ihren Blick nicht mehr auf mir liegen.

Ich fuhr unter Schmerzen nach Hause und landete früh im Bett. Ich war müde. So im Bett liegend lauschte ich auf die Schmerzen in meinem Körper und erinnerte ich mich an ihr Gesicht. Ich sah sie durch die Sonne zu mir herunter blicken.

›Iris ...‹

Ich dachte mir, dass dies erst mal okay wäre. Immerhin hatte ich damals noch Manuela als lockere Freundin. Eine Zweckbeziehung. Ich war darauf eingegangen, weil ich gerne angehimmelt werden wollte. Selbst wenn es von dicklichen, pubertierenden Mädchen kam, die viel Schminke brauchten, um die Pickel zu begraben. Sie war die Tochter eines Nachbarn neben dem Tennisplatz, auf dem meine Familie damals spielte. Solche Plätze schossen in den 80ern wie Pilze aus dem Boden. Alle waren im Becker-Rausch, der eben dabei war, durch die Rangliste ganz nach oben zu stürmen. Während mein Bruder und mein Vater Tennis spielten, musste ich ja auch irgendwie beschäftig werden.

Also verbrachte ich die Zeit beim Nachbarn, schob meine Zunge in den Hals von Manuela, ließ mich anhimmeln und vergrub meine Hände unter ihrem Shirt in ihren gigantischen Brüsten. Wir knutschten die immer wiederkehrenden 45 Minuten, dann fuhr ich mit meinem Vater und meinem Bruder nach Hause.

Ich erinnere mich, als ich einmal mit Manu aus dem Kino kam, entschloss ich mich ganz spontan, dass es Zeit wurde, der Sache ein Ende zu machen. Alles nur aus einem Grund. Ich lag damals noch lange wach in meinem Bett.

Wegen Iris.

Telefonanruf

Tausend Worte gesammelt hab ich für Dich.
Gefallen will's mir nicht.
So schweige ich und hoffe sehr,
Du erkennst, Liebe macht mir die Zunge schwer ...

ZWEI WOCHEN LANG passierte nichts. Nichts bedeutete: Ich hatte viel um die Ohren, und meine Hand heilte. Heute würde jeder vernünftige Mensch, dessen Hand von einem Stift perforiert wurde, zu einem Arzt gehen. Ich dagegen schlich mich ins Haus, die Hand mit Verband in die Hosentasche gequetscht, um kein Aufsehen zu erregen. Im Keller lagen mein Zimmer und ein kleines Bad. Dort entfernte ich den Verband und wusch Jod und Blutreste säuberlich ab. Das Loch, ich schaute es mir angewidert an, klebte ich oben und unten mit einem Pflaster ab. Kein Schmerzmittel, keine Antibiotika, kein komplizierter Verband – nur Pflaster.

Wie auch immer heilte die Hand schnell.

Es war der letzte Monat vor den Sommerferien 1982. Ich besuchte die achte Klasse und befand mich im vollen Stress der Zeugnisnoten. Meine schulischen Leistungen will ich an der Stelle als klassischen Unterdurchschnitt betrachten. Die sechste Klasse hatte ich zweimal machen dürfen, dank meiner Schwäche in Sprachen. Die siebte und achte Klasse bot neuen Stoff, der von mir nur schwer erlernbar war. Na ja, ich lernte eigentlich nicht, ich versuchte, mich wie Strom zu verhalten. Suchte den Weg des geringsten Widerstandes. So mogelte ich mich mehr schlecht als recht durch die Realschule. Das bedeutete in jeder Endphase eines Schuljahres Sporen geben und die noch möglichen Fünfer vermeiden.

Und dann war da auch noch Manuela. Mir gefiel es doch nicht, einem Mädchen das Herz zu brechen. Als ich wieder versuchte, ihr so sanft wie möglich beizubringen, dass ich sie doch nicht so gern hatte wie sie mich, unternahm sie beim Knutschen einen weiteren Schritt in meinen Schritt. Wer ehrlich zu sich selbst ist, weiß, dass man diese geheimen Wünsche nicht einfach so zurückstellt, wenn sie erfüllt werden können. Nicht als pubertierender Teenager.

Iris ging mir nicht mehr aus dem Kopf.

Ich saß noch drei, vier Mal, wenn Wetter und Gelegenheit günstig waren, im Kirschbaum an der Koppel. Oft ein bis zwei Stunden lang. Ich malte, wartete, beobachtete die Straße auf der Suche nach ihrem Fahrrad und lauschte nach der Klingel. Aber sie kam nicht.

Hoffnung ist eine mächtige Triebfeder.

Ich fuhr durch den Ort, suchte sie, wartete immer wieder morgens an der Bushaltestelle und hoffte, sie in einem späteren Schulbus zu erwischen. Damals besuchten alle Schüler jenseits der Grundschule im nahen Eisenberg oder in Grünstadt die Schule, sprich: Sie mussten Bus fahren. Ich entdeckte sie nirgends. Sie besuchte auf keinen Fall meine Realschule. Das stand fest. Ich war arrogant genug, mir sicher sein zu können, dass ich sie innerhalb von zwei Wochen an meiner Schule hätte entdecken müssen. Nun blieben noch die Hauptschule und das Gymnasium in Grünstadt. Die dafür zuständigen Haltestellen klapperte ich, so gut es zeitlich passte, morgens und mittags ab.

Natürlich war das eine dumme Idee. Ich musste nur eine halbe Minute zu spät kommen und hätte sie ohne es zu wissen verpasst. Vielleicht wurde sie auch vom Vater oder der Mutter mitgenommen. Es gab zwar keine eintausend Möglichkeiten, aber definitiv zu viele, sie zu verpassen.

Zwei Wochen passierte also nichts. Ich begann, sie zu vergessen. Nein, das ist nicht richtig. Ich begann, sie zu verdrängen und die Hoffnung aufzugeben. Manchmal schwemmt das Leben einen dicken Fisch an Land. Doch man schafft es nicht, ihn zu packen und aus dem Wasser zu ziehen. Schweren Herzens, genau so einen Fisch verloren zu haben, folgte ich in stiller Wehmut meinem Alltag. Bis zum 5. Juli, einem Montag.

Ich kam erst um 17 Uhr aus der Schule. Meine Mutter reichte mir eine Postkarte. Ich bekam eigentlich so gut wie nie Post. Nie klingt seltsam, aber wie viele Jungs kennt man, die Brieffreunde hatten und diesen Umstand auch noch zugaben? Wer schrieb sich schon Briefe, wenn er 15 Jahre alt war und Mofa fahren konnte? Man ging einfach persönlich beim Kumpel vorbei, klingelte und unternahm etwas.

Und Postkarten? Die schrieb man der Oma aus dem Urlaub, damit sie sich freute. Doch in Wirklichkeit taten das die Eltern, und ich selbst setzte lediglich mein krakeliges ›Ronny‹ darunter.

So hatte ich also an diesem Tag meine erste, eigene Postkarte bekommen. Postkarten haben so eine seltsame Aura. Auf der einen Seite ein Bild, auf der anderen Seite ein Text, den jeder, wirklich jeder lesen kann. Der Postbote, der Sortierer im Verteilerzentrum, schließlich Bruder, Mutter, Vater und vermutlich schaute sogar unsere Katze auf das Ding. Ich schreibe ungern Postkarten. Es gibt auf ihnen zu wenig Platz, um vernünftige Sätze zu schreiben. Auf Urlaubspostkarten stehen immergleiche Phrasen, selbst die Bilder gleichen sich, egal wo das Ding auch herkommt. Und ich bin mir sicher, dass alle Urlaubskarten dieser Welt voller Lügen sind. Wer will schon zugeben, dass das Hotel, ein gigantischer Fehlgriff war, das Wetter depressiv macht und die anderen Urlauber dumme Heuschrecken mit abstehenden Ohren sind? So nannte meine Oma Idioten, die man nicht loswurde. Man wollte angeben mit dem Wetter, dem Meer, dem gigantischen Pool. Niemand will da ehrlich sein. Also lügt man. Na gut, oft wird einfach nur übertrieben. Ich weiß das, weil auch ich das schon getan habe und tue.

Meine erste Postkarte zeigte das Bild eines Pferdes. Ein Tier, das ich kannte, weil ich es selbst gezeichnet hatte.

›Der Block!‹ Ich hatte ihn auf der Koppel vergessen. Sie musste ihn mitgenommen haben, sie hatte ihn aufgehoben! Himmel, sie hatte eines der Bilder ausgeschnitten und auf eine Postkarte geklebt.

Auf der Rückseite stand natürlich mein Name. Ich weiß bis heute nicht, wie Iris an meine Adresse gekommen ist. Neben meiner Adresse standen wenige, sorgfältig geschriebene Worte.

»Hallo Ronny! Ich habe einen Block von Dir. Schöne Bilder. Eins davon klebt hier. Witzig, gell? Willst Du ihn wieder? Iris«

Hallo - auch 1982 gab es überall Telefon, fließend Wasser, und wir liefen aufrecht, aßen mit Essbesteck. Warum keine Nummer, keine Adresse, keinen noch so kleinen Hinweis? Wie bitte sollte ich das verstehen? Ich hatte dich gesucht, Mädchen, bin morgens um 5.30 Uhr aufgestanden, war als Erster an der Haltestelle, ach was, an jeder verfluchten Haltestelle im Dorf. Und du hattest nicht mal eine Nummer für mich? Nur eine kleine, verflixte Telefonnummer!

Meine Mutter sah meinen Gesichtsausdruck und schaute mich eine Zeit lang an. Dann nickte sie zu der Postkarte hin. »Wer ist denn Iris?«

Sagte ich nicht, jeder kann die Postkarten lesen?

»Was?«, ich fühlte mich unsanft aus meinen Gedanken gerissen, wie ein Fisch, der mit einer Angel aus dem kuscheligen Wasser gezerrt wird. »Iris … Iris wer?«

Dann erinnerte ich mich, was sie meinte und zuckte mit den Schultern.

»Keine Ahnung. Iris von der Koppel oder so.« Ich steckte die Karte so beiläufig wie möglich ein. »Ich geh runter!«

In meinem Zimmer lag die Postkarte vor mir auf dem Schreibtisch. Ich starrte sie lange an. Iris hatte eine schöne, klare Handschrift. Sie schrieb enge Buchstaben, schwang beim kleinen F und G weit nach unten aus, schrieb ein spitzes kleines U, und die Großbuchstaben wirkten überdimensional, größer als die anderen.

Ich drehte die Karte um und sah mir das Pony an. Das Bild zeigte nur den Kopf des Tiers, aber sie hatte recht: Er war gut getroffen.

Warum klebte hier das Pony und nicht ... was befand sich eigentlich unter meinem Bild?

Ich holte ein Messer aus meiner Bastelschublade. Vorsichtig schob ich eine Ecke der Zeichnung hoch und versuchte sie zu lösen. Einerseits wollte ich das Bild nicht zerstören, andererseits wollte ich wissen, was darunter war. Doch die Ecke ließ sich nur ein kleines Stück ablösen, dann riss das Papier, und ich hielt den Fetzen in der Hand. Ich versuchte mein Glück an einer anderen Stelle – ohne Erfolg. Nach einer Weile gab ich auf und legte die Karte zur Seite. Sie landete auf der Fensterbank in der Sonne.

Hausaufgaben, Essen, Fernsehen – so ungefähr sah mein Nachmittag in einer Schulwoche aus. Auch mit fast 16 Jahren musste ich um acht Uhr abends im Bett sein. Und so lag ich wieder wach und starrte an die Decke, in Gedanken bei dem Mädchen mit der hüpfenden Dose im Korb.

Ja, ich wollte meinen Block zurück – nein, nicht den Block, ich wollte Iris wiedersehen.

Es dauerte drei Tage, bis ich einen Schritt weiter kam. Ich saß an meinem Schreibtisch und musste englische Vokabeln lernen. Von meinem Erfolg hing die Tatsache ab, ob ich am Samstag mit meinem Mofa fahren durfte oder nicht. Also musste ich lernen und nochmals lernen, denn meine Mutter würde in einer halben Stunde in mein Zimmer kommen und mich abhören. In Englisch stand ich mal wieder auf einer knappen Vier mit starker Schräglage zur Fünf.

Mein Blick schweifte vor Ermüdung zum Fenster hinaus und fiel auf die Postkarte. In der Mitte hatte sie sich nach innen gewölbt, und mein übergeklebtes Bild machte eine Beule nach außen. Ich nahm sie an mich und bog die Karte hin und her, bis ich die Stelle gut erkennen konnte. Mit dem

Messer schnitt ich an der Stelle entlang und löste einen kleinen Kreis heraus. Dann sah ich es: »8234«

Ich lachte.

Das war eine Telefonnummer. Klarer Fall. Und was für ein Hohn, die Stelle, die ich da gelöst hatte, war unter dem Ohr des Ponys. Natürlich. Unter dem Ohr. Hallo, Ronny?! Hörer - Ohr!!

Ich konnte keine Vokabeln mehr lernen. Das war schlichtweg unmöglich. Also wusste ich von den 40 Vokabeln nur elf, als meine Mutter mich abfragte. Sie schickte mich auf mein Zimmer. Mofa war gestorben. Aber was soll ich sagen: Das war mir so egal. Ich ließ die übliche Litanei über meine Faulheit und das ›Ich wäre nicht dumm‹-Gerede über mich ergehen wie plötzlichen Regen. Hauptsache, ich kam bald ans Telefon.

Später, meine Mutter fuhr einkaufen, und mein lästiger Bruder wollte unbedingt mit, ergab sich die erste Gelegenheit. Ich hatte eine halbe Stunde, mit Glück etwas mehr. Also stürmte ich aus meinem Zimmer, hoch ins Esszimmer, in dem das Telefon stand. Ich hielt den Hörer in der Hand und tippte die Nummer ein – jedoch legte ich sofort wieder auf. Ich weiß nicht mehr, wie lange ich dastand und das hässliche, grüne Ding anstarrte. Eine Ewigkeit.

»8234«

Was sollte ich sagen? Noch schlimmer, was würde ich sagen, wenn ihre Eltern ans Telefon gingen. Und das war am Wahrscheinlichsten. Nur, eines stand fest: Wenn ich nicht anrief, würde hier gar nichts passieren. Also ergriff ich den Hörer erneut und wählte.

»8 ... 2 ... 3 ... 4«, es klackerte. »Tuuuuut! ... Tuuuuut!«

Ich hing erneut ein. Ich konnte Iris nicht anrufen. Ich brachte im schlimmsten Fall nur das sinnlose Gestammel eines Jungen, dessen Gehirn auf Sparflamme kochte, zusammen.

Der 15-jährige Ronny, der ich damals war, war erfolgreich und ohne es zu bemerken, durch den Stimmbruch gekommen. Meine Stimme war noch nicht vollständig die eines richtigen Mannes, aber tiefer und männlicher, als die eines Jungen. Während der letzten Jahre hatte ich zwei Dinge in meine Ausdrucksfähigkeit aufgenommen: krankhafter Sarkasmus und leidenschaftlichen Zynismus. Beides übte ich nur experimentell aus, aber ich wurde gut und jeden Tag ein Stückchen besser. Ich fand damals zur Schlagfertigkeit und gewöhnte mir eine tragische aber sagenhafte Eigenschaft an: schneller zu reden, als ich denken konnte. Die ist mir auch bis heute erhalten geblieben.

In einer Angelegenheit wurden all diese Eigenschaften null und nichtig. Genau dann, wenn es um mich ging, um meine Gefühle, mein Wesen, meine Persönlichkeit. Dann klang ich wie der stotternde kleine Junge aus dem Haus in der Nachbarstraße: Detlef. Detlef war damals sechs oder sieben Jahre alt. Er spielte hin und wieder mit mir auf dem Bolzplatz. Er war in vielem gut. Aber wenn er etwas sagen wollte, musste ich mir einen Stuhl holen, weil ich mir sonst die Beine in den Bauch stand. Detlef war ein herzensguter Kerl, der mit 31 Jahren, als er über die Straße ging, von einem Bus überrollt wurde. Nicht mit jedem spielte das Leben ein faires Spiel ...

Ich raffte meinen wenigen Mut zusammen und wählte entschlossen Iris' Nummer. Wieder tutete es drei Mal. Und wieder legte ich auf. Ich war so ein Feigling.

Vor mir tauchte das Bild einer Mutter auf, die aus dem Keller hochrannte und keuchend den Hörer in der Hand hielt. Nur um festzustellen, dass sie wieder zu spät gekommen war. Wahrscheinlich gebrauchte sie inzwischen viele Namen für den Unbekannten. Viele eindeutig vermindernde Intelligenz beschreibende Bezeichnungen.

Ich brachte es an diesem Tag nicht übers Herz, mit Iris zu telefonieren. Stattdessen ging ich zurück in mein Zimmer und lernte englische Vokabeln. War ich auch am Telefon ein Versager, Vokabeln konnte ich stupide in meinen Kopf klopfen wie Steine im Gefängnishof. Das wollte ich zumindest beweisen. Meine Mutter kam, ich ließ mich abfragen und siehe da, drei Falsche, ein Lob und ein beifälliges »Geht doch!« Ja, liebe Mutter, es ging. Aber wirklich wollen wollte ich nie.

Das Telefon und ich waren erst am Freitag zum zweiten Mal alleine. Ich konnte mich erfolgreich vor dem Einkaufen, dem Wagen schieben, Milch schleppen und Wasserkisten laden drücken und wurde meinen Bruder auf die gleiche Weise los. Die Petze war alt genug, um zu verstehen, was ich mit dem Telefon anstellte. Ich durfte nicht ohne Erlaubnis telefonieren. Telefonieren war damals verdammt teuer und so wertvoll wie die Schokokekse aus der oberen Schrankklappe.

Erneut stand ich vor dem Ding und starrte es dümmlich an. Bei aller Willensanstrengung, die ich aufbrachte, es bewegte sich nicht von selbst.

Also tippte ich 8234 ein und wartete.

»Gaub!«

Klack, schon wieder hing ich ein.

Das da, am anderen Ende der Leitung, war eine verdammt alt klingende Stimme - wie die Stimme meiner Oma. Das war unmöglich. Meine Oma war gestorben, diese Oma konnte doch unmöglich ... nun, konnte sie wohl. Unser Opa wohnte ja auch in unserem Haus, also warum nicht auch Iris' Oma.

Gaub ... aus der Schublade unter dem Apparat holte ich das Telefonbuch heraus, schlug unter Gaub und meinem Ort nach.

›Klasse‹, ging es mir durch den Kopf. ›Neun Einträge. Liselotte Gaub - hieß nicht eines der Pferde so?‹

Aber da war kein Männername. Hans und Ilse Gaub. Das konnte schon sein. Hatte sie »Bei Gaub« gesagt? Nein! Aber ich konnte ja noch mal anrufen - so als Test. Doris Gaub, wieder nur eine Frau.

›Wenn Iris nun bei ihrer Oma lebt ...‹, dann schlug ich mir an den Kopf. »Volltrottel!«

Ich hatte ja die Nummer. Und da war sie, hinter ›Hans und Ilse Gaub, Am Waldweg 31‹ standen die Zahlen 8234. Also dann.

›Vielleicht fahre ich einfach hin, klingle und sehe was passiert‹, dachte ich mir.

Natürlich brachte ich auch dazu nicht genügend Mut auf. Vor ihr zu stehen und zu reden hätte meiner unkontrollierten Spontanität wahrscheinlich weitaus schlimmere Dinge entlockt. Ich lachte mich selbst aus. Nein, nie im Leben.

Zehn Minuten stand ich am Fenster und sah auf den Hof hinaus. Unsere Nachbarin lehnte sich über den Zaun und sprach mit einer, fast 40 Meter entfernten Frau. Die beiden sprachen nicht. Sie plärrten wie Marktschreier über die Gasse. In wenigen Minuten war ich über alle wesentlichen Details, auch über die unwesentlichen in meiner Straße informiert. Wie vermutlich 400 andere Bewohner im Umkreis von einem Kilometer.

Werner Hochmann läge nach einem Unfall im Koma. Wahrscheinlich besoffen gewesen, und ja, er hatte ein Alkoholproblem. Nun, jetzt erst mal nicht mehr. Anneliese, keine Ahnung, wer das war, spuckte bei der Gartenarbeit.

›Mein Gott‹, dachte ich bei mir, ›die kommt bestimmt in die Hölle - oder nicht?‹

Kochs Ältester, die hatten ja alle keine richtigen Namen, hätte im Edeka geklaut, sagt man. Aber das wisse Gerda genauer, und die käme erst um fünf. Immerhin kein Kapitalverbrechen, aber nahe dran war das schon. Gerda kannte ich. Koloss 13 nannte ich sie. Sie besaß die Hausnummer 13, und wenn Gerda in der Tür stand, war sie unweigerlich winddicht verschlossen.

Ich hörte zu, und nach einer Weile war mir eine ganz einfache Sache klar. Ich konnte zu so einem Tratschgespräch werden. Meine Nachbarin könnte durch den halben Ort brüllen: »De Ronny, de Schwachkopp, hot hunnert mol bei de Iris ogeruf und ist nie dro geblibb. Hot Schiss gehat.«

Die Oma von Iris erzählte es Helga, die der Anneliese und der Gerda und die meiner Nachbarin und so weiter, und so weiter. Das Lauffeuer meines Versagens würde wie eine Feuerwalze über den Ort rasen. Jeder würde mich anstarren, sich lustig machen und wenn ich ihnen den Rücken zudrehte, mit nacktem Finger ... ich wählte die 8234 und blieb dran.

›Himmel, noch mal‹, dachte ich, ›was soll das. Ich bin 15 Jahre alt, hab Haare am Sack und auch unter den Achseln.‹ Ich war in der Lage meinen Bizeps anzuspannen. Das sah schon fast beeindruckend aussah. Außerdem konnte ich 20 Meter weit Kirschkerne spucken und freihändig Rad fahren. Ich hatte ein Mofa, war schon dreimal in eine Schlägerei verwickelt, wachte morgens mit einem Ständer in der Schlafanzughose auf und ... »Gaub?« … und schwups war meine Stimme weg.

»Äh ... ich ... ist da ... also ...«, brabbelte ich wie ein Kleinkind mit Schnuller im Mund.

»Bist du der Fatzke, der eben schon mal angerufen hat?«, keifte die beißende Stimme durch den Hörer.

Ich konnte wirklich einen kleinen Biss in mein Ohr spüren. Das war keine Frage. Das war eine Feststellung gewesen, eine Anschuldigung, eine Verurteilung - alles in einem.

»Nein!« sagte ich, wie aus der Pistole geschossen. Das klang glaubwürdig - hoffte ich zumindest.

»So?« Schwere, dicke Zweifelwolken standen am Himmel der Unterhaltung. Doch es regnete nicht - noch nicht. »Und, was ist los? Wer bist du? Was willst du?«

Zack, zack, zack! Wie drei Schläge trafen mich ihre Fragen.

Nun packte ich den letzten Mut zusammen. Ich war mir sicher, wenn Iris ans Telefon käme, ich würde sofort wieder auflegen. Doch ich fragte das keifende, schlecht gelaunte Wesen, dem ich einen Pekinesen zugestanden hätte, unsicher: »Hier ist Ronny, ist Iris da?«

Bumm, es war raus, ich wollte ihre Enkelin sprechen. Ich wollte ihr die Enkelin rauben, sie entführen, vergewaltigen, ins Meer werfen, irgendwas davon.

»Ach Gott, nee, oder? Bist du der Kerle, der vom Baum gefalle is wie 'n fauler Appel?« Sie wieherte fast wie ein Pferd.

Himmel, hatte das etwa schon in der Zeitung gestanden? Das konnte sie doch nicht wirklich ihrer Oma erzählt haben? Ich wollte auflegen. Die lachten mich aus. Ich war jetzt schon der Dummkopf vom Dienst.

»Ja!«, erwiderte ich, ohne weiter nachzudenken.

»Mist!«, entgegnete die Frau am anderen Ende.

Einen Augenblick blieb es still. Dann schwoll eine laute Trillerpfeife an, die mir das rechte Trommelfell in gefährliche Schwingungen versetzte. So rief man eine komplette Fußballmannschaft zum Tor, und zwar aus dem Nachbarort. Ich sollte die Pfeife hassen lernen. Aber in dem Moment wechselte ich nur das Ohr.

»Kommt gleich, Jungchen. Bleib dran!«

Das tat ich. Rechts klingelte das Ohr, links schwitzte ich. Mein Herz schlug gegen die Brust, als wäre dort eine Tür, gegen die man trommeln konnte. Und in meinem Magen herrschte so ziemlich der gleiche Zustand, wie nach einer halben Stunde Riesenschiffsschaukel fahren auf dem Wurstmarkt: Ich zitterte tatsächlich.

Heute bin ich über 40 Jahre alt. Details tun nichts zur Sache, aber so ein Gefühl habe ich nur noch zwei oder drei Mal erlebt. Einmal nach meiner bestandenen Gesellenprüfung, und das andere Mal nach meinem ersten, richtigen Vorstellungsgespräch, und vielleicht noch mal, als ich den Autoführerschein in Händen hielt. Bei einer Frau? Nie wieder. Das ist es, was die erste Liebe ausmacht.

»Iris Brauer?«

Bitte? Brauer? Was jetzt? Gaub oder Brauer? Doch dazu hatte ich keine Zeit. Ich sammelte gerade Spucke, um reden zu können. Es kam nur leider keine. Also versuchte ich zu sprechen. Sagte ich etwas, bekam einen trockenen Hals und hustete. »Hallo ... hier ist ... der Typ, der vom Baum gefallen ist. Ronny!« Ich musste wieder husten, schluckte, hustete und hatte es geschafft.

Iris lachte und dann deckte sie die Muschel ab, sodass alles wie durch eine halb geschlossene Tür zu hören war.

»Oma, ich bekomme fünf Mark von dir. Er ist es!«

Irgendwo war eine Stimme zu hören, aber nur die Stimmung in ihr konnte ich wahrnehmen. Gespielte Enttäuschung und offene Heiterkeit. Na toll, die Damen hatten um mich gewettet.

»Schön, dass du dich meldest. Ich hatte früher damit gerechnet.«

Ganz langsam lief mein Konversationsmotor an. »Hatte viel zu tun. Und die Nummer war nicht gerade auffällig platziert. Aber eine gute Idee.« Ich holte kurz Luft. »Machst du gerne Rätsel?« Ich schoss mit meinen Fragen, als hätte ich damit ein Maschinengewehr geladen.

»Nein. Das war spontan. In deinem Block sind viele schöne Bilder. Ich glaube, den behalte ich«, erwiderte Iris amüsiert.

»Ja, klar. Ist schon okay. Ich kann mir ja Neue malen.«

›Mann, Ronny‹, dachte ich, ›das ist ja so was von cool – Dummkopf‹.

Sie lachte wieder. Ihre Stimme hatte einen direkten Weg durch mein Ohr in meinen Kopf und durch den Hals zu dem komischen Gefühl im Magen gefunden. Dort rührte es in meinen Eingeweiden herum wie der 100 Watt Quirl meiner Mutter. Hölle, was war denn nur los?

»Dir oder mir?«, fragte sie.

»Was?« Ich bin manchmal so ein Idiot.

»Mir, ob du auch *mir* Bilder malen kannst?«, wollte sie wissen und klang dabei genervt.

»Ja klar. Warum nicht?« Wieder so ein idiotischer Satz. Als ob ich nicht sofort mit Stift und Papier losgerannt wäre.

Sie schwieg.

Also wollte ich sprechen. »Wo gehst du denn zur Schule? Hab dich noch nie irgendwo gesehen.«

»Hauptschule, Eisenberg«, antwortete sie.

Ich sah sie vor mir, wie sie in einem Flur an einem kleinen Tischlein stand und mit der Schnur des Telefons spielte. Wie recht ich damit haben sollte.

»Oh, und du fährt mit dem Bus?«, fragte ich, und ohrfeigte mich innerlich für meine offensichtliche Einfältigkeit.

»Ja, hab dich dreimal gesehen, aber dann nicht mehr. Wo gehst du denn zur Schule?«

Sie hatte mich gesehen? Klasse. Und ich stolperte als Trottel an den Haltestellen herum. Warum war sie nicht auf mich zu gekommen? Doch, keine Zeit zum Denken.

»Realschule, auch Eisenberg!«, antwortete ich hastig.

»Cool. Und von wo aus fährst du los?« Ihre Stimme klang plötzlich erfreut.

»Turnhallenstraße«, erwiderte ich, nun irgendwie vorsichtiger.

»Echt? Cool. Sollen wir Montag zusammen fahren? Ich kann zu dir kommen?«

Wir hatten erst Freitag. Das würde bedeuten, noch zwei Tage warten zu müssen. Noch zwei Tage Quirl im Magen. Das wollte ich auf keinen Fall.

»Klar, warum net. Ich fahre 7.18 Uhr ab«, sagte ich wie so oft, ohne nachzudenken.

»Toll. Ich muss jetzt Schluss machen. Oma ruft. Wir sehen uns ... Ronny?«

»Ja, freu mich ...«, und zwar wie verrückt. Letzteres sagte ich natürlich nicht laut.

Es klickte in der Leitung. Zurück blieb eine seltsame Leere, die sich langsam in mir ausbreitete. So ein Gefühl ist schwer zu erklären. Aber die ganze Anspannung war verflogen. Die letzten Tage wirkten auf mich wie Monate. Hätte ich doch die Nummer gleich gefunden, hätte ich gleich angerufen, hätte ich, hätte ich und so weiter. Nun musste ich wohl oder übel bis Montag warten.

An der Stelle wurde mir etwas Einfaches bewusst. Ich war verliebt. Ich war in diese kleine Iris mit den haselnussbraunen Augen und den langen, braunen Haaren verliebt. Ich war so was von verknallt, dass ich am Tisch saß und stupide grinsend aus dem Fenster glotzte, bis meine Mutter ins Zimmer kam und fragte, ob ich ihr helfen könne.

An diesem Abend lag ich abermals lange wach. Ich schaute nur das Licht meiner Nachttischlampe an, starrte auf die Schatten des Lampenschirms an der Holzdecke. Ich lauschte den Autos, die vorbeifuhren, hörte eine Katze irgendwo miauen, hörte meine Eltern, wie sie ins Bett gingen, hörte meinen Bruder aufs Klo rennen und irgendwo leise Musik von einem Fest, die der Wind zu mir trug und wieder mitnahm. Schmetterlinge im Bauch. Das ist so ein dummes, plattes Klischee. Bei mir waren es Strudel, die meinen Zwölffingerdarm aufzurollen versuchten. Eine Hand, die mir auf die Brust drückte, kleine Schauer, so etwas in der Art. Ich habe das Gefühl in anderer Form immer wieder erlebt, doch nie mehr hat es mich eine Nacht lang wach gehalten.

Nie wieder.

Samstag

Dein schneller Kuss,
Ohne muss.
Ich nehme ihn mit, er wärmt lange.
Wie die Sonne, Deine Liebe, meine Wange ...

ICH ERWACHTE AN DIESEM schicksalhaften Samstag mit sandsackschweren Augenliedern. Ich hatte kaum bis gar nicht geschlafen. Dazu begann der Tag bereits früh um halb acht mit meinem Vater in meinem Zimmer, der mich aus dem Bett holte. »Ronny! Wir fahren!«

Ich musste mit ihm zum Baumarkt nach Eisenberg fahren und Fliesen einladen helfen. Das Ganze lief ohne jegliche Kommunikation ab. Das konnte mein Vater wirklich gut. Meisterhaft. Schweigen, bis der Arzt kam. Selbst Anweisungen erteilte er mit einfachem Kopfnicken so präzise, dass ich ihn heute in der Welt der Überkommunikation darum beneide. Wir fuhren nach Eisenberg, luden ein, fuhren zurück, luden aus und besorgten noch Brot und Brötchen. Das alles mit »Komm!«, »Dahin!«, »Mach schon!« und nicht einem Wort mehr.

Nach dem Frühstück half ich ihm noch eine Stunde. Mein Bruder löste mich schließlich ab. Manchmal war er doch zu gebrauchen. Ich hatte mir Mofa fahren erarbeitet, also nutze ich das auch aus. Natürlich fuhr ich zur Koppel, dann zu ihrer Adresse: Am Waldweg 31. Doch nirgends eine Iris Brauer. Natürlich. Ich meine, hatte ich wirklich damit gerechnet, mal ganz ehrlich? Nein.

Ich klapperte meine drei Freunde im Dorf ab. Bei Klaus trank ich eine Cola, bei Sven hockte ich auf der Mauer und lästerte über die Grimm Zwillinge, die so blöd wie hübsch waren. Sven gebrauchte lustige Ausdrücke für alle anatomischen Auffälligkeiten bei Frauen. Thomas war nicht da.

»Einkaufen mit den Eltern«, was mir sein Nachbar bereitwillig mitteilte.

Ich sah nach Iris noch mal an der Koppel und aß dort ein paar Kirschen. Ich suchte Iris bei ihrer Adresse und wartete dort zehn Minuten. Dann war mein Tank leer. Also fuhr ich tanken und danach nach Hause. Mein Bruder und mein Vater wollten Tennis spielen gehen. Meine Gelegenheit eine ganz andere Sache auf die Reihe zu bekommen. Ich musste mich von einer Last trennen, ein wirklich witziges Wortspiel - jedenfalls im Nachhinein.

Der Weg zum Tennisplatz war in vielerlei Hinsicht ein schwerer. Das erste Mal in meinem Leben sollte ich einem Mädchen das Herz brechen. Ich wollte endgültig Schluss machen. Außerdem musste ich davor Tennis spielen, denn mein Vater durfte von alldem nichts mitbekommen. Am Ende kam er auf den Gedanken, dass ich nur Tennis spielte, weil ich mit der Tochter des Nachbarn eine Art Beziehung pflegte. Ich sage absichtlich ›eine Art Beziehung‹, denn seit ich Iris begegnet war, wusste ich, dass es dort noch etwas anderes gab - etwas, das tiefer ging.

Nichts gab mir die Garantie, dass Iris für mich dasselbe empfand. Ich konnte also leer ausgehen, mich getäuscht haben. Das alles konnte ein Fehler sein oder einer werden.

Oh, der Tag sollte wahrhaftig eine seltsame Erfahrung werden. Wir fuhren nach Laumersheim, parkten und eine Sekunde später kam Manuela aus dem Nachbarhaus geschossen. Sie rannte zu mir, umarmte mich und in ihren Augen war alles toll, alles so rosa, alles so gut. Das waren die schlimmsten 45 Minuten meines Lebens. Sie stand am Zaun und himmelte mich an, und ich Drecksack spielte mit dem Gedanken, ihr das verdammte Herz zu zerbröseln. Also verlor ich gegen meinen Vater und zwang mich, vom Platz zu gehen.

Manu setzte sich zu mir, nahm meine Hand, und der Zeitpunkt der Entscheidung rückte immer näher. Wie schwer es wirklich wurde, musste ich erfahren, als sie sich zu mir vorbeugte, mir einen flüchtigen Kuss gab und in mein Ohr flüsterte. »Ich habe Kondome besorgt.«

Einen Moment übernahm nichts in meinem Körper die Atemkontrolle.

Bis zu dem Tag hatte ich noch nie mit einem Mädchen geschlafen. Oder war überhaupt in die Nähe dieser Tatsache gelangt. Natürlich träumte ich davon, rieb mir abends im Bett die Fantasien an meinem zweitbesten Freund ab. Ich hatte heimlich Pornohefte organisiert, die seichten, mit nur verschwommenen Details. Aber immerhin kannte ich im Wesentlichen die Dinge, die da passieren mussten.

Und nun das. Himmel! Manu forderte mich heraus, zwang mich mit ihr zu gehen. Und das tat ich. Ich folgte ihr ins Haus, in dem verdammten Zwiespalt endlich das heilige Thema anzubrechen und gleich wieder abzuschließen. Der erste Sex, mein Gott, und das, während nebenan mein Bruder mit meinem Vater Tennis spielte. Alles in mir sträubte sich dagegen, kämpfte die Flut der Hormone nieder.

Im Haus war es kühl, draußen stand die Sonne hoch oben, und 30 Grad brannten auf den Platz herunter. Ich war verschwitzt, roch dementsprechend, fühlte mich elend und erregt zugleich.

Erst sagte ich mir: ›Mann, Ronny, nimm es mit, bring es hinter dich, das kann dir nur gut tun. Gib ihr, was sie verlangt. Es ist ja nicht deine Entscheidung gewesen. Und danach: Augen zu und durch.‹

Doch dazu war ich nicht Arschloch genug. Mir war schon klar, danach Schluss zu machen, konnte mir echt gefährliche Verletzungen zufügen. Manu wog fast 80 Kilo. Sie hatte einen heftigen Schlag am Leib.

Wir gingen auf ihr Zimmer. Das Zimmer eines Mädchens. So typisch, dass ich noch heute viele Details in Erinnerung habe. Das Bett mit dem Bezug der Musikgruppe ›Duran

Duran‹. Die halb herabgelassenen Rollos, die mit einem Seidentuch abgedeckte Lampe, dann der knarrende Holzboden und wie jeder Schritt mich einen Feigling strafte.

Manu schloss ab, kam zu mir und schob augenblicklich beide Hände unter mein T-Shirt. Sie hatte es schon über meinen Kopf gezogen, da war ich noch am Luft holen. Ihr Mund presste sich auf meinen, ihre Zunge ging zum Angriff über. Ihre Hand schon dabei. Die hatte sich mit galanter, geübter Bewegung in die Sporthose geschoben. Es war ihr völlig egal, dass ich nach Schweiß stank und am ganzen Körper klebte wie ein vergessenes Hustenbonbon im Handschuhfach.

Ich tat gar nichts. Ich stand nur da, mein Glied zu einer wahrhaft gefährlichen Größe angeschwollen. Ihre Hand darum geklammert. Sie rieb das Ding, als müsste da Gold herauskommen. Meine Bewegungslosigkeit irritierte sie überhaupt nicht. Stattdessen packte sie meine Hand und schob sie über ihre gigantische Brust. Die Nippel bohrten sich durch den dünnen Stoff ihrer rosa Bluse und meine andere Hand lag auf ihrem mächtigen Hintern. Auch sie wurde dann von ihr dirigiert. Ich musste sie vorne unter den Slip schieben und spürte die Schamhaare.

Alles, was ich zu tun hatte, war ihr die Hose herunterzuziehen, sie auf das Bett zu werfen, vorher noch schnell das Gummi zu platzieren und es geschehen zu lassen. Verdammt noch mal, es nur zu tun.

›Vögel sie doch, Ronny‹, sagte ich mir. ›Mach es, und dann mach Schluss. Sei doch einmal ein Arschloch! Nur einmal in deinem Leben! Was ist schon dabei? Sie wird darüber hinwegkommen, heulen, dich verfluchen aber du hättest es hinter dir. Iris muss es nie erfahren. Na und? Wer schreibt denn vor, dass Männer, Jungs sich für die große, die erste Liebe aufheben müssen? Wer sagt denn, dass Iris nicht schon längst einen Schritt weiter ist? Die Angst, die du vor dem ersten Mal hast, wäre dir genommen. Danach, das sagen alle, wäre es viel, viel einfacher.‹

Also, was tun? Manu steuerte. Sie warf mich auf ihr Bett. Sie packte meine Sporthose am Bund und riss daran.

Na ja, mit einem erigierten Glied war das Ausziehen einer Hose deutlich schwerer. Und das rettete mich. Ich traf meine Entscheidung und bereue sie bis heute nicht.

»Nein, Manu. Wenn deine Mutter ...«, begann ich verlegen.

»Vergiss meine Mutter - von der hab ich die Kondome!«

Bitte? Hallo? Eltern gaben ihrer Tochter Kondome? Wo waren wir denn hier?

»Manu!«, sagte ich auf einmal und das mit erstaunlich fester Stimme. »Ich will es nicht!«

Es war raus, das Eis war gebrochen, der Stiel brach in sich zusammen. Manu schreckte vor mir zurück, als habe ich ihr einen elektrischen Schlag verpasst.

»Was?!«, blaffte sie.

Sie starrte mich an, dachte vielleicht einen Augenblick an einen Scherz. Aber als sie in meine Augen sah, wurde sie schlagartig vom Gegenteil überzeugt. Augen lügen nicht. Auch die schönsten blauen Augen konnten das nicht tun. Sie richtete ihre Bluse gerade, erhob sich und sah auf mich herab.

»Bitte sag das noch mal! Nur so zum Mitschreiben.« In ihrer Stimme lag nicht länger Verwunderung, sondern der fordernde Ton eines Ersten Offiziers.

»Ich will es nicht. Eigentlich wollte ... och Scheiße ... will ich mit dir Schluss machen, und das hier ...« Weiter kam ich nicht.

Auch füllige Menschen können wendig sein. Ich hatte nicht die geringste Chance. Sie trat einen Schritt an mich heran, holte aus und klatsche mir vier kurze, knubbelige Finger quer über die Wange. Es klatschte so laut, dass mein Ohr zu pfeifen begann. Sie sah mich an, presste die Lippen zusammen und scheuerte mir noch eine, dann noch eine und noch mal eine. Sie packte mein T-Shirt, schleuderte es mir ins Gesicht und begann zu brüllen. Und zwar so schrill, dass es vermutlich in Mitteldeutschland einen kurzen Radioausfall gab.

»Du verfluchtes Arschloch! Du bist so ein Drecksack! Ich hasse dich!«, schrie sie, womit mein Trommelfell wie eine Fahne im starken Westwind flatterte.

›Das ist doch mal eine gute, neue Basis‹, dachte ich noch.

»Hau ab!!« Es wurde immer besser. Sie heulte nicht. Sie warf mich aus ihrem Zimmer, ihrem Leben, und das war doch genau das, was ich wollte, oder? Es traf mich trotzdem. Mein Gesicht brannte wie Feuer, aber ich war am Ziel angekommen. Manu war Geschichte und ich frei. Warum fühlte ich mich nur nicht so?.

Ich erhob mich, behielt den Blick schuldbewusst gesenkt und zog mein Shirt an. Manu dagegen trat mir in den Hintern. Nicht sprichwörtlich, nein, im wahrsten Sinn des Wortes und katapultierte mich einen halben Meter durch das Zimmer. Ich wollte die Tür aufreißen, das ging nicht, drehte den Schlüssel, konnte die Tür nun öffnen, und Manu trat noch mal kräftig zu. Ich flog in den Flur und in die Arme ihrer Mutter. Doch Manu ignorierte sie. Ihr Fokus war fest auf mich eingestellt, und ihr Blick stand auf ›Vernichten‹. Sie schubste mich zur Treppe - ohne Geländer wäre ich heute nicht in der Lage zu schreiben und zu erzählen. Ich polterte die Stufen hinunter, halb Halt suchend und halb rutschend. Ich glaube, ihre Mutter versuchte, sie zu ermahnen. Aber ihre liebe, vollschlanke Tochter war in diesem Moment auf beiden Ohren taub. Zwei Stufen auf einmal nehmend folgte sie mir wie ein Jagdfuchs, trieb mich wie einen Hasen durch das Haus in den großen Hof hinaus.

»Aarschlooooch!« Oh ja, das war so gut zu hören. Mein Vater kam an den Zaun, gefolgt von meinem Bruder. »Du verdammmmtes Arrrschloooch!«

Nun war der Nachbar am Fenster, und auf der Straße blieben zwei alte Leutchen stehen. Schon irre, an was man sich nicht alles erinnern kann. Sie folgte mir. So weit zu meinem Plan, ich könnte danach in Ruhe warten und mit meinem Vater heimfahren. Doch stattdessen trat ich die Flucht durch das offene Hoftor an, Manuela auf den Fersen. Vorbei an den glotzenden Rentnern rannte ich zur Straße und bog nach rechts ab. Sie folgte mir bis zur Kreuzung und warf tatsächlich einen Stein. Der verfehlte mich um Haaresbreite. Ich rannte als sei der Leibhaftige hinter mir - und so weit war das auch nicht entfernt. Laumersheim ist bis heute nicht besonders groß. Nur Sekunden später ließ ich das Ortsschild hinter mir und konnte das erste Mal stehen bleiben, wagte einen vorsichtigen Blick zurück. Keine Manuela, keine Steine. Also war ich vorläufig in Sicherheit.

Ich ging erleichtert die Landesstraße entlang und versuchte, meine Gedanken zu ordnen. Die Wange brannte, mein Hintern tat mir weh. Das war nicht gerade so verlaufen, wie ich es mir vorgestellt hatte. Nein, diese Aktion war in einem riesigen Chaos geendet. Trotzdem fühlte ich mich zufrieden. Klar, ich hatte dem Mädchen das Herz gebrochen. Aber bitte, wer konnte ahnen, dass sie sich genau den Samstag aussuchte, mir ihre Jungfräulichkeit zu schenken? Niemand. Ich war also erst mal das Arschloch - damit konnte ich leben.

Mein Vater las mich einen Ort weiter auf. Er schaute mich an, wortlos, so war mein Vater. Ich stieg ein und niemand, nicht einmal mein Bruder, sagte einen Ton. Und er war sonst derjenige, der sich zufrieden an meinen Fehlern reiben konnte. Zu Hause stieg mein Bruder aus, und Vater hielt mich am Arm fest. Ich schaute ihn zwangsläufig an. »Was war denn da los?«

»Hab mit Manu Schluss gemacht.«

Er nickte, als verstünde er das, was ich nicht glaubte. Aber vielleicht tue ich ihm auch Unrecht, und er hatte es tatsächlich begriffen. Doch mein Vater wäre nicht mein Vater, wenn er nicht folgenden Satz nachgeschoben hätte: »Hättest du nicht drei Wochen warten können? Ende Juli macht der Tennisverein in Hettenleidelheim auf!«

Damit stieg er aus und ließ mich in einer anderen, wirklich ganz anderen Schuld zurück.

Bei acht Mark Taschengeld im Monat war Benzin so kostbar wie eine ›Levis 501‹ oder Turnschuhe von ›Adidas‹. Der Nachmittag war noch jung, es war kurz nach 16 Uhr, und ich wollte bis zum Abendessen noch etwas unternehmen. Also schnappte ich mir mein Rad, packte die Malsachen ein und fuhr durch die Gegend. Ich musste dringend nachdenken. Zuhause nervte mein Bruder. Er ging mir auf den Senkel mit seiner kindisch blöden Art. Außerdem wollte mein Vater immer bei irgendetwas meine Hilfe – wortlos, verstand sich. Um vor der Arbeit zu fliehen, war eine Spritztour mit dem Rad eine gute Sache. Ich fuhr zu Thomas, der wimmelte mich aber schell ab. Irgendwelche Verwandten standen im Garten und starrten in den Grill, in der gierigen Hoffnung auf schnelles, gutes und vor allem kostenloses Essen. Eine seiner komischen Cousinen streckte mir die Zunge heraus, und ich deutete ihr an, was ich alles mit ihrem Hals machen konnte.

1982 kannte ich viele Stellen in Hettenleidelheim, die sich zum Nachdenken eigneten. Da waren zum einen der Kirschbaum, dann unser Gartengrundstück, ein gigantischer Eichenbaum auf einem freien Feld in der Nähe der Schweinefarm und schließlich die Mauer am Hintereingang des Friedhofs. Genau dorthin dirigierte ich mein Rad.

Ich kam um kurz nach 17 Uhr an. Die Sonne stand noch über dem Horizont und wärmte mir den Rücken. Vor mir lag ein neuer Zeichenblock auf den Beinen, und ich malte einen Grabstein mit einer davor knienden Frau.

Malen befreit bis heute meinen Geist. Es räumt den Kopf frei, sortiert alles zurück in die passenden Schubladen. Es leert die Gänge, wie ein kalter Wind Menschen von der Straße fegt. Ich male, denke dabei nach und treffe Entscheidungen. Nicht die großen, wegweisenden Entscheidungen. Aber die kleinen Dinge, die einen immer beschäftigten und entschieden werden müssen.

Auf der Friedhofsmauer fühlte ich mich seltsam frei. Das ist schwer zu erklären. Immerhin hatte ich eine wirklich große Chance vertan. Ich hätte an diesem Tag richtigen Sex haben können. Nicht nur vorsichtiges Gefummel im schlechten Partylicht eines Geburtstages, nein, richtiges Vögeln.

Oh, Mann. Mir tat Manuela leid.

Ich malte die Frau am Grab mit langen Haaren. Aber dort auf dem Friedhof kniete ein knochiges altes Weib mit hochgebundener Frisur. Ich dagegen malte … Iris. Ich schattierte ihre Silhouette, dann begann ich, den Weg zu skizzieren und die Kapelle zu entwerfen.

Der Tod ist etwas Ruhendes und Stilles. Er strahlte von allen Gräbern wie eine unsichtbare, angenehme Wärme. Gerade im Sonnenlicht ist ein Friedhof für mich eine Stätte der Ergebung, der Gelassenheit. Er macht mir deutlich, wie vergänglich Leben ist. Lebe den Augenblick.

»Was malst du?« fragte mich wie aus dem Nichts eine nette Stimme.

Ich schreckte auf, warf den Block nach rechts und den Bleistift im hohen Bogen nach links. Gleichzeitig machte ich einen gewaltigen Satz nach vorne und fiel dabei fast von der Mauer. Die war zum Glück nicht sonderlich hoch. Mein Herz prallte gegen die Brust, und ich war mir gewiss, es hatte drei Schläge lang einen Aussetzer. Erst als ich offenkundig nicht zu Tode erschrocken war, drehte ich mich zu ihr um.

Und da stand sie. Iris lächelte mich frech von der Seite an, schaute aber über die Gräber. Ich sprang in den Friedhof und hob Block und Stift auf. Dann kletterte ich die Mauer wieder hinauf. Sie setzte sich zu mir. Ihr Blick blieb immer noch auf den Friedhof gerichtet.

»Himmel, Iris. Hast du mich erschreckt«, begann ich schwer atmend.

Sie betrachtete mich eine Weile unschuldig dreinblickend. »Tut mir leid. Wollt ich nicht!« Dabei schob sie demonstrativ die Unterlippe vor. Das sah süß aus.

»Schon gut!«, winkte ich lässig ab.

Ich war überzeugt davon, dass mein Herzschlag zu hören war wie das Klopfen eines alten Motors. Und ich war mir sicher, einen hochroten Kopf zu haben, der jeder Ampel Konkurrenz machte. Ohne zu ihr zu sehen, das ging nicht, noch nicht, malte ich weiter. Aber ich zitterte so stark, dass ich es beim simplen Stricheln der Schatten belassen musste.

»Ich male den Friedhof«, gab ich verspätet Antwort.

Sie nickte.

»Den Tod im Bild!«, sagte sie in einem seltsamen Tonfall.

Ich legte den Stift zur Seite. »Nein, ein Friedhof ist Leben. Mehr als so vieles andere. Hierher kommen Menschen, um zu trauern. Sie pflegen die Gräber als Erinnerung an das Leben.«

Nun wandte sie sich zu mir. »Wow, wie tiefgründig. Hast du das aus einem Buch, oder was?« Sie hatte das nicht einmal in jenem erwartungsgemäß sarkastischen Tonfall gesagt. Stattdessen grinste sie.

Ich warf ihr einen missbilligenden Blick zu. »Wieso?«

»Klingt so traurig - passt nicht zu dir. Schlechten Tag gehabt?«, fragte sie.

Nun lachte ich. Dieses Lachen hätte ich nicht einmal dann aufhalten können, wenn ich es gewollt hätte.

›Schlechter Tag? Fassen wir mal zusammen, Mädchen. Ich habe wegen dir kaum geschlafen. Ich habe wegen dir auf meinen ersten Sex verzichtet und mir in den Hintern treten lassen. Und ich habe mich wegen dir zum Gespött eines ganzen Dorfes gemacht. Mein Vater ist sauer, weil er nicht mehr Tennis spielen konnte oder wollte - übrigens auch wegen dir. Hölle, ja. Das war wirklich ein beschissener Tag gewesen, bis vor drei Minuten.‹

»Nein«, erwiderte ich stattdessen und keuchte.

Sie knuffte mich in die Seite. »Hey, was lachst du denn so bescheuert?«

Mit einer Hand rieb ich mir die Seite. »Nicht über dich. Aber was machst du hier?«

Iris deutete über den Friedhof. »Das hier ist einer meiner Lieblingsplätze. Ich reite oft mit den Ponys her oder komme mit dem Rad und betrachte mir die Gräber.«

Mein Mund stand offen. Sie erkannte das und grinste.

»Keine Panik. Alles wird gut«, versicherte sie mir schnell.

»Du betrachtest dir die Gräber?« Ich war wirklich so erstaunt, wie ich klang.

»Ja - komm mal mit!« Iris hüpfte von der Mauer auf den Friedhof. Ich steckte den Stift in die Ringe des Blocks und sprang hinterher. Sie war ein paar Meter vorangegangen. Ihre Haare glänzten in der Abendsonne. Sie trug ihre Jeansjacke um die Hüften gebunden wie einen Rock, und über ihren schlanken Köper war ein schlichtes blaues, oft gewaschenes T-Shirt geworfen. Iris hatte kleine Brüste, die sich durch den Stoff bohrten wie winzige Steinchen. Als sie sich zu mir drehte und ihre Haare zur Seite flogen, ihr Lachen mich gepackt hatte, war der schlimme Teil des Tages fast vergessen.

»Jetzt komm schon, los!«, forderte sie mich grinsend auf.

Ich folgte ihr und schloss schnell auf. Sie lief eine Grabreihe entlang und deutete mit der Hand den Weg hinauf. »Das hier ist die ›Alte Gasse‹. Willst du wissen, warum ich sie so nenne?«

Ich nickte.

»Hier sind nur alte Gräber. Da, Wolfgang Kreis, wurde 72, ist 1917 gestorben. Im Krieg.« Sie zuckte mit den Schultern. »Oder hier, Alma Wahl, gestorben 1922. Wer pflegt eigentlich das Grab? Die Kinder, deren Kinder? Stell dir mal vor, wie alt die inzwischen sein müssen?« Sie tänzelte zu einem anderen Grab, und ich folgte ihr. Blind vor Faszination. »Da liegt eine ganze Familie. Hummel, gestorben 1893, 1895, dann 1933, und 1942. Die Eltern und die Kinder? Welche Geschichte verbirgt sich hinter dem Grabstein?«

Iris hüpfte weiter - hüpfte wie ein kleines Mädchen, das auf der Straße Hickelstein spielte.

»Der Weg hier ist der Frauenweg. Hier liegen die Männer, und fast überall fehlen die Frauen. Die warten noch darauf zu sterben und pflegen ihr eigenes Grab - ist das nicht Wahnsinn?« Dabei warf sie mir einen beinah irren Blick zu. Das war es. Grotesk traf es besser.

»Und du hast allen Wegen Namen gegeben?«

»Ja, fast. Hab einen Plan gemalt, den geb ich dir irgendwann mal. Einige sind durcheinander und schwer einem Thema zuzuordnen. Aber ja, fast allen.«

Sie kam zu mir, stand einen Augenblick nur da und holte tief Luft. »Hier lebt die Geschichte, Ronny. Ist das eigentlich eine Abkürzung?«

Der plötzliche Themenwandel verwirrte mich.

»Was?«, hakte ich nach, denn ich verstand nicht, was sie meinte.

»Ronny! Ich meine, ist das eine Abkürzung … für was? Roland? Oder was?«

Ich verzog das Gesicht, denn ich wollte nicht gerne an den Kunstgriff meines Vaters erinnert werden, mir einen so bescheuerten Namen gegeben zu haben.

»Nein, Ronald. Aber so rief mich bisher nur meine Oma. Na ja, und meine Mutter, wenn ich was ausgefressen hab.«

Sie nickte. »Die da hinten liegt!«

Ihre kleine Hand wies einen Weg entlang auf das Grab meiner Oma.

Ich blieb augenblicklich stehen, und sie lachte plötzlich.

»Nicht deine Mutter, deine Oma!«

Ich war immer noch erstaunt. »Hä? Du weißt, wo meine Oma liegt«

»Klar. Teresa Schuster, 1981. Ist nicht alt geworden, oder?« Da war Traurigkeit. Wie ein sanfter Wind strich sie über ihre Stimme.

Ich dachte darüber nach, ihr ein paar Fragen zu stellen. Doch das ließ ich sein. Der Augenblick wäre damit zerstört worden. Und das wollte ich auf keinen Fall. Bei allem, was mir heilig war, der Tag wurde eben zu einem herrlichen Erlebnis.

»Nein, Krebs. Sie war eine tolle Frau«, gab ich bereitwillig Auskunft.

»Mein Opa auch, er liegt auch hier.«

Upps, im Telefonbuch standen noch zwei Namen, aber was bedeutete das schon?

»Und in welcher ›Straße‹?«

»Die, der einsamen Herzen. Er hat ein Grab für sich alleine. Meine Oma sagt immer, ihren Namen hier auf einem Stein zu sehen und ihr Geburtsjahr darauf, wäre pervers.«

»Da hat sie recht, glaube ich!«

Iris nickte und lief wieder vor. Wir schlichen weiter zwischen den Gräbern hin und her. Es war eine der seltsamsten Erfahrungen in meinem Leben. Nicht das Gräberbetrachten, das tat ich sonst auch. Auch nicht, dass ich es mit ihr tat, sondern dass wir nicht reden mussten.

Immer, wenn ich einige Zeit in einer Stadt verbringe, reizt es mich dort über die Friedhöfe zu gehen. Beim Betrachten der mehr oder weniger gepflegten Erinnerungen an ein Leben muss ich stets an diese halbe Stunde denken, in der ich mit Iris in einer mir fremden Welt umherging, ohne ein Wort zu sagen.

Und ich hätte damals viele Fragen gehabt. Wie alt war sie? Was war mit ihren Eltern? Wer war sie überhaupt, und woher wusste sie so verdammt viel über mich? Doch an diesem Tag fragte ich nichts davon.

Um 18 Uhr schloss der Friedhof. Wir gingen zum hinteren Ausgang, und der Friedhofswärter verriegelte hinter uns die Tür.

Sie wandte sich zu mir. »Sehen wir uns morgen, Ronny?«

»Klar!«, sagte ich und erschrak. Es war mir peinlich, so offen zu zeigen, dass ich sie unbedingt wiedersehen wollte.

»Na dann!«

Es passierte schnell und vollkommen überraschend. Wie konnten an einem Tag Leid und Freude so dicht zusammenhocken? Was konnte ein Herz so alles aushalten? War es möglich, dass man es treten konnte, verwirren und erfreuen zugleich, nacheinander und ohne Schaden zu hinterlassen?

Der 10. Juli 1982 hatte mit Arbeit begonnen. Enttäuschung, Schrecken, Verlust und Schmerz waren gefolgt. Doch geendet hatte es nun in einem Meer aus wundervollen Gefühlen. Das konnte nicht gut gehen - doch es ging gut. Zumindest für die nächsten drei Jahre.

Iris kam zu mir, streckte sich an mir hoch, gab mir einen flüchtigen Kuss und drehte sich weg, um eilig zu verschwinden.

Ich stand da, den Mund offen und durchlebte den Beginn einer unvergesslichen Freundschaft.

Kalte Schulter

Bitterkeit heißt dieser Schmerz,
Trifft, bricht grausam mein Herz.
Diese Kälte, mein Atem steht still,
Verlässt Du mich, weil ich die Wärme Deiner Liebe will?

ALS KIND UND ALS JUNGEDLICHER war ich ein echter Frühaufsteher - auch sonntags. Heute muss ich um 11 Uhr eine Bergungsfirma rufen, damit ich aus dem Bett komme. Wahrscheinlich liegt das an einer ganz normalen Sache. Der Körper nimmt im Laufe seines Lebens zu viel Eisen auf, und in den Betten erwachsener Menschen ist ein Magnet eingebaut, der es ihnen unmöglich macht, sich zu erheben. Zumindest wäre das eine entlastende Erklärung. Wahrscheinlicher ist, dass man wohl oder übel die Anzeichen des Alterns spürt.

So begann der Sonntag, der 11. Juli 1982, um 5.42 Uhr mit der aufgehenden Sonne. Ich stand auf, setzte mich im Schlafanzug an den Schreibtisch und zeichnete an dem Bild weiter, das ich auf dem Friedhof begonnen hatte.

Sonntags gehörten meine Eltern zu den Langschläfern. Wir frühstückten an diesen Tagen selten vor 11 Uhr. Nach dem Zeichnen musste ich drei Stunden erschlagen.

Heute sitzt man vor dem Fernseher, spielt mit einem Gameboy oder surft auf den Wellen der Information im Internet. Aber damals hatte man nur die Dinge aus seinem Zimmer. Die wenigsten benötigten dabei Strom.

Ich bastelte viel mit Papier, baute auch gerne mit Legosteinen oder lag auf dem Bett und hörte Musik aus dem Radio. Es war ein wirklich guter Radiosender mit einer angenehmen Mischung Popmusik jener Zeit.

Dabei dachte ich an den Kuss. Ich hatte bereits weitaus spektakulärere Küsse hinter mir. Der flüchtige Kuss von Iris war im Grunde nicht mehr, als der einer Verwandten oder der eines Kindes.

Ich lag bis zum Frühstück auf dem Bett und dachte über den Kuss von Iris nach. Eigentlich mehr darüber, was Iris dazu bewegt haben könnte, mich zu küssen. Ich war verliebt, voller verirrter Gedanken und Gefühle. In mir hatte sich ein Schalter mit einem lauten »Klack« umgelegt. Für mich war der Kuss der Beweis, dass sie etwas, irgendetwas für mich empfinden musste. Was sonst? Ich sollte es bald erfahren.

Sonntag bei meiner Familie. Das war ein Tag, an dem man flüchten musste. Mein Vater liebte seinen Fußball und sein Tennis. Entweder live oder vor dem Fernseher. Meine Mutter, die unter der Woche zur Arbeit ging, hatte ihren Haushalt, den sie abgrundtief hasste. Gerade sonntags. Diese zwei Welten prallten an solchen Tagen wie kriegerische Armeen aufeinander und alles, was dabei herauskam, war blutig. Mein Bruder verschwand schon direkt nach dem Frühstück und trieb sich mit seinen Jungs im Dorf herum. Bei meinen Freunden war sonntags die Familie heilig, und so hockte ich alleine zu Hause, bis bei meinen Eltern die Konversationslautstärke ein gefährliches Niveau erreichte.

Natürlich erinnerte ich mich daran, dass Iris gefragt hatte, ob wir uns sehen, heute, am Sonntag. Nur hatten wir nicht ausgemacht wo und wann. Heute in einer Zeit voller Termine und Kalender ist es undenkbar, so locker eine Verabredung auszumachen. Ich muss heute schon wissen, was ich die komplette Woche zu erledigen habe und teile mir meine freie Zeit in halbe Stunden Pakete ein. Aber damals? Damals gab es solche Sätze, wie: »Ich komm mittags vorbei!« oder: »Bis Montag!«.

Ich radelte, das Bild für Iris unter den Arm geklemmt, zum Friedhof.

Hettenleidelheim ist ein kleines Dorf mitten in der Pfalz. Mit etwas mehr als 3000 Einwohnern, einem direkten Autobahnanschluss, vielen Feldern und Wald darum konnte es schon damals mit einer guten Infrastruktur aufwarten. Mir hat es hier immer gefallen. Die Menschen sind freundlich, die Wohnqualität ist gut und bezahlbar. Unbezahlbar ist die Landschaft rings um das Dorf. Als Kind mochte ich die Kornfelder, in denen man im Sommer so herrlich Verstecken spielen konnte. Nach der Ernte lagen darauf Strohballen herum, mit denen man Burgen bauen konnte. Die nahe Erdekaut, ein Landschaftsschutzgebiet, ist heute, was ich erst kürzlich bemerkte, an einer Stelle zu einem Erlebnispark umgebaut worden. Wobei das Wort ›Erlebnispark‹ übertrieben ist, aber treffend meine Jugend widerspiegelt. Ich habe dort in der Tat viel erlebt.

Mit dem Fahrrad gelangte man schnell an alle wichtigen Stellen. Brot holen, Wurst bei einem der drei Metzger einkaufen. Damals gab es einen kleinen Edeka-Markt und heute sogar zwei Supermärkte. Es gibt drei Haarstudios, zwei Tankstellen, zwei Autohäuser, und man genießt noch das Privileg einer eigenen Poststelle. Hettenleidelheim ist und bleibt ein schöner Fleck zum Leben. Ein Dorf, in dem Menschen sich kennen und schätzen gelernt haben, das abgegrenzt und überschaubar geblieben ist. Geschichtlich uninteressant, auch wenn ich an der Stelle dem guten Heimatmuseum einen schmerzhaften Stich versetze, doch sowohl in positiver wie negativer Richtung eben unauffällig. Das alles ist für mich nach wie vor wertvoll.

Ich sitze auf einer Bank in der Dorfmitte und sehe den Menschen zu. In den letzten Jahren war ich nur kurz und sehr selten hier gewesen. Ich erkenne mich in den Kindern wieder, die mit ihrem Rad dastehen und sich unterhalten. Ich sehe mich die Straße herunterkommen und dort an der Bäckerei halten. Den Zettel in der einen Hand, den meine

Mutter geschrieben hatte, und in der anderen Hand das Einkaufsgeld. Ich sehe heute noch den Mann an der Ecke stehen, die Zeitung vom Sonntag in der Hand. Ich erinnere mich, wie ich mit einer Mark zum alten Kupfer-Hans ging, um meinem Opa die Zeitung zu kaufen.

Heute kommen aus der Drogerie Kinder mit Schokoeiern in der Hand und streiten sich, wer welches bekommt. Früher bin ich das gewesen, der im Supermarkt jeden Pfennig abgezählt hat, um eine Tüte Colaflaschen kaufen zu können. Und mein kleiner Bruder ist es gewesen, der gebettelt hat, um nur eine Einzige davon zu bekommen. Ich sehe Frauen vor der Sparkasse, Kinderwagen vor sich, vertieft in den neuesten Dorftratsch. Ich sehe Männer, die sich vertraut grüßen. Und ich erkenne die alte Frau, die auch heute noch aus dem Fenster sieht, um wie ich das Leben zu beobachten. Sie ist merklich älter geworden.

Natürlich hat sich viel verändert. Die kleine Bäckerei, in der ich als Kind geradeso bis an den Tresen reichte, um mir rote, blaue und gelbe Gummibärchen für ein oder zwei Pfennige zusammenzusuchen, ist einer Pizzeria gewichen. Sparkasse und Gemeindeverwaltung sind moderner geworden. Ihr neues Bild hat einen kleinen Platz geschaffen, auf dem ein Brunnen im Sonnenlicht des endenden Tages plätschert. Rund um die Steinsäulen spielen drei kleine Kinder Fangen. Und ich, ein Mann in der Lebensmitte, sehe ihnen zu, sehe mich selbst dort spielen. Wie unermüdlich sich doch die Erde ein um den anderen Tag einfach weiterdreht.

Heute kommt mir alles bunter vor, lebendiger, beweglicher. So als würde das Leben in schrecklicher Eile an mir vorüberhasten. Ich weiß nicht, bin mir nie sicher, ob es wirklich schneller geworden ist oder ob ich es bin, der langsamer geworden ist.

Ich sehe mich mit dem Fahrrad aus dem oberen Teil des Dorfes kommen und in die Hauptstraße abbiegen. Vorbei am CEB, eine Art Café, heute mal eine Pizzeria, mal ein

Bistro, mal leerstehend. Mit wirren Haaren und verbissenem Gesicht sitze ich auf dem Rad. Ich weiß nicht mehr, was ich damals gedacht habe, aber ich erinnere mich an den Weg, den ich an diesem Tag zum Friedhof gefahren bin. Ich bin an dem kleinen Platz vorbei geradelt. Der Zeitungsverkäufer hat mir hinterher geblickt. Ich erinnere mich an die alte Frau am Fenster, die auf ein Kissen gelehnt mir hinterher gesehen hat. Ich kann mich an zwei Männer erinnern, die ihre Unterhaltung unterbrochen haben, um mich zu beobachten. Ich weiß noch, dass dort eine Katze auf der Mauer gestanden hat, vor dem heute leeren ›Blumen-Bäcker‹-Laden.

Die Sonne brannte vom Himmel, ein sanfter Wind spielte mit Schäfchenwolken. Ich trug nur ein T-Shirt, Jeans und Turnschuhe ohne Strümpfe - keinen Helm, der wurde erst viel später üblich.

Ich war glücklich, gut gelaunt, fühlte mich zu Hause und geborgen. Ich glaube, diese naiven Gefühle sind es, die mir heute noch den Magen verkrampfen, wenn ich durch das Dorf gehe und mich umsehe.

Seit 25 Jahren bin ich nicht mehr hier gewesen. Damals, als mein Rad und ich durch das Dorf brausten, wusste ich nicht, dass eine Zeit kommen sollte, in der ich das alles abgrundtief hasste.

Es war fast genau 15 Uhr, als ich mein Rad abstellte und den langen Weg durch den Friedhof hinauf zur alten Mauer an der Rückseite lief. An einem Sonntag erwachte auf dem Friedhof immer ein eigenartiges Leben. Gerade bei schönem Wetter.

Die Menschen waren stets gut gekleidet. Sie gossen die Blumen, standen am Grab und taten auch mal nichts. Ich schaute gerne den alten Leuten zu, wie sie sich leise unterhielten, und zeichnete sie dabei. Wenn die Sonne über dem Wald hing, warfen die Ulmen an der Seite des Friedhofes zur Schule hin lange Schatten über die Gräber. Besucher, die aus dem Licht kamen und in den Schatten traten, wurden dunkler, unheimlicher. Traten sie in die Sonne zurück, erhellten sie sich und verloren ihre Bedrohlichkeit. Mir gefiel das, ich zeichnete diese Atmosphäre oft.

Auf der Mauer saß keine Iris, keine langen, braunen Haare, die in der Sonne glänzten. Ich wartete ein paar Minuten und machte mich enttäuscht auf zu meinem Fahrrad. Vom Friedhof fuhr ich zur Koppel im Gartenweg, und auch hier waren weder Iris noch eines der Ponys zu sehen. Also fuhr ich den Betonweg entlang zur Schweinefarm.

Ich erkannte sie nicht gleich. Sie trug eine kleine Baskenmütze schräg auf dem Kopf und eine dunkelgrüne Jacke aus grobem Stoff, die an den Ärmeln mehrfach umgekrempelt war. Erst später sah ich, dass es eine französische Armeejacke war. Unter der Jacke trug sie ein einfaches T-Shirt in verblasstem Rot. Schwarze, enge Reiterhosen betonten ihre Beine. Iris hockte auf einem Pony. Ich glaube, es war Liselotte.

Das war das erste Mal, dass ich sie reiten sah. Ein Anblick, an den ich mich gewöhnen musste. Neben ihr ritt ein weiteres Mädchen, und auf der anderen Seite führte ein Mann mit einem großen Hut das dritte Pony.

Manfred Heinrichs, wie ich viel später erfuhr. Er war der Besitzer der Ponys. Noch hasste ich das Mädchen neben Iris nicht. Sie war einfach nur eine Freundin. Sabrina Holl. Das sollte sich bald ändern. Sabrina trug einen Reithut und die perfekten Kleider zum Reiten, passend auf ihren Leib geschneidert. Alles wirkte teuer - selbst ihre Art sich zu geben und nur dazusitzen.

Iris erkannte mich erst, als ich fast neben ihnen stand. Sie lachte mich offen an. Ich dagegen war enttäuscht. Ich hasste mich dafür, weil es ein so falsches Gefühl zu sein schien, doch ich fühlte es. Natürlich wollte ich sie alleine treffen. Da war der Kuss, da war so vieles, das ich fragen wollte. Doch nun platze ich in eine kleine Party, zu der mich niemand eingeladen hatte.

»Hallo Iris!«, sagte ich und stieg von meinem Rad ab.

Sie stoppten die Tiere, und ich wurde einer gründlichen Prüfung unterzogen. Manfred, ein Mann um die 30 oder etwas mehr, war mit seiner Musterung schnell fertig. Er blieb für mich an dem Tag und auch später immer ein Mann ohne eine echte Definition. Ich mochte ihn nie richtig leiden. Wir grüßten uns, wenn es sein musste. Wir ignorierten uns, wenn es möglich war.

Bei Sabrina sollte meine Musterung nie abgeschlossen sein. Iris' beste Freundin konnte mich nie leiden. Ich kann den Grund dafür bis heute nur vermuten. Vielleicht weil ich ein Junge war, der ihr die beste Freundin streitig machen konnte? Weil ich in ihren Augen aussah wie ein Junge, der im Konfirmationsanzug in den Stall zum Ausmisten kam? Weil ich gar nicht zu Iris passte? Keine Ahnung. Es kam nie zu einer Aussprache zwischen uns.

»Hallo, Ronny. Wir wollen zur Koppel zurück«, sagte Iris, und ihr Lächeln wirkte aufgesetzt.

Mir war so, als hätte ich sie bei einer verbotenen Sache erwischt.

»Ah!«, sagte ich nur.

Wenn ich mich heute dort stehen sehe, das Rad zwischen den Beinen, den Blick gegen die Sonne zu ihr nach oben gerichtet, bin ich überzeugt, dass ich in Bezug auf Denkvermögen in Iris' Gegenwart immer ziemlich langsam war.

Ich schaute zu Sabrina und Manfred in der Hoffnung, sie vorgestellt zu bekommen. Doch das passierte nicht.

»Begleitest du uns?«, fragte Iris mich mit deutlicher Erwartung im Unterton ihrer Stimme.

»Sicher … ich reite auf meinem Drahtesel hinter euch her!«, und zu dem Satz zwang ich mir ein Lächeln auf.

Doch es kam nicht an. Und mein Lächeln fiel mir aus dem Gesicht wie ein Klebezettel, der nicht mehr haften wollte. Iris lachte, doch Sabrina verzog das Gesicht und gab dem Pony mit einer schlichten Bewegung den Befehl loszulaufen. Manfred zog sein Pony einfach weiter.

Wir erreichten die Koppel. Sie sattelten ab, putzen die Viecher, putzen das Sattelzeug, fütterten die Tiere, lachten, scherzten und unterhielten sich. Immer wieder schaute Manfred oder diese Sabrina zu mir, während ich an der Koppel auf einer der Stangen hockte und dumm aus der Wäsche glotzte. Iris schaute nicht einmal zu mir herüber. Nicht ein einziges, verfluchtes Mal.

Ich weiß gar nicht, warum ich so lange geblieben bin? Ich hatte vielleicht etwas erwartet. Einen Kuss? Nein, ich wollte nur reden. Einfach nur reden. Ich wollte mit ihr alleine sein. Himmel noch mal, warum verstand sie das nicht?

Das ging mir durch den Kopf: ›Schick sie weg, die beiden … Fremdkörper …! Lass uns zu der Mauer gehen und den Augenblick von gestern noch einmal erleben!‹

Aber so ist das im Leben. Die wirklich schönen Momente sind einzigartig, und nichts kann sie wieder herstellen.

Gegen 17 Uhr reichte es mir dann. Ich war kein Depp. Iris beachtete mich nicht, also war ich überflüssig. Ich dachte noch darüber nach, ihr zu sagen, dass ich nun gehen wollte, doch schließlich hatte auch ich meinen Stolz.

Ohne den Blick noch mal zur Koppel zu wenden, rutschte ich von der Stange, schnappte mir mein Rad und fuhr los. Wie schwer war es mir gefallen, mich nicht umzudrehen. Ich behaupte gerne, dass Hass eine klare Art der Zuneigung ist und Liebe die schwerste Art, Gefühle zu definieren, aber Ignoranz ist die kälteste und frei von jedem Gefühl. Sie hatte mich ignoriert, also bitte, zahlte ich es ihr eben mit gleicher Münze zurück. Doch ich fuhr nicht nach Hause. Ich fuhr an der Farm vorbei, und am Waldrand setzte ich mich auf eine verfallene Bank. Ich zeichnete die Farm, die nun unter mir lag. Ich zeichnete sie im Sommer, im Winter, in Flammen, unter Wasser und am Ende als Ruine.

Ich hatte unendlich viel Wut in mir, und diese Wut kanalisierte ich in die Bilderserie.

Der erste Brief

Wie wunderbar erregend, zugleich
Auf Papier - samtweich.
Ein Blick in Deine Seele – federleicht.
Süße Sehnsucht farbiger Worte mein Herz erreicht ...

ALS ICH ZUR BUSHALTESTELLE kam, stand Thomas schon da. Er war im dem Zeitraum von 1980 bis zum Ende meiner Realschulzeit einer meiner besten Freunde. Ich stellte mich zu Thomas und setzte meine Tasche auf dem Boden ab.

»Morgen, Alter!«, sagte ich und starrte dabei so sinnlos in die Hecke auf der anderen Seite der Straße, wie er es tat.

»Wie war es am Samstag noch?«, fragte ich locker und unverbindlich.

Thomas sprach, ohne mich anzusehen. »Zum Kotzen. Meine Cousine ist hundertprozentig uncool. Echt ätzend.«

Ich lachte. »Kenne ich, hab auch Exemplare davon«, und ich stellte mir in einer irren Sekunde meine unerträglichen Cousinen vor.

Thomas schnaubte. »Artenschutz ist scheiße. Hast du Englisch?«

Ich hatte so etwas wie Englisch gemacht, doch nur halbherzig. Mir war völlig klar, dass es einer intensiven Prüfung nicht standhielt. Aber treu nach meinem Lebensmotto ›Wer nicht wagt, der nicht gewinnt‹ wollte ich das Risiko auf mich nehmen. Thomas war ein weitaus besserer Schüler als ich. Er vergaß keine Hausaufgaben, gab sie in einem erschreckend guten Zustand ab, meldete sich, war ein verfluchter Streber, wenn man es genau nahm. Ein Grund, warum er unbeliebt war, und ein Grund, warum er in der Klasse neben dem komischen Ronny seinen Platz gefunden hatte.

Klassen in den Jahren 80er bis 90er zählten oft über 30 Schüler. Ich erinnere mich an Klassenunterteilungen von A bis F. Ich selbst besuchte eine 8 D. Wir waren grob nach Ortschaften eingeteilt worden. Da ich die sechste Klasse wiederholt hatte, landete ich in einer Klasse, deren Schüler nicht aus meiner Umgebung stammten, sondern größtenteils aus Grünstadt. Thomas war, meiner Erinnerung nach, der Einzige, der mit mir aus Hettenleidelheim kam. Ich war unter den vielen in meiner Klasse schon alleine deshalb ein Außenseiter.

Dazu kam meine Rolle als Wiederholer. Ich weiß nicht, aber später bekamen wir immer wieder solche Gestalten in die Klasse gepflanzt, und keiner hatte wirklich Probleme sich einzugliedern. Mir gelang das nie. Zum einen, weil ich ein eher verschlossener Typ war, zum anderen, weil ich mich damals nicht in das Gehabe der Jungs integrieren konnte. Ich prügelte mich nicht, wenn es nicht sein musste - und selbst dann verlor ich lieber oder begab mich auf die Flucht. Ich spielte keine Streiche, wollte nicht auffallen. Ich war ein schlechter Schüler und ungeeignet, als guter Nachbar Hilfe leisten zu können. In Sport war ich eine Niete, hasste Mannschaftsportarten und tue das auch heute noch. Ich war ein Einzelgänger. Eine schreckliche Popperfrisur änderte daran auch nichts. Ich bin so dankbar, dass es, außer den wenigen Klassenfotos, keine weiteren Aufnahmen gibt, die die schaurige Wahrheit über meinen schlechten Geschmack in Bezug auf meine Haare und meine Kleidung aufdeckten. Ich war keiner, der einen zweiten Blick wert gewesen wäre. Zumindest aus Sicht der Jungs in meiner Klasse.

Bei den Mädchen war das etwas gänzlich anderes. Die hatten in dem Alter begonnen, ihre weiblichen Bedürfnisse zu artikulieren. Da passte ich schon in das eine oder andere Raster. Ich hatte nie etwas mit einem Mädchen aus meiner Klasse. Nicht in der Realschule und auch nicht später an den weiterführenden Schulen.

Ich war also kein Junge, den man morgens aus jeder Ecke mit einem »Hey, Alter!« begrüßte und dem man freundschaftlich auf die Schulter klopfte. Ich blieb beim Fußball, Völkerball, Hallenhockey immer als Letzter übrig, wenn Mannschaften gewählt wurden.

So bitter kann das Leben sein, wenn man einmal in einer Rolle drinsteckt.

Aber ich hatte etwas, das viele meiner Klassenkameraden heimlich bewunderten: Schlagfertigkeit. Ich kann mir bis heute nicht erklären, woher diese Gabe stammte oder wie sie sich entwickelt hat. Angriffe verbaler Art beantwortete mein Mund oftmals schneller, als ich die Worte denken konnte. Und das mit messerscharfen Kommentaren.

Ich erinnere mich zum Beispiel gerne an einen Mittag vor dem Tanz-Café. Nach meinem ersten und zweiten Tanzkurs half ich dort oft als Hospitant aus, wenn der Mädchenüberschuss für den Abschlussball abgebaut werden musste. Nebenbei bemerkt, war das eine schöne Sache gewesen. Erst befürchtete ich, ich bekäme die Ausschussware und müsste mit unscheinbaren Mädchen tanzen gehen. In Wahrheit blieben die Schönheiten übrig, bei denen sich keiner getraut hatte zu fragen. Sechs Mal tanzte ich auf Abschlussbällen, fraß mich durch den Abend und glänzte auf Fotos. Mit zwei Damen versuchte ich mein Glück.

Während eines Tanztrainings entstand ein Streit zwischen Heiko und mir. Heiko war der Freund von Gudrun, deren Hospitant ich sein sollte. Heiko fand es uncool, einen Tanzkurs zu machen, und so stand Gudrun am Ende ohne Jungen da. Alle ließen aus Angst vor Heiko die Finger von ihr. Ich hätte auch Angst gehabt – hätte ich von Heiko gewusst.

Kurz nach der Generalprobe zum Abschlussball, wir übten den Walzer, prallte ich mit Heiko zusammen.

»Hey, Poppergesicht, bleib mal stehen!«, brüllte Heiko durch den langen Flur neben dem Tanzsaal.

Ärger erkennt man leicht an kleinen Details. Gangart, Stimmlage und natürlich Gesichtsausdruck. Heiko war in jeder Hinsicht perfekt auf Ärger eingestellt.

Ich brachte ihn zu diesem Zeitpunkt nicht mit Gudrun und meiner Hand auf ihrem Hinterteil in Verbindung. Das klärte Heiko in wenigen Sekunden.

»Du bist fällig, kleiner Wichser!«, keifte er und kam schnellen Schrittes auf mich zu. »Ich glaub net, dass ich dir erlaubt hab, meiner Freundin an den Hintern zu grabschen!«

Heiko erreichte mich, packte mich an meinem Hemdkragen und zog mich zu sich heran. Meine Sicht in seine funkensprühenden Augen war phantastisch. Wir waren nicht alleine auf dem Flur. Ein paar andere Tanzschüler kamen aus dem Saal und erkannten blitzartig, dass es in wenigen Minuten Tote oder wenigstens Verletzte geben würde.

»Hallo, Heiko – wer bitte ist deine Freundin?«, fragte ich ihn völlig ruhig und gelassen.

Heiko stutzte. »Frag doch net so bescheuert. Gudrun natürlich!«

Ich schaute ihn einige Sekunden lang an, dann betrachtete ich seine Hände an meinem Kragen und blickte ihm in die Augen. »Wenn du mich loslässt, kann ich mal nachgucken.«

Heiko konnte tatsächlich noch verdutzter aussehen. Er ließ mich los.

Ohne Hast und so, als sei es das Normalste auf der Welt, holte ich meinen Taschenkalender heraus und blätterte darin herum.

»Wann? Diese oder letzte Woche?«, bat ich ihn um Auskunft und schaute ihn fordernd an.

»Was?«, blaffte er, und ich hätte schwören können, sein vermutlich mechanisches Gehirn gab Geräusche der Schwerbeschäftigung von sich.

»Ah ja, wann soll ich – wie? - Gudrun an den Hintern gegrabscht haben? Diese oder letzte Woche!«

Heiko packte mich erneut und schob mich mindestens vier Zentimeter an der Wand hoch. Mein Kalender entglitt mir.

»Ich glaub, ich polier dir mal die Fresse, Arschloch. Verarschen kann ich mich auch selber«, zischte er.

Ich holte tief Luft.

»Erstens ist meine Fresse sauber genug und muss nicht poliert werden und zweitens denke ich, dass sich keiner besser verarschen kann als du dich selbst. Und nun lässt du mich los, oder ich plärre den Flur voll. Das wird dir garantiert leidtun.«

»Was willst du denn plärren, Wichser?«, wollte er wissen und schien tatsächlich neugierig zu sein.

»Willst du das wirklich wissen?«, fragte ich.

»Ja, Arschloch!«

»Okay«, ich holte erneut tief Luft und schrie mit aller mir zu Verfügung stehenden Lautstärke. »Waaaaas? Ich will dir keinen blasen? Ich bin doch net schwul, du Sau!!«

Die Akustik in dem Flur war fantastisch, um nicht zu sagen phänomenal. Heiko ließ von mir ab, als habe ich ihm einen elektrischen Schlag versetzt. Sein Gesichtsausdruck war so rasant in Entsetzten umgeschlagen, dass ich annahm, er könnte sich dabei eine Zerrung geholt haben. Alle, ausnahmslos alle starrten Heiko an. Als wäre er plötzlich nackt in der Menge aufgetaucht, ohne jede Vorstellung, wie er dahin gekommen war.

»Was!« stotterte der arme Kerl. »Ich will, … ich meine, … hey, guckt doch net so. Der Kerl spinnt.« Fluchtartig stolperte er aus der Halle hinaus ins Freie.

Unter Menschen war Heiko ab sofort immer nett zu mir. Was ihn nicht davon abhielt mir in einer stillen Minute, in einer ebenso stillen Ecke des Schulhofes, vier kräftige Magenschwinger zu verpassen.

Zehn Jahre später, bei einem Klassentreffen saß ich in guter alter Tradition alleine an einem Tisch, bis der größte

Raufbold sich zu mir setzte. Ich kann mich nicht mehr an seinen Namen erinnern. Nach einer Weile, wir betrachteten in seltsamer Eintracht die anderen, hob er sein Bier und drehte sich zu mir um.

»Prost, Ronny!«

Ich war überrascht.

»Prost«, erwiderte ich ohne nennenswerte Betonung.

»Wenn ich an damals denke, weißt du, an was ich dann denken muss?«, fragte er und schaute mir direkt in die Augen.

»Nein!«, erwiderte ich ehrlich.

»Daran, dass dir keiner das Wasser reichen konnte.« Er stieß mit seinem Glas an meines. »Im punkto Schlagfertigkeit. Darauf trinke ich!«

Thomas und ich sprachen an dem bewölkten Montag im Sommer 1982 kurz vor den Ferien über Englisch. Wir freuten uns auf die Sommerferien. Ich war gerade dabei, unseren Mathe Lehrer zu imitieren, als Thomas an mir vorbei glotzte und mir mit nur einer Bewegung den Mund verbot.

»Scheiße, das glaub ich jetzt nicht?«, blaffte er. Er stellte sich hinter eine der Seitenwände der Haltestelle. Ich stand einen Augenblick verwirrt alleine da, doch dann zerrte mich Thomas zu sich.

»Was ist den los? Ist dir Jesus auf Schlittschuhen erschienen, oder was?«, fragte ich verdutzt.

Thomas zog eine Braue hoch, schüttelte den Kopf. Er deutete die Straße entlang. »Die Olle und die Dolle! Himmel, was machen die denn hier!?«

Ich sah seinem Finger hinterher, und mein Herz machte einen seltsamen Satz. Dort kamen Sabrina und Iris um ein Auto herum, eindeutig auf dem Weg zu uns. Einen Augenblick freute ich mich, doch verflog das Gefühl, wie Wasser im Abfluss verschwindet. Die Olle und die Dolle. Das waren ja nun keine Namen, die man für Frauen reservierte, deren Position auf der eigenen Skala über einer Sieben stand. Das war eher so, als betitelte man Comicfiguren.

Ich kannte Thomas' Bezeichnungen für Mädchen gut. Sandra nannte er das Brecheisen, Vicki den Lotuszipfel, Anne eine Nusspflaume - oben hohl wie eine Nuss und unten eine scharfe Pflaume. Uta war die Ölige, weil sie ständig fettige Haare hatte. Jenny, die Kräuterschnecke – warum weiß ich nicht mehr. So ging das einfach weiter.

Mir stellte sich für einen Augenblick die drängende Frage, wer die Olle und wer die Dolle war. Doch dann wusste ich es. Ich musste an die vielen Buttons denken, an die Jeansjacke, an die Baskenmütze, die komischen Schuhe. Die Olle war Iris. Von Sabrina wusste ich nach zehn Sekunden, warum Dolle so gut zu passen schien.

»Du kennst die?«, fragte ich voller Verwunderung und gleichzeitiger Verzweiflung.

»Mann, Ronny, das eine ist Sabrina, die Jüngste vom Holl. Der Holl, verstehst du? Geld pur. Die ist so verklemmt, bei der musst du schon Werkzeug dabei haben. Redet wie eine aus Dallas und riecht wie Karstadt rechts unten.«

»Rechts unten?«, fragte ich ihn, konnte aber meinen Blick nicht von Iris nehmen.

»Parfümabteilung, Depp!« Er stieß mich in die Seite.

»Und die Olle?« Doch eigentlich wollte ich gar nicht wissen, was Thomas über sie wusste.

»Iris, was weiß ich. Die beiden hängen immer zusammen. Die ist so eine Grüne - Umweltschutz pur. Sammelt Müll und hört Esoterik-Kram.« Damit zerstörte er mit wenigen Worten das komplette Bild, das ich von Iris hatte.

Ich duckte mich hinter die Seitenverkleidung der Haltestelle und starrte Thomas an.

»Was machen die hier? Sind doch Hauptschüler. Die fahren mit dem Dreier von der Brunnenwiesenstraße. Ich war da mal, weil ich unseren verpasst hatte. Zehn Minuten Gelaber und Gesülze - Ekel pur.«

Nun, ich wusste, was die beiden hier machten. Wie sollte ich Thomas, meinem besten Freund gegenüber zugeben, dass ich in ein Mädchen verliebt war, das er nicht leiden konnte? Man kann dabei zwei Wege einschlagen: Es zugeben oder es abstreiten. Letzteres tat ich. Nach der kalten Schulter von gestern wollte ich nicht auch noch meinen besten Freund vergraulen, indem ich zugab, auf die Olle zu stehen. Also machte ich einen Fehler, der mir bis heute leidtut. Ich ignorierte sie und nahm mir vor, ihr in meinem kleinen Weltbild von nun an den Namen Olle zu geben. Vielleicht hatte ich mich ohnehin in ihr geirrt. Vielleicht war das am Samstag nur ein kurzer, schöner Traum gewesen, und ehrlich gesagt, normal war sie ja nicht. Gab Wegen auf dem Friedhof Namen, versteckte Telefonnummern unter Bildern und lebte bei einer Oma oder so. Und wer fuhr schon mit dem Rad seiner Oma durchs Dorf? Die Jacke sprach ja auch Bände - Buttons und so weiter. Genau diese Jacke trug sie jetzt. Dazu eine seltsame Stoffhose mit indischen Mustern, den dicken Schal um den Hals und die Baskenmütze auf dem Kopf. Thomas hatte recht, die war mehr als komisch. Inkompatibel bis zum geht nicht mehr.

Iris und Sabrina kamen zielstrebig an die Haltestelle. Doch eine Begegnung wurde vom Bus um 7.18 Uhr verhindert. Er kam den Berg hoch, parkte, und die Türen öffneten sich wie gierige Münder, die sofort Kinder verschlangen, als seien es Bonbons. Thomas und ich stiegen vorne ein, die beiden Mädchen hinten. Schulbusse waren schon damals immer überfüllt. Wir standen im Mittelgang, und ich nutzte Thomas als Deckung, denn ich konnte sehen, wie Iris mich suchte.

›Bitte‹, dachte ich mir im Stillen, ›lass sie mich nicht entdecken.‹

Leider werden Bitten nur selten erhört. Iris entdeckte mich schon am Ortsausgang von Hettenleidelheim. Unsere Blicke trafen sich. Doch ich schaute schnell zum Fenster hinaus. Ich war ja geschützt, denn zu mir zu kommen, war unmöglich. Aber da blieb der Halt in Eisenberg am Marktplatz, an dem zumindest die Hauptschüler aussteigen mussten. Dort würde sich der Bus schlagartig leeren und Iris zu mir kommen - war sie doch extra wegen mir an der Haltestelle erschienen.

Thomas hatte die beiden schon wieder vergessen und verwickelte mich in ein Gespräch über Physik. Ich hörte ihm zu, versuchte es zumindest, dennoch wagte ich immer wieder einen Blick an ihm vorbei zu Iris, die mich musterte. Sabrina erkannte mich ebenfalls und begann sofort, wild gestikulierend mit Iris zu sprechen. Ich konnte nichts verstehen. In dem Bus war es entsprechend laut. Aber es war nicht schwer in Iris' Gesicht zu lesen, dass sie Sabrina nicht recht gab.

Eisenberg kam immer näher. Was konnte ich tun? Ich musste Thomas ablenken oder Iris davon abhalten zu mir zu kommen. Auf der anderen Seite, was war schon dabei? Sollte sie doch kommen. Ich konnte ihr Spiel auch spielen. Sie würde es schon merken. Thomas war eine gute Deckung. Wenn ich mich einfach weiter mit ihm unterhielt, ließ sich Iris bestimmt abwimmeln.

Der Bus hielt, und wie vorhergesehen leerte er sich schnell. Ich schaute an Thomas vorbei und war erleichtert, dass ich sie nicht sehen konnte. Vermutlich war sie hinten aus dem Bus gestiegen.

Leider kam es schlimmer. Thomas setzte sich auf eine freigewordene Bank und rutschte zum Fenster. Ich nahm neben ihm Platz. Da kam plötzlich Iris die Treppe an der vorderen Tür hoch. Sie war wieder eingestiegen. Himmel, was sollte denn das werden?

›Bitte‹, flehte ich innerlich, ›sprich mich nicht an!‹

Bitte, ich wollte nicht der Freund einer Ollen sein, die Müll sammelte und Esoterikmusik hörte.

Der Bus setzte sich ruckend in Bewegung, und Iris stolperte den Gang entlang, bis sie genau neben mir stand. Thomas sah auf, erkannte sie und grinste.

»Die Iris! Und, wie geht es den Walen, Lady? Alle gerettet!«, fragte er spöttisch.

»Thomas. So was. Da wechselt man mal den Bus, und schon ist man bei den Idioten gelandet«, konterte sie frech, aber freundlich.

Ich schaute so verbissen auf den Boden, dass ich glaubte, nie wieder den Kopf heben zu können - so verkrampft war ich.

»Hey, ich bin gern ein Idiot. Siehst du gerne bescheuert aus? Was soll denn die Mütze darstellen? Verreckende Robbe, oder was?«

Sie lachte. »Ja klar, wenn Idioten etwas nicht verstehen, ist es einfacher, darüber zu lästern«, erwiderte sie gelassen.

Der Bus legte sich in eine Kurve, und Iris landete auf meinem Schoß. Ihr Blick und meiner trafen sich nur für einen Augenblick. Aber das genügte völlig, um zu sehen, dass ihre Augen etwas ganz anderes sagten als ihre Stimme. Sie lachten mich an, sie strahlten, und ich fühlte mich augenblicklich wie ein riesengroßes Arschloch - und verloren war ich auch.

Sie erhob sich sofort. Erst dann lösten sich unsere Blicke voneinander. Widerwillig, als ob man versuchte Magnete zu trennen. Ich hatte ihr vollkommen verziehen.

»Verpiss dich, Iris. Mir ist schon klar, warum du auf der Hauptschule bist!«

Ich knuffte meinen Freund scherzhaft.

»Hey, lass mal stecken, Alter. Lohnt sich nicht!«, sagte ich mit einem Tonfall, der freundlich sein sollte, es aber am Ende nicht geworden war. Doch Gott sei Dank winkte er nur ab und starrte aus dem Fenster.

Iris beugte sich zu mir. Sie steckte mir etwas in die Jackentasche. Dann kam sie mit ihrem Mund an mein Ohr.

»Ich hoffe, du kannst wenigsten lesen!«, flüsterte sie.

Sie erhob sich und ging einfach ein paar Schritte weiter.

Ich weiß nicht, was ich empfand, als ich ihre Stimme an meinem Ohr hörte, aber es war plötzlich keine Wut mehr in mir. So als habe ihr Atem sie auf der anderen Seite aus dem Kopf geblasen. Ich befand mich in einer beschissenen Situation. Thomas und Iris mochten sich nicht. Und das bedeutete, dass ich mit dem Mädchen nie zusammen sein konnte. Niemals. Das verwirrte mich. Traf mich seltsam hart.

Wir stiegen alle an der Realschule aus. Ich schaute Iris nach, wie sie den Berg zur Hauptschule hochlaufen musste. Meinetwegen. Sie hatte meinetwegen den Umweg in Kauf genommen, nur um mir etwas zu geben. Aber was?

Thomas stand ein paar Meter von mir entfernt und unterhielt sich mit einem anderen Jungen. Also griff ich in meine Tasche und holte einen Umschlag heraus. Auf der Vorderseite stand neben einem Bild in einer verschnörkelten Schrift: ›Für Ronny‹. Mehr nicht. Er war mit einem Siegel zugeklebt. Ich steckte ihn schnell wieder ein und folgte Thomas.

Dieser Montag zog sich wie eine zähe Masse durch den Vormittag. Der Sekundenzeiger der Uhr im Klassenzimmer lachte mich aus. Er hüpfte von einer zur anderen Sekunde und schien dafür den ganzen Tag Zeit zu haben. Mein Starren auf die Uhr blieb nicht unbemerkt. Thomas fragte mich, ob er mir die Uhr vielleicht bringen sollte, wenn sie mir so wichtig sei. Aber ich verneinte und ging auf seinen Scherz nicht ein. In der ersten Pause blieb Thomas zu allem Unglück die ganze Zeit bei mir. Er textete mich mit allen möglichen Sachen zu, bei denen ich nur mit einem Ohr zuhörte. Ich fummelte die ganze Zeit an dem Brief herum und betete, dass endlich ein Zeitpunkt kam, das Ding in Ruhe und Einsamkeit zu lesen.

Doch der kam nicht. Nicht in der ersten Pause, nicht in der zweiten und auch in der Mittagspause nicht. Irgendwie war immer jemand bei mir. Ich bekam keine Chance.

Erst als Thomas und ich uns an der Haltestelle in Hettenleidelheim trennten, konnte ich den Brief aus der Tasche holen und in Ruhe ansehen.

Er war zerknittert vom vielen daran Herumspielen.

Noch heute liegt der Brief in einer kleinen Box, auf die ich vor 30 Jahren den Namen ›Iris‹ geschrieben hatte. Wie auch an mir waren die letzten Jahre nicht spurlos vorübergegangen. Ich habe alle Briefe aufgehoben, die mir Iris je geschrieben hatte. Genau 130 Stück, mehr als 300 Seiten, handgeschrieben. Mal in Tusche, mal mit Bleistift und mal mit Tinte oder Kugelschreiber. Sie sind inzwischen nach Datum sortiert, und man erkennt, wann sie das Briefpapier gewechselt hatte, weil es ihr ausgegangen war. Alleine 1982 waren es 43 Briefe, 1983 noch 21 und der Rest auf 1984 bis 1989 verteilt.

Rosa Briefumschläge aus der Anfangszeit. Dann folgten Umweltschutzpapierumschläge, darauf eine Serie mit Blumenmuster, Umschläge mit Friedenstaube und eine Reihe hellblaue. Es gab auch Briefe, bei denen ich im Laufe der Zeit die Umschläge verloren habe.

Ich streiche mit meinen Fingern über die Briefe. Es sind noch nicht mal 30 Zentimeter dicht gedrängtes Papier. Doch es beschreibt etwas, das in dieser Art nur einmal im Leben eines Menschen vorkommt.

Bitte, ich habe alle meine Freundinnen geliebt, jede auf ihre eigene Art, aber keine so wie … Iris. Ich liebe meine Frau über alles, ich vergöttere mein Kind, ich liebe das Leben mit ihnen. Doch heute ist alles ... ja, ein wenig anders.

Das war er also, der erste von 130 Briefen. Auf dem Umschlag prangte ein Bild zweier Schwäne, aufgedruckt in einem Oval, komplett in Violett. Mein Name wies das für sie so typische überdimensionale R aus. Oben rechts stand das Datum. Ich bin so froh, dass sie es bei fast allen Briefen so gehalten hatte, sonst hätte ich sie nie sortieren können. Auf der Rückseite war ein Siegel aufgebracht, in dem ›I. B.‹, ihre Initialen eingedrückt worden waren. Heute ist es gebrochen, doch man erkennt es noch sehr gut.

Ich stand einige Meter von der Bushaltestelle entfernt und wollte den Brief sofort öffnen und lesen. Ich zögerte dennoch. Mir war klar, dass ich, wenn ich den Brief öffnete, einen Schritt in eine Richtung trat, die ich vielleicht bereuen könnte. Gestern war ich mir so sicher gewesen, dass ich mich in Iris geirrt hatte, heute hielt ich einen Brief von ihr in Händen. Was sollte ich tun?

Ich steckte ihn wieder ein und ging nach Hause.

Für Ronny

NA, DU?

Ich dachte ich schreib Dir mal, Käsekopf. Ehrlich. Hab selten so einen Idioten gesehen. Du hast wie ein Hinkel auf der Stange gehockt, dass ich echt dachte, Du würdest dort noch ein Ei legen. Warum bist Du denn net zu uns gekommen, du Dumpfbacke?

Hast du Angst vor Pferden?

Also, das war Manfred, dem gehören die Ponys. Ist ein netter Typ. Kennt sich voll aus und hat so geschickte Hände. Musst mal sehen, wenn Sascha mal rummacht, kommt er, legt nur die Hand auf ihn und fertig. Ich glaube, der könnte mal Tierarzt werden oder so. Will er aber nicht. Ist auch so 'ne Dumpfbacke

Das Mädchen bei mir war Sabrina. Sabbi. Mag se net, wenn ich das sag. Egal.

Sabbi ist meine beste Freundin. Also, gewöhn Dich an sie. Sabbi kennt alles von mir. Da staunst Du, was?

Sag mal, kannst Du mich zeichnen, mit Pony und so?

Bist echt gut. Da staune ich.

Doch ehrlich. Hat Manfred auch gesagt, weiß net, ob der sich auskennt, aber die Ponys wären toll, sagt er.

Bist ein Komischer. Aber das ist nicht schlimm, sagen auch alle von mir.

Ich hätte mich gefreut, wenn Du mitgemacht hättest, bei den Ponys und so. Sie sind echt nicht gefährlich. Ich mag Pferde. Wenn ich mal Geld hab, was nie der Fall sein wird, ich spende fast alles Greenpeace, werd ich mal ein Pferd haben. Das soll dann Rocky heißen.

Hey, lach net. Ich seh das. Kleiner Scherz!

Nein, ich stehe voll auf Sly. Sylvester Stallone und Rocky. Hast Du gewusst, dass der das Buch dazu geschrieben hat? Doch echt.

Jedenfalls musst Du mal mitmachen - Pferde und so.

Das auf dem Friedhof tut mir leid. Ich glaube, das war falsch, oder? Du hast so komisch ausgesehen. Hatte nix zu bedeuten. Mir war nur danach.

Mann, ist das mit Deiner Hand eigentlich wieder okay? Hab ich voll vergessen.

Na ja, ich werde morgen mal zur Bushalte kommen. Mal sehen, ob ich Dich treffe. Geb Dir dann den Brief. Wenn nicht, dann werf ich ihn ein. Weiß ja, wo Du wohnst.

Du bist echt komisch. Aber das ist gut, oder? Komisch zu sein ist besser, als so öde wie der ganze andere Mistkram. Ich mag komisch echt gerne.

So, ich mach mal Schluss. Kannst mir ja auch mal schreiben. Ich würde mich echt freuen.

Kannst mal was von Dir erzählen. Ich kenn Dich ja kaum. Weiß ja nur, dass Du nicht klettern kannst.

Ach ja, ... meine Oma mag Dich. Sagt, du hättest eine nette Stimme. Nur mal so.

Also bis dann.

Deine Iris

Antwort

So fein spricht das geschriebene Wort,
Fließt in wohlem Klang.
Lockt mich so unendlich zärtlich an,
Zu diesem sehnsuchtsvollen Ort,
An den die eine Stimme folgen kann,
Dessen Freundschaft verlangt mich nie mehr von ihm fort …

ICH LEGTE DEN BRIEF erst nach dreimaligem Lesen zur Seite. Keine Ahnung, was ich erwartet hatte. Einen Liebesbrief? Vielleicht. Einen Brief mit einer Erklärung? Vielleicht auch das. Einen Brief mit Dingen über sie selbst, Alter, Klasse und so weiter? Sicher, das ebenso.

Doch dieser Brief war eine wirklich seltsame und komplett andere Sache. Der Tonfall, die Worte, die Art, wie sie zu mir aus den Zeilen sprach.

Ich hatte gelegentlich mal Briefe von meiner Urlaubsbekanntschaft Cordula bekommen, in denen wir Alltagserlebnisse austauschten. Wir erinnerten uns an die Küsse am Strand, die langen Radtouren. Wir sprachen über Liebe, so was in der Art. Themen für Briefe, die sich ein Junge und ein Mädchen schrieben. Ich schrieb einmal zurück, doch damals fand ich Briefe schreiben doof.

Iris' Brief war anders. In einfachen Sätzen hatte sie eine so direkte Art, bei der ich mir nicht sicher war, ob sie mich schmerzlich traf, lustig wirkte oder schlicht beleidigend war. Käsekopf und Dumpfbacke, das waren schon harte Worte. Ich wäre ein Komischer? Musste ich mir das gefallen lassen? Natürlich nicht!

Auf der anderen Seite hatte sie recht. Ich hätte zu ihnen kommen können, und so gesehen, war der Vergleich mit einem Huhn auf der Stange lustig. Aber da steckte noch etwas anderes in dem Brief. Eine Botschaft. Sie war komisch, die Olle, und ich war ein Komischer. Wir passten zusammen. Wollte sie das zu mir sagen? Sollte mir der Brief dabei helfen?

Ich stand auf, lief in meinem kleinen Zimmer, so weit das möglich war, auf und ab und ergriff erneut den Brief.

Der Kuss tat ihr leid. Die Sache, wie sie sagte. Das tat mir weh, traf mich, denn in mir gab es eine Menge Zweifel. Doch leid tat mir daran nichts. Vielleicht war es mein Verhalten, das sie dazu brachte, so zu denken? Das konnte ich ändern.

Ich beschloss, ihr noch heute zu schreiben.

Nach dem Abendessen verschwand ich in meinem Zimmer. Einige Hausaufgaben mussten erledigt werden. Dabei fiel es mir schwer, mich zu konzentrieren. Mathe und Iris in einem Kopf zur gleichen Zeit funktionierten einfach nicht. Selbst Musik brachte nicht die erwünschte Klarheit. Auch Englisch und Iris ließen sich nicht vereinbaren. Ich schmuddelte also mal wieder meine Hausaufgaben in die Hefte, mit der Gratwanderung, gerade so viel zu machen, dass es keinen Tadel gab. Dann erst packte ich die Schulsachen in die Tasche. Ich schob alles nach hinten an die Wand, schaffte Platz und holte einen Bogen Papier aus der Schublade. Kein Briefpapier, doch ich breitete ihn aus, strich ihn glatt und sah ihn an … lange.

Nach einer Weile kaute ich auf dem Füller herum und blickte zum Fenster hinaus. Doch das half nichts. Also starrte ich wieder auf das blöde Blatt ohne eine Idee. Vielleicht sollte ich wenigstens mit einer Anrede beginnen? Aber schon hier hatte ich das erste Problem.

»Liebe Iris!«

Liebe? Oder sollte ich besser anders beginnen: Hallo? Du? Und wie? Na, du blödes Ding?

Ich lachte, dann setzte ich den Stift an und dachte, als ich schließlich die ersten Buchstaben schrieb: ›Schreib doch einfach, du Dumpfbacke! Was hast du schon zu verlieren?‹

»Hallo Iris. Hier schreibt Dir die Dumpfbacke, der Käsekopf, der Idiot, der so dämlich auf der Stange hockte. Sieh es einfach mal als eine Ehre an, dass ich nach so netten Namen für mich, überhaupt noch Lust habe, Dir zu schreiben. Denn normalerweise kann ich Namen wie diese nicht leiden. Ist so eine Macke von mir, an die Du Dich gewöhnen musst, wenn wir uns weiterhin unterhalten wollen.

Ich habe keine Angst vor Pferden, Ponys oder was auch immer da auf eurer Koppel herumläuft. Ich habe nur keine Ahnung von den Viechern. Was hätte ich denn machen sollen? Rumrennen und den Schlauen spielen? Ist unter meiner Ehre.

Und außerdem bin ich auch kein ›Komischer‹.

Ich bin der Ronny - also lassen wir es einfach mal dabei.

Okay, meiner Hand geht es wieder gut – danke, der Nachfrage. Wahrscheinlich sollte ich dankbar sein - aber soll ich Dir was sagen: Mir ist das völlig egal. Ich fand es okay, dass Du mir geholfen hast. Nur okay. Also bild Dir nix drauf ein.

Heute im Bus, das war echt scheiße. Tut mir leid, dass Thomas so komisch war. Aber das ist mein bester Freund. Also, wenn Du mit mir noch was zu tun haben willst, dann gewöhne Dich schon mal an ihn. Der weiß alles von mir.

Und das am Friedhof hat mir gefallen. Okay? Nur gefallen!

Eigentlich find ich Dich nett, doch mich so komisch sitzen zu lassen, war echt nicht gut. Hättest Du nicht zu mir kommen können? Hättest mir Deine Freundin und den Wunderheiler ja mal vorstellen können. Ich kam mir echt blöd vor, wie ein Depp da zu hocken und zuzusehen, wie ihr wie die Hampels um die Ponys gehüpft seid.

Wenn das ein Test war … dann pfeif ich drauf.«

Ich setzte den Stift ab, sah auf das Geschriebene und las es noch mal durch. Das war okay. Es zeigte, dass ich sauer war. Neben mir lag der Block vom Sonntag mit dem Bild für sie. Ich holte es heraus, klappte es auf und schaute es mir an. Sie würde erkennen, dass ich sie gezeichnet hatte. Es war gelungen, fand ich. Also beschloss ich, es ihr zu geben.

Ich schrieb weiter.

»Hab ein Bild für Dich gemalt, das ich Dir geben wollte. Ich hab's zu dem Brief hier gelegt. Denk mal drüber nach, warum ich das gemacht hab.

Und jetzt könntest Du mal vom Stapel lassen, was Du für eine bist.

Wie alt bist Du denn, in welche Klasse gehst Du?

Wieso geht Deine Oma ans Telefon?

Was magst Du, außer dem Sly-Dingsda und den Ponys?

Welche Musik hörst Du?

Und warum willst Du mich wieder treffen, wenn Du eh keine Zeit für mich hast?«

Ich kaute wieder auf dem Füller herum. ›Das war vielleicht etwas zu schroff‹, dachte ich mir, aber es stand schon da.

»Ich zeichne gerne, hast du ja schon gesehen.

Außerdem spiele ich Tennis, gehe gerne ins Kino. Ich höre gerne Musik, aus dem Radio - alles Mögliche.

Ach ja, ich werde 16 … im September.

So, jetzt weißt Du alles.

Also, wenn Du mich noch mal treffen willst, dann aber alleine.«

›Das war auch gut‹, entschied ich.

Aber klang es so, also wollte ich sie wiedersehen? Vielleicht, aber vielleicht auch nicht. Ich setzte den Stift noch mal an, hob ihn jedoch wieder weg. Mir war eine Idee gekommen. Sie hatte mich testen wollen. Okay, dann konnte ich das auch machen.

»Ich find Du hast schöne Haare. Und das auf dem Friedhof, das mit den Namen, fand ich echt klasse. Ich find es toll, dass Du auch so gerne auf den Friedhof gehst. Da warst Du aber so anders. Ich fand auch den Kuss nicht doof.

Also schreib mir wieder. Mal sehen, ob wir uns mal wieder treffen können. Ronny.«

Geschafft! Ich faltete das Bild, bis es in den Umschlag passte, klebte ihn zu und legte alles vor mir auf den Tisch. Dann nahm ich einen dicken Stift und schrieb quer über die Vorderseite: »An die Komische!«

Das war gut. Es gefiel mir.

Ich packte mir ein Buch, nahm es mit ins Bett und las bis 23 Uhr, bis ich das Licht löschte und mich zur Seite drehte, um einzuschlafen. Ich war zufrieden mit mir. Mein Standpunkt war klargestellt, die Dinge konnten ihren Lauf nehmen. Wenn sie Interesse hatte, und das hoffte ich, auch wenn ich Thomas irgendwann mit ihr konfrontieren musste, dann wollte ich es versuchen. Jetzt sollte sie einen Schritt auf mich zu kommen.

Am Dienstag stand ich eine halbe Stunde früher auf. Ich überraschte meine Eltern, als ich so früh aus dem Haus floh, und rannte zur Bushaltestelle in der Brunnenwiesenstraße. Sie konnte nur hier in den Bus steigen. Das machte bei ihrer Wohnlage am meisten Sinn. Ich erreichte die Haltestelle, wartete und niemand kam. Von hier aus konnte ich in fünf Minuten an der Turnhalle sein, also blieben mir noch fast 20 Minuten, die ich warten konnte. Doch keine Iris, keine Sabbi. Ich musste bei dem Namen lachen.

Es kamen andere Kinder und Jonas, der Depp aus der Klasse unter mir, der morgens zum Frühstück gerne Fischstäbchen aß. Jonas war ein Idiot, aber irgendwie schaffte er es, auf der Realschule zu bleiben. Jonas war einen Kopf kleiner als ich, stank nach Schweiß und Schuhen, aus denen man wochenlang nicht ausstieg. Er trug einen dieser komischen Koffer und keinen Rucksack, hatte klebrige, fettige Haare, zirka eine Million Pickel und nervte schon, wenn er nur so da stand. Solche Menschen gibt es wirklich. Heute wie damals. Nur waren wir damals alle intolerant, und niemand wollte diese Ignoranz für sich behalten. Jonas sah mich, kam zu mir und stellte sich mit einem breiten Grinsen im Gesicht neben mich.

»Hey, Ronny!«

Ich holte kurz Luft und betete zu Gott, Iris würde schnell auftauchen. »Jonas?«

»Was machst denn du hier?«, fragte er langsam, wie es seine Art war.

»Mensch Jonas, was schon. Eierkraulen und danach Sackhüpfen. Zieh mal Leine, und stell dich da unter. Du nervst!«, blaffte ich ihn an. Für so was hatte ich jetzt keinen Sinn.

»Sonst bist du doch oben an der Turnhalle, oder?«

»Ja, super Blitzmerker. Heute bin ich hier und du gehst einen Meter weiter, sonst komm ich noch als Deppenbetreuer durch.« Ich schaute ihn mit einem ernsten Blick an. Aber er war dagegen resistent.

Ich habe Menschen wie ihn oft bewundert. Die hatten etwas von Hunden. Die konnte man treten, sie verarschen, und sie kamen immer wieder. Ich habe einmal gelesen, dass es eine Frage des Kurzzeitgedächtnisses sei. Goldfische zum Beispiel haben nach drei Sekunden vergessen, was eben passiert war - und das macht sie zu perfekten Haustieren. Jonas konnte man in den Hintern treten. Er kam keine zehn Sekunden später zurück und wunderte sich, warum ihm der Allerwerteste wehtat. Aber nachtragend war er nie. Diese Art mit seiner Umwelt umzugehen, konnte also auch praktisch sein.

Jonas starrte mich in den zehn Sekunden an, die sein Hirn brauchte, um sein Kurzzeitgedächtnis zu löschen. Dann grinste er wieder. »Kann ich neben dir sitzen?«

Ich gab auf. Da ich ohnehin nicht in den Bus steigen wollte - ich wollte Thomas nicht erklären müssen, was ich im Hauptschulbus tat - nickte ich nur. Sollte er seinen kleinen Traum doch leben können, solange er dauerte.

Es war noch früh und kühl, trotz des Sommers. Und ich war natürlich nicht auf eine längere Wartezeit eingestellt. Also schaute ich hoffnungsvoll den Berg hoch, von wo aus Iris eigentlich hätte kommen müssen. Es kam nur keine Iris.

»Morgen, Ronny!«

Wieder sprang mein Herz wie eine Mausefalle zu, als ich ihre Stimme hinter mir und dicht am Ohr hörte. Ich schnellte herum, und sie schreckte zurück. Da stand sie. Die Jeansjacke zugeknöpft. Ich erkannte fast alle Buttons. Die Ärmel waren heruntergerollt. Heute kam sie ohne Mütze, hatte ein Lachen im Gesicht und beide Hände tief in den Hosentaschen vergraben. Ihre Haare trug sie offen, und ihre Augen stachen mir ins Herz wie kleine Nadeln, ohne jedoch wehzutun. Sie war einfach nur schön. Und ja, sie wurde immer schöner. Ich möchte das gerne erklären, beweisen oder beschreiben. Aber Menschen, die man zuerst nach ihrem Äußeren beurteilt, werden mit der Zeit, in der man ihren Charakter erfasst, wirklich schöner. Keine Schminke, kein Lippenstift. Keine Sachen, die bei den Mädchen damals in Mode waren. Keine Wimperntusche. Nichts. Einfach nur Iris pur.

»Mensch, Iris. Wenn du das noch ein paar Mal machst, dann kippe ich bleichgesichtig um, und du kannst mich wiederbeleben!«, entfuhr es mir mit einem tiefen Seufzer.

Sabrina schob sich hinter Iris vor und musterte mich.

»Nee, oder?«, sagte sie nur grinsend. »Der Idiot vom Sonntag, was?«

Iris schaute ihre Freundin missbilligend an. Doch sie wechselte schnell den Blick wieder zu mir.

»Mache ich dann bestimmt, versprochen. Was machst du hier?« fragte sie. Ihr lief ein kleiner Schauer über den

Rücken, denn sie schüttelte sich und gähnte frech ohne Scham.

Ich sah Sabbi sich wegdrehen und auf den Bus warten. Ich sah Jonas neben mir stehen und zu mir hoch starren. Ich sah Iris mit den schönen Augen, und ich hatte wirklich einen Augenblick lang vergessen, was ich eigentlich hier wollte. Doch es fiel mir wieder ein.

»Dir das hier geben. So einfach kommst du mir nicht davon. Also, lesen!«

Ich hatte plötzlich den Brief in der Hand und reichte ihn ihr. Iris nahm ihn, ohne ihn sich anzusehen, steckte ihn mit ihrer Hand wieder in die Tasche.

»Danke«, war alles, was sie erwiderte.

Sabrina hatte nicht gesehen, was passiert war. Wahrscheinlich war Iris deshalb so schnell gewesen. Weil auch sie ihrer Freundin nicht alles erzählen wollte? Die beste Freundin und es herrschten Geheimnisse zwischen ihnen? Das amüsierte mich, und so legte ich eines meiner ›Ich weiß was‹-Grinsen auf.

»Okay. Dann viel Spaß noch.« Und damit ließ ich sie stehen. ›Nur Memmen sehen sich um‹, dachte ich mir und lief mit schnellen Schritten zur Turnhalle. Ich hatte noch genügend Zeit.

Es war vollbracht.

Motivation

Zerrissene Seele – gnadenlos das helle Licht,
Dass der Vergangenheit Erinnerung zerbricht.
Mit ganzer Kraft such ich den Weg zurück
An den Ursprung, für mein trauriges Glück.

IRIS ERÖFFNETE MIT IHREM ersten Brief eine neue Art der Sprache, die ich in dieser Weise in keiner meiner späteren Beziehungen so gepflegt habe. Die Briefe bildeten die Schnittstelle für zwei sehr unterschiedliche junge Menschen, die ihre Schritte in eine Welt taten, die sie noch nicht verstanden.

Es gibt Paare, die miteinander reden können, über einfach alles, was sie bewegt. Ich konnte das damals nicht. Ich war ein Junge, der nüchtern an Dinge heranging. Ein Grund, weswegen ich zu persönlichen Details immer einen guten, sicheren Abstand halten kann. Aber dieser Realismus ist eine Hemmschwelle, ein Hindernis, über das ich auch heute nur schwer springen kann.

Ich schreibe dafür gerne. Wer schreibt, denkt nach, dreht den Satz im Kopf, bevor er ihn niederschreibt. Die Sachen waren besser durchdacht, waren in meinem Fall ehrlicher gemeint. Mein loses, viel zu schnelles Mundwerk, produzierte häufig Verletzungen, traf offene Wunden oder schuf sie.

Iris und ich sprachen in der ersten Zeit kaum über Dinge wie Zärtlichkeiten, Sex oder generell Gefühle. Wir plätscherten an der Wasseroberfläche - beide im Wissen, dass darunter die Wahrheit lag. Also schrieben wir uns Briefe, obwohl wir uns täglich sahen.

Der Tag, als ich ihr meinen ersten Brief gab, rannte an mir vorbei, als habe er keine Zeit gehabt anzuhalten. Busfahrt, Schule, Busfahrt, Hausaufgaben, der Klavierunterricht, dann

Tennis mit meinem Vater, zu Bett gehen und schlafen. An mehr erinnere ich mich nicht mehr. Viele Tage aus dieser Vergangenheit, viele Wochen, Monate sind einfach weg. Sie bleiben in meinem Kopf vergraben, unter anderen Erinnerungen, verborgen hinter verschlossenen Türen, deren Schlüssel ich nicht mehr habe. Doch die Tage, die mit Iris verbunden waren, kommen heute wieder hoch.

Warum schreibe ich das also nieder? Für wen? Ein Grund ist die Erinnerung an diese erste, große Liebe. Aber das alleine taugt nicht, um den Wahnsinn, dem ich mich hier aussetze, zu erklären. Iris wollte immer ein Drehbuch von uns haben, es einmal im Kino sehen, verfilmt, mit den Bildern von damals. Ich versprach ihr, unsere Geschichte irgendwann einmal aufzuschreiben.

Herrlicher Gedanke, oder? Aber auch das ist nicht der wahre Grund.

Jeder denkt doch, seine Freundschaft sei etwas Besonderes. Diese Eitelkeit ist gerechtfertigt. Denn in dem kleinen Rahmen eines eigenen Lebens, ist sie das auch - ist sie besonders. So viele Details verankern sich mit Gefühlen zu seltsam haftenden Gedanken, die dann an täglichen Dingen kleben wie diese kleinen gelben Zettelchen.

Ich will und werde nicht behaupten, dass Iris und Ronny etwas Besonderes waren, etwas Einzigartiges hatten. Das werden andere beurteilen müssen. Aber ich behaupte, dass sich meine Geschichte, unsere Geschichte, in ihrer ganz eigenen Art, dafür eignet, anderen Menschen zu zeigen, wie lebensnotwendig Erinnerungen sind. Wie schön es ist, sich erinnern zu können und diese Bilder und Gefühle als privates Schatzkästchen in sich zu bewahren. Vielleicht, um mich selbst und die Menschen um mich herum, ein kleines bisschen reicher zu machen. Und sei es nur für den kurzen, unterhaltenden Moment beim Lesen meiner Erinnerungen.

Doch der wirklich ausschlaggebende Grund, dies aufzuschreiben, ist meine widerwillige Rückkehr in das Dorf

Hettenleidelheim. Ein leider tragisches Ereignis holte mich zurück in mein Elternhaus an den Tisch meiner Mutter. Ich fühle mich gezwungen, meine Erinnerungen schriftlich festzuhalten.

Ich kam in das Dorf, fuhr den Weg zu meinem Elternhaus und dabei passierte es. Einfach so. Keine Vorwarnung, kein Hinweis für mich.

Der kleine Ronny, auch wenn man mit 15 Jahren nicht mehr klein ist, fuhr vor mir den Berg hoch. Es war nur ein mir fremder Junge. Aber in dem Moment war ich es, dort auf dem Rad. Ich sah mich an der Haltestelle, wie ich Iris den Brief gebe. Ich erkannte mich mit Thomas an der Turnhalle stehen und auf den Bus warten. Bilder überfluteten mich nach fast 30 Jahren wie ein Schwall kaltes Wasser, der über meinem Kopf ausgeschüttet wurde. Ich musste anhalten. Das Atmen fiel mir schwer.

Das war zu viel auf einmal. All die Ereignisse der letzten Tage. Die Flut der Bilder war nicht mehr zu kontrollieren. Gerne hätte ich mit dem einen oder anderen Bild mehr Zeit verbracht, es liebevoll in der Hand gehalten und genau betrachtet.

Ich stieg ungeschickt aus dem Wagen. Vielleicht fiel ich auch eher? In meinem Kopf drehte sich alles. Einen Augenblick wankte ich, krallte mich an der Tür fest und holte tief Luft. Ich stand an der Bushaltestelle, 30 Jahre später. Mein Blick wandte sich in die Richtung, aus der sie immer gekommen war.

Ich sah Iris, sah das Mädchen Wirklichkeit werden, zu mir kommen. Sie trug die Jeansjacke, diese verrückte, verdammte Jacke. Ihr Haar wurde von einem plötzlichen Windstoß hochgeworfen, legte sich wieder auf ihre Schultern, und glänzte in der Sonne. Sie lachte, hob eine Hand und winkte mir zu. Das konnte nicht sein, ich wusste das - aber da war sie. Sie war da! Ihr Schritt wurde schneller. Der Rucksack rutschte von ihrer Schulter, und in der für sie so typisch lässigen Bewegung zog sie ihn wieder hoch. Dann begann sie zu laufen, sie rannte. Und sie lachte mir zu. Ihre Haare wallten mit ihren Schritten hin und her. Ich sah sie wirklich. Ich konnte sie in diesem Moment zu mir rennen sehen.

Ich trat einen Schritt zurück, prallte an meinen Wagen und lehnte mich an. Ich klammerte mich vielmehr an etwas Realem fest.

Iris kam näher. Ihr breites Grinsen strahlte über ihr ganzes Gesicht. Gleich würde sie sich in ein grässliches Monster verwandeln und ihr mit zahlreichen Zähnen besetztes Maul über mich stülpen. Ich würde spüren, wie sich ihre Krallen in meinen Körper bohrten, und mit hastigen Schlingbewegungen würde ich in ihrem Maul verschwinden.

Ich schrie auf.

Hinter ihr stand die Sonne an einem blauen Himmel, der nur kleine Wolken trug. Das konnte nicht sein, das passierte nicht hier, nicht zu diesem Zeitpunkt.

Doch auch jetzt habe ich das Bild in mir, wie sie zu mir an die Bushaltestelle kam. Vor fast 30 Jahren, im Jahr 1982, an einem schönen Sommertag. Sie kam immer näher, ihr Gesicht wurde größer, und ich sah ihre Augen, wie sie strahlten, mich mit überquellender Energie anlachten. Ich konnte die Freude spüren, die Liebe in ihr.

Das fuhr mir in die Glieder und entzog ihnen die Kraft. Ich rutschte an meinem Wagen herunter auf den Boden und schlug mir die Hände vors Gesicht.

Es war passiert, doch es passierte nicht jetzt. Nicht jetzt, nach so langer Zeit, die ich nicht mehr in Hettenleidelheim gewesen bin.

Ich begann zu weinen.

Ich bin mir heute sicher, dass Erinnerungen schwere Steine sind, die getragen werden wollen, die sich im Herzen festsetzen und es schwer werden lassen. Manche trägt man gerne, doch andere will man nur wegwerfen, sie hinter sich liegen lassen. Ein unmögliches Unterfangen, denn letztendlich muss man sie ertragen und lebenslang in seinem Herzen dulden.

Ich hockte einige Minuten nur da und heulte. Erst als ein Mann kam und mir seine Hilfe anbot, kehrte ich zurück zu meinem Auto. Weg von Iris, die als junges Mädchen zu mir gerannt kam, weg von der Erinnerung, aus einer schönen Zeit. Weg auch von dem Monster.

Ich versicherte dem Mann, dass alles in Ordnung sei. Was war das für eine schreckliche Lüge, und sie war so einfach auszusprechen. Bitte, keine Fragen. Keine Erklärungen, die ich nicht einmal mir selbst geben könnte.

Alles Okay? Nichts war okay, nichts würde je wieder okay werden.

Ich dankte ihm, stieg ein und fuhr zu meinem Elternhaus. Ich klingelte und wartete ungeduldig bis meine Mutter mir öffnete. Wortlos rannte ich an ihr vorbei, griff nach dem Haken für die Speichertreppe, zog das alte, blöde Ding herunter. Mit einer Menge Staub schepperte die Treppe zu Boden. Ohne Rücksicht auf Staub und Schmutz kletterte ich hastig auf den Speicher. Mit einer Hand schlug ich auf den Lichtschalter. Natürlich wusste ich, wo die Sachen waren. Irgendwie hat doch jeder auf so einem Dachboden sein Grab an Erinnerungen, seine eigene Ecke. Oder nicht?

Meine kleine Ecke war hinten, unter der Neonlampe, die wie erschrocken, zitternd zum Leben erwachte. Ich stolperte, riss eine Kiste hervor und öffnete sie mit unruhigen Händen.

Hinter mir hörte ich meine Mutter, sie sprach zu mir, war aufgeregt, doch ich hörte ihr nicht zu. Stattdessen begann ich, Sachen aus der Kiste zu holen. Eine Stahlkassette mit Dingen, die Kinder in Schubladen versteckten, tausend Dinge mit Erinnerungen, tausend Dinge, die gut und weh zugleich tun konnten. Neben der Kassette lagen ein blaues Tuch, eine Marionette und alte Kinderbücher. Ein Ordner mit Bildern, ein altes T-Shirt mit schwarzem Aufdruck. Ohne zu lesen, wusste ich, dass er ›Party des Jahrhunderts‹

lautete. Ich fand die Tasche aus meiner Schulzeit und warf sie achtlos hinter mich.

Meine Mutter sprach mit mir, sie rief meinen Namen, und ich schüttelte ihre Hand ab.

Unter der Tasche lagen alte Schallplatten. Auch die zerrte ich alle auf einmal aus der Kiste und legte sie zur Seite. Neben einer alten Kappe, einem Tischtennisschläger, zwei kleinen, weißen Bällen und einer Tüte mit unsortierten Bildern fand ich den gelben Karton. Genau den, den ich gesucht hatte.

Ich packte ihn mit einer Hand, doch er klemmte.

»Ronny!«, rief meine Mutter wieder.

Ich riss mit beiden Händen an der Box und holte sie mit einem kräftigen Ruck aus der großen Kiste.

»Ronny!!« Sie klang immer schriller.

Zitternd hielt ich die Box in der Hand und las die Aufschrift: Iris. Vorsichtig wischte ich über den Namen, in der Hoffnung er würde verschwinden, mit der gleichzeitigen Angst in mir, er könnte es tatsächlich tun. Ich schluchzte und drückte den alten Karton an mich.

»Ronny, was ist los?« Meine Mutter rüttelte mich an der Schulter.

Aber ich ließ sie dort auf dem Speicher zurück und rannte zur Treppe. Ich stolperte blind hinunter und rannte Hals über Kopf aus dem Haus, die Box unter meinem Arm, mit Tränen in den Augen. Viel zu schnell fuhr ich aus dem Hof, doch das war mir gleichgültig. Ich wusste genau, wo ich sein wollte. Ich wusste einfach, wo ich zu sein hatte.

Wenige Minuten später fuhr ich mit viel zu hoher Geschwindigkeit an der kleinen Metzgerei vorbei. In einem verrückten Augenblick wunderte ich mich, dass es sie noch gab. Dann bog ich in die Gartenstraße ein. Die Straße endete in dem schmalen, alten Betonweg, der zur Schweinefarm führte – keine Koppel, kein Kirschbaum.

An einer Kreuzung parkte ich mein Auto, nahm die Schachtel mit den Briefen und stieg aus. Es war ein verdammt schöner Tag. Die Sonne stand über dem Wald und überflutete mit ihrem gelben Licht die Felder um mich herum. Der Wind rauschte durch das volle Korn und strich mir die Wangen trocken. Ich hörte den sandigen Weg unter meinen Schuhen knirschen, und dann sah ich den alten Baum, der wie ein König aus dem Korn ragte.

Diese riesige Eiche. Mein Baum, mein Lieblingsplatz 1982 und unser Platz. Ich hatte gewusst, dass er noch stand. Ich war mir so sicher, dass ich nicht sagen kann, was ich getan hätte, wenn er nicht da gewesen wäre.

Wieder begann ich zu rennen. Durch das Feld. Die Halme knickten um. Es war mir alles egal. Ich heftete meinen Blick an den Baum. Die Schachtel unter meinem Arm hüpfte mit mir und meinen Schritten auf und ab. Ich spürte den Inhalt, der schwer hin und her fiel. Ich konnte diese Macht fühlen, die darin vergraben war, die all die Jahre nur auf mich gewartet hatte.

Ich rannte. Rannte so, dass ich keine Luft mehr bekam. Doch ich ließ nicht ab. Ignorierte das ekelhafte Stechen in der Hüfte, den Schmerz der Lunge, die diese Schwere in der schwülwarmen Luft wie Honig einsaugte und ebenso träge hergab. Ich rannte, bis ich unseren Baum erreichte.

Der Schweiß rann mir übers Gesicht, vermischte sich mit meinen salzigen Tränen. Ich brach auf die Knie. Über mir, durch die Blätter, durch meine Haare strich der Wind. Ich zitterte. Wie verrückt. Ich schwitzte und fror in einem. Mit meiner freien Hand schob ich Laub und Dreck zur Seite, bis ich eine saubere Stelle hatte, die ich für groß genug hielt. Dort stellte ich die Schachtel ab.

Eine ganze Weile kniete ich nur so da, meinen Blick in dem Schriftzug gefangen ohne jede Hoffnung auf Rettung. Doch irgendetwas löste die Spannung. Mit zitternden Händen hob ich den Deckel an und erkannte die Briefe.

Sofort begann ich sie aus der Schachtel zu kippen, auf die Wiese unter dem Baum. Vor mir breitete sich eine wahre Flut an Briefen aus. Ich setzte mich und lehnte an dem alten

Stamm wie an einem guten, alten Freund. Noch immer liefen mir Tränen übers Gesicht. Doch nun mit einem Gefühl fast kindlicher Freude, wenn etwas Schreckliches gut ausging. Wir verlernen zu schnell, zu früh das Weinen und vergessen die Befreiung, die darin liegen kann.

Ich griff nach einem Briefe, nahm ihn in die Hand. Mit dem Ärmel meines Hemdes wischte ich mir die Tränen aus den Augen. Ich öffnete den Umschlag und zog zwei Bogen Papier heraus. Sofort erkannte ich die Schrift. Und ich begann zu lachen.

Wie eng lag Wahnsinn an Freude und Glück? Ein schmaler Grat.

»25.7.1982«

›Mein Gott‹, dachte ich. ›Mein Gott, und an dich glaub ich nicht mal.‹

»Ronnylein - verrückter Kerl!«

In mir hallte dieser Kosename wie ein Ruf in einem leeren Raum. Ich lachte. Das tat so gut, so unheimlich gut und doch schmerzte es, zog mir die Eingeweide zusammen. Wieso war ein Körper nur zu so abartigen Gefühlen fähig? Was ergab daran einen Sinn?

»Liebe dich wie verrückt. Denk ja nie daran, mich jemals zu verlassen, hörst du? Ich bringe dich dann eigenhändig um ... ich kill dich!«

Ich begann zu lesen. Mir war gleichgültig, von wann der Brief war, was darin gespielt wurde. Ich kannte den Film, hatte nur die Szenen vergessen. Ich konnte vor- und zurückspulen und mir die schönen Dinge immer wieder ansehen. Die übergroßen Anfangsbuchstaben der Worte, die zahllosen, kleinen Tuscheherzchen, die ich in dem Text finden konnte, waren wie Freudentränen eines lachenden Mädchens. Ich erkannte sie.

›Bitte, gib mir Kraft, das zu ertragen.‹

Ich las den Brief und danach einen weiteren.

Ich beschäftigte mich an diesem Tag damit bis in die Abendstunden, bis die Sonne verschwunden war und ich kein Licht mehr hatte. Vielleicht hatte ich 20 oder mehr Briefe in mich eingesogen wie der irrsinnige Schuss eines Drogenabhängigen in seinen Arm voller Löcher. Die Briefe waren alle durcheinander. Briefe vom Anfang unserer Beziehung, als alles noch so schüchtern war. Briefe aus der Mitte, voller Hingabe und Zuversicht, voller Kraft und Leidenschaft. Briefe vom Ende, in denen harte Wörter wie Kugeln aus den Zeilen zu mir geschossen wurden. In meinem Kopf rannte ein Verrückter herum und riss alle Türen auf. Türen, deren Dasein ich völlig vergessen und verdrängt hatte. Mit jeder Zeile erwachten hinter den Türen die Bilder zum Leben und drängten sich rücksichtslos in mein Bewusstsein.

Ich lachte, ich weinte, ich fror, und ich schwitzte.

Die Dunkelheit zwang mich, die Briefe in die Schachtel zurückzulegen. Wehmütig klappte ich den Deckel zu und strich über die Aufschrift … ›Iris‹.

Im Dämmerlicht sah ich auf den Baumstamm, unter dessen dunklem Schatten ich mir wie begraben vorkam. Die grobe Rinde war an vielen Stellen aufgebrochen. Ich kroch um den Stamm herum, auf die Rückseite und suchte die Rinde ab. Neben ›Anja und Robert‹, ›Sabine und Sven‹ und ›Bernd ist Doris' Liebe‹ über ›Katja ist der Hammer!‹ und unter ›Je t'aime, Annette‹ war das Herz, das ich gesucht hatte. All die Jahre hatte es Wind und Wetter getrotzt, hatte in die Sonne gelacht, auch wenn sie am Untergehen war.

»Iris und Ronny, 1983«

Ich flüsterte die Worte, während ich die Buchstaben entlang strich. Ich fuhr das Herz nach, von einem Ende zum anderen. Spürte die Rinde, wie sie in all den Jahren nicht verheilt war.

Sie war da, 1983, ich konnte sie fühlen. Ich kniete hinter dem Baum und hörte sie plötzlich sprechen.

»Mach es auf die Rückseite, Idiot«, spottete sie in ihrer so typischen Art.

»Sag nicht dauernd Idiot zu mir. Und warum dort?«, hörte ich mich sagen.

»Damit es in den Sonnenuntergang sehen kann. Du kannst fragen? Wenn wir mal 80 sind, kraxeln wir den Berg hoch und setzen uns hier unter unser Herz. Versprochen!«

Ich lachte damals und auch jetzt, in dieser wundervollen, zeitlosen Erinnerung.

»Ich werde dich dann in einem Rollstuhl hierher schieben«, witzelte ich.

Sie hatte mich geknufft. »Never, Ronny. Eher ich dich. Und nun quatsch net rum. Schnitz, Mann!«

Ich sah mich vor dem Baum knien mit einem Taschenmesser in der Hand, nackt bis auf die Tennissocken. Iris stand hinter mir und hatte die Arme um meinen Körper gelegt, und auch sie war nackt. Ihre kleinen Brüste schmiegten sich an meinen vom Schweiß feuchten Rücken. Sie küsste mich auf mein Ohr und biss in mein Ohrläppchen.

»Au, Spinner. Wenn du mich nicht lässt, schnitze ich noch morgen.« Ich wollte sie nur gespielt abschütteln.

Sie erhöhte den Druck auf meinen Körper, und ihre Fingernägel krallten sich in mein Fleisch.

»Ich liebe dich, Ronny!«, flüsterte sie in mein Ohr.

»Ich dich auch!«, erwiderte ich, drehte den Kopf zu ihr und küsste sie.

Ich nahm die Schachtel in die Hand und suchte mir einen Weg durch das Feld, zurück zu meinem Wagen.

Der Baum erhob sich über dem Feld in den dunkelroten Himmel. Die Abendröte versprach einen schönen Tag, das hatte ihre Oma immer gesagt, wenn sie eine Hand in ihr Kreuz drückte und zum Himmel schaute. Natürlich kamen noch schöne Tage. Wenn ich es zuließ … und zulassen wollte? Und wenn ich es wieder konnte.

Ich fuhr nach Hause. Meine Mutter wollte eine Erklärung haben, doch es gab keine, die ich ihr hätte geben können. Später vielleicht. Es war mir auch egal. Ich befand mich nicht mehr in ihrer Gegenwart. Die Briefe und der Baum hatten mich herausgerissen. Zurück zu Iris in das Jahr 1982, zurück zu meiner ersten, großen und echten Liebe.

Natürlich fuhr ich auf den Straßen der Gegenwart zum Haus meiner Mutter im Hier und Jetzt. Ich parkte und ging zu ihr, umarmte sie, drückte sie eine Weile und musste sie wieder loslassen. Sie stellte keine Fragen mehr. Am Ende hatte sie wahrscheinlich gesehen, was ich da vom Speicher mitgenommen hatte. Und vielleicht verstand sie es auch?

Und nun? Ich sitze hier, ich schreibe auf einfaches Papier, mit der Hand. Ich weine manchmal, und ich lache oft. Natürlich ärgere ich mich über Iris, über den dummen Ronny, der nichts verstanden hatte. Über den Ronny mit dem Feingefühl einer LKW-Stoßstange. Ich hasste mich. Ich verfluchte mich für Fehler, die ich gemacht hatte. Und ich bewunderte mich, weil ich viele schöne Dinge damals doch verstand und genau das Richtige getan hatte.

An diesem Tag bekam ich zwei Dinge. Einen Teil meines vergessenen, verdrängten Lebens erwachte in mir. Ich war dankbar und traurig.

Und ... ich erhielt die Motivation, die ich gebraucht hatte, um all das aufzuschreiben, mein Versprechen einzulösen.

Beginn einer Freundschaft

Aus dunkler Erde, voller Kraft,
Gleich einer zarten Blume den Weg zum Licht erschafft.
Ihr Wille zu wachsen, tapfer, voll farbiger Glut,
Sie zu entfalten, es braucht unendlich viel Liebe und Mut ...

IN DEN ZWEI WOCHEN bis zu den Sommerferien im Jahr 1982 spielten wir ein seltsames Spiel. Briefe wanderten nahezu täglich von ihr zu mir und umgekehrt. Keiner blieb dem anderen lange eine Antwort schuldig. Die ersten Briefe waren grobes Herumstampfen im Leben des anderen. Wir stellten einander nichtssagende Fragen und erhielten passende Antworten. Wir diskutierten und stritten bitter über belanglose Themen. Wir erzählten von uns. Brief für Brief lernten wir uns kennen. Und das klappte ... perfekt.

Iris lebte bei ihrer Oma und war 15 Jahre alt. Sie hatte im März Geburtstag, nur drei Tage vor meinem Vater. Ihre Eltern waren geschieden – eine Lüge, aber lange Zeit glaubte ich daran – ihre Mutter hatte einen neuen Freund und lebte in Grünstadt, wo Iris nicht leben wollte, weil sie ihre Ponys und Pferde in Hettenleidelheim hatte. Außerdem hielt sie ihren Stiefvater für ein Arschloch, an dem sie kein gutes Haar ließ. Heute amüsiert mich das sogar. Deshalb und wegen zirka hundert anderer Themen, hatte sie ewig Streit mit ihrer Mutter. Ich lernte sie kennen, die kleinen und größeren Probleme. Himmel, ja, ich lernte sie alle kennen.

Bei ihrer Oma bewohnte Iris die alte Wohnung ihrer Eltern im Obergeschoss für sich alleine. Sie nutzte aber nur das Badezimmer und ihr Kinderzimmer im dritten Stock. Das fand ich damals verdammt cool. Doch einen Brief weiter, raubte sie mir jede meiner dunklen Fantasien. Denn Oma war eine Anstandsdame der alten Schule und duldete keine Jungs. Nie und nimmer. Bis Iris ihren 18. Geburtstag feierte, sollten Omas Regeln gelten.

Iris besuchte die achte Klasse der Hauptschule in Eisenberg, und das war ein Problem. Meine Eltern, deren Erwartungen in mich hoch angesetzte waren, hatten etwas gegen Hauptschüler. Heute weiß ich, dass meine Mutter nur Angst hatte, dass mich etwas zu sehr von der Schule ablenken könnte. Ich schrieb das Iris in einem Brief. Ab da waren meine Eltern für sie Spießer. »Spießer Mama und Spießer Papa.«

Iris war leidenschaftlicher Sylvester Stallone-Fan – fanatischer Fan. Sie hatte all seine Filme gesehen und liebte jeden davon. Damals waren das nur die ersten beiden Filme von Rocky und Rambo Teil eins. Sie stellte schnell und freudig fest, dass ich mit meinen 1,74 Meter exakt so groß war wie Sly. Sie hatte meinen Körper im Schwimmbad gesehen und meinte, er wäre zwar nicht so wie Slys aber okay und würde schon gehen. Für was auch immer, das sagte sie mir nicht.

Iris hörte Chris de Burgh. Sie liebte Mike Oldfield. Sie mochte auch indische Musik. Doch daneben war sie genauso leidenschaftlicher Fan echter Hardrock-Musik. Die ich bis heute nicht hören kann, ohne das dringende Bedürfnis zu haben, eine Wand einzutreten. Am Schluss war ich mir nicht mehr sicher, ob sie überhaupt einen bestimmten Musikgeschmack besaß.

Ihre Briefe lasen sich so herrlich frisch, sie lebten in jeder Zeile. Immer wieder gab es diese kleinen Bildchen von Pferdeköpfen oder Pflanzen im Zickzack und mit Tusche gezeichnet. Außerdem beschrieb sie die Dinge, die in dem Augenblick um sie herum passierten. Kein Brief, den ich danach von anderen Menschen bekommen hatte, konnte so gut die Situation erfassen, in der sich der Schreiber gerade befand. Iris schrieb Briefe, bei denen man das Gefühl hatte, ein Teil davon zu sein und direkt neben ihr zu stehen, um alles zeitgleich zu erleben. Sie spielte Emotionen wie Freikarten aus - ungekürzt und lebensecht.

Natürlich stellte ich mich ihren vielen Fragen.

In jedem meiner Briefe zeichnete ich etwas für sie auf das Briefpapier und ließ meinen Text um die Zeichnung fließen. Ich war der Geschichtenerzähler. Ich glaube, ich habe nie einen Brief unter drei Seiten geschrieben. Und das fand sie toll. Ronny, der Klavierspieler, der Tennisspieler, der Zeichner, der Bastler, der Komische und der Sarkast. Natürlich tat es mir gut, so geschmeichelt zu werden. Ich genoss jede ihrer Zeilen und stand gerne in ihrem Scheinwerferlicht. Ich suhlte mich darin.

1982 wurde in Hettenleidelheim der Tennisclub eröffnet. Ich spielte gerne und oft zusammen mit meinem Bruder und meinem Vater. Iris saß einmal auf einer der Bänke und schaute mir beim Spielen zu. Sie beobachtete mich. Was für ein wunderbar beflügelndes Gefühl. Ich glaube, so gut wie an diesem Tag spielte ich nie wieder. Iris beschrieb das Spiel in einem ihrer nächsten Briefe, und ich kam mir vor, wie Apollo mit seinem goldenen Streitwagen, der durch den Olymp flog.

Als Klavierspieler war ich nicht wirklich gut. Ich musste mit dem Ding spielen lernen und wie bei allem tat ich, was nötig war, um es zu erledigen - aber nicht mehr. Ich bin meiner Mutter heute sehr dankbar für ihre fürchterliche Hartnäckigkeit. Ihr schulde ich, dass ich überhaupt ein Instrument spielen kann. Es hat mir die Musik nahegebracht und mir erlaubt, eine neue Art zu entwickeln, in der ich meiner Kreativität freien Lauf lassen konnte. Ich lernte, Musik zu komponieren.

Diese ›Tonkunst‹ nahm ich dann auf Kassetten auf und schickte sie in den Briefen mit. Beim ersten Mal schlug das ein wie eine Bombe. Den darauf folgenden Brief lese ich immer wieder gerne. Weil sie beschreibt, wie sie mit meiner Musik aus dem Kassettenrekorder bei voller Lautstärke durchs Haus tanzte, bis Oma ihr mit der Trillerpfeife Einhalt gebot. Da war sie, ihre so schöne Art Briefe mit Leben zu füllen. Ich kannte bis dahin ihre Wohnung nur aus ihren Beschreibungen. Doch zu lesen, wie sie pfeifend aus ihrem Zimmer die Treppe hinunter hüpfte, zu meiner Musik und meiner Melodie fröhlich durch die Küche tanzte - sie schrieb bei den letzten Akkorden sei sie auf die Knie gefallen und hätte auf den Boden getrommelt - wirkte in meinem Kopf wie ein Kinofilm. Ich lachte, als ich es las, und rieb mir eine Träne aus den Augen.

Eigentlich war alles, was ich zu der Zeit und in den ersten Monaten tat, überhaupt nicht falsch. Sie war ein Stern an meinem Himmel und ich an ihrem. Nach ihrer Beschreibung die Sonne über allem in ihrem Leben. Keiner von uns nahm bis dahin das Wort Liebe auch nur einmal in den Mund. Aber ich bin mir heute sicher: Wir wussten, dass es nur eine Frage der Zeit war, bis einer von uns genau das tun würde. Wir waren Freunde, heimliche, gute und beste Freunde, die sich nur nicht sehen konnten.

Iris und ich lebten diese Zeit, ohne Thomas oder Sabbi davon zu erzählen. Die Briefübergaben erfolgten immer versteckt im Bus oder an der Haltestelle – wobei sie mir ihre Briefe an meine Haltestelle brachte und ich meine an ihre. Wenn wir uns sahen, auf dem Marktplatz, in der Mittagspause des Nachmittagsunterrichts, im Schwimmbad oder im Dorf, sahen wir uns nur an, lächelten, schmunzelten, aber sagten nie ein Wort zueinander. Thomas lästerte offen über die Olle und die Dolle. Sabbi oder Sabrina konnte es nicht lassen, festzustellen, wie bescheuert ich aussah mit Popperfrisur und Klamotten jenseits ihrer Modevorstellungen. Noch dazu verhielten sich Thomas und Sabbi wie sich ewig angiftende Klapperschlangen.

Selbst im Tennisclub beobachtete Iris mich, und ich entdeckte sie immer, doch wir taten so, als würden wir uns nicht kennen. Ich habe das nie von ihr verlangt und sie nicht von mir, und doch hielten wir uns an diese seltsame Regel.

Die Schulzeit glitt auf die Sommerferien zu. Die Wochenenden der verbliebenen Tage waren permanent verplant. Wir trafen uns weder an der Koppel noch an der Friedhofsmauer. Auch sonst ergab sich keine Gelegenheit, um alleine und in Ruhe miteinander zu sprechen. Tennis, die Renovierung des Kellers, der Rasen auf unserem Gartengrundstück, Essen hier, Grillen da und so weiter. Bei ihr verhinderten Besuche bei ihrer Mutter und dem Stiefvater oder ein Ausflug mit einem Bekannten aus dem Stall, um ein neues Pferd zu begutachten, dass wir uns treffen konnten.

Mit den Sommerferien stellte sich uns ein echtes Problem. Entweder wir schickten die Briefe mit der Post, was außer Portokosten eine für uns ungewöhnlich lange Wartezeit bedeutet hätte, oder wir kamen endlich wieder zusammen. Sie war es schließlich, die den Vorschlag zu einem Treffen machte.

Die Ferien begannen am Donnerstag, den 22. Juli 1982. Wir planten, uns am Samstag darauf an der Koppel um 13 Uhr zu treffen.

Donnerstag und Freitag waren seltsame Tage, daran erinnere ich mich gut. Thomas verabschiedete sich für drei Wochen in einen Urlaub mit seinen Eltern. Irgendwie fehlte er mir schon, nachdem ich ihn hatte wegfahren sehen. Ferien ohne den besten Freund waren immer eine schwere Zeit. Der Freitag zog sich wie Kaugummi in den Nachmittag. Es waren die ersten Tage ohne Briefe von Iris und ohne Gelegenheit selbst einen Brief schreiben zu können. Ich weiß noch, ich ging wie ein Idiot durchs Haus. Meiner Mutter half ich bei allen möglichen Arbeiten, nur um mich abzulenken. Sie dachte bestimmt, Außerirdische hätten ihren Sohn entführt und gegen eine Haushaltsmaschine mit menschlichem Antlitz getauscht. Doch sie schmunzelte nur, ohne zu wissen, dass ich in meinen Gedanken nicht eine Sekunde bei ihr oder der Hausarbeit war. Am Abend sah ich mir mit meinen Eltern einen Liebesfilm an, bei dem mein Vater nach 20 Minuten einschlief und Mutter ihn in regelmäßigem Abstand kräftig schubste, wenn er zu schnarchen begann. An den Film erinnere ich mich nicht mehr, nur an meine Mutter, die mit Tränen in den Augen den Abspann verfolgte. Wegen eines Filmes zu heulen, konnte ich mir bis dahin nie vorstellen, doch an diesem Tag verstand ich meine Mutter zum ersten Mal.

Ich lag noch lange wach. Bis mich der Schlaf zu sich holte, träumte ich mich auf die Koppel. Sah mich hilflos vor Iris stehen, nicht wissend, was ich tun oder wie ich mich verhalten sollte. Nichts in mir gab Tipps oder half mir. Ich war auf mich alleine gestellt. Das machte mir tatsächlich Angst. Lagen doch bisher einige Kilometer zwischen uns, wenn wir über Briefe miteinander sprachen.

Aus den Briefen erfuhr ich Dinge, die ich nie über einen Menschen herausbekommen hatte - außer von meinem besten Freund vielleicht. Bis dahin hatte mich ein anderer Mensch auch nie so sehr interessiert. Und nun sollte ich sie treffen. Das Leben aus den Briefen, die völlig neue Person, die in meinem Kopf so viele Facetten hinzubekommen hatte, anfassen, begreifen und erleben?

Verglichen mit der Freude, die ich empfunden hatte, als ich sie vom Kirschbaum aus mit ihrem Fahrrad sah, gab es nun einen wesentlichen Unterschied. Ich war nicht nur in ihr schönes Gesicht, diese Augen oder die langen Haare verliebt. Ich war in Iris verliebt. In den Menschen, der so gänzlich anders war.

Am Samstag half ich meinem Vater. Doch gegen zwölf Uhr bekam ich Schweißperlen auf die Stirn, als wir uns immer noch nicht auf dem Heimweg befanden. Ich kam verdammt noch mal zu spät. Ich hielt damals meinen Vater immer für einen Mann, dem andere egal waren. Das änderte sich später, aber damals überraschte er mich, indem er mich anschaute und fragte: »Musst du noch wo hin?«

Ich dachte nicht nach und schoss direkt aus der Hüfte ins Ziel. »Ja, verflucht.«

Er hob eine Braue und grinste.

»Wir gehen gleich.« Und mehr sagte er nicht dazu.

Mein Vater hatte sehr viel Gespür für Situationen, er zeigte es nur nie. Er war immer ein kleiner Fels in der Brandung, und sein Tod tut mir so unendlich leid.

Zu Hause angekommen duschte ich - auch etwas, das mein Vater bemerkte und ihn schmunzeln ließ. Ich zog mir frische Sachen an. Eine kurze Hose, ein T-Shirt mit einem aufgedruckten Muster. Und da meine Haare so verdammt lang waren wie die Mähne eines Löwen und mir immer wieder ins Gesicht fielen, band ich mir wie Rambo ein Tuch zu einem Stirnband. Damit bändigte ich meine Haare und gab meinem Aussehen etwas Wildes. Ich schlich mich ins Bad meiner Eltern und klaute ein wenig Parfüm meines Vaters - Tabac. Ich glaube, das benutzten alle Väter in den 80ern.

Der von mir ersehnte Samstag leitete eine Woche schlechtes Wetter ein. Dichte Wolken krochen gefährlich tief am Himmel entlang. Es blies ein leichter Wind. Trotzdem war es warm. Ich fuhr sehr schnell durchs Dorf, mit dem Gefühl im Bauch, eine wichtige Prüfung zu haben oder eine schlimme Tat beichten zu müssen. Meine Magengegend geriet ziemlich durcheinander. Und dennoch fühlte ich mich unbeschreiblich gut.

Der Fahrtwind fuhr unter mein T-Shirt und blähte es auf. Es lag Schwüle in der Luft. Das Dorf war wie leer gefegt, denn 1982 war das Leben an einem Samstag um 13 Uhr zurück in die Wohnungen gewichen. Ich raste am Supermarkt vorbei und erkannte, wie die Verkäuferin die Tür verschloss. Ich passierte die Metzgerei und auch hier holte ein Mann das Sonderangebotsschild in den Laden. Der Uhrenmacher, weiter unten vor dem Blumenladen, hatte noch offen. Eine Frau und der Besitzer unterhielten sich. Ihr Blick verfolgte mich mit der bekannten Mischung aus Argwohn und Belustigung, bis ich in die Einbahnstraße einbog, links vorbei am Blumenladen. Ich wechselte auf den Bordstein, um nicht in einem entgegenkommenden Auto zu landen. Raste knapp an einer Mutter mit ihrem Kinderwagen vorbei. Unter Beschimpfungen erhob sie die Hand drohend in meine Richtung. Ich lachte ihr zu. An der Videothek bog ich in die Gartenstraße ab und ließ mich bis zur Koppel ausrollen.

Und da war sie.

Iris saß auf der obersten Stange der Koppelbegrenzung. Sie warf mir ihre Blicke zu. Der ernste Ausdruck in ihren Augen verschwand augenblicklich, und sie strahlten wie dunkle Bernsteine, die aus dem Hintergrund beleuchtet wurden. Ihr Haar trug sie offen, sie lagen über ihren Schultern wie ein Tuch aus Seide. Die Jeansjacke hatte sie wieder um die Hüften gebunden, sie hing wie ein Rock über die halblangen verwaschenen Jeans. Darüber trug sie ein fliederfarbenes, verblasstes T-Shirt. Iris war sehr schlank, zierlich, klein, und wenn ich sie heute so in meinen Gedanken vor mir sehe, sehr süß. Sie war in meinen Augen wunderschön.

Mein Rad rollte bis zu ihr in den Schatten des alten Kirschbaumes, unter dem sie saß. Ich stieg ab und stellte mein Rad neben das ihre und kletterte neben sie auf die Stange. Keiner von uns sagte auch nur einen Ton. Sie ließ ihre Beine baumeln, ich tat es ihr nach. Dabei sahen wir nach unten, als würde ein richtig guter Film im Gras am Wegesrand gespielt werden.

Ich traute mich nicht, das Schweigen mit einem meiner bescheuerten Sprüche zu zerhacken wie Schnittlauch auf einem Schneidebrett. Hier versagte die komplette Sprachmotorik.

Plötzlich begann sie zu lachen. Sie sprang vom Zaun, stellte sich vor mich und reichte mir ihre Hand. »Komm, ich will dir mal was zeigen.«

Ich nahm die kleine Hand. Sie hatte feine, aber kurze Finger, mit auffällig rauer Haut. Hände, die arbeiteten. Sie zog mich mit einem Ruck von der Stange. Mir blieb gar keine andere Wahl, als ihr zu folgen.

»Nicht mit dem Rad?«, fragte ich verwirrt, als ich ihr an den Fahrrädern vorbei folgen musste.

»Dummerchen - wir gehen spazieren. Mit dem alten Ding meiner Oma fahre ich nur so weit, wie ich unbedingt muss.« Sie lachte und zerrte mich weiter an der Koppel vorbei.

Ein paar Meter weiter, neben dem kleinen Bach ließ sie meine Hand schließlich los. Sie schlenderte neben mir her. Ich riss einen langen Grashalm ab. Sie schaute mich an, und unsere Blicke trafen sich, wichen sich aus und wieder brach das seltsame Schweigen aus.

Doch dieses Mal wollte ich es nicht zu breit werden lassen. »Wohin gehen wir?«, wollte ich wissen.

Sie deutete nur vage in eine Richtung. »Ich bin gerne hier!«, erwiderte sie statt einer Antwort. »Und du?«

Hallo? Diese Umgebung war meine eigene Spielwiese. Die Erdekaut und all ihre geheimen Ecken waren wie mein zweites zu Hause.

»Ja, sehr gerne«, erwiderte ich. Mir fehlte ihre Hand in meiner.

»Dann machen wir es so. Du zeigst mir eine deiner Lieblingsstellen, und ich zeige dir dann eine von mir. Abgemacht?«

Einen Augenblick dachte ich darüber nach, doch das war okay. Warum auch nicht? »Machen wir. Und ich lade dich zum Essen ein, okay?«

Sie drehte sich zu mir um und schaute mich erstaunt an.

»Wie zum Essen? In der Erdekaut?«, fragte sie und legte den Kopf schief.

»Jeps!« Ich grinste von einem Ohr zum anderen.

Als sie mir zu glauben schien, ging ich vor.

Die Erdekaut ist ein Landschaftsschutzgebiet und liegt an der B47 zwischen Hettenleidelheim und Eisenberg. Es ist damit wahrscheinlich das einzige Landschaftsschutzgebiet, in dessen Mitte eine aktive Mülldeponie liegt. Trotzdem ist es ein schönes Fleckchen Erde mit vielen Tieren, Pflanzen, einigen Tümpeln und einem Fischerverein mit angelegten Weihern. Heute befindet sich ein ›Erlebnispark‹ genau an den Stellen, die ich als meine Lieblingsstellen betrachtete.

Ein anderer Platz neben dem Weg, der den Bauernhof oben im Dorf mit der Straße zur Mülldeponie verband, war eine Art Insel für mich. Man konnte vorbei an einem Schrebergarten einem kleinen, fast nicht zu erkennenden Pfad folgen und erreichte durch dichtes Buschwerk die ›graue Erde‹. Meine eigene Namensgebung.

Der Boden bestand an der Stelle aus aufgeworfener Schlacke aus alten Bergwerkszeiten. Große Maschinen hatten den Abfall bei Grabungsarbeiten an die Oberfläche gespült. Und später, wenn er getrocknet war, trugen ihn Bagger ab. Lastwagen transportierten den Sand zu einem Werk in Eisenberg, in dem er zu Baustoffen wurde. Diese Zeiten waren auch damals schon lange vorbei.

Zu meiner Zeit überwucherten Büsche und stellenweise Gras den Platz. Dennoch wuchs dort verhältnismäßig wenig, weil der Boden dazu nicht fruchtbar genug war. In der Mitte dominierte ein großer Baum. Ringsum war die Lichtung dicht bewachsen. Es machte den Eindruck, als habe die Natur an der Stelle haltgemacht. Die Gräser und die Büsche wirkten wie vereinzelte Truppenbewegungen, die versuchten, das Land zurückzuerobern. Auf einer Seite, am Rand der grauen Erde befand sich ein Tümpel, dessen Durchmesser etwa vier oder fünf Meter betrug. Angeblich war hier einst ein Junge ertrunken. Das Gewässer lag über dem ehemaligen Eingang eines Stollens, in dem bis Mitte der 50er Jahre Ton abgebaut worden war. An drei Seiten umgab ihn hohes Schilf. Die Seite zur ›grauen Erde‹ hin war offen.

Das wurde damals meine liebste Stelle. Ich konnte hier Feuer machen, meinen selbstgefangenen Fisch braten und in aller Ruhe schnitzen oder zeichnen. Der Tümpel, in dem Frösche und Wasserspinnen lebten, Liebellen ruhig über die trübe Oberfläche glitten gab für mich ein reizvolles Motiv. Leider entdeckten 1984 kleine Jungs die Stelle, errichteten eine bescheuerte Blechhütte und spielten ihre kindischen Spielchen. Von da an musste ich mir einen neuen Ort suchen.

Ich folgte dem Weg hinunter, Iris an meiner Seite. Über dem schmalen Pfad wuchsen die Bäume zu einem Blätterdach zusammen und schufen einen düster schönen Schatten, in den wir eintauchten. Immer wieder sah ich zu ihr, und sie erwiderte meine Blicke mit einem Lachen. Ich hätte sie so gerne an die Hand genommen, aber ich traute mich nicht.

»Was machst du denn in den Ferien?«, fragte sie auf einmal. Dabei hob sie einen Ast auf und warf ihn beiläufig in einen nahegelegenen Busch.

»Nichts!«, erwiderte ich ehrlich.

Vielleicht würde ich am Ferienprogramm teilnehmen, doch scharf war ich darauf nicht mehr. Sonst war es immer eine willkommene Abwechslung mit Besuchen in Freizeitparks, Grillen am Lagerfeuer oder Spielen im Schwimmbad. Nun jedoch ereilte diese Zeit die Monotonie eines ungeliebten Rituals. Die Teilnehmer des Ferienprogramms wurden immer jünger und blöder. Außerdem waren die Betreuer spießige Knacker, deren Humor selbst mit einem Hammer nicht zum Leben zu erwecken war.

Ich drehte mich um und lief rückwärts, um Iris besser ansehen zu können. »Und du?«

»Ich muss bei Oma bleiben - meine Mutter fährt mit diesem Affen nach Frankreich. Dabei können beide kein Wort Französisch.«

»Herbert, oder wie heißt er?«, hakte ich nach.

»Malte. Wie kommst du denn auf Herbert?«

Sie schaute mich immer noch ununterbrochen an. Lachte aber.

»Malte, Herbert. Mann, was spielt das für eine Rolle? Und du bist dann die ganze Zeit bei deiner Oma?« Mit wenig Erfolg zwang ich die Freude darüber nieder, dass sie nicht wie Thomas zwei oder drei Wochen verschwand und mich die triste Einsamkeit belagern würde.

Sie nickte. »Vielleicht nehme ich mir auch ein Pferd und reite in die weite Welt. Mal sehen.«

Iris sagte das verwirrenderweise in vollem Ernst. Trotzdem lachte ich, stolperte über eine Wurzel und donnerte auf meinen Hintern. Ich schlug mit dem Kopf auf den Boden. Das tat so verdammt weh, dass ich mir sicher war, meine Augen wären aus dem Kopf gesprungen. Ich gab ein langes Stöhnen von mir. Im selben Augenblick war Iris über mir. Ihr ernster Gesichtsausdruck war der kleinen Schadenfreude gewichen, und sie reichte mir lachend die Hand - mal wieder. »Dass du nicht klettern kannst, das wusste ich ja schon, aber laufen kannst du ja auch nicht.«

Ich schüttelte meinen Kopf und erhob mich mit ihrer Hilfe. Aber ich kam vorerst nicht weiter als auf die Knie. Neben mir lag die Abzweigung zu meiner Lieblingsstelle.

»Lach du nur«, war alles, was ich über die Lippen bekam. Mühsam stellte ich mich auf die Beine. »Da runter. Wenn du dich traust!«

Von dem Weg führte ein kleiner, kaum zu erkennender Pfad durch Brennnesseln, vorbei an dem Schrebergarten eines Polen.

Sie schaute mich fordernd an. »Wie? Du meinst, ich habe Angst vor ein paar Spinnen und den paar Brennnesseln?«

Iris hüpfte die ersten Meter den Hang hinab und stand nach einem Augenblick unten. Ihr Blick war so frech, dass ich grinsen musste. »Okay, Lady. Ich komme.«

Wir kletterten durch einen Busch, über einen verfallenen Baumstamm und erreichten die ›graue Erde‹. Iris trat ein paar Schritte auf die freie Fläche und drehte sich langsam um. Danach nickte sie mit anerkennendem Blick.

»Okay. Das ist mal wirklich nett. Ehrlich. Wie findet man denn so was?« Sie drehte sich noch immer im Kreis.

Ich zuckte die Schultern. »Hatte mich mal verlaufen, glaube ich. Aber ich weiß es nicht mehr. Irgendwann war ich eben hier.«

Sie nickte, als verstünde sie das.

»Und, wo ist das Restaurant?« Sie schaute mich schief von der Seite an. Unsicher, was nun folgen könnte.

Ich verzog einen Mundwinkel zu einem geheimnisvollen Grinsen. »Okay, Lady, aber heute gibt es kalte Platte. Setzten sie sich. Das Menü wird in wenigen Minuten serviert.«

Ich deutete auf den alten Baumstamm, den ich nah an das Wasser geschoben hatte und von dem aus ich immer meine Bilder zeichnete.

»Okay, mach ich.«

Ich lächelte.

»Bin gleich wieder da!«, rief ich ihr zu.

Ich wusste auch damals schon, dass es Diebstahl war. Aber in der Zeit meiner Jugend war es einfach normal, über einen Zaun zu steigen und sich an den Dingen zu erfreuen, die der Schrebergartenpole und die Natur geschaffen hatten. Es gab Salat, Mohrrüben und Sellerie mit Johannisbeeren zum Nachtisch. Das alles hatte ich in weniger als fünf Minuten zusammen und hechtet mit meiner Beute zurück zu ihr. Sie betrachtete mein Ergebnis und grinste.

»So!«, sagte ich nur.

Ich holte noch ein paar Buchenblätter und breitete sie zwischen uns aus. Darauf legte ich das Gemüse und die Beeren ab und deutet ihr an, sich nach meinem Vorbild breitbeinig über den Stamm zu setzten. Ich holte mein Taschenmesser aus meiner Hosetasche, schälte die Karotten und den Sellerie und schnitt sie klein. Sie sah mir dabei mit einem Lächeln im Gesicht wortlos zu. Unsere Blicke trafen sich immer wieder.

»Als ersten Gang kann ich Ihnen den Rohkostsalat empfehlen: Mohrrübe à la Garten pur. Zum Hauptgericht servieren wir Ihnen Sellerie auf einem Salatbett, eventuell mit frischen Schnecken. Und als Dessert: Johannisbeeren am Stiel. Die Köstlichkeit des Hauses. Nur bei Getränken muss ich passen.«

Ich sagte das mit der gespielten Stimme eines oberfeinen Kellners. Verbeugte mich, als würde ich mich entschuldigen.

Sie lachte frei heraus. »Schon gut, Ronny. Das hier ist klasse. Wo ist das Zeug denn her?«

Ich verfinsterte meinen Blick, als würden wir beobachtet werden, dann kam ich nahe zu ihr heran. »Fragen Sie nicht, Gnädigste. Je weniger sie wissen, umso besser ist das für Sie!«

Wieder wieherte sie wie ein kleines Fohlen, und ich stimmte mit in ihr Lachen ein.

Es schmeckte fantastisch.

Was gäbe ich darum, hätte ich damals ein Handy gehabt, mit dem man Videos oder Fotos hätte machen können. Nur um mich und Iris sehen zu können, mich an so ein Bild erinnern zu können, das nun meine Fantasie erschaffen muss.

Wir quatschten wie alte Bekannte über alles, was uns in den Sinn kam. Ich habe keine Ahnung mehr, über was wir da alles sprachen. Aber ich glaube, außer dem Wetter war so ziemlich alles dabei. Und genau das Wetter verschlechterte sich zunehmend.

Mit ihr zu reden und nicht zu schreiben war aufregend. Iris sprach, wie sie schrieb - lebendig, mit Eifer, mit Überzeugung und Hingabe. Sie nahm häufig ihre Arme und Hände, den ganzen Körper, um ihrem Gesprochenen die nötige Tragik oder den Humor zu geben. Dabei sprach sie manchmal im pfälzischen Dialekt oder passte in ihrer Erzählung die Mundart an. Ich betrachte sie, hing an ihren Lippen. Ich glaube, die Bedeutung dieser so häufig achtlos gebrauchten Metapher habe ich da erst wirklich verstanden.

Es war damals einfach so fantastisch schön mit ihr dazusitzen und nur zu reden. Nach dem Essen dirigierte Iris uns zu einer Stelle, die ich gut kannte. Zuerst holten wir unsere Räder ab. Wir schoben sie nebeneinander her. Alsbald lehnte sie das Rad an einen kleinen Nussbaum. Ich tat es ihr gleich. Doch als ich mich zu ihr umdrehte, war sie verschwunden.

Rings um mich herum lagen Felder, auf denen halbhohes, grünes Korn sich in auffrischendem Wind hin und her wiegte. Aber keine Iris. Ich schaute den Weg hoch, den Weg hinunter und war verwirrt. Der Himmel war zugezogen, die

Wolken dunkler geworden, viele Anzeichen für Regen wirkten alarmierend auf mich ein. Weit im Feld, auf einer kleinen Anhöhe, erkannte ich die alte Eiche, die wie ein Koloss über dem Feld thronte. Aber keine Iris.

Ich war versucht, sie zu rufen, als sie so plötzlich, wie sie verschwunden war, mitten im Feld vor mir aus dem Korn auftauchte.

»Los, Lahmarsch. Fang mich mal!«, rief sie, lachte und rannte los.

Ich zögerte, doch dann folgte ich ihr mit großen Schritten durch das Korn. Es waren nur zweihundert Meter über das Feld zur Eiche. Trotzdem war es nicht einfach über die Unebenheiten des Bodens, schnell zu ihr zu gelangen. Ich sprang und stolperte, glücklicherweise ohne zu fallen. Ich folgte ihrem Lachen, ihren langen Haaren, die in dem nun kräftigen Wind flatterten wie eine zerrissene Flagge. Ich sah ihre kleine Gestalt auf und ab hüpfen und konnte ihr nicht näher kommen. Ein Mädchen schaffte es, mich abzuhängen.

Iris erreichte den Baum als Erste. Sie stand da, als ich keuchend zu ihr kam, stütze sich auf ihre Knie und atmete ebenso schwer wie ich. Ihre Haare lagen wild verwuschelt über ihrem Gesicht, und die braunen Augen stachen mich mit einer Frechheit an, die mich einen Verlierer nannte. Aber das war gut so. Sie lachte nicht mehr. Sie grinste kein bisschen. Ihr Gesichtsausdruck war schwer zu beschreiben. Eine Mischung aus dem typischen Gewinnergesicht, aber auch eine versteckte List, die herausgelassen werden wollte. Freude, Wärme, Energie strahlten aus ihr heraus. Ich liebte das augenblicklich.

»Na, da bist du ja endlich. Ich wollte mir eben einen Kaffee bestellen«, keuchte sie schwer atmend.

Ich lief zu ihr, ließ mich neben ihr auf das Gras fallen und lehnte mich an den Baumstamm.

»Dann ...«, keuchte ich, »... bestell ... mir einen mit. Himmel, bist du schnell!«

Sie setzte sich zu mir, und beide ließen wir uns wieder zu Atem kommen. Iris deutete über das Feld um uns herum.

»Das ist meine Lieblingsstelle«, sagte sie mit Andacht in der Stimme.

Ich schaute mich lange um, dann nickte ich anerkennend - schließlich war es ebenfalls eine Lieblingsstelle von mir. Von hier aus ließ sich die Dorfsilhouette gut zeichnen. Eine ideale Stelle, wenn ich einfach ein schönes, vielversprechendes Motiv im Kopf trug und nicht gestört werden wollte. Warum waren wir uns nie zuvor hier begegnet?

»Meine auch!«, erwiderte ich.

Iris schaute mich verwundert an.

»Nee, oder?«

»Doch!«, versicherte ich.

»Und was machst du hier?«, wollte sie wissen.

»Zeichnen. Und du?« Ich wischte mir den Schweiß von der Stirn.

Sie antwortete nicht gleich. Ich beobachtete sie. Auch wenn sie mich nicht direkt ansah, konnte ich erkennen, wie schnell sich ihre Stimmung verdüsterte. Ich wusste, dass sie nun lügen würde. Hätte ich damals nur ansatzweise gewusst, was ich heute weiß, ich hätte sie damals in den Arm genommen und gedrückt. Doch in dem Augenblick war ich mir nur sicher, dass sie log.

»Lesen.« Sie riss einen langen Grashalm ab, knickte ihn zweimal und ließ ihn achtlos fallen.

An einem lauen Sommertag, davon waren wir in diesem Moment weit entfernt, konnte man hier im Schatten Zeit verbringen und abends in einen Sonnenuntergang sehen, der über dem Wald sein Ende fand. Vor Blicken durch das hohe Korn geschützt, war es hier immer ruhig. Im Frühjahr und im Sommer nisteten Vögel in den Ästen, und ihr Lied verband sich zu vertrauten Geräuschen eines Sommers. Es war der perfekte Platz, um zu lesen, um zu zeichnen, um sich zu küssen und für so einiges mehr.

Trotz dieser wundervoll geborgenen Atmosphäre huschte ein Schatten über ihre Augen. Als sie bemerkte, dass ich sie beobachtete, klärte sich der Ausdruck schnell in Freude auf. Das kurze Spiel wirkte wie der Trick eines Zauberers, der wie aus dem Nichts Tauben aus seinem Ärmel zog. Sie lachte mich an. »Lesen, Ronny. Hier lese ich, und wenn ich meinen Walkman dabei habe, höre ich Chris und Mike.«

Ich lächelte. »Ja, aber eigentlich gehört das hier nicht mehr zur Erdekaut, oder?«

»Klugscheißer, verdammter!« Sie amüsierte sich über mich und knuffte mich.

»Hey, lass das!« Ich wehrte mich, wenn auch gespielt, und schupste zurück, sodass sie vom Stamm rutschte und im Gras landete.

Iris legte sich mit dem Rücken auf den Boden und starrte durch eine Lücke in den Ästen in den Himmel.

»Memme, sag ich doch.« Iris blies sich eine Haarsträhne aus dem Gesicht.

»Meinetwegen. Aber du hast recht, es ist ein schönes Fleckchen Erde. Wir haben uns nie hier gesehen - schon komisch, oder?«

Ich riss nun einen Grashalm aus und steckte ihn in den Mund. Iris drehte sich auf die Seite und stütze den Kopf ab. Ihr Blick nannte mich einen Idioten. Ich weiß nicht, wie man gucken muss, um dies auszudrücken, aber es geht.

Ich habe schon oft beobachtet, wie die Augen eines Menschen so viel mehr sagen können, als der Mund darunter.

»Ronny?« Sie zog das Wort aus ihrem Mund heraus. »Meinst du etwa, uns gehört diese Stelle hier alleine?«

Ich sah sie mit angehobenen Brauen an.

»Ja«, erwiderte ich mit Trotz in der Stimme. »Jedenfalls denke ich mir das einfach Mal. Warum? Hast du schon mal andere hier gesehen?«

Iris schüttelte den Kopf und erhob sich. »Nein, aber komm mal mit!«

Sie verschwand hinter dem Stamm. Also folgte ich ihr auf die andere Seite. Dabei konnte ich echte schwarze Wolken über den Wald kommen sehen. Schwere, dicke Bewölkung voller Wasser für ein Gewitter mit Platzregen.

Sie kniete auf der anderen Seite am Stamm und betrachtete die Rinde. Ich ging neben ihr auf die Knie und erkannte, was sie meinte. In die Rinde waren lauter Inschriften geritzt. Vornamen, Jahreszahlen, Herzchen, Pfeile durch Herzen, Kreise und so weiter.

Das war mir noch nie aufgefallen. Schon seltsam.

»Oh!«, entfuhr es mir.

»Ja.« Sie sah mich nun direkt an. »Wenn ich jemals einen Freund haben sollte, und das etwas Ernstes wird, dann will ich auch hier stehen.«

Mir war sofort klar, dass ich so ein Freund sein konnte, dass es dann mein Name sein würde, der hier stand. Die Leichtigkeit, mit der sie es dahinsagte, klang allerdings eher danach, als könnte gerade ich das niemals sein.

Doch bevor ich mir weitere Gedanken darüber machte, zuckte ein greller Blitz über den Himmel. Keine zwei Sekunden später folgte ein Donnerschlag, der in meinen Ohren schmerzte.

Zwei Dinge lernt man als Junge auf dem Land als Erstes: ›Iss keinen gelben Schnee‹ und ›bleib bei einem Gewitter nie unter einem Baum stehen‹.

Der Blitz hatte uns gelähmt, der Donner zusammenfahren lassen. Ich packte Iris an einer Hand und drehte sie zu mir zurück. Sie hatte wie ich zu dem Blitz gesehen.

»Los, wir sollten schnell weg hier!«, rief ich über den Wind und den verhallenden Donner hinweg.

Als brauchte ich noch überzeugende Argumente, blitzte es erneut. Ich konnte die Zickzackstriche sehen, wie sie hinter dem Wald verschwanden, und wieder schlug uns der Donner in den Magen. Ich wartete erst gar nicht ihre Antwort ab, sondern zog sie einfach mit mir. Wir rannten durch das Feld. Die schweren Regenwolken hatten es dunkel werden lassen. Aber ein weiterer Blitz erhellte uns, das Feld, die ganze Welt um uns herum. Der krachende Donner löschte das Licht augenblicklich aus. Iris schrie vor Schreck auf, ich stolperte und riss sie mit auf den Boden. Beide landeten wir unsanft auf dem Feld. Ich half ihr hoch, sie lachte mich an. Ich hatte schon immer eine Heidenangst vor Gewittern gehabt. Doch sie lachte nur.

Iris rannte weiter, nun folgte ich ihr. Wir erreichten die Räder, als mich der erste Tropfen im Genick traf. Gewitterregen ist schwerer Regen mit dicken Wassertropfen, die wehtaten, wenn sie auf die nackte Haut schlugen. Regen, der sich zu einem Vorhang aus Wasser verbinden kann. Regen, der blitzartig Feldwege zu Matschwegen verwandelt und Straßen zu kleinen Bächen werden lässt. So ein Regen ergoss sich einen Augenblick später über uns.

Ich zuckte zusammen, als sich nicht weit entfernt ein Blitz in den Boden bohrte und der Knall mich fast vom Rad warf. Unwillkürlich schrie ich auf. Iris drehte sich zu mir um. Dabei rutschte sie mit dem Fahrrad in die Fahrrinne des Feldweges, und ich sah, wie sie zu Boden stürzte.

Wieder schlug ein Blitz, diesmal weiter weg, in den Wald ein. Die gruslige Helligkeit, die das Feld, den Baum auf dem Berg in graues Licht tauchte, wirkte fürchterlich. Iris brüllte über den Donner irgendetwas, aber ich verstand kein Wort davon. Stattdessen warf ich mein Rad hin und rannte die paar Meter zu ihr. Sie lag unter dem Rad.

Wasser rann über ihr Gesicht - unglaublich, aber sie lachte noch immer. Ich hatte eine Scheißangst. Auf dem Feldweg rannen nun die ersten Bächlein den Berg hinunter. Ich konnte vor Regen keine zwei Meter weit sehen.

Irgendwie half ich Iris aufzustehen.

»Wohin?«, brüllte ich.

»Zu mir!« Sie wischte sich das Wasser und den Dreck aus dem Gesicht. »Da ist eine Bank mit einem Dach drüber.«

Ich war nass bis auf die Knochen, und ich fühlte das Wasser unangenehm in der Unterhose ankommen.

Hölle, war das ein Regen. Statt schwächer zu werden, wurde er noch schlimmer. Ein kalter Wind kam den Hügel heruntergeblasen. Ich musste mich mit meinem Fahrrad dagegen stemmen. Iris zog ihre Jacke an. Toll, ich hatte natürlich keine dabei. Doch sie stieg wieder auf ihr Rad. Also folgte ich ihr.

Wir machten uns mit Rückenwind auf den Weg zurück ins Dorf. Hinter uns, um uns, über uns, überall Gewitter, Donner, Regen wie eine Wand, und ich hatte so verdammte Angst.

Iris riss beide Hände hoch und schrie in den Regen, den Wind, in das Wetter und gegen den Donner an. »Uarrrh ... ist das geil!« Dann packte sie den Lenker und schaffte es eben noch, einen Sturz zu verhindern.

›Sie ist verrückt‹, dachte ich.

Der Regen spülte mich ab wie Geschirr in einem Spüler, als hielte der liebe Gott mich unter seinen gigantischen Wasserhahn.

Iris legte sich über das Rad und wurde schneller. Ich folgte dem Wesen vor mir. Ohne auch nur in einer Sekunde zu wissen, was sie so sicher machte, nicht vom nächsten Blitz erschlagen zu werden.

Die Gartenstraße hoch versank mein Reifen bis zu den Speichen im Wasser. Das hatte ich noch nie erlebt. Iris stellte sich auf dem alten Damenrad auf, um den Berg hochzukommen. Plötzlich hupte es hinter uns. Grelle Scheinwerfer stachen mir in die Augen. Ich brüllte zu Iris, sie solle zur Seite fahren, aber da war das Auto schon an mir vorbei und hupte gleichzeitig mit dem Donner des Gewitters. Sie erschrak, wankte und fuhr auf den Bordstein. Ich sah sie einen Augenblick lang stürzen, doch irgendwie schaffte sie es, oben zu bleiben. Wie in Trance und Wut trat ich nach dem Wagen, der nun an Iris vorbei kroch.

»Arschloch!!«, plärrte ich in den Regen.

Iris warf mir einen Blick zu. Ihre Haare klebten im Gesicht. Sie sah aus, wie eben aus dem Wasser gezogen, und sicherlich erinnerte mein eigener Anblick an einen nassen Hund.

Der Autofahrer bremste. Ich erkannte es, riss den Lenker herum und konnte gerade noch einen Aufprall verhindern. Die Tür des Wagens flog auf, und ein Mann stürzte in den Regen.

»Bist du irre, du Arsch? Du hast nach an mein Auto getreten!« Der Mann um die 30 trat vor sein Auto, und ich warf ihm einen verächtlichen Blick zu.

»Mach, und steig wieder ein, sonst trete ich dich gleich! Was hupst du auch so bescheuert!?«, schrie ich ihn an.

Iris packte mich am Arm.

»Los weg hier, du Idiot«, sagte sie im Scherz, aber mit einem entschlossenen Unterton in der Stimme.

Einen Moment dachte ich, der Typ würde uns folgen, doch dann war ihm der Regen scheinbar zu viel. Er verschwand in seinem Wagen. Ich folgte Iris.

Wie ein kleiner Fluss stürzte sich das Regenwasser die Hauptstraße hinunter. Es hörte gar nicht auf zu regnen. Das Gewitter war direkt über uns angekommen. Blitze und Donner folgten dicht aufeinander wie in einem Artilleriekrieg.

Mir war kalt geworden, der Wind riss an mir herum und schien immer wieder von allen Seiten gleichzeitig zu kommen. Aber ich folgte dem Mädchen vor mir, dem das alles nichts auszumachen schien, tapfer. Mit ihrem alten Damenrad fuhr sie unbeirrt durch die Wand aus Wasser. Wir fuhren zu der kleinen Bank unter einem Vordach, unweit von ihrem Haus entfernt.

Dort angekommen wurde es plötzlich ruhiger, und der Regen ließ allmählich nach. Ich sackte auf die Bank. Sie kam zu mir und setzte sich neben mich. Das Gewitter donnerte und blitzte noch. Der gespenstisch grau aufflammende Himmel gab schnell ziehende Wolken preis, die von peitschendem Wind wie eine Antilope von einem Löwen verfolgt wurden. Der Donner polterte grausam laut von allen Seiten. Doch der Regen hörte langsam auf.

Wir hockten auf der Holzbank und tropften den Boden unter uns voll. Ich zitterte leicht, weil ich fror wie ein nackter Eskimo im Schnee. Sie zitterte auch, und das sah so lustig aus, dass ich nicht anders konnte, als zu lachen. Iris schaute zu mir. Sie schien einen Moment verwirrt, lachte aber mit.

Der Himmel hellte auf, und das Gewitter verzog sich in Richtung Osten. Das Wasser versickerte so schnell, wie es gekommen war, und der Wind flaute ab, als habe man den Ventilator dahinter einfach abgeschaltet.

Diese plötzliche, geheimnisvolle Stille mit dem wiederkehrenden Tageslicht erhellte mein Gesicht. Ich konnte fühlen, wie die Angst aus mir heraus floss. Ich blickte zu Iris. Wortlos sahen wir uns an. Schließlich war ich derjenige, der den Blick senkte.

»Ronny?«, fragte sie plötzlich.

Ich hob meinen Kopf wieder. »Ja?«

»Das war toll!«

Ich warf ihr einen fragenden Blick zu.

»Was? Das Gewitter?«

»Idiot. Das Essen dort in der Erdekaut. Das Reden mit dir.« Sie stupste mich. »Manchmal weiß ich nicht, ob du so blöd bist oder nur so tust.«

Ich rieb die Stelle an meiner Schulter. Ich hätte ihr sagen können, dass ich mich in ihrer Nähe immer blöd verhielt. Warum? Weil ich verdammt noch mal verliebt war. Mein Gehirn lief in einem Teil wie eine defekte Maschine unrund. Der andere Teil schaffte es gerade, die motorischen und biotechnischen Vorgänge zu steuern. Warum ließ die Natur solche Gefühle überhaupt zu?

»Ach so«, sagte ich dümmlich und starrte auf den Boden.

»Ronny?« Sie legte eine Hand auf meinen Arm.

Ich hob wieder den Kopf. Iris strich sich, während sie nach Worten zu suchen schien, die Haare aus der Stirn. Sie war einfach wunderschön, selbst mit nassen, verklebten Haaren. Ihr T-Shirt zeichnete die Brüste ab, und ihr war kalt, ganz deutlich kalt, denn die Brustwarzen waren zu erkennen. Ihre Augen waren groß und die Pupillen geweitet. Ich sah die Gänsehaut auf ihren Armen, und es fröstelte mich unwillkürlich. Himmel, war ich verknallt. In meinem Magen braute sich ein neues Gewitter zusammen, denn es rumorte und verkrampfte sich alles. Nicht schmerzhaft, eher angenehm. Ich wollte nur noch eins: Sie küssen und nie wieder damit aufhören, bis ich verhungert von der Bank kippte - oder ein Arzt kam, um meinen Tod festzustellen. Oder ich dumm lächelnd, in einem Krankenwagen zum nächsten Irrenhaus gebracht wurde.

Es war mir so was von gleichgültig.

»Ja?«, hörte ich mich irgendwo, weit entfernt fragen.

»Ich mag dich.«

Iris hatte das leise von sich weg geschubst - so kam es mir vor. Als berührten mich diese Worte einzeln. Ich wusste, es war der richtige Moment.

›Beug dich vor‹, dachte ich mir, ›nimm ihren Kopf, drehe ihn leicht in die richtige Stellung, und presse deine Lippen auf die ihren.‹ Der Rest war doch klar. ›Ronny, du kannst es!‹ So klar, dass hier keine Frage mehr im Raum stand, ob ich das nun tun durfte, sollte, musste oder wollte.

Ich rutschte zu ihr. Doch in diesem Moment stand Iris auf. Sie ging zu ihrem Rad, drehte sich noch einmal um und sah mich mit einem seltsamen Blick nur eine Sekunde lang an. Erst dann lächelte sie wieder.

»Bis morgen! An der Koppel? Sagen wir um drei?« Sie hob ihre Augenbrauen.

Ich weiß, dass ich wie ein begossener Pudel dort auf der Bank hockte. Wahrscheinlich war ich ein jämmerlicher Anblick. Nass bis auf die Haut, mit Stirnband, verklebten Haare, traurigen Augen – da bin ich mir heute sicher – und hängenden Schultern. Schnell versuchte ich, alles, was ich noch an Mut in mir fand, zusammenzufassen, hob meinen Brustkorb und zog hörbar die Luft ein. »Ja, klar. Bis Morgen.«

›Depp! Depp! Depp!‹, schrie in mir eine Machostimme, die ich nur zu gut kannte. ›Was sagt man da? Was bitte schön tut man, wenn ein Mädchen sagt, dass es einen mag? Dumm grinsen? Dumm lächeln? Blöd aus der Wäsche glotzen wie ein Ochse, wenn es blitzte? Nein, man ...!‹

Ich sprang auf, noch bevor sie losfahren konnte.

»Iris?«, rief ich ungewollt laut.

Sie drehte sich zu mir um und schaute mich erwartungsvoll an.

›Also jetzt‹, so schoss es mir durch den Kopf, ›ist deine Chance gekommen. Los, geh zu ihr und sag es! Mach es! Was auch immer. Tu was, Depp!‹

»Äh, ich wollte noch sagen ...«, da war ich, der sprachgewandte Ronny, der wie aus der Pistole geschossen, spontan witzig sein konnte, der Sarkast, der Zyniker, immer einen lockeren Spruch parat, und ich begann den Satz mit »Äh«.

›Klasse. Super. Toll. Du bist der Beste. Wirklich‹, dachte ich.

Ich senkte meinen Blick, als würde auf der Straße plötzlich eine Souffleuse aus einer Nische zu mir hochsehen und mir meinen Text vorlesen. Natürlich waren da nichts und niemand, die mir helfen konnten, also hob ich den Kopf schließlich.

»Das war echt ein toller Tag«, würgte ich zwischen meinen spröden Lippen hervor. Das rundete vermutlich das Bild vollends ab. Der Depp hier wiederholt stupide den Text wie eine defekte Platte.

»Ja«, flüsterte sie und wartete auf mich, denn ihr war klar, dass da mehr kommen sollte – kommen musste.

Doch ich blieb stehen, und unsere Blicke brauchten einen Augenblick, um sich zu lösen.

»Bis morgen, Ronny«, fügte sie hinzu, und ich ließ sie fahren.

Da stand ich also, an der kleinen Bank, die es leider heute nicht mehr gibt. Ich sah ihr hinterher. In mir fiel so etwas wie ein Kartenhaus aus Gefühlen in sich zusammen. Ich zitterte wieder. Iris war irgendwann nicht mehr zu sehen. Also setzte ich mich auf die Bank, starrte in den Himmel, und mir lief eine Träne über die Wange, die ich abwesend wegwischte. Der Himmel war an einigen Stellen aufgerissen. Ich holte tief Luft und konnte den Geschmack eines Sommergewitters darin wahrnehmen.

Ich stand auf, schwang mich auf mein Rad … und fuhr nach Hause.

Mensch, Ronny!

MENSCH RONNY!

War das nicht ein geiles Gewitter? Hey, ich war voll gut drauf. Wie das geschüttet hat. Ich komme mir da immer so klein vor. Echt.

Na ja, war wirklich komisch, so durch den Regen zu fahren – und dann die Blitze und der Donner. Müssen wir mal wieder machen. Versprochen.

Mensch, Ronny. Du bist mir einer.

Du steckst voller Überraschungen. Das mit dem Essen, wie Du das so gemacht hast - super. Ich war total hin und weg. Du bist ein süßer Kerl. Ich könnt Dich knuddeln. Doch. Aber dann der Oberhammer! Deine Lieblingsstelle und meine sind dieselbe. Wir passen gut zusammen.

Was bist Du für ein Sternzeichen? Und den Aszendenten wüsste ich auch gerne. Ich habe hier ein Buch, in dem kann man sehen, ob man zusammenpasst. Ich glaub daran. Ich hatte ja schon zwei Kerle vor Dir. Hab ich das schon geschrieben? Ich meine als Freunde und so. Nicht das, was Du denkst. Idiot, ich weiß es doch genau.

Nein, der eine war echt okay, war Stier, passte gut zu mir. Der andere, Latte, war ein Arsch. Wollte mir nur an die Wäsche. Der hatte mal ein Pferd bei Chris im Stall, drei Wochen oder so. Der war erst supernett, und dann kommt er und küsst mich. Depp. Ich hab ihn erst gelassen, aber dann hat er gegrabscht. Steh ich nicht drauf. Ich bin ja nicht Freiwild oder so was.

Na ja, ich schubs aber nicht jeden weg. Das ist ein Wink mit dem ganzen Zaun!

Ich fand das toll, wie Du den Arsch mit dem Auto angemotzt hast. Hatte aber echt Schiss, dass der Dir eine abräumt. Sah echt gefährlich aus. Aber ich glaube, Du hättest den platt gemacht. Du hast echt einen geilen Körper.

Huch, sorry, versteh das nicht falsch. Hast nur so muskulöse Arme. Von was eigentlich? Musst Du im Keller Steine klopfen, oder was?

Ich höre eben mit dem Kopfhörer voll laut Hardrock. Yeaaaaah!

Wenn ich die net hätte, wäre Oma schon oben und würd mir den Strom abstellen, glaube ich. Ach, die versteht das nicht. Aber was soll's.

Mir war ja vorhin kalt und so. Ich hab gefroren wie ein Depp. Ich bin dann duschen gewesen, und nun liege ich unter meiner Heizdecke. Jetzt geht es mir wieder besser.

Sach mal ... ich mag Dich wirklich. Du bist so goldig. Anders als die Typen sonst. Du bist schüchtern, oder? Ich meine, das ist okay. Aber ... äh ... hatte ja ... hatte aber mehr erwartet.

Jetzt flipp nicht gleich aus. Ist schon gut.

Vielleicht willst Du auch net. Weiß ja net. Bin ja nicht so ein Supermodel und so weiter. Außerdem hab ich echt Scheiße ausgesehen, mit den nassen Haaren – wie eine Katze, die ins Wasser gefallen ist.

Hab meinen Kater mal baden wollen. Mann, sah das Bad dann aus. Mach das nie mit euren Katzen. Na ja, wirst du wissen.

Außerdem hab ich Pickel über der Nase. Die sind voll hässlich. Wahrscheinlich bin ich eben nicht das, was Du suchst? Oder?

Ist auch egal. Ich mag Dich wirklich. Ich kann kaum einen Tag verbringen, ohne an Dich zu denken. Echt, ist so. Jetzt guckst Du bestimmt wieder so komisch. Aber hey, ich mag das an Dir. Doch, Du kannst so drollig schauen. Du und Deine blauen Augen. Hast Du für die einen Waffenschein. Sabrina sagt, das Einzige an Dir, das man sich ansehen kann, ohne zu kotzen, wären Deine Augen. Na ja, sie ist manchmal schon seltsam. Aber was soll's. Mir gefällst Du. Morgen sehen wir uns wieder.

Hoffentlich pisst es nicht.

Freust Du Dich?

Was wolltest Du eigentlich vorhin sagen, als ich fahren wollte. Da war doch was? Kannst es nicht sagen? Dann schreib mir doch.

Geht grad voll ab hier, unter meinem Kopfhörer. Einer der Gitarristen frisst, glaube ich, eben die Gitarre. Mann, kann der spielen. Wenn Du mal zu mir kommst, wahrscheinlich nie oder erst in hundert Jahren, musst ja an meinem Hausdrachen Oma vorbei, muss ich Dir das vorspielen. Ist echt der Hammer.

Ich will auch mal zu Dir und sehen, wie du wohnst. Schreiben ist ja ganz nett, aber sehen ist besser. Ich will mal die kleine Bude sehen. Und Deine Eltern kennenlernen und so. Aber nur, wenn Du willst. Ich werde Dir den Brief morgen geben – mal sehen.

Vielleicht schaffst Du es, Dir mal einen Ruck zu geben. Ich beiß net.

Oder vielleicht doch?

Iris ...

Regen, Schlamm und Liebe

Mit Deinen Lippen gefangen, ist nicht nur mein Herz.
Das Spiel deiner Zunge - sanfter Schmerz.
Ich genieße Deinen süßen, herrlichen Saft.
In mir steigt die Hitze mit unbändiger Kraft ...

ICH HOCKTE AN MEINEM Schreibtisch und glotzte auf die Uhr neben meinem Bett. Draußen regnete es Bindfäden, denen ich gedankenverloren zusah. Es war kurz nach zwei. Mir blieb also noch eine Stunde. Natürlich war ich in meinen Gedanken bei dem gestrigen Mittag. Immer wieder stellte ich mir vor, was passiert wäre, wenn ich mich getraut hätte, etwas zu sagen oder sie einfach nur zu küssen. Doch die Angst, es kaputtzumachen, steckte mir tief in den Knochen. Das hier war mir unheimlich viel wert. Wenn ich nur einen Schritt zu weit ging, konnte ich damit einen Fehler begehen. Ich hatte Angst davor.

Aber seitdem war viel passiert. Die Briefe, der Nachmittag, alles passte zu diesem ersten Kuss wie Honig zu Kartoffeln.

Dank dem schlechten Wetter, musste ich wenigstens für das Tennistraining keine Ausrede finden. Schwerer konnte es werden, in den Regen hinauszugehen. Meiner Mutter war das in der Regel egal, aber ich hatte keine Lust, typische Elternfragen zu beantworten. Ich stand auf und sah mich in meinem Kleiderschrank um. Da war kaum etwas, das es mir leicht machte, es einfach anzuziehen. Ich war schon immer jemand, der sich weniger um Mode, als um die Tragbarkeit Gedanken machte. Am Ende entschied ich mich für einen langärmligen Pulli, eine simple Jeans und eine Regenjacke.

So zog ich kurz vor drei los. Das Rad ließ ich stehen. Bei dem Wetter war das nur eine Sauerei, wenn Wasser hochspritzte und alles nass wurde. Ich erreichte die Koppel pünktlich. Iris war jedoch nicht da. Also setzte ich mich auf den Zaun in den Nieselregen, die Kapuze über dem Kopf. Ich beobachtete die Tropfen an meiner Jacke, auf dem Weg zum Rand und von dort zum Boden. Ich ließ mich in Gedanken treiben.

Sie kam erst um halb vier, kurz bevor ich aufgeben wollte und den Regen satt hatte.

»Hallo, Ronny - was ein Wetter, oder? Sorry, aber Oma ...«

Ich sah ihr entgegen. Sie musste gar nichts mehr sagen.

»Hallo, Iris. Ist doch nur Wasser«, versuchte ich, den Regen schönzureden und die Entschuldigung zu überspielen. »Schlimmer wären Steine und alle Meter ein Hammer.«

Sie lachte.

»Du hast ja Bilder im Kopf. Sollen wir ein wenig spazieren gehen?« Sie schaute mir wegen des Regens leicht blinzelnd entgegen.

Ich dagegen sah skeptisch in den Himmel. »Bei dem Wetter?«

Sie zuckte nur mit den Schultern. »Und? Wie hast du eben gesagt? Ist doch nur Wasser!«

Ich sprang von der Stange in den Dreck. Nebeneinander gingen wir den Betonweg zur Farm entlang.

»Und, alles klar bei dir?«, fragte sie nach ein paar Schritten.

Ich überlegte einen Augenblick, dachte daran, nein zu sagen. Das wäre wenigstens ehrlich gewesen. »Ja, klar. Das Wetter macht einen echt dumm im Kopf. Erst Sonne und dann das hier. Mann, es sind doch Ferien.«

Sie blieb stehen, und ich drehte mich zu ihr.

»Hier!« Iris reichte mir einen Brief. Der Umschlag war rosa wie viele Briefe davor auch. Mein Name stand in der bekannt verschnörkelten Schrift quer darüber. Ich nahm ihn an mich.

»Soll ich ihn jetzt lesen?« Dabei schaute ich sie zweifelnd an.

Doch sie zuckte nur mit den Schultern. »Klar, wenn du willst.«

Ich betrachtete den Umschlag und erkannte, dass der Regen die Tinte verwischte.

»Nein!«, entschied ich. »Scheißwetter dafür.«

Iris nickte schnell. Ich konnte ihre Erleichterung erkennen. Dafür bekam ich eine seltsame Angst vor dem Brief. Keine Ahnung warum, aber er wog plötzlich doppelt so schwer.

Stumm und in Gedanken gingen wir weiter. Es nieselte, regnete wieder stärker und flaute wieder ab. Rechts und links lagen die Felder mit geknickten Halmen schwer im Regen. Als wären sie traurig. Es war kälter geworden, doch Iris trug die dünne Jeansjacke zugeknöpft bis unter den Hals, auf dem Kopf die Baskenmütze und Stiefel an den Füßen. Regen und Wetter schienen ihr nichts auszumachen.

»War das ein Gewitter gestern, was?«, fragte sie, ohne mich anzusehen. »Hatteste Schiss, oder so?«

»Nein!« schoss ich aus der Hüfte.

›Nie Schwäche zeigen‹, dachte ich mir. Heute ist mir klar, dass sie meine Angst am Vortag hätte greifen können, so klar war sie zu erkennen gewesen.

»Nur wäre ich besser mit dem Boot gekommen - war ziemlich viel Wasser«, fügte ich lässig hinzu und beobachtete meine Füße bei ihrer Arbeit. Als ob sie Kontrolle bräuchten?

Fast automatisch schauten wir zu dem Baum empor, der wie immer majestätisch über den Feldern stand und den das Gewitter doch verschont hatte. An der Gabelung des Feldweges stand und steht auch heute noch eine Bank. Damals war sie noch neu, rot gestrichen mit einem Schild, das daran erinnerte, die Dinge, die einem nicht gehörten, ordentlich zu behandeln. Heute ist sie verfallen, von der roten Farbe ist kaum noch etwas zu erkennen. Aber um sie herum stehen immer noch die großen, wuchtigen Bäume, die ein dichtes Blätterdach über der kleinen Bank bildeten.

Iris und ich setzten uns.

»Manfred will die Ponys verkaufen«, sagte sie auf einmal mit trauriger Stimme.

Der plötzliche Themenwechsel verwirrte mich. In meinen Kopf wollte ich eben beginnen, zum 1000. Mal über uns zu sprechen, über gestern. »Was?«

Sie sah mich direkt an. »Manfred will die Ponys verkaufen und die Koppel vermieten. Er hat kaum noch Zeit, sagt er.« Ihr Blick war so bedrückt.

»Das tut mir leid!«, entgegnete ich ehrlich. »Und woanders gibt es nicht auch Pferde oder so, um die du dich kümmern kannst?«

Sie zuckte schwach mit den Schultern. »Vielleicht. Ich will ja mal ein eigenes Pferd. Aber ich werde dafür nie das nötige Geld haben - wahrscheinlich.«

Ich sah über das Feld und wich ihrem Blick aus. Sabrina verfügte über reichlich Geld und besaß auch noch ihr eigenes Pferd. Das wusste ich aus den Briefen. Und Iris war neidisch - verständlicherweise. Freundin hin, Freundin her. Es war auch nicht dasselbe, sich um das Pferd der Freundin, auch wenn es die beste war, zu kümmern, als ein eigenes zu besitzen.

»Und deine Eltern, ich meine, deine Mutter?«

Sie blies spöttisch die Luft aus. »Mama hätte vielleicht noch Interesse, aber Geld ist bei uns nie locker gewesen. Doch seit sie diesen Malte kennt, ist sowieso alles anders.«

»Wieso?«

Sie schüttelte den Kopf. Mir fiel auf, dass, wenn sie über ihren Stiefvater sprach, sie seltsam reagierte oder abwesend, wie in Gedanken verloren wirkte. Ich erklärte mir das mit der Sehnsucht nach dem eigenen Vater. Ihre Eltern hatten sich scheiden lassen, aber der Vater hatte nie Interesse an Iris gehabt.

»Lassen wir das. Wirklich«, brach sie meine Gedanken jäh ab. »Ich will meine Zeit mit dir nicht damit vergeuden, über den Deppen zu quatschen.«

Und das war es, was mir plötzlich einen heftigen Stoß in die einzig richtige Richtung versetzte. Natürlich war das keine perfekte Situation, aber wenn ich ehrlich bin, die wäre wohl nie gekommen. Es regnete, auch unter dem Blätterdach. Es war kalt. Die Stimmung war am Boden. Der Tag konnte nur noch besser werden. Ich bin überzeugt, dass die wichtigen Dinge im Leben ohne nachzudenken entschieden werden. Man tut es aus dem Bauch heraus, weil etwas in einem Selbst wie aus dem Nichts die entscheidende Triebfeder geworden ist.

Sie war traurig wegen ihrer Pferde. Sie wollte die Zeit mit mir verbringen und das sinnvoll. Iris hatte sich auf mich gefreut. Da war ich mir einfach sicher. Und wenn nicht - was hatte ich zu verlieren? Das spielte jetzt keine Rolle. Ich war es, der hier eine Rolle spielte. Um mich und meine Gefühle ging es nun. Also sollte ich endlich damit anfangen, die Dinge in die Hand zu nehmen.

Ich ergriff ihre kleine Hand und umschloss sie mit meiner. Augenblicklich hob sie ihren Blick zu mir und dann beugte ich mich vor und gab ihr einen schnellen, zaghaften Kuss. Ich erlebte ihre Reaktion. Ihr Blick verwandelte sich und ist, aus heutiger Sicht, nach 30 Jahren, nur mit dem eines Kindes zu vergleichen, das an Weihnachten unter dem leuchtenden Baum das Geschenk erkennt, das es sich schon immer und von ganzem Herzen gewünscht hat.

Ich beugte mich noch mal vor, schloss meine Augen. Sie löste ihre Hand aus der meinen, ihre Arme glitten um mich, wie schnell wachsende Pflanzen das Dornröschen Schloss umfingen. Ich konnte ihre Hände auf meinem Rücken fühlen. Unsere Münder trafen sich, und alles ging von alleine. Sie öffnete ihren Mund, ich meinen. Die Zungen begegneten sich wie alte Freunde und spielten zusammen. Mal bei ihr. Mal bei mir. Ich legte meine Hand hinter ihren Kopf und vergrub die Finger in ihren Haaren. Mit der anderen Hand strich ich ihr über das Gesicht an der Seite ihrer Wange entlang. Wir saßen unbequem auf der Bank im

Regen, der mit schweren Tropfen durch das Blätterdach klatschte. Ich zog sie zu mir. Iris nahm mich fester in die Arme. Es war himmlisch, herrlich und fast albtraumhaft schön. Der beste Moment, den ich bis dahin erlebt hatte. Auch wenn dieser Kuss noch mehr dem Gefühl gleichkam, mit dem man verschiedene Schlüssel eines Bundes an einem Schloss probierte: Unsicher, ungeduldig, erwartungsvoll, endlich den Richtigen erwischen wollend.

Dabei war es nicht der Kuss, es war diese Anspannung, die uns beide seit Wochen belagert hatte. Die nun mit einem kräftigen Schlag von uns genommen wurde. Die Erleichterung, es richtig zu machen, genau das Richtige zu tun, genau den Moment zu erleben, den man sich heimlich gewünscht hatte, übermannte uns. Ihre Hände wanderten weiter über meinen Rücken, meine über ihren, durch ihre Haare.

Zum ersten Mal nahm ich ihren Duft wahr. Sie trug kein Parfüm, tat sie nie. Und doch roch sie gut, nach Shampoo, nach Deo, nach Seife, irgendwie nach Vanille und einer Spur Weihrauch. Iris hatte wie vermutlich jede Frau ihren ganz eigenen Duft, den ich noch heute in der Nase habe. Nicht explizit, nicht so, dass ich ihn exakt beschreiben könnte. Aber bei Gott und der Zeit, die er so gnadenlos vergehen lässt: Ich würde ihn wiedererkennen.

Ich durfte zum ersten Mal ihre Haar berühren, meine Finger in ihnen vergraben. Ich konnte ihren Körper berühren - nicht nur die Hände oder einmal zaghaft die Schultern. Nein. Die Wärme, die von ihr ausging, die Nähe und ihre Präsenz. Wir bekamen nichts mehr um uns herum mit. Keine Ahnung, wie lange wir uns küssten. Heute kommt mir das alles viel länger vor. Die Zeit spielte damals keine Rolle. Das Wetter spielte keine Rolle. Der Platz spielte keine Rolle. ***Wir*** waren es, die eine Rolle spielten.

Solche Momente endeten jedoch, wie so einiges in meinem Leben: mit Chaos.

Natürlich war es unbequem. Aber wer sagt schon: »Hey, Moment mal, ich setz mich eben noch richtig hin, und dann machen wir da weiter, wo wir aufgehört haben!«

Ich hätte genau so gut einen Hammer nehmen können, um der Situation auf den Kopf zu dreschen. Mein Bein schlief ein, weil es eingeklemmt war. Eine Schulter wurde taub, in meinem Kreuz zog sich ein Muskel bedrohlich zu einem Krampf zusammen. Und irgendwann konnte mein Hintern sich nicht mehr halten.

Ich rutsche von der Bank, landete mit einem grässlichen Geräusch im Dreck und Iris auf mich drauf. Sofort saugten sich meine Kleider mit Wasser voll wie ein verdammter Schwamm. Ich konnte schon Wasser an meinem eingeschlafenen Hintern spüren. Der Schlamm drang unter den Pulli. In einem verzweifelten Gedanken sah ich meine Mutter mit grimmigem Blick den Sohn als Schlammmonster über die Kellertreppe ins Haus lotsen, um an der Waschmaschine alles von sich zu werfen. Mich vor meiner Mutter nackt zu machen, war mir schon mit zwölf Jahren peinlich. Aber das hier würde noch Fragen nach sich ziehen, die ich nie im Leben hätte ehrlich beantworten können.

Iris tat, was sie in solchen Momenten immer tat. Sie lachte. Sie konnte vieles mit Humor ertragen, was mir bis heute schwerfällt. Wie sie Situationen anpackte, beeindruckte mich so sehr, dass ich mich selbst heute in sie verlieben würde. So wie ich sie damals auch dafür geliebt hatte.

Mir entfuhr erst mal ein unkontrolliertes Stöhnen. Sie rollte sich von mir herunter und landete neben mir im Dreck. Dabei kicherte sie. Ich weiß noch, wie der Regen in meine Augen spritzte. Daran erinnere ich mich und an ihr Gesicht: verdreckte und verklebte Haare. Die Baskenmütze lag im Matsch, und ich erinnere mich an die wachen, lachenden Augen, voller Hingabe und von unerklärlicher Liebe erfüllt. Es gibt Momente im Leben, in denen man einfach weiß, was andere Menschen empfinden. Das war so ein Moment.

Ohne sich Gedanken zu machen, wo wir waren, stützte sie sich auf einen Ellenbogen und hob ihr Gesicht über meines. Meine diversen Wehwehchen verloren sich in diesem Anblick. Sie strich Matsch von meiner Wange und beugte sich näher. Unsere Lippen küssten sich abermals. Ich schmeckte den Regen. Ich schmeckte sie. Wir küssten uns wieder. Dabei rutschte sie auf mich. Meine Hände waren voller Schlamm, den ich ohne nachzudenken über ihren Rücken verteilte. Dann drehte sie sich zur Seite, riss mich mit. Ich lag oben. Schlamm und Dreck flossen von mir ab, auf den Boden und über ihre Kleidung. Ihre Jeansjacke war voll davon, ich war voll davon. Aber wir küssten uns noch immer. Spiel der Zungen, Spiel aus Lippen und ein Kampf um den besten Platz.

Sie ließ plötzlich von mir ab, und ich rollte auf den Rücken. Wir lachten, und der Regen klatschte uns in dicken Tropfen auf den Körper.

Wie gerne würde ich uns beiden von damals zuschauen. Immer noch muss ich schmunzeln, wenn ich an diesen einzigartigen Augenblick zurückdenke.

Das war unser erster richtiger Kuss.

Manchmal liege ich hellwach in meinem Bett und träume von meinem Leben. Man sucht sich dabei oft Stellen aus, die es leicht machen, zu genießen - oder zu leiden.

Das war nicht mein erster Kuss. Aber er war in dieser Art, mit diesen unvergleichlichen Gefühlen ein Meilenstein geworden. Und als solchen sehe ich ihn heute immer wieder vor mir. Und das nicht, weil wir uns wie Schweine im Matsch gewälzt hatten.

Wir standen auf und versuchten, uns sauber zu machen - doch das war schlichtweg unmöglich. Wir verteilten den Dreck nur. Sie kicherte. Vielleicht, weil ich sie kitzelte. Vielleicht, weil es zum Totlachen war. Vielleicht auch, weil wir wie Monster wirkten, die gerade aus dem Moor gestiegen waren. Ich lachte mit ihr. Wir froren und setzten uns auf die Bank. Albern grinsten wir uns an, sahen uns in die Augen, und es war ein Blick, der völlig verändert wirkte. Es hatte sich mit einem Schlag alles verwandelt. Sie rückte sofort zu mir, legte sich in meinen Arm und lehnte den Kopf an meine Schulter.

»Ich liebe dich«, flüsterte sie mir zu.

»Ich liebe dich auch.« Ich sagte es, der Satz lag in der Luft, aber ich durchlebte die Worte in diesem einzigartigen Augenblick. Plötzlich diese Wärme zu spüren, sie hier in den Armen zu halten, war mir das höchste Glück geworden, die Personifizierung meines Traumes. Ich legte den Arm um sie, wollte sie warmhalten, denn nun zitterte sie. Iris drehte den Kopf zu mir und schaute mich an.

»Verrückt, oder?«

Ich lachte. »Verrückt gut. Oh Mann, affentittengeil gut - sorry, aber ...«

Nun lachte sie frei heraus. »Woher nehmt ihr Jungs nur solche Ausdrücke. Affentittengeil ... irre.«

»Von den Mädchen. Ihr erfindet doch den Kram.«

»Ja, klar. Nur so!«, erwiderte Iris und atmete auf einmal tief ein und aus. »Warum heute, warum jetzt, Ronny?«

Ich hatte die Antwort sofort auf den Lippen. Aber bitte, ich bin ein kleiner Sarkast. »Du meinst den Kuss?«

Sie knuffte mich diesmal recht fest in die Rippen. »Depp. Nein, warum ich nun voller Matsch bin?«

Erst sagte ich nichts, dann holte ich tief Luft. Auch ich fror nun richtig. »Du bist traurig gewesen. Ich kann dir keine Ponys oder Pferde geben, aber sonst habe ich eine Menge für dich. Versprochen.«

»Schwere Worte, Fremder. Schwere Worte.«

»Als ich dich das erste Mal gesehen hab, dort auf deinem Rad …« Ich zeigte auf den Betonweg. »… da habe ich etwas gespürt, was auch immer. Und seitdem … ich weiß nicht … seitdem bekomme ich dich nicht mehr aus dem Kopf. Das ist mir noch nie so gegangen.«

Sie gluckste. »Klar, solche Typen wie du, haben doch an jeder Hand eine andere.«

Ich schwieg.

»Du meinst das ehrlich?«, fragte sie plötzlich verunsichert.

»Ja. Vollkommen. Auf dem Friedhof, du erinnerst dich? Der Kuss dort?«

Sie nickte. »Wobei ich mir sicher war, mich geirrt zu haben.«

»Nein, seitdem ... ach, was weiß ich.«

Wir schwiegen, bis sie schlimmer zu zittern begann.

»Wenn wir nicht bald aus den Klamotten kommen, erfriere ich«, sagte sie und zog sich an der Bank hoch, heraus aus meinen Armen. Sie drehte sich zu mir um und gab mir einen Kuss, nur auf die Lippen. Dann löste sie sich viel zu schnell. »Lass und gehen!«

Ich schaute sie lange an, sah sie vor mir stehen, das wunderbare Mädchen, das nun mir gehörte, zu mir gehörte.

»Nun, wohin?«, wollte ich wissen.

»Kommt darauf an, wie du zu Schweinen stehst!«

Ich lachte. »Bitte, ich esse sie, also was sollte ich schon von ihnen halten? Warum?«

»Ich kenne den Bauern recht gut.«

Und auf einmal wurde mir bewusst, was sie vorhatte.

»Was?«, rief ich aus.

»Nun ja. Wir gehen zu ihm und fragen ihn, ob wir uns duschen können, oder so. Im Stall hat er eine …« Sie grinste breit. »… eine Schweinedusche. Ich denke mal, wenn ich ihn frage, wird er uns helfen und uns Kleider geben, die wir anziehen können, bis unsere soweit trocken sind, dass wir sie wieder anziehen können.«

Ich zog den Kopf zurück und runzelte die Stirn. »Ich soll mich in einer Schweinedusche waschen?«

»Ja!«

Mein Blick wanderte in Richtung Schweinefarm, die ich aber nicht sehen konnte. »Iris, das ist nun nicht dein Ernst.«

Sie zuckte nur mit den Schultern. »Ich weiß nicht, wie es dir geht. Aber wenn ich so nach Hause komme, dann bekomme ich mehr als nur Ärger.«

Nun, das war bei mir kaum besser – auch wenn ich wie so oft eine gute, plausible Ausrede finden würde.

»Oh, Mann!«, sagte ich nur, »na dann, machen wir uns mal lächerlich.«

Zwei Stunden später saßen wir auf einer verschlissenen Holzbank, jeder in eine grobe Decke eingehüllt und in Unterwäsche. Vor uns bollerte ein kleiner Ofen eine mollige Wärme in den winzigen Raum. Der Bauer war in der Tat ein netter Kerl, der uns zwar keine Kleider geben konnte, aber Wolldecken, und uns tatsächlich die Dusche im Stall anbot. Er kam aus dem Haus, als wir in den Hof gestolpert kamen. Erst lachte er, dann erkannte er Iris. Die beiden wechselten ein paar kurze Worte. Der Rest war schnell geklärt.

Iris duschte zuerst, die Kleider hängte ich in dem kleinen Raum auf eine Leine. Mir war klar, dass sie nie richtig trocken werden würden, aber das hier war besser, als mit den klatschnassen, völlig verdreckten Kleidern zu Hause anzukommen. Ich hatte sie grob mit Wasser abgewaschen. Sie wurden nicht richtig sauber. Doch es würde ausreichen.

Wir warteten also auf die trockene Wäsche. Der Bauer kam mit einer Kanne Tee, zwei Tassen und Kuchen. Wir unterhielten uns mit ihm, lachten viel, und Iris tauschte Geschichten mit ihm aus. Fragen stellte er uns keine. Ich denke, er gehörte zu den Menschen, die sich ihren Teil dachten und nicht alles und jeden hinterfragen mussten. Das sind seltene Menschen.

Er verschwand schließlich, murmelte etwas von Arbeit und ließ uns alleine. Iris und ich kuschelten uns einen Meter voneinander entfernt jeder in seine Decke. Wir sahen uns an, lachten und verstummten wieder, blickten uns in die Augen und lachten erneut. Ab und zu schaute einer von uns nach der trocknenden Wäsche.

Heute bin ich mir sicher, dass wir diesen Moment sehr genossen haben. Ab diesem Augenblick waren wir entspannt, da wir wussten, dass wir von nun an zusammen waren – fest zusammen. Und … wir liebten uns.

In meinem weiteren Leben verwendete ich diese drei magischen Worte noch oft. Jedes Mal waren es ehrlich gemeinte Worte, ich würde sie nie verschwenden. Doch sie zum ersten Mal ernsthaft zu glauben, sie zu spüren, sie geschenkt zu bekommen, nicht nur als dahingesagte Phrase, das prägte sich auf besondere Art in meine Erinnerung. So leid mir das auch immer tut, keiner der anderen Momente konnte mir später genau das wiedergeben – das, was damals auf der Bank im Regen und voller Dreck in mir gelandet war. Das erste Mal blieb für mich immer etwas Besonderes.

Um 18 Uhr zogen wir uns die klammen Kleider an und bedankten uns bei dem grinsenden Bauern. Ich begleitete sie nach Hause. Hand in Hand an ihrer Seite und oft den Arm um ihre Schultern gelegt. Sie hatte mir um die Hüfte gegriffen und legte ihren Kopf immer wieder an meine Schulter. Der Weg, die Zeit bis zu ihrem Haus war unerträglich schnell vergangen. Egal wie langsam wir gingen. Es ist nun mal so, dass schöne Momente, schöne Tage immer ein zu rasches Ende finden. Schließlich standen wir vor den Garagen, peinlich darauf bedacht nicht vom Haus aus gesehen zu werden.

Sie drehte sich zu mir um, und wir schauten uns lange an, ohne eine Bewegung, ohne ein Wort. Doch ich nahm sie in den Arm. »Danke!«, sagte ich leise.

Sie schaute zu mir hoch. »Danke?«

Ihr Blick war misstrauisch.

»Ja. Danke. Einmal, dass es dich gibt …« Ich gab ihr einen schnellen Kuss. »… und zum Zweiten, dass ich es bin, den du willst.«

Auch das quittierte ich mit einer Berührung ihrer Lippen.

Sie grinste, sagte aber nichts. Stattdessen gab sie mir einen Kuss – einen sehr, sehr langen.

»Schreibst du mir?«, wollte sie wissen und löste sich.

Ich vermisste urplötzlich ihre Nähe.

»Ja, hundert Seiten - versprochen, mindestens«, beteuerte ich und schenkte ihr ein Lächeln.

»Hundert?«

»Versprochen!« Ich drehte mich um und ging.

Sie blieb stehen und sah mir nach. »Ronny?«, rief sie.

Ich sah sie auf mich zu rennen. Sie fiel mir um den Hals, sodass ich gerade noch stehen konnte. Dann küsste sie mich wieder. »Ich liebe dich!«

Ich tippte ihr mit einem Finger auf die Nase. »Ich dich auch!«

Sie drehte sich um und verschwand in dem Eingang zum Hof ihrer Oma. Eine Weile betrachtete ich den leeren Eingang. Ich hoffte, sie würde noch mal herauskommen. Doch nachdem niemand kam, drehte ich mich um und ging endgültig nach Hause.

Heute weiß ich nicht mehr, wie ich nach Hause gekommen bin. Ich meine damit, was ich auf meinem Heimweg noch so dachte oder fühlte. Ich weiß auch nicht mehr, was meine Mutter zu meiner Kleidung sagte oder wie ich an dem Abend schlief. Wie vieles andere ist das einfach verschwunden. Leider gibt es meine Briefe an Iris, nicht mehr. Dort hätte ich das alles vermutlich nachlesen können.

Der Sonntag aber, der 25. Juli 1982, brannte sich in meinem Erinnerungskalender fest. Für immer. Natürlich vergisst man ihn auch mal das eine oder andere Jahr, auch mal zwei Jahre hintereinander. Die Gegenwart verlangt oft intensive Aufmerksamkeit von uns. Doch fiel das Datum auf einen Sonntag, habe ich immer an Iris und mich gedacht.

Leider liegt nun ein Schatten über diesem Tag - ein verdammt dunkler Schatten. Der Schatten raubt dem Tag nicht die Magie, das nicht.

Aber er erschuf eine traurige Seite, um die ich nie gebeten hatte.

Wenn Liebe gut tut

Die Zeit gibt uns kein Versprechen,
So kann sie keines brechen.
Es ist an uns, das Leben zu entdecken,
Es zu wagen, sich zu strecken
Sich nicht Freude, Zärtlichkeit, die Liebe zu versagen,
Über keine noch so harte Prüfung laut zu klagen.
Die Zeit bringt Freude allzu gern,
Doch manchmal scheint das Ziel unendlich fern.
Unerbittlich vergeht die Zeit,
Nur für Dich und mich - ihr einzig Versprechen - nicht bis in die Ewigkeit ...

NATÜRLICH VERBLASSEN mit der Zeit viele Dinge bis hin zum Nichts - schöne und auch traurige. Nach 30 Jahren bleiben nur Fetzen übrig, kleine Stücke, Bruchteile eines wunderbaren Puzzles, an dessen Gesamteindruck wir uns zwar erinnern. Dessen Einzelteile wir dennoch nicht alle wiederfinden. Und doch können die wenigen Teile das Bild ausreichend definieren. Zurück bleibt, was uns prägte. Zurück blieb genau der Teil, der es mir heute ermöglicht zu begreifen, was mit uns passierte.

In dem Haus, in dem ich lebe, gibt es eine Rumpelkammer. Ein Zimmer, in dem ich mein Leben in Bruchstücken lagere. Alte Schulbücher, alte Fotos, Mappen mit Unterlagen aus der Studienzeit, gute Stücke, die heute unmodern sind und doch zu schade, um weggeworfen zu werden. Ich lagere dort meine Winterreifen im Sommer, den Grill, wenn es Winter wird, die Besucherstühle für das Esszimmer. Dort steht die Kühltruhe neben dem Weinregal, die alte CD-Sammlung und eine Kiste mit Videokassetten. Ich glaube, solch ein Zimmer gibt es in jedem Haus. Genauso wie die Schublade ohne Sinn und Zweck, in der einfach alles landet, was an einer anderen Stelle keinen Platz gefunden hat.

Sind meine Erinnerungen ein solches Haus, so gibt es auch in mir ein Zimmer, in dem ich meinen Krempel der Jahre abgestellt habe. Ich verzichte darauf einzugehen. Auf all das, was genau in dem Zimmer steht. Es sind die Geheimnisse, die unter vielen anderen Dingen, das aus mir machen, was ich bin. Iris erhielt in meinem Erinnerungszimmer eine große Regalfläche. Über diesem Regal hat meine Erinnerung ein Schild aufgehängt, handgeschrieben und verstaubt: große Lieben. Über Iris steht die Eins.

In meinen Fall stehen dort ein paar Namen. Manche Beziehungen währten kurz, andere länger, die einen waren heftig und schmerzhaft, die anderen dauerhafter, langsam, aber intensiver. Jede war auf ihre Art besonders und einzigartig. Jede bezieht ihre nachhaltige Bedeutung aus meinen Erinnerungen. Ich habe immer, nachdem eine Beziehung zu Ende war, eine Kiste gepackt. Postkarten, Briefe, Einladungskarten, Speisekarten eines Ereignisses, Bilder natürlich, doch leider zu wenige. Buttons, kleine Büchlein, unbenutzte Aufkleber, Stadtkarten von einer gemeinsamen Reise. Kinotickets, ein Blatt, auf dem in Tusche geschrieben, mit Lippenstift gemalt oder geküsst ›Ich liebe dich‹ steht. Ich habe ein Herz aus Styropor, einen kleinen Bär mit einem Namen darauf. Einen Anhänger. Dinge, die in meinem Kopf einen Projektor anwerfen können mit einem irren Film darin. Da sind die einst beliebten ›Liebe ist ...‹-Blätter, -Karten und -Büchlein. Oder Snoopy, der kleine Hund mit seinem putzigen Freund Woodstock. Er kann mir heute ganze Bände von Geschichten erzählen, ohne nur einmal den Mund zu öffnen.

Von Iris überdauerte nur ein Bild. Es tut weh, es zu betrachten. Und natürlich gibt es die Briefe, mit deren Hilfe ich eine Zeitreise in meine Vergangenheit machen kann.

Und nun flimmern die Ereignisse in meinen Kopf herum. Ich bekomme sie nur schwer wieder los. Es ist mir ein Bedürfnis und hilft mir, sie niederzuschreiben wie die Erfüllung eines langgehegten Wunsches.

Pünktlich zu den Sommerferien, was, und heute bin ich mir da sicher, der beste Zeitpunkt dafür war, begann für zwei Teenager eine Entdeckungsreise durch die eigene Gefühlswelt und die des jeweils anderen Geschlechts.

Wir bekamen Zeit geschenkt, alle Zeit der Welt.

Eine gemeinsame Reise, in die uns unbekannte Welt der Sexualität. Eine Reise in ein Abenteuer, von dem wir beide nur bruchstückhafte Vorstellungen hatten. Ein Weg, der nach wenigen Metern im Nebel verschwand, den wir aber lachend meisterten. Nicht weil wir mutig waren. Mut hatte damals nichts damit zu tun. Wir waren einfach nur verliebt. Wir waren blind für die sich weiterdrehende Welt geworden. Wir schufen uns ein kleines, überschaubares Universum und bewegten uns darin wie Könige.

Wahrhaftig wie Könige.

Am Montag nach unserem ersten Kuss regnete es abermals. Schon mein erster Blick durch das Fenster zum Himmel sagte mir, dass ich zu Hause bleiben musste. Meine Mutter und mein Vater waren beide arbeiten. Wir konnten uns keinen Urlaub leisten, und so blieben die Ferientage mir und meinem Bruder alleine überlassen. Mein Bruder war mit sich selbst beschäftigt. Er hatte viele Freunde, mit denen er sich traf. So behielt ich wenigstens vor ihm meine Ruhe.

Ich frühstückte, übte am Klavier, zeichnete, las viel und brachte den Vormittag schnell über die Runden. Mittags begann ich, unruhig zu werden. Der gestrige Tag zog durch meine Gedanken wie Nebel und verhüllte klare Vorstellungen an die normalen Dinge des Alltags. Dinge, an denen ich sonst Spaß gefunden hätte. Iris und ich hatten keine Vereinbarung getroffen. Ich wusste nicht, was ich tun sollte. So setzte ich mich nach dem Essen an meinen Schreibtisch und schrieb die Antwort auf ihren Brief, der verwaschen aber getrocknet vor mir lag.

Es war nicht schwer, sich die Seele aus dem Leib zu schreiben. Dazu besaß ich genügend Stoff. Der Kuss, die Zeit in dem Stall, auf der Holzbank, der Abschied am Abend - das alles und wie es sich in mir anfühlte. Ich schrieb und schrieb und zeichnete kleine Bildchen dazu.

Männer sprechen nicht über Gefühle. Dieses Vorurteil findet leider allzu oft seine Bestätigung. Ich hatte da meinen Vater als Vorbild und meine Mutter als Abschreckung. Und so floss all das aus meinen Gedanken in den Text vor mir. Ich las nie einen Brief noch mal Korrektur. Schon alleine deshalb, weil ich beim Klang meiner eigenen Stimme in meinem Kopf den Mut verloren hätte, den Brief Iris zu geben. So steckte ich ihn in meine zweite Regenjacke und machte mich auf den Weg zu ihr.

Ich wusste, dass ich das Hindernis Oma noch zu meistern hatte. Und ich musste einen Weg finden, meiner Mutter zu erklären, wer das Mädchen war, das bald in meinem Zimmer bei geschlossener Tür verweilte. Das alles schob ich vor mir her wie meine Mutter die Hausarbeit.

Ich warf den Brief jedoch einfach in den Briefkasten und ging wieder. Zu Hause angekommen klingelte bald das Telefon. Meine Mutter nahm ab, sprach kurz mit jemandem und donnerte dann mit ihrer Stimme durch das ganze Haus.

»Ronny! Irgendeine Iris für dich!«

Schlagartig schlug mein Herz doppelt so schnell. Ich rannte hoch ins Esszimmer und nahm den Hörer entgegen.

»Ronny?«

Ich musste trocken schlucken.

»Hey, ich bin's.«

»Hallo, Iris.«

»Was machst du gerade?«

»Dich vermissen«, wollte ich sagen, ach was, durch den Hörer wollte ich kriechen und ihr um den Hals fallen. Verflucht, was war den los mit mir?

»Nix!«, erwiderte ich.

»Meine Oma ist einkaufen. Ich hab mich ans Telefon geschlichen. Ich habe zwar eins oben, aber da bekomme ich nicht mit, wenn Oma heimkommt.«

»Oh!«, war erst mal alles.

»Ich hab deinen Brief bekommen!«

Ich schwieg.

»Danke. Es tut so gut, das alles zu lesen. Du schreibst wunderbar.«

›Sag was, du Depp!‹, forderte ein Teil meines Verstandes. Doch neben mir im Wohnzimmer hockte meine Mutter mit einem Ohr quasi an der Muschel, vor Neugierde gespannt wie ein Spannseil der Golden Gate Bridge.

»Danke!«, murmelte ich, zwang mich, nicht ins Wohnzimmer zu sehen.

»Können wir uns sehen?«

Ich schluckte trocken, schaute aus dem Fenster und hasste den Regen. »Klar. Wo?«, fragte ich vorsichtig.

»Ich könnte zu dir kommen.« Sie klang unsicher.

Unwillkürlich schaute ich zu meiner Mutter, und diese wechselte hastig den Blick zu ihren Stricksachen. Das würde nie gutgehen. Klar, meine Mutter war keine Idiotin. Sie wusste auch von Manuela, wusste das von Cordula, wenn auch nicht alles, wusste das von Claudia und Andrea aus Eisenberg. Aber das waren alles … Freundschaften, und sie wusste schon, wie ernst oder eher nicht ernst das war. Aber wenn sie Iris sah, mit ihrer Jacke, dem Baskenmützchen, den komischen Hosen und den vielen Buttons, sie würde sie in eine ihrer bescheuerten Schubladen stecken, aus der sie nie wieder herausgekommen wäre.

»Klar. Komm vorbei. Ich bin da«, entgegnete ich wie so oft schneller, als ich denken konnte.

Auf der anderen Seite war deutlich Erleichterung zu spüren, als hätte ich ihr einen Amboss vom Fuß genommen. »Oh, klasse. Dann komme ich, wenn meine Oma wieder da ist.«

»Super!«, sagte ich, und das klang für mich so leer wie die Stiftablage vor mir am Telefon.

»Bis gleich!«

Wir legten auf. Meine Mutter legte die Stricksachen weg und schaute mich lange an. »Iris? Wer ist denn das?«

Eine gute Mutter zu belügen ist eins der schwierigsten Dinge, eine wahre Herausforderung. Es kommt dem Versuch gleich, mit einer hohlen Hand voll Wasser einen Großbrand löschen zu wollen. Es geht einfach nicht.

»Iris?«, wiederholte ich die Frage, als gäbe mir das Zeit zum Nachdenken. »Die kenne ich aus der Schule!«

»So!« Meine Mutter warf mir einen dieser Blicke zu, dessen Intensität locker dem härtesten Ganoven ein Geständnis entlockt hätte. Sie nahm das Strickzeug wieder auf und senkte den Blick.

»Sie kommt mich besuchen!«, warf ich hinterher, sicherheitshalber als Feststellung und nicht als Frage formuliert.

Mutter nickte nur, und ich fühlte eine kleine Panik aufkommen. Mein Zimmer! Mein Zimmer maß drei mal drei Meter. Darin standen ein Bett, ein Kleiderschrank, ein Schrank mit einem integrierten Schreibtisch und ein einzelner, schrecklich grüner Drehstuhl. Ich besaß zirka acht Millionen Poster aus Bravo oder Pop-Rocky, auf denen die aktuellen Musikgruppen und Idole meiner Zeit abgebildet waren. Idole für Jungs, auch Rambo mit glänzenden Muskeln und Stirnband. F.R. David, den ich mit seiner glaswandgroßen Spiegelbrille immer cool fand. Heather Locklear aus ›Ein Colt für alle Fälle‹, die auf dem Poster fast nackt war und einen gigantische Busen hatte. Ein Riesenposter in Schwarzweiß zeigte ein Pärchen, das sich küsste, dazu kamen einige meiner Bleistiftzeichnungen, die auf allen Wänden verteilt waren. Das Bett war noch zerwühlt – die meiste Zeit war das so. Die Kleider mehrerer Wochen lagen auf dem Boden herum, dazu ein Dutzend Paar Schuhe. Über dem Stuhl hingen drei Jacken gleichzeitig. Der Schreibtisch war überfüllt mit Papier, Stiften, Zeitschriften, einer Tube ausgetrocknetem Alleskleber, ein Wasserglas für entsprechende Farben und darin mittlerweile festgeklebt zwei Pinsel. Kurz gesagt, es war der Inbegriff an Chaos. Dort hinein konnte ich Iris nie im Leben lassen.

Also stürmte ich in mein Zimmer. Es befand sich im Keller unseres Hauses, und ich räumte erst einmal auf. 20 Minuten später dröhnte unser Türgong durchs Haus. Ich hatte den oberen Teil meines Kleiderschrankes mit meinen Schuhen vollgestopft und war froh, dass die Türen des Schrankes noch zu schließen waren, als meine Mutter mich mit meinem richtigen Namen rief.

»Roooooooooonald!« Wie sehr ich den Namen hasste.

Doch ich kam brav die Treppen herauf, und da stand Iris in der Tür. Ein Bild, das für immer griffbereit in meiner Erinnerung liegt.

Sie stand da, in ordentlicher, unverwaschener Jeanshose, trug einen Pulli aus feinem Stoff, hübsche Schuhe, und auf dem grauen Mantel prangte kein einziger Button. Kein Tuch mit Punkten und Bommeln. Sie war frisch gekämmt, lächelte und war fast nicht wiederzuerkennen. In einer Hand trug sie einen Schirm, der eben erst zusammengeklappt worden war und auf die Stufen tropfte, in der anderen ein Buch. Sie lächelte mich an. Sie sah nach einem der Bibelkinder aus, die damals im Dorf die Bildchen von Heiligen aus der Kirche verteilten. Ich war baff.

Meine Mutter wechselte den Blick von ihrem Sohn, der wie immer seine Überraschung nicht verbergen konnte, zu Iris, die in dem Aufzug auf mich so realistisch wirkte wie der Weihnachtsmann in Turnhosen auf dem Zehnmeterbrett im Schwimmbad.

»Na dann, Iris - komm doch rein«, brach meine Mutter das Schweigen.

Iris kam ins Haus, ich nahm ihr den Mantel ab und hängte ihn an die Garderobe. Er rutsche wieder zu Boden, und ich hob ihn hektisch auf, um ihn diesmal über einen Bügel zu schieben. Meine Mutter führte Iris ins Esszimmer, ich folgte wie ein Hund, sinnlos und nutzlos in einem.

»Setz dich. Willst du was trinken?«

»Danke, ja«, sagte Iris und sah sich mit großen Augen um, entdeckte das Klavier und lächelte.

Ich setzte mich zu ihr an den Tisch, meine Mutter verschwand zunächst in die Küche, um kurze Zeit später wieder zu erscheinen.

»Ihr kennt euch aus der Schule, was?«

Iris und ich wechselten einen der Blicke, die in Sekunden ganze Bücher hin und her werfen konnten.

›Wie siehst denn du aus?‹, fragte mein Blick.

Sie erklärte, dass sie aus meinen Briefen wusste, dass meine Eltern mit einem Button ›Arbeiten ist Scheiße!‹ nicht viel anzufangen wussten und Greenpeace wahrscheinlich für eine Ansammlung Verrückter hielten, deren Ziel es war, die Gesellschaft in ihren Grundfesten zu zerstören. Und der erste Eindruck war ja schließlich alles.

»Ja«, antwortete Iris mit einem Augenzwinkern.

»Ich habe Sprudel und Apfelsaft. In welche Klasse gehst du denn?«

»Achte, … und Apfelsaft wäre klasse.«

Sie kam mit einem Glas zurück, einem einzigen wohlgemerkt, immerhin wohnte ich hier und das bedeutete, dass ich mir selbst etwas holen konnte. Meine Mutter sah auf das Buch, das Iris in ihren Händen hielt.

»Onkel Toms Hütte?«, fragte sie mit einem Nicken.

»Ja, Ronny wollte das haben, und ich dachte ich bringe es ihm vorbei. Bei dem Wetter kann man ja nur lesen.«

Meine Mutter schaute aus dem Fenster, als wollte sie sich vergewissern, dass es noch regnete. Alibikontrolle. Ich sagte keinen Ton. Ich war ja auch nicht wichtig. Mutter klopfte mal schnell die Büsche ab, um zu sehen, was raus gesprungen kam. Alles, was ich tun konnte, war abwarten und hoffen, dass es keine Dinge waren, die meine Mutter dazu veranlasst hätten, länger zu bleiben.

»Ja, Ronald sollte mehr lesen. Gerade in den Ferien.« Damit stellte sie das Glas ab und lächelte. »Ich lasse euch dann mal alleine«, fügte sie hinzu.

Mein Einsatz, mein Stichwort. Denn eines war ja klar: Hier im Esszimmer würde ich nie und nimmer mit Iris sprechen oder länger Zeit verbringen wollen.

»Wir gehen in mein Zimmer!«, sagte ich so bestimmend ich das nur konnte. Mutter hob nur die Hand und winkte zustimmend ab.

Die erste Hürde war erstaunlich leicht genommen. Heute weiß ich, dass sie in meiner Reaktion genau erkannte, dass ich mehr für das Mädchen übrig hatte, als das Tauschen von Büchern. So sind Mütter.

Ich schloss die Tür meines Zimmers. Iris stand in dem kleinen Raum. Sie blieb einfach stehen, während ich auf die gegenüberliegende Seite ging und mich auf die Fensterbank setzte. Sie schaute sich lange um. Wir sprachen kein Wort. Dann legte sie das Buch auf meinen aufgeräumten Schreibtisch. Ich verließ unsicher meinen Platz, und wir kamen uns näher. Wir mussten uns einfach näher kommen. Ich legte Iris die Arme um die Hüften, sie legte ihre um meine Taille. So sah sie mich an. Nichts passierte. Dann grinste sie mich an. »Ronald, was?«

Ich lachte und fühlte mich auf einmal erleichtert.

»Es ist so schön, dich zu sehen«, erwiderte ich, ohne auf meinen verunglückten Vornamen einzugehen.

»Hey!«, meinte sie und schaute sich wieder um. »Ich muss doch wissen, wie du so haust.«

»Und?« Ich sah mich auch um, als wäre mir das Zimmer völlig neu. In gewisserweise war es das auch - so aufgeräumt. »Du bist nur deshalb gekommen?«

Unsere Blicke trafen sich.

»Nein«, betonte sie gelassen.

Ich beugte mich zu ihr hinunter und küsste sie. Ganz schnell, einmal nur.

»Nein?«, fragte ich und schaute ihr in die Augen.

Sie stellte sich auf die Zehenspitzen und drückte mir einen Kuss auf die Lippen. »Nein, weil ich heute Nacht so gut geschlafen habe wie noch nie. Und ich weiß warum.«

Ich lachte. »Ach was, du weißt warum?«

Nun gab ich ihr wieder einen Kuss.

Iris zog mich fester zu sich heran. »Ja, ganz genau sogar.«

Und wieder ein Kuss von ihr, wieder mit der lustigen Bewegung des sich auf die Zehnspitzenstellens.

»Und warum hast du sooo gut geschlafen?«

Der nächste Kuss, ihre Zunge spielte mit der meinen, doch ich ließ ab von ihr, um sie antworten zu lassen. Sie öffnete wieder die Augen, langsam, sodass ihr schelmisches Glitzern hinter dem Vorhang ihrer Wimpern aufblitzte. »Weil ich in den komischsten Idioten verknallt bin, den ich jemals gesehen habe.«

Nun lachte ich und drückte sie an mich. »Und ich in das schönste Mädchen mit den lebendigsten Augen.«

Ab da sprachen wir kaum noch. Wir machten einfach weiter, wo wir so jäh unterbrochen worden waren - als ich mit meinem eingeschlafenen Hintern von der Bank in den Schlamm klatschte.

Wir schmusten. Das ist ein so schönes Wort für eine Sache, die zwei Menschen miteinander tun können. Darin vergraben liegen Zärtlichkeit, Kraft und Zuneigung wie Juwelen. Ich habe nie einen anderen, besseren Begriff dafür gefunden.

Dieser Nachmittag war der Auftakt für viele solcher Stunden, für viele Momente, in denen wir uns Stück für Stück näherkamen. Ich glaube daran, dass Zärtlichkeiten das Wichtigste in einer Beziehung sind. Sie erobern das Herz, sie greifen nach Dingen, die wir nie erfassen können, sie beschreiben die Liebe auf ihre ursprüngliche Art. Ich spreche nicht von Sex, dem sogenannten Miteinanderschlafen. Das ist nur ein Bestandteil. Ich spreche von Nähe, der Wärme, der Versuchung, von Hingabe, sich einfach nur fallen lassen können und dem Genießen all dieser kleinen, bedeutsamen Wunder. Dann, wenn wir nicht mehr loslassen können und wollen. Dann, wenn wir Geborgenheit spüren und uns in wohligem Vertrauen wiegen.

Wenn Liebe gut tut - ich glaube, in diesen vier kleinen unscheinbaren Worten ist das Wundervolle am besten zum Ausdruck gebracht.

Die Tage flogen nur so an uns vorbei. Aus den alten Briefen erinnere ich mich an kleine Details. Die erste Clubmeisterschaft im Tennisverein, bei der ich leider weniger erfolgreich teilnahm. Iris sah mir von der Bank aus zu. Vielleicht verlor ich deshalb. Ich las von Iris' Trauer über den Verkauf der drei Ponys an einen Hof bei Ludwigshafen. Das schien damals so weit entfernt, dass die Ponys auch auf dem Mond hätten sein können. Iris weinte. Sie schrieb mir in einem ihrer Briefe ihren Kummer, und dabei bedankt sie sich, weil ich für sie da war.

Ich las von Iris' ›Hitliste, der Dinge, die ich liebe‹. Es waren immer nur fünf Stück - ›the top five‹. An letzter Stelle die Oma. Keine Mutter in der Liste, kein Stiefvater. Dann Sabrina, immerhin auf Platz vier gefallen, vor Wochen noch die Nummer zwei, nach den Ponys. Davor Sylvester Stallone. An Platz zwei stand ich und dahinter in Klammern, wie auch bei den Ponys: ›Wechselt ständig‹. Ich musste lachen, als ich das las. Zwei, drei Briefe lang stand ich mal an der zweiten, mal an der ersten Stelle. Dann verharrte ich für rekordverdächtige zwei Jahre an erster Stelle.

Ich las von einer Doris, die mich im Schwimmbad an der Kasse angemacht hatte. Daran erinnere ich mich sogar noch. Doris aus einem Block irgendwo hinten im Dorf, aus einer sogenannten sozialkritischen Gegend. Die hatte schon lange ein Auge auf mich geworfen, aber ich eben nie auf sie.

Nur das wusste Iris nicht, als sie uns von ihrer Decke aus auf der Schwimmbadwiese beobachtet hatte. Die erste kleine Eifersuchtsszene entstand – aber nur im Brief, nie in einer direkten Begegnung.

In der zweiten Ferienwoche wurde das Wetter deutlich besser. In den Briefen konnte ich viel von Schwimmbad und Koppel, von einer Radtour nach Eisenberg ins Eiscafé und von vielen Küssen unter unserer Eiche lesen.

›Der Baum der Zuneigung‹, nannte sie ihn. ›Der rote Fleck der Liebe‹, ›Die kummerfreie Zone‹, ›Schatten der Leidenschaft‹. Das Ding hatte so viele Namen, dass ich heute nicht einmal weiß, wie ich ihn selbst nannte.

Noch immer waren wir nicht offiziell zusammen. Sabrina war noch nicht eingeweiht, und ich hatte nur meiner Mutter nicht verheimlichen können, dass Iris und ich mehr waren als Schulkameraden. Thomas war noch für zwei Wochen im Urlaub. Das war auch gut so, weil ich das mit ihm so weit wie möglich vor mir herschieben wollte. Also spielten wir für die Allgemeinheit Freunde, die sich nur gut kannten. Iris lag bei Sabrina auf der Decke und ich irgendwo alleine. Im Wasser trafen wir uns und trieben einfach so nebeneinander her oder klammerten wie Äffchen am Rand und redeten. Ich erinnere ich mich an das kalte Wasser und die Sonne, wie sie auf dem Wasser glitzerte. An die rings um uns tobenden Kinder, die schreienden Eltern, die ihre Kinder riefen, das spritzende Wasser, das immer in Bewegung war. In diesem Tumult fühlten wir uns sicher. Unter dem Wasser hielten wir uns an den Händen. Mehr war noch nicht erlaubt.

Warum ist mir bis heute nicht wirklich klar. Wir hätten doch wissen müssen, dass es früher oder später unmöglich war, unsere Beziehung zu verheimlichen. Vielleicht fanden wir anfangs auch Freude daran, eine geheime Liebe zu haben. Wie auch immer, wir taten so, als würden wir uns nur flüchtig kennen. So waren da Begegnungen im Wasser, am

Kiosk, der Umkleidekabine, Gelegenheiten, um sich schnell einen Kuss zu geben und sich in den Arm zu nehmen. Kleine Highlights, auf die wir bewusst zusteuerten.

Trotzdem und gerade deshalb war diese erste Zeit herrlich. Wir teilten auch gemeinsame Stunden zu zweit. Am Abend, vor dem Essen unter dem Baum an der Koppel, bei mir im Zimmer und bei einer Radtour, mit Rast auf einer verlassenen Bank.

Ich las in den Briefen viel über ihre Mutter und den Streit mit ihr, weil sie nicht nach Grünstadt ziehen wollte. Dass Iris' leiblicher Vater schon tot war, erfuhr ich erst später. Solange sie noch die Schule in Eisenberg besuchte, war es kein Problem, bei ihrer Oma zu wohnen. Auch der Großmutter war das mehr als recht, denn die beiden schienen sich gegenseitig zu brauchen. Iris' Mutter wollte ihre Tochter unter Kontrolle halten. Sie verbot ihr die Fahrt nach Ludwigshafen, um die Ponys zu begleiten. Sie verbot ihr den Ausflug nach Landau mit Sabrina. Sie gab ihr nur wenig Geld – gerade soviel, dass sie sich den Eintritt ins Schwimmbad leisten konnte. Immer wieder musste sie zu ihrer Mutter nach Grünstadt fahren. Dort musste sie die Busfahrkarte vorzeigen, damit die Mutter sich vergewissern konnte, dass Iris das Geld nicht einsteckte und stattdessen trampte.

Die Beziehung zu ihrer Mutter blieb immer ein Problem. Die Frau kümmerte sich nicht um Iris, sie terrorisierte ihr eigenes Kind. Was habe ich diese Frau damals gehasst. Nicht nur, weil sie mir viele Steine in den Weg gelegt hatte, ohne von mir zu wissen. Steine, die meine Zeit mit Iris so schwer machten.

Heute schimmert das in einer völlig anderen Farbe, wenn man die ganze Geschichte kennt. Damals mit meinem kleinen Einblick in das Leben von Iris wirkte das, was ihre Mutter tat, als reine Schikane auf mich. An solchen Tagen saß Iris heulend zu Hause, und wir telefonierten nur.

Oh, wir telefonierten viel. Hauptsächlich vormittags, wenn meine Eltern nicht im Haus waren. In diesem Monat musste ich die Telefonrechnung verschwinden lassen, weil sie um die 100,- DM hoch war und ich dafür keine Erklärung abgeben wollte. Dumme Idee, denn Geld wollte die Telefongesellschaft ja trotzdem haben. Das wurde pflichtbewusst und ohne Rücksicht auf meine Situation abgebucht. Meine Mutter bekam einen Schrecken, ich einen Anschiss mit drei Tagen Hausarrest. Das war es mir wert gewesen. Später schlich ich mich zu einer Telefonzelle in der Nähe der Bushaltestelle. Als Vorwand holte ich Zigaretten für meinen kettenrauchenden Vater.

Ich erhielt kaum Taschengeld. Doch mein Vater entlohnte mich für meine Hilfe sehr gut. So verfügte ich hin und wieder über ein kleines Vermögen von über 20,- DM. Neben dem Schwimmbad war ich so in der Lage auch mal Kaugummis oder ein Eis zu kaufen. Dann war da noch die ›Bravo‹. Ich erinnere mich vage, dass die Zeitschrift nur alle zwei Wochen erschien. Und wenn ich gelegentlich über mehr Geld verfügte, leistete ich mir auch mal die ›Pop-Rocky‹ - alles begehrte Jugendzeitschriften mit Postern aller Idole der damaligen Zeit im Mittelteil.

Und es gab da noch Oma Ilse Gaub. Die Frau war über 60 Jahre alt, aber nicht vergreist und nicht auf den Kopf gefallen. Sie hatte ein Auge für Details, ein Auge auf ihre kleine Iris geworfen, ein Gefühl für ihre Bedürfnisse und ihr chaotisches, kleines Leben. Sie bekam schnell mit, dass der junge Mann, der ihre kleine Enkelin nach Hause brachte, nicht nur irgend so ein Typ war. Was wir beide nicht wussten, dass man von der kleinen Kammer unter dem Dach, locker über die Garagen sehen konnte. Wenn wir uns verabschiedeten, in der Regel dauerte dies sehr lange, stand sie oben und beobachtete uns. Dieses Wissen nimmt viel von dem Schreckensbild, das ich damals von ihr hatte.

Das Bedürfnis in Iris' eigenem Stockwerk, Zeit mit ihr zu verbringen, wurde immer größer. Doch die Oma wachte aufmerksam. Also mussten wir einen Weg finden, mir offiziell Einlass zu verschaffen. Das glich einem Projekt. Die Planung und Vorbereitung dehnte sich regelrecht zu einem Drehbuch für ein Laientheater aus.

Wir suchten uns einen Freitag heraus, um Oma von meiner Tauglichkeit zu überzeugen. Es war der 30. Juli 1982.

Iris meldete mich zum Essen an und stellte mich zunächst nur als Schulfreund vor. Doch Oma wusste schon, dass ich meine Zunge in den Hals ihrer Enkelin gesteckt hatte und meine Hände dabei auf einer interessanten Entdeckungsreise gewesen waren. Und Oma war, wie schon gesagt, nicht dumm oder von gestern.

Um 18 Uhr klingelte ich an Iris' Haustür. Ich wartete fast drei Minuten, bis mir die kleine Frau öffnete. Direkt nach meinem Klingeln hörte ich einen Hund kläffen. Das Vieh hieß Tina, das weiß ich noch. Und was soll ich sagen: Der Hund passte perfekt zu Oma. Wie die Schürze, in der sie mir öffnete, das Blumenkleid darunter, die braunen Pantoffeln und die streng hochgesteckten, grauen Haare. Es war ein Pekinese mit braun-gescheckten Fell und einer Schleife auf dem Kopf. Kleine Hunde und gerade diese Sorte waren meist giftige, niederträchtige Biester. Sie hatten spitze, winzige Zähnchen, waren fast immer schlecht gelaunt und brandgefährlich. Alleine Tinas Kläffen erinnerte an eine erbärmliche Hexe. Mit Krach und übermäßigem Gehabe versuchte das Vieh davon abzulenken, dass man nur einen festen Tritt brauchte, um es über Nachbars Garten auf die Hauptstraße zu katapultieren - auf der hoffentlich ein LKW fuhr und das Ding in den Asphalt quetschte.

So stand Oma vor mir. Ich überragte sie um fast zwei Köpfe. Sie blickte über eine kleine Lesebrille zu mir hoch und musterte mich unverhohlen wie ein viel zu billiges Schnäppchen auf dem Wühltisch eines Kaufhauses.

»Ja?«, fragte sie, obwohl sie schon wusste, wer da stand.

»Guten Tag, Frau Gaub. Ich bin Ronny!«, betete ich artig meinen geübten Text herunter.

Ich trug feine, glatte Stoffhosen. Mein kurzärmliges Hemd war brav bis zum letzten Knopf geschlossen. Mit der schicken Jacke musste ich aus dem Haus schleichen, weil meine Mutter sie ausschließlich für besondere Anlässe reserviert hatte. Die guten Schuhe von meiner Firmung gehörten selbstverständlich dazu. Ich wies frisch gewaschene Haare vor, ordentlich gekämmt und grinste die Großmutter breit an. In der rechten Hand hielt ich einen selbst gepflückten Strauß Blumen aus dem Garten meiner Mutter. Das brockte mir später einen Tag Hausarrest ein. In der Linken trug ich einen Wein, aus der Sammlung meines Vaters, die Flasche war vermutlich nur ein Geschenk einer seiner Kunden. Man hatte sie in eine Geschenktasche mit Trageschlaufen und Weihnachtsmuster verpackt. Jungs sehen so etwas nicht.

Nach der Musterung gab sie den Eingang frei. »Geh in die gute Stube, und setz dich, Bub!«

Die erste Hürde hatte ich genommen. Jetzt ging es um alles. Essen überstehen und die Fragen – den gefährlichen Fragen standhalten. Immerhin war ich der Idiot, der vom Baum gefallen war - daran erinnerte man sich immer. Ich folgte dem Flur, in dem das Tischlein mit dem alten Telefon stand. Ich erinnerte mich an das Bild in meinem Kopf, wie Iris mit der Schnur des Telefons spielte, während sie mit mir sprach. Die Realität passte perfekt dazu. Das Telefon war eines dieser alten Geräte mit einer Wählscheibe in der Mitte. Den schweren, rundlichen Hörer umschloss, wie das Telefon selbst, ein Stoffmantel aus rotem Samt, der goldfarben abgenäht war. Das Teil war so hässlich, dass ich fast gelacht hätte.

Damals erdrückte die Besucher der Wohnung alter Leute allzu oft eine Schwere, die selten zu fassen war. Dicke Teppiche in vorwiegend dunklen Farben duckten sich unter dunklen Möbeln aus erhabenen Holzsorten. In der Regel waren die Zimmer nur von einer spärlichen Lichtquelle beleuchtet. Die Bilder an den Wänden, in dem Fall eine Jagdszene im Wald und das Stillleben einer Obstschale, waren in dicke Holzrahmen eingefasst, die das Bild selbst winzig wirken ließen. Der Geruch war signifikant. Man roch das Alter geradezu.

Ich lief also in das Wohnzimmer hinein, oder besser, ich wollte dies tun. Aus einem Zimmer weiter vorne kläffte plötzlich der Köter los. Ich erschrak dermaßen, dass ich die Schwelle am Boden nicht erkannte. Mein rechter Fuß blieb hängen, mein Gleichgewicht war als Erstes im Zimmer, und ich folgte ihm wild fuchtelnd und nach Halt suchend. Iris stand am Tisch, sie trat einen Schritt zur Seite, doch das half nichts mehr. Ich riss sie mit zu Boden, verlor den Wein über einem Sessel, die Blumen versuchte ich, in den Teppich zu bohren, was nicht funktionierte. Ich landete auf meiner Freundin, genau in dem Moment, als die Oma in die gute Stube stolzierte. Sie allerdings wie gewohnt mit einem entsprechenden Ausfallschritt über die unter einem Teppich verborgene Schwelle.

Das hatte natürlich nicht in meinem Drehbuch gestanden. Ich lag auf Iris, der Wein kullerte über den Sessel, und die Blumen waren futsch. So eingefroren wollte ich nur noch sterben oder mich schlagartig unsichtbar machen. Oma stand hinter mir, und der Hund kläffte nun noch lauter. Warum auch immer. Jetzt erst traf sich mein Blick und der von Iris, die mich sanft von sich zu halten versuchte. Dann lachte sie einfach laut los. Ich glaube, das Beste, was sie tun konnte.

So gut es möglich war, rollte ich mich ab und stand wieder auf meinen Beinen, einen zerbröselten Blumenstrauß in der Hand. Omas böser Blick traf mich wie ein Hammer. Ich wollte einfach aus dem Zimmer rennen. Nur fort von diesem grauenhaften Ort meiner Peinlichkeit. Doch sie entspannte sich und warf einen Blick auf die Blumen – oder den Rest davon.

»Eine Vase brauche ich nun nicht mehr, oder?«, fragte sie.

Ich glotzte die Blumen an und sah verlegen zu ihr hinüber.

»Nee, denke mal, die sind hin. Ich hoffe, sie haben sie vorhin schon gesehen. Waren wirklich schön!«, erwiderte ich und senkte dabei die Hand mit den kümmerlichen Stängeln darin.

Iris ging an mir und der Oma vorbei und verschwand die Tür hinaus. Sie kicherte noch immer, was der Situation die Spannung nahm. »Ich hol mal 'ne Schaufel für den Rest.«

Oma bot mir einen Sessel an, ich stellte den Wein auf den Tisch und war so dankbar, dass der wenigstens nicht zu Bruch gegangen war.

»Setz dich.«

Ich setzte mich.

»Jetzt sag mal, wer bist du denn?«

Erleichtert über eine der erwarteten Fragen, betete ich die Antwort herunter. Mein Vorteil, dass mein Vater ein bekannter Mann im Dorf war und einen sehr guten Ruf besaß, zahlte sich aus. Er trainierte die Fußballmannschaft der ›Alten Herren‹ und brachte sie zur Tabellenspitze. Er war einer der Gründer des Tennisclubs und schrieb Büttenreden. So gesehen konnte ich mich in seinem Glanz suhlen. Wir sprachen über den Beruf, den ich mal lernen wollte, welche Hobbys ich hatte, und sie lobte meine Zeichnungen, die sie bereits begutachten konnte. Selbst von meinem Klavierspiel hatte sie schon gehört, wenngleich eher unfreiwillig. Aber es gefiel ihr. »Wer ein Instrument spielt, kennt Disziplin, denn ohne geht das nicht!« Das sagte sie und lächelte dabei zum ersten Mal.

Nun fuhr ich im Drehbuch fort, und lobte ihre Wohnung und vor allem den Gemüsegarten und wie toll ich alles hier fand. Sie schluckte das, als würden wir über das Wetter reden. Iris setzte sich zu uns. Nun plauderten wir wirklich über das Wetter. Ich bot der Frau an, ihren kleinen Rasen zu mähen.

»Nee, lass mal, Bub. Des kann ich schon noch selber!«, war ihr Kommentar, der mir heute noch in Erinnerung ist.

Das waren Themen, die ich, die wir erwartet hatten. Bis sie sich vorbeugte - der Hund kläffte plötzlich wieder - und mir fest in die Augen sah. »Aber jetzt erzähl mal, Bub. Du bist doch net hier, um gut Freund bei mir zu machen, oder? Und red mir net ein, ihr wärt nur gute Kumpel?«

Damit hatten wir nicht gerechnet.

»Nein, ich bin der Freund von Iris und eigentlich wollte ich fragen, ob wir nach dem Essen hochgehen können. Ich zerre ihr dann die Kleider vom Leib, und wir treiben es so heftig, das diese bescheuerte Lampe hier hin und her schwingen wird. Das machen wir stundenlang, jeden Tag, und wenn sie endlich schwanger ist, lass ich sie sitzen und weiß von nix. Noch Fragen?«

Das wollte ich sagen, einen Moment wäre das auch fast passiert. Ich bot ihr allerdings den besten Smalltalk aller Zeiten, so gelassen an der Oberfläche der Tatsachen treibend, dass jeder stolz gewesen wäre. Und sie stellte giftige Fragen, auf die ich keine Antwort wusste. Das war nicht fair - doch ich stellte hier keine Regeln auf. Also würgte ich an einem »Was?« herum und wurde rot.

Iris starrte mich an. Oma starrte mich an. Ich glaube, ich hätte mich auch angestarrt, wenn das gegangen wäre.

»Ich meine ...« Ich hustete hilflos in die Handfläche hinein. »... natürlich, nein. Ich meine, ja, wir … ich bin da, um sie mal kennenzulernen. Ich ... äh ... ich wollte nur, dass sie mich, ja ... keine Ahnung.« Dann hellte sich mein Gesicht auf. »Iris sagt, ihr Kartoffelauflauf wäre der beste, und das wollte ich mir natürlich nicht entgehen lassen.«

Oma zog eine Augenbraue hoch. Ihr Blick nagelte mich im Sessel fest. Doch dann lachte sie plötzlich.

»So, so«, wieherte das alte Weib, so dermaßen überraschend deplatziert, dass ich mich nur wundern konnte, »das meint Iris ... na, dann sollten wir mal essen, Bub. Oder?«

Mir polterte ein Stein vom Herzen, bei dem ich mir sicher war, dass man ihn hören konnte, und grinste breit.

»Ja, gerne!«

Oma stand auf und verschwand in der Küche. Iris rutschte zu mir und legte den Arm um den meinen. Sie drückte ihn kurz und ließ mich wieder los. Doch ich nahm sie an der Schulter und gab ihr einen raschen, feuchten Kuss.

Alles in allem war das Essen sehr lecker gewesen. Irgendwie erinnerte Oma Ilse Gaub mich an meine eigene Oma, die ich sehr gern gehabt hatte. Wir lachten viel, weil Iris meinen Baumsturz aufwärmte. Die Großmutter amüsierte sich über meinen Sturz in ihr Wohnzimmer. Ich glaube, sie wusste damals schon, dass wir uns lieb hatten, Iris und ich. Sie konnte die Blicke von mir zu Iris und umgekehrt nicht übersehen, auch nicht die Hand auf meinem Oberschenkel unter dem Tisch.

Nach diesem Essen, und darauf bin ich wirklich stolz gewesen, genoss ich das Privileg der erste Junge zu sein, der zu Iris in die Wohnung durfte. Für mich war das wie der Film zu einem Buch. Ich erkannte so einiges wieder, aus den Briefen und ihren Erzählungen. Die Bereiche, in denen Iris lebte, erkannte man leicht, spiegelten sie voll und ganz wider.

Natürlich landeten wir schließlich auf ihrem Bett und taten, was wir schon den ganzen Abend tun wollten. Gegen 21 Uhr, ich musste an einem Freitag oder Samstag auch in den Ferien immer bis 22 Uhr zu Hause sein, schrillte eine Trillerpfeife durch das Haus. Vermutlich schrillte sie durch den halben Ort. Ich erschrak so sehr, dass ich mir den Kopf an der schrägen Wand anschlug. Das war also Omas Zeichen, um zu sagen, dass es Zeit wurde.

Ich denke heute, dass wir viel Glück hatten. Ich mit meinen Eltern, die entweder tolerant oder desinteressiert waren. Keine Ahnung, wie man da den Unterschied feststellt. Iris' Großmutter hatten wir im Griff. Wobei Iris immer behauptete, ich hätte sie mit meinem Sturz ins Zimmer um den Finger gewickelt. Keine Ahnung wie, aber sie hatte wohl recht damit. Ich wuchs der Frau ans Herz. Immer, wenn ich Iris besuchte und zur Hintertür ins Haus kam, ging ich zuerst zu Oma in die gute Stube. Ich konnte den Hund nie leiden. Er mich auch nicht. Aber ich mochte Oma - trotz der Trillerpfeife.

Wir besaßen etwas, das andere in unserem Alter nicht bekamen: Privatsphäre. Ich musste sie nicht in einem Auto über einen Schaltknüppel legen oder mir auf der Rückbank einen Krampf holen. Wir konnten mein Zimmer nutzen. Zugegeben in der Atmosphäre: Jeden Moment könnte Mutter kommen. Das war eher spannend als erholsam, aber es waren vier Wände und ein Bett. Natürlich trafen wir uns oft in ihrer Wohnung und verbrachten viel Zeit in ihrem Zimmer auf dem kleinen Bett mit dem Salzteigbild am Fußende.

Wenn Liebe gut tut.

Doch sollte eine Zeit kommen, in der ich mir wünschte, dass dies nie so gewesen wäre. Dann wäre so manches danach, unter dem Gesichtspunkt der Belanglosigkeit, wesentlich leichter zu ertragen gewesen. Wenn Menschen in dem eigenen Ich einen festen Platz bekommen, wenn sie ein Teil deiner selbst werden, dann können sie dich leicht verletzten. Absichtlich, ohne Rücksicht oder auch gedankenlos. Sie verletzten auch mit dem was sie erleiden müssen. Und sie treffen, wenn man seine eigene Hilflosigkeit erkennen muss.

Aber lieben werden wir sie trotzdem.

Erwachende Vergangenheit

Im Bild erfroren, die Vergangenheit steht,
Im Bild gefesselt, Erinnerung im Stillstand lebt,
Im Bild noch versonnen, das Glück doch verbraucht,
Im Bild betrogen, vergangen das Leben, verhaucht
Im Bild mein eigenes Ich.
Im Bild Unvergänglichkeit, zum Schein nur ewiglich ...

ALS MEINE TOCHTER auf die Welt kam, zählten wir die Tage, dann die Wochen und schließlich die Monate, um ihr Alter anzugeben. Heute sind es nur noch Jahre, weil die Zeit in großen Schritten voranschreitet, aber auch weniger Veränderungen mit sich bringt, wie das bei einem Baby in den ersten Wochen oder Monaten der Fall ist.

Ich denke, bei einer Freundschaft ist das ähnlich. Die ersten Tage sind die wichtigsten. Die ersten Wochen sind entscheidend, und im Alter von 15 oder 16 Jahren sind Monate schon mal eine halbe Ewigkeit. Die Kernzeit mit Iris, die Zeit, die ich aus den Briefen herauslesen kann, umfasst die ersten sechs Monate. Danach wurden die Briefe seltener, vor allem, weil wir dann mehr miteinander sprachen, sprechen konnten.

Natürlich kann ich mich auch mit den Briefen nicht an alle Tage dieser ersten Wochen erinnern. Das spielt letztendlich auch keine Rolle. Wichtig sind die Ereignisse, mit denen diese Geschichte meine Erinnerungen wiederbelebt wird. Ich glaube, könnte ich diese ganze Zeit noch mal erleben, würde mich das verrückt werden lassen. Selbst jetzt, aus der zeitlichen Distanz, mit dem Heraufbeschwören alter Geister, bin ich, wenn ich ehrlich bin, nicht weit davon entfernt, den Verstand zu verlieren. Aber ich muss es tun, ich muss das schreiben, so sehr es mich auch aufwühlt und in einen Strudel aus Erinnerungen zerrt.

Thomas kam braungebrannt aus seinem Urlaub zurück. Ich habe ihn immer um diese Haut beneidet. Für mich gab es nur Krebs und Schlange - erst so rot wie ein Krebs und dann so geschält wie eine Schlange. Ich putzte das Auto meiner Eltern im Hof, als er mit seinem Rad bei mir auftauchte. Natürlich freute ich mich wahnsinnig. Zusammen wuschen wir das Auto fertig und setzten uns in den Garten meiner Eltern, um eine Cola zu trinken, die Thomas mitbringen musste. Ich durfte Cola nur trinken, wenn mein Vater gut gelaunt war und meine Mutter nicht in der Nähe.

Mit Händen und Füßen erzählte er von seinem Urlaub, den so feschen Spanierinnen und der einen Deutschen, die ihn die ganzen drei Wochen angemacht hatte. Er schwärmte mir von den Discos vor, in denen sie Musik spielten, die er hier noch nie gehört hatte. Das Meer wäre toll gewesen, der Strand fantastisch, und Kirchen hätten die dort, unglaublich viele. Vermutlich hatten sich seine Eltern jede Einzelne angesehen. Zusammen mit Museen und traditionellen Bazaren. Thomas erzählte begeistert vom Fliegen. Es wäre unheimlich cool, so zu reisen.

Thomas fragte mich natürlich aus, wollte wissen, was in seiner Abwesenheit im Dorf passiert war. Ich gab mir alle Mühe das Beste aus dem Wenigen zu machen, doch alles erschien neben seinen Erzählungen kümmerlich. Also entschloss ich mich, ungefähr drei Sekunden nachdem ich meinen dürftigen Lagebericht erzählt hatte, von Iris zu berichten. Wie immer war mein Mund einen Tick schneller als mein Verstand.

»Ich hab ’ne Freundin!«, platze es aus mir heraus.

Thomas hatte die Dose eben noch an die Lippen gesetzt, um sie vollends zu leeren. Doch er stellte sie wieder auf den Tisch.

»Und damit wartest du, bis ich mir wegen meines Urlaubs den Mund fusslig geredet habe, Alter? Das ist ja der Hammer. Wer ist es denn?«

Er hob die Hand und schloss die Augen. »Sag nix. Du hast endlich Sandra gefragt, das geile Gestell aus der Mittelhaide!«

Ich blickte ihn dumm lächelnd an.

»Nein? Gut, warte ... dann Andrea, die Tochter vom Frisör. Das wäre echt krass, dann könnten wir uns kostenlos die Haare schneiden lassen!«

Müde schüttelte ich den Kopf.

»Okay, warte ... ich hab's gleich. Vicki? Auch wenn ich dann sauer wäre, denn auf die steh ich auch.«

Wieder schüttelte ich den Kopf. Wortlos.

Thomas schaute mich eine Sekunde lang an. »Scheiße man, ich kann sie nicht leiden oder kenn sie nicht. Ich weiß nicht, was mich mehr schocken soll. Los, spuck es aus! Wer is es?«

Ich starrte in den Garten.

»Die Olle!«, antwortete ich, um wenigstens irgendwie was Komisches zu sagen.

Thomas schwieg. Er presste die Lippen zu einem Schlitz zusammen und warf mir einen verzerrten Gesichtsausdruck zu. »Nee, du verarschst mich. Oder?«

Aber ich wirkte wohl nicht besonders belustigt.

»Nee, jetzt. Iris?«

Ich nickte nur. Immerhin war es nun raus.

»Iris?!«

»Sie ist echt ein klasse Mädchen …«, wollte ich zu so etwas wie einer Erklärung ansetzten, brach dann aber ab.

Thomas nahm seine Cola, leerte sie und stellte die Dose auf den Tisch zurück.

»Klar«, meinte er leise.

Eine ganze Weile sagten wir beide nichts.

»Das war mir klar«, begann er plötzlich.

»Echt, wieso?«, wollte ich wissen.

Er zuckte mit den Schultern. »Oh Mann, Alter. Wir lange kennen wir uns? Seit Wochen rennst du rum wie ein Idiot. Meinst du, ich hätte nicht mitbekommen, wie Iris um dich rum schwänzelte? Udo hat mir erzählt, du hättest ihr einen Brief geben. Einen Brief! Du und schreiben? Ich dachte ja erst, der macht Witze, aber dann guck ich in deine Tasche, und rosa Umschläge lachen mich an.«

Thomas griff in seine Tasche und holte zwei neue Dosen heraus. Eine schob er mir zu und nickte nur.

»Warum hast du nix gesagt?«, fragte ich ihn.

Ich musste total blöd gewesen sein, nicht bemerkt zu haben, dass er es wusste.

Wieder zuckte er mit den Schultern. Er öffnete die Dose, trank und rülpste dann. »Weil ich dachte, das geht vorbei. Und ihr seit nun ... was für ein Paar ...? So wie Tanja und Sven?« Dabei hob er die Hände und schwang sie hin und her. »So Händchen halten und Küsschen hier und Küsschen da?«, fragte er mit verstellter Stimme.

»Och, Thomas. Du bist ein Arsch. Tanja und Sven sind bescheuerte Turteltauben. Ich mag Iris, und okay, wir haben uns mal geküsst. Ist ganz gut gewesen. Sie ist hübsch.«

Er lachte. »Hübsch komisch. Diese Jacke ... ich meine, Mode ist ja auch nicht dein Ding, Ronny, aber ausgerechnet Iris?«

Jetzt war ich beleidigt.

»Ich weiß net, wo dein Problem liegt, Depp«, sagte ich viel härter, als ich es eigentlich wollte.

»Net? Dann will ich dir das Mal sagen. Ich hab keine Alte. Okay. Also wirst du mit deiner Iris 'ne Menge allein machen, weil ich nicht das fünfte Rad am Wagen spielen werde. Und damit sehen wir uns weniger. Sieh dir Sven an! Der ist kaum noch da. Hängt immer dort bei ihr rum. Das ist mein Problem.«

Ich schwieg.

»Ach, was soll's«, meinte Thomas plötzlich und hob die Cola hoch. »Ich sollte mich freuen. Immerhin bist du mein bester Freund. Wenn der Blitz einschlägt, fragt auch keiner warum. Und du magst sie echt?«

Ich war wirklich überrascht. »Ja, doch, schon irgendwie.«

»Na dann, auf Iris und Ronny. Das klingt zwar bescheuert, aber man gewöhnt sich ja an alles!«

Er lachte, und ich lachte mit. Wenn auch unsicher, weil ich mit dem, wie er das gesagt hatte, wenig anfangen konnte.

In den ersten Monaten war mir Thomas oft eine Hilfe. Am Anfang lästerte er zwar viel über mich - doch das tun Freunde nun mal. Heute bin ich mir sicher, war vieles davon Neid. Auch er hatte schon Freundinnen gehabt, doch bei Thomas schien das nie besonders ernst gewesen zu sein. Weiter als über das Küssen und Händchen halten war er selten gekommen. Ich dagegen ging damals mit großen Schritten voran.

Ich erinnere mich an eine Szene. Wir stibitzten den Schnaps von meinem Opa, um damit auf dem Grundstück meiner Eltern hinter der Hütte einen zu heben. Wir hatten gerade jeder zwei kleine Gläser intus, als ich ihm von der weiblichen Anatomie Details berichtete. Details, die ich angefasst hatte und er nur aus Pornoheften seines Vaters kannte. Am Schluss, die Flasche war leer, lamentierte er über seinen Neid. Lallend wollte er von mir wissen, ob es sich tatsächlich wie bei einem warmen, gedeckten Apfelkuchen anfühlte, steckte man den Finger in eine Vagina.

Ich meinte: »Klar, nur schmeckt er dann nicht nach Apfel.«

Wir lachten, bis er sich in einen kleinen Busch erbrach.

Thomas wusste nun von meiner ersten Liebe. Ich habe ihm nie gesagt, was Iris mir wirklich bedeutete. Doch ich bin mir sicher, Thomas hatte schnell verstanden, dass es keine der üblichen Verliebtheiten war. Nicht der Sexualität wegen, sondern weil er spürte, dass ich Iris wirklich liebte. Und dafür, es nie angesprochen zu haben, danke ich ihm heute noch. Es ist bitter, solche Freundschaften im Laufe seines

Lebens zu verlieren. Aber die Zeit, die wir mit guten Freunden verbringen, sind wertvolle Jahre.

Sabrina erfuhr es, wie sollte es anders sein, durch einen Zufall. Es passierte keine zwei Tage nach meinem Gespräch mit Thomas. Iris schilderte es in einem der Briefe, beiläufig und ohne viel wütendes Gerede. Trotzdem erinnere ich mich gut daran, wie aufgelöst sie war, als sie mir erzählte, wie Sabrina die Nachricht aufgenommen hatte. Ich habe diese Freundschaft nie verstanden. Sabrina war oberflächlich, arrogant bis aufs Knochenmark, duldete Menschen nur, wenn sie ihr einen Vorteil brachten. Und Iris bildete auf eine besondere Art das krasse Gegenteil dazu. Trotzdem waren sie beste Freundinnen.

Sabrina hasste mich von Anfang an. Es gab so viele negative Beispiele für Dinge, die wir Sabrina verdankten. Manche Menschen muss man nehmen, wie sie sind – oder sie umbringen. Ich war oft kurz davor, Letzteres zu tun.

Iris kam an einem sehr warmen, sonnigen Tag zu mir. Ich war dabei die Straße zu kehren, als sie mit dem alten Rad ihrer Oma verbissen den Berg zu uns hoch gestrampelt kam. Sie war immer sehr emotional. Stimmungen waren so leicht auf ihrem Gesicht zu lesen wie Schlagzeilen aus Zeitungen. Und damals war sie wütend, richtig wütend.

Ich ließ sie zu mir kommen und stützte mich auf den Besen. Iris stieg ab und feuerte das Rad an unsere Gartenhecke. Dann rannte sie zu mir und fiel mir um den Hals. Ich musste den Besen fallen lassen und konnte eben noch verhindern, dass ich rücklings auf der Straße landete. »Sie ist so eine dumme, blöde, arrogante, aufgeblasene, überhebliche Ziege. Ich hasse sie. Ich will sie nie wieder sehen. Sie soll doch verrecken in ihrem Loch.«

Dann begann sie zu schluchzen, wobei sie mir auf das verschwitzte Shirt weitere Flecken machte.

»Hey, mal langsam. Was ist denn mir dir los?«, fragte ich und versuchte, sie dabei von mir zu schieben, um sie ansehen zu können.

Ich wusste sofort, dass es um Sabbi ging. Iris hatte oft Krach mit Sabrina. Häufig einfache Meinungsverschiedenheiten, die sie aber in der Regel mit Humor kaschierte. Dann war Sabbi nur die blöde Kuh, der verwöhnte, dumme Schnösel mit Geld und gelegentlich nur doof. Das hier war mir völlig neu.

Sie beantworte meine Frage nicht.

»Also langsam, was hat sie denn wieder gemacht?«, bohrte ich weiter.

»Sie ist so eine ...«, begann sie, und ich gab ihr einen Kuss, so schnell und zart, dass sie augenblicklich verstummte.

»Das hatten wir schon, Kleines«, sagte ich mit betont sanfter Humphrey Bogart-Stimme und legte ihr einen Finger auf die Lippen, »ganz langsam, ganz ruhig und ganz von vorne.«

Iris schaute mich aus ihren verheulten Augen an. Ich mochte diesen Blick an ihr. Er war so offen und wirkte so verletzlich. Die schönen, dunklen Augen gaben mir einen direkten Blick in ihre Seele frei - sollte es so etwas geben.

»Sie weiß es, Ronny. Das mit uns und so«, begann sie, »und sie hat gesagt, ich wäre total doof, mit dir was anzufangen. Du wärest der beste Griff ins Klo.«

Sie schluchzte und legte erneut den Kopf auf meine Schultern. Mich mit einem, nein, ***dem*** besten Griff ins Klo zu vergleichen, das tat mir nicht mal weh. In meinen Augen hatte Sabbi nur erfolgreich ihre Rolle bestätigt.

Bei aller Liebe zu Iris - wir mussten von der Straße herunter. Sonst brüllte meine Nachbarin und die drei Gärten weiter wohnende Bekannte wieder Stadtgespräche über den Zaun. Es war dann nur noch eine Frage der Zeit, bis meine Eltern und alle anderen den Inhalt alsbald im Amtsblatt lesen konnten.

»Zicke zieht Jüngling in die Scheiße!« - so was in der Art.

Aufs Kehren hatte ich ohnehin keine Lust mehr und meine Mutter war noch mit meinem Bruder unterwegs. Also lotste ich sie vorsichtig, aber bestimmt in unser Haus.

»So, Iris, jetzt mal alles der Reihe nach!«, bat ich sie, als wir im Esszimmer am Tisch Platz genommen hatten. Ich holte mir eine Limo aus dem Kühlschrank, und Iris bekam ein Glas Apfelsaft, von dem sie immer noch schniefend nippte.

Ich erfuhr ungeschönt die ganze Wahrheit.

Eine gewisse Viola, keine Ahnung, wer das wirklich war, hatte im Schwimmbad bei Sabrina auf der Decke gelegen. Die beiden hatten sich locker über Typen unterhalten. Auf der hauseigenen Skala von Depp bis Hammertyp stuften die Mädchen immer wieder das dorfeigene Angebot ein. Alle potentiellen männlichen Anwärter zwischen fünfzehn und 20 Jahren wurden regelmäßig, aufgrund aktueller Änderungen in den Bereichen Frisur, neue Turnschuhe, neues Moped oder sonstiger Errungenschaften, mit einem Wert von eins bis zehn einsortiert. Danny, der die schnellste Maschine besaß, die coolste Sonnenbrille, den geilsten Köper, war lange Zeit Spitzenreiter mit einer Zehn. Solche Jungs, wie Klaus und Helmi, waren mit Bauch und Zottelfrisur oder nur einem Mofa eher eine Eins bis Drei. Ich stand in der Liste, so weit ich meinen geheimen Quellen vertrauen konnte, mit einer Vier bis Fünf im Mittelfeld. Ich glaube, sogar dauerhaft. Auch mein Moped, das ich im Herbst bekommen sollte, änderte daran nichts, vor allem, weil ich diese bescheuerte Popper-Frisur mit dem altmodischen Seitenscheitel trug.

Jedenfalls sortierte mich Viola wieder auf eine Fünf ein, und Sabrina dachte wohl eher an eine Drei oder besser noch an eine Zwei. Viola wunderte sich darüber, den sie wüsste aus guter Quelle, dass Iris mit mir zusammen sei. Die gute Quelle war ihre Oma, die wiederum Anneliese wen auch immer kannte. Die wiederum Iris' Oma kannte, die wiederum mir die Erlaubnis erteilt hatte, in die heiligen Hallen ihrer Enkelin einzutreten – ohne Aufsicht und nur durch eine Trillerpfeife im Zaum gehalten.

Sabrina sei ausgeflippt, wäre sofort aufgestanden und hätte das Schwimmbad mit verbitterter Mine und vor Zorn rauchend auf dem Rad verlassen. Sie soll rekordverdächtigte drei Sekunden später bei Iris gewesen sein, um sie zur Rede zu stellen.

Iris hatte im Garten der Oma geholfen, und als Sabrina wie eine Streitmacht quasi unter voller Bewaffnung durch das Tor gerauscht kam, wusste Iris schon, dass etwas nicht stimmte. Schon auf halben Weg stellte ihre Freundin sie zur Rede.

Iris hatte sich noch zu verteidigen versucht, aber Sabbi blieb bei ihrem finalen, vernichtenden Qualitätsurteil über mich. In diesem Zustand hätte nur erschießen geholfen. Also wurde Iris sauer. Sie giftete zurück, Sabrina steigerte sich hinein, und wieder einmal wurde die eigene Freundschaft in die Waagschale geworfen: »Er oder ich!«.

Es war Oma, die Sabrina vom Hof scheuchte, als sie erkannte, wie weit Iris noch vom Wasser entfernt war. Der Kampf war verloren, der Krieg hatte begonnen, und damit war Iris zu mir gefahren.

Ein Junge sollte nie zwischen den Fronten zweier Mädchen stehen. Ich glaube, das gilt auch für Frauen. Doch es war passiert.

»Was denkst du?«, fragte ich Iris nach einer Weile Schweigen.

Sie gab mir einen Kuss.

»Scheiß auf Sabrina!« Ihr trauriges Gesicht verwandelte sich erst in eine grimmige Visage, dann aber in eine lüsterne, kleine Iris.

›Damit wäre das ja geklärt‹, dachte ich fälschlicherweise.

Ich hatte Sabrina unterschätzt, dachte, sie würde aufgeben, aber stattdessen hatte sie sich die Rettung ihrer besten Freundin aus den Klauen des Dorftrottels auf die Fahnen geschrieben. Wir verzogen uns in mein Zimmer und knutschten, bis meine Mutter und mein nerviger Bruder nach Hause kamen.

Mit Sabbis Kenntnis war nun ein großes Hindernis aus dem Weg geräumt. Die Heimlichtuerei nahm endlich ein, wenn auch jähes Ende. Von da an waren wir ein offizielles Paar, liefen Händchen haltend im Schwimmbad ein, knutschten am Beckenrand und auf der Decke, so oft wir nur konnten. Wir verabredeten uns bei CEB, einem Café, und saßen dort in der Sonne wieder händchenhaltend oder gingen Arm in Arm spazieren. Einfach gesagt, es war eine schöne Zeit. Die Ferien bescherten uns einen herrlichen Sommer mit viel Sonne, warmen Temperaturen und langen Abenden an der Koppel oder unter unserem Baum. Natürlich litten Thomas und Sabrina darunter. Sabrina und Iris versöhnten sich, und Sabrina duldete mich zähneknirschend, während Thomas oft und gerne stichelte, wenn ich mit Iris im Arm um die Ecke kam. Trotzdem trafen wir uns auch weiterhin mit unseren Freunden.

Thomas mied Iris nicht. Er hockte schon mal bei mir, wir tranken Cola oder rauchten auf dem Gartengrundstück eine der Zigaretten seines Opas. Wenn Iris zu mir kam, blieb er meist noch eine Weile, verabschiedete sich aber bald. Sabrina stellte stets sicher, dass ich nicht bei Iris war oder die schwache Chance bestand, dass ich auftauchen könnte. Erst nach eidesstattlicher Versicherung mit Brief und Siegel über mein Fernbleiben, besuchte sie Iris. Sie war eben eine verdammt Zicke. Da konnte man nichts machen. Wenngleich eine kurze Zeit kommen sollte, in der wir tatsächlich miteinander auskamen.

Meine Mutter offenbarte nach der ersten Hälfte der Sommerferien, dass ich ihrer Ansicht nach lernen musste. Immerhin hatte ich die achte Klasse gerade so bestanden. Daher organisierte sie mir Bücher und Hefte, in denen ich für die neunte Klasse vorlernen sollte. Ihr Plan sah vor, dass ich vormittags die Hefte durcharbeitete. Danach sollte ich meinem Vater und später ihr im Haushalt helfen, hinterher mit meinem Bruder etwas unternehmen - warum auch immer. Anschließend sollte ich Tennis spielen gehen, und erst dann bekam ich Zeit für alles andere. Ich war sofort Feuer und Flamme für ihren Plan. Super Sache, in den Anfängen einer großen Liebe seiner Geliebten zu erklären, dass man quasi ein Gefangener mit Freigang geworden war und von nun an die Mutter das Leben bestimmte.

Iris nahm es gelassen - die erste Zeit. Aber ich musste mich quälen. Daran kann ich mich gut, sehr gut erinnern. Draußen brütete der Supersommer vor sich hin, mit morgendlichen 25 Grad und Mittagstemperaturen um die 30 Grad. Doch ich glotzte sehnsüchtig über Deutsch- und Mathebücher zum Fenster im Esszimmer hinaus, um nicht bei der Übersetzung von englischen Texten wahnsinnig zu werden. Zudem fand meine fürsorgliche Mama einen vollbärtigen, nach Schweiß stinkenden Franzosen, der mir zweimal in der Woche Nachhilfeunterricht geben sollte. Der Mann war die Hölle auf Erden, lebte in einem Loch, einer Einliegerwohnung ohne Fenster. Er sprach so gut deutsch wie ich französisch. Wir wurden erstaunlich schnell zweifelhaft gute Freunde. Er nahm immer erst mein Geld. Ich musste jeden Tag einzeln bezahlen, dann erst ließ er mich in seine Wohnung. Sein Nachhilfeunterricht bestand darin, mir Texte aus dem Buch zu diktieren oder meine Aufgabenhefte zu korrigieren. Ich musste ihm Vokabeln vorlesen, bis ich sie freiwillig schreiben und lesen lernte - nur um seinen Mundgeruch nicht mehr ertragen zu müssen. Kein Witz - solche Menschen gibt es.

Ich habe Jahre danach erfahren, dass sie ihn wegen Anbau von Pflanzen, die gegen das Betäubungsmittelgesetz verstießen, verhaftet haben. Ich bin so froh, dass es doch noch Gerechtigkeit auf Erden gibt.

So wurden schon die letzten drei Wochen der Ferien zur ersten ernsthaften Prüfung für die Freundschaft zwischen Iris und mir. Sabrina freute sich. So blieb ihr genug Zeit, ihrer Freundin immer wieder einzureden, dass ich sie nicht sehen wollte und deshalb die Sache mit der Schule erfunden hatte. Abends, wenn ich ausnahmsweise zu Iris durfte, »aber nur bis 22 Uhr, bitte«, musste ich mit aller Kraft das schlechte Bild von mir aus ihrem Kopf schaffen. Dank Sabrina.

Zu der Zeit gehörte zu einer Lieblingsstrafe meiner Mutter die verhasste Ausgangssperre. Wann immer ich etwas falsch machte - und das konnte ich gut - wurde ich mit meinem Hintern im Zimmer festgenagelt. Dort konnte ich wenigstens meine Briefe schreiben, die ich immer zu Iris brachte. Meinen Brief konnte ich mir hinter der Garage, unter einer der Schieferplatten der Seitenverkleidung abholen. An bestimmten Tagen waren diese Briefe oft die einzige Kommunikation zwischen ihr und mir.

In diesem Sommer arbeitete ich mit meinem Vater am Haus. Wir strichen, verlegten Fliesen, bohrten eine Million Löcher in die Decke für Holzverschalungen oder bauten die Gartenlaube. Das war harte Arbeit. Viele Stunden, samstags oft den ganzen Tag und, wenn es wegen des Lärms machbar war, auch sonntags. Teilweise machte mir das sogar Spaß. Vater redete nicht viel, deutete nur oder warf mit einzelnen Worten wie »Hammer«, »Schrauber«, »Holz«, »sägen« und so weiter um sich. Wenigstens wurde ich in der Sonne schön braun. Aber vor allem tat ich es der Finanzen wegen. Mit dem Geld für mein verkauftes Mofa, zusammen mit dem meines Opas, meinem gesparten Taschengeld, dem von meinem Vater für die Handerwerksarbeit und dem Geld meiner Tante für die Hilfe im Garten, verfügte ich Ende des Sommers über genügend Mittel, um mir ein gebrauchtes Moped, die Yamaha RD 80M, zu kaufen. Sie stand zwei Straßen weiter, bei einem Freund meines Vaters und wartete auf mich. Noch vor meinem 16. Geburtstag machte ich den dazu passenden 1B-Führerschein. Ich freute mich auf den Tag, 16 Jahre alt zu werden wie ein Goldsucher auf den ersten Nugget.

Iris liebte meine RD. Ich nannte sie spontan nach dem ersten Auto meines Vaters: Suzanna oder kurz Susi. Auf diesem Moped zu sitzen, war ein Stück echte Freiheit, die man fühlen konnte. Der Wind riss an den Klamotten und fuhr unter die Kleider, die Fliegen klatschen ans Visier, aber das war okay. Iris liebte es, schnell zu fahren. Der Motor heulte mit fast 11.000 Umdrehungen, und auf dem Sitz hinter mir vibrierte es so sehr, dass Iris fast wahnsinnig wurde.

Das alles sind verrückte Bilder in meinem Kopf. Sie sind wie schwere Kost, die man nur mit Rotwein und viel Zeit ertragen kann. Ich sitze hier und lese, besessen von Erinnerungen. Die Schachtel mit der Aufschrift ›Iris‹ ist dicht bei mir, und ich nehme einen Brief nach dem anderen heraus. Einige lese ich erst zum zweiten Mal in meinem Leben. Dann rieche ich an ihnen. Iris benutzte nie Parfüm, nie an sich selbst und nie an Briefen, wie ich es später bei anderen Mädchen oft erlebte. Aber trotzdem roch das Papier nach ihr. Das klingt verrückt …! Gott, ja, das ist es auch. Die Briefe weilten jahrelang auf dem Speicher in einer Kiste. Vergraben, vergessen und verblasst. Für jeden anderen riechen sie vermutlich nach Speicher.

Für mich unzweifelhaft nach ihr.

Dabei roch sie selbst oft nach Pferd. Wenn ich an einer Koppel oder einem Stall vorbei kam und den typischen Geruch wahrnahm, wurde ich unwillkürlich an sie erinnert.

Ich bin heute in einem stabilen Leben untergebracht. Ich dachte immer: ›Aus so einem Leben kannst du nicht ohne Anlass entrissen werden.‹ Entfliehen wollte ich ebenfalls nie und dieser Vergangenheit hinterher heulen. Aber genau das passiert nun.

Einen Brief nach dem anderen tauche ich tiefer ein in den Sommer 1982. Rutsche ohne Halt in die Vergangenheit. Lebe im Körper des jungen Ronny. Sehe, wie ich auf meiner RD über die Landstraße brettere. Sehe und spüre Iris hinter mir, wie sie sich an mich schmiegt. Und ich beobachte, wie wir das Leben genießen und Spaß haben - mit jeder Faser unseres Köpers. Glück, das man greifen konnte. Glück, das man sehen konnte. Glück, das nie aufhören sollte. Kinder mit einem Horizont, der nicht weiter reichte, als das Hier und Jetzt eines Sommertages.

Ich lese, wie wir uns körperlich näher kamen. Diese vorsichtigen Schritte lesen sich für mich wie eine spannende Geschichte. Es ist, als ginge ich durch meine eigene Bildergalerie und entdecke dabei lang verschollene Kunstwerke, die dem Vergleich mit Werken der aktuellen Zeit nicht standhalten können.

Meine damaligen Bilder, die Pferdeköpfe, sind aus heutiger Sicht Kritzeleien. Sie sind schön, unfertig, kindlich und doch Meilensteine auf dem Weg zu mir als erwachsener Zeichner. Ich werde nie eins davon verändern, selbst wenn hier oder da ein Detail danach schreit. Es fehlen oft nur Schatten, oder Konturen sind unscharf. Jede Veränderung würde einen unsichtbaren Teil des Bildes zerstören. Einen Teil, den ich für mich unbedingt erhalten möchte.

Meine Tochter sieht sich diese Bilder häufig an, holt sie aus Paps großer Schublade, im Schreibtisch ganz unten.

»Du, die kleine Zahl da, ist das eine Jahreszahl? Die Acht und die Zwei?«, fragt sie immer wieder, obwohl sie es inzwischen genau weiß.

»Ja!«, sage ich dann und schaue ihr von hinten über die Schulter. Sie sitzt auf meinem Schoß und blättert durch die Mappe.

»Das ist aber lange her?«, lacht sie.

Dann blättert sie weiter und streichelt den Tieren über den Kopf, fährt mit einem Finger, einem so kleinen Finger einer so zarten Hand, an den Linien eines Hauses entlang oder malt eine Wolke, indem sie deren Konturen nachzieht.

»Ja, über 25 Jahre, Mausbär«, sage ich und bin fasziniert von ihrer Kindlichkeit, bin traurig über das Wissen, wie vergänglich sie ist.

»Du warst da aber noch klein, so wie ich, oder?« Dabei sieht sie mich eine Weile an, und ich lache – muss einfach lachen. Es befreit.

»Nein, nicht ganz, aber kleiner als heute - na ja, eher viel jünger.«

Sie schaut wieder auf das Bild. »Aber du konntest schon immer gut malen, oder?«, fragt sie und blättert weiter zu dem Bild mit dem kleinen Haus am Waldrand.

»Ja, irgendwie schon, glaube ich«, ist alles, was mir einfällt, auch wenn ich das Gefühl habe, mehr sagen zu müssen, ihr mehr erzählen zu müssen, darüber, wer der Junge gewesen ist, der das hier gezeichnet hat. Doch vielleicht kann sie es eines Tages verstehen und dann, dann will ich es ihr erklären.

Mit den Briefen von Iris ist das Leben rings um mich herum wie ausgeblendet. Ich trinke an meinem Rotwein, der neben mir steht, doch der Griff dahin, ist wie der Griff nach etwas Fremdem. Ich tue es mechanisch, wende nie den Blick von den Briefen ab. Einer nach dem anderen gleiten sie mir durch die Hände. Jeder ein Unikat. Schon allein die Umschläge sind Teile meiner Vergangenheit. Ich habe Angst, dass sie zu Ende sein werden. Und ich weiß, dass sie zu Ende gehen.

Aber bis dahin entdecke ich in ihnen einen Teil wieder, den ich beinahe, aber nur beinahe vergessen habe.

Hallihallo Ronnylein!

HALLIHALLO Ronnylein!

Ich liebe Dich! Ich liebe Dich!

Wie Du siehst, schreibe ich mit Tinte. Okay?

So sehr, wie ich Dich liebe, das gibt's auf keinem Schiff! Das war heute so schön. Hmmm.

Am Sonntag hatte ich keinen ›sexuellen Höhepunkt‹. Aber heut! Mein lieber Mann, es war ein so unbeschreiblich schönes Gefühl. Irgendwie liefen kleine Wellen durch meinen Bauch – so schöne, sanfte Wellen. Dann machte mein ganzer Körper mit. Es wurde am ganzen Körper so seltsam heiß. Eine wohlige Hitze. Die Hitze erreichte sogar meine Fingerspitzen und verursachte da ein Kribbeln - während ich Deine Küsse spürte. Am Hals, sogar an meiner Brust. Herrlich! Deinen nackten Oberkörper zu spüren, zu streicheln und mich daran festzuhalten – ich war so glücklich und bin es jetzt noch. Und ich liebe Dich!

Ich bin froh, dass es für Dich eine schöne Erfahrung war. So einen lieben, tollen Jungen, wie Dich, gibt es nur einmal – für mich jedenfalls. Du bist so sanft und verständnisvoll. Das alles und so einen Jungen wünsch ich jedem Mädchen. Ganz besonders Sabrina. Aber die ist ja mehr in sich selbst verliebt.

Ach, ich vergaß ganz: Du warst vielleicht etwas zu heftig, zu schnell. Und vergiss eins nicht: Ich brauche viel Zeit, viel Geduld, in allem. Auch brauchst Du, keine ›Angst‹ zu haben. Ich lasse das alles nicht über mich ›ergehen‹. Ich liebe Deine Zärtlichkeiten. Irgendwann werde ich Dich auch mal so richtig verwöhnen.

Ich love you sehr.

Verzeih, wenn ich das sage, aber Du hast einen schönen Körper. Da hält keiner mit!

Was könnt ich noch schreiben? Dein Brief war toll.

Ich glaube, hoffe, dass unsere Freundschaft ***ewig*** hält – bis ins Grab!

Ich liebe Dich.

Gute Nacht.

Deine kleine Iris.

Die Sucht nach Zärtlichkeit

Ich brauche kein Licht, um Dich zu betrachten.
Deine Schönheit will mir nach dem Leben trachten.
In meinem Händen liegt sie süß und weich.
Ich bin Dir verfallen, mein Leben ist mir gleich.
Es ist wie ein wildes Tier,
Die Gier zu Dir.
Sie packt Dich, sie packt mich - in begehrlicher Zärtlichkeit
Verloren - und sei es für die Ewigkeit …

LANGE HABE ICH ÜBERLEGT, ob ich diesen sehr intimen Teil unserer Geschichte wirklich schreiben soll. Es sind nicht Hemmungen, die mich stocken lassen oder etwa Zweifel. Mir fällt es leicht, über Intimes zu sprechen. Auch wenn ich dabei nicht als Held emporsteige. Bitte, nein, es ist eher zum Lachen. Ich habe mir die Frage gestellt, ob es wichtig ist. Muss man diesen Teil kennen, um alles zu verstehen? Er gehört zu uns. Ihn auszulassen würde bedeuten, die Geschichte nicht ganz zu erzählen. Ich denke, nein, ich bin mir sicher, unsere Geschichte sollte vollständig erzählt werden.

Iris und ich erforschten völlig unerfahren den Körper des anderen. Ich will das ungern mit einer schlichten Metapher vergleichen, doch für mich ist das wie ein guter Film. Sieht man ihn das erste Mal, dann fesseln Handlung und die Eindrücke der eingefangenen Bilder stellenweise augenblicklich. Man will wissen, wie es endet, wohin das alles führt oder womit man bereichert wird. Ist der Film zu Ende, dann fühlt man das Erlebnis nach, man saugt es in sich auf. Es bleiben Eindrücke, die man wieder erleben will. Also sieht man sich den Film noch mal an. Und nimmt sich plötzlich

Zeit, Details zu suchen. Hier am Rand eine Figur, die man zuvor nicht gesehen hat, dort ein Bild an der Wand, dessen Inhalt plötzlich Sinn ergibt und zum Film passt. Plötzlich hat man ein Ohr für die Musik und die Töne. Es entwickeln sich Lieblingsstellen. Dialoge, die man nach einer Weile mitsprechen kann. Es entstehen neue, kleine Handlungen, deren man erst nach drei- oder vielmal ansehen, habhaft werden konnte.

Es gibt meist wenige dieser Filme, zumindest wenige, die genau zu einem passen, die gleichermaßen berühren wie faszinieren. Aber es gibt sie. Und sie dienen mir hier sehr gut als Vergleich. Iris und ich waren dabei, den Film zum ersten Mal zu sehen. Dabei stolperten wir wie unerfahrene Schauspieler durch die Handlung.

Ich kannte viele Jungs, die prahlten mit dem, was sie angeblich alles schon gemacht hatten. Überhaupt war Sex das Topthema, wenn Jungs begannen, Träume ins reale Leben mitzunehmen. Ich stand damals nur daneben, nicht wirklich mit im Spiel. Ich starrte bei den Mädchen über die Klowand, zusammen mit Thomas, und schaute ihnen beim Pinkeln zu. Reife Leistung, denn zu sehen bekam man aus der Perspektive rein gar nichts. Und selbst wenn: Was hatte ich nur erwartet? Ich glotzte in die Umkleidekabine der Mädchen beim Sport, aber dort waren alle bestenfalls in Höschen und Hemdchen. Wer etwas Glück hatte, konnte vielleicht eines im BH sehen. Ich träumte mit 15 Jahren noch vom Sex und allem Drum und Dran. Träume, bei denen ich meinen Freund da unten immer mitspielen ließ. Ich war in Richtung Sex ein leeres, weißes Blatt, an dessen Rand nur mal jemand versucht hatte, ob der Kuli schrieb oder nicht. Wie bei vielen in meinem Alter stammte mein Wissen vom Dr.-Sommer-Team. Ich las die Berichte, sah mir die Bilder an und onanierte zu den Frauen aus der ›Wochenend‹, die mein Opa las.

Bestimmt bin ich auch aufgeklärt worden, neutral und biologisch korrekt. Die Sache, wo die Babys her und wie dort hineinkamen. Aber richtig über Sex hatte nie jemand mit mir gesprochen. Die weibliche Anatomie war erfasst. Dazu gab es den Sexualkundeunterricht in der siebten Klasse. Aber was man mit dieser verführerischen weiblichen Anatomie tat und vor allem wie, musste ich noch lernen.

Meinen ersten Porno, von dem ich mir etwas Unterstützung versprochen hatte, schaute ich mir heimlich nachts in der Werkstatt meines Vaters auf einem Betamax-Videorekorder an. Durch den Beruf meines Vaters kam meine Familie früh in den Genuss dieser Videos. Josefine Mutzenbacher brachte mir fast drei Orgasmen hintereinander. Nach einer Weile war das jedoch langweilig. Vorerst hatte ich meine Lust am Thema ›Zusehen‹ verloren.

Zu Manuelas Zeiten erwachte das praktische Interesse, doch das meines Vaters war zu der Zeit wohl eingeschlafen. Ich fand keinen Porno, auch keine Hefte mehr. So bedeutete das für mich: Learning by doing.

Mit meinem Manuela-Halbwissen oder eben Nichtwissen stolperte ich mit Iris in die ersten Gehversuche der Sexualität. Ganz zu Beginn schmusten wir und streichelten uns über den Kleidern – tunlichst darauf bedacht, ja nicht eine der verbotenen Bereiche zu berühren. Wir begnügten uns mit Küssen. Mir war klar, dass ich es sein musste, der die Initiative ergriff und dass sie in dem Fall wenig unternehmen würde. Immerhin, und das amüsiert mich heute noch, war sie in dem Glauben, so ein Held wie ich hätte schon einige Mädchen abgeschleppt.

»So einer wie du hat doch an der jeder Hand eine laufen!«, hatte sie gesagt.

Dass es nicht so war, verschwieg ich natürlich. Ich wollte nicht wie der hilflose Loser dastehen - der Lehrling im ersten Lehrjahr in Sachen Sex.

Bei Iris im Zimmer stand ein tragbarer Kassettenrekorder, der uns musikalisch begleitete. An das Ding erinnere ich mich sehr gut. Ein grauer Kasten, dicke Tasten auf der Oberseite und wuchtig aussehende Boxen vorne. Man musste viel Kraft aufwenden, um die Klappe zu verriegeln. Die Play-Taste ließ sofort die Mechanik losquietschten. Es rauschte, und Chris de Burgh flüsterte seinen ersten Titel über das Quietschen hinweg.

Das tat er genau 45 Minuten lang. Dann klackte es, wenn die Play-Taste wieder heraussprang. So laut, dass ich jedes Mal voller Schrecken dachte, von der Oma hinterrücks erschossen worden zu sein. Jemand musste nun die Kassette drehen und wieder starten. Ich lag ja meist auf ihr, also war das fast immer ich. Alle Dreiviertelstunde jäh unterbrochen werden, aufstehen, Kassette drehen, zurück zum Bett und irgendwie den Anschluss finden. Das war nicht einfach. Ich war kurz davor ihr an die Brust zu greifen und ›Klack‹, Chris de Burg oder Mike Oldfield starben den Tod des Bandendes. Ich zog ihr gerade den Pulli über den Kopf, sie steckte irgendwo zwischen den Ärmeln und ›Klack‹, fertig war auch diese Seite. Also wieder runter vom Bett, rüber zu dem Ding, drehen und zurück.

Ich besaß zu Hause ein Tonbandgerät mit unglaublichen 120 Minuten Musik pro Seite. Leider störten bei mir zu Hause ganz andere Faktoren. Die Tür abzuschließen war gleichzusetzen mit Tod durch Erhängen im Garten, und Anklopfen kannte meine Mutter nicht. Hinzu kam mein Bruder, der sich an mein Zimmer anschlich, die Tür aufriss und »Buh!« rief. Nur drei Jahre Altersunterschied waren in Bezug auf kindisches Verhalten maßgeblich. Ich war zweimal kurz davor, einen Herzinfarkt zu bekommen, und mehrmals trat ich ihm in den Hintern, bis er wieder in seinem eigenen Zimmer war. Dann gab es da meinen Vater, der zwar klopfte aber eintrat, ohne darauf zu warten, was oder wie und ob wir antworteten. Das Gute an meinem Vater: Ihm war völlig gleich, womit wir beschäftigt waren. Hauptsache ich stand sofort auf und half ihm.

Wenn es das Wetter erlaubte, saß ich mit Iris unter dem Baum auf dem Hügel. Damals stand das Korn sehr hoch, und so genossen wir die Sonne, den blauen Himmel, das

Rauschen der Blätter und die Vögel in den Ästen. Wir schmusten hier lange nicht so intensiv wie in meinem oder ihrem Zimmer, dennoch waren es herrliche Momente.

Ich wurde mutiger, gerade in den Zeiten, in denen ich wegen meines straffen Lernprogramms weniger Zeit aufbringen konnte. Ich kam abends zu ihr, wir gingen mit Oma einen kurzen Smalltalk ein und verzogen uns in Iris' Zimmer. Bis zur Trillerpfeife blieben uns nur maximal zwei Stunden.

Eines Abends, es war ein Freitag, an dem ich bis 22 Uhr Ausgang hatte, fuhr ich mit meinem Rad eilig zu ihr. Es war ein heißer Tag, die Hitze zog jedoch nicht ab, und es blieb schwül. Irgendwo im Westen donnerte ein Gewitter, so fern wie leises Murmeln. Es war zu weit entfernt, um uns eine Erfrischung zu bringen. Ich kam nass geschwitzt an. Oma war nicht da, und Iris machte mir die Tür auf. Als sie mich sah, rümpfte sie die Nase und bat mich, nein, sie forderte mich auf, das T-Shirt auszuziehen und mich im Bad zu trocknen. Ich tat, was immer sie wollte. Mit dem Handtuch über den Schultern, die kurzen Hosen an den Beinen und leicht nassen Haaren, kam ich aus dem Bad. Sie stand in engen Leggins und einem zu weitem T-Shirt mit einer Mini-Mouse darauf mir gegenüber in der Tür zur Küche. Die Sonne flutete das Zimmer, und hinter ihr war es im Vergleich zum Flur so hell, dass es aussah, als brenne alles. Sie war kaum mehr, als ein Schatten. Iris legte den Kopf zur Seite und musterte mich. Ihre Haare fielen auf eine Seite, ihre Augen konnte ich nicht ausmachen. Doch ihre Silhouette zeichnete schöne, erotische Kurven in das Licht. Ich ging zu ihr und nahm sie in den Arm. Meine Hände glitten an ihr entlang, an ihr hinunter, und ich zog ihr ganz langsam, ohne ihre nackte Haut zu berühren, das T-Shirt über den Kopf. Als sich ihre Haare wieder über die Schultern legten, zog ich sie zu mir. Unsere Oberkörper berührten sich ohne störenden Stoff zwischen uns. An das Gefühl erinnere ich mich gut. Es war, als berührten mich viele Hände auf einmal, als strichen sie gleichzeitig über meine Brust. Iris legte den Kopf auf meine Brust, lehnte sich mit der Wange an mich. Meine Arme und Hände drückten sie an mich, als wollte ich sie halten, weil ich Angst davor hatte, es könnte in einer Sekunde vorbei sein. Ich küsste ihren Hals, ebnete mir den Weg zu ihrem Mund.

Iris' Hände umfassten meinen Po. Ihre Finger krallten sich fest. Ich stand nun hinter ihr. Sie legte sich in meine Arme, lehnte sich an mich, und ihre geschlossenen Augen weckten tiefe Begierde in mir. Die Sonne färbte ihr Gesicht in eine goldene Note. Die Haare glänzten wie Kupfer.

Das alles sehe ich vor mir. Mein Stift zittert in meiner Hand. Diese Erinnerung aufzuschreiben ist nicht schwer, weil sie so intim ist, es ist schwer, weil sie so unwiederbringlich ist.

Ich biss ihr leicht in den Hals, und sie stöhnte vor Schmerz oder Freude. Mir war das egal. Stattdessen streichelte ich mit einer Hand ihren Bauch hinauf, ließ die andere Hand folgen. Da legten sich ihre Hände auf die meinen. Sie führte mich nicht, und sie verbot mir keine Bewegung. Also zog ich meine Hände weiter. Ihre Finger legten sich zwischen meine Finger. Ich dachte erst, sie würde meine Hand wegnehmen wollen, weil sie ahnte, was ich vorhatte. Aber ihre Fingernägel fuhren über meinen Handrücken und kratzen mich ganz sanft. Mit einem weiteren zarten Biss in ihren Hals, unter ihrem Aufstöhnen, glitten meine Hände über ihre Brüste und umschlossen sie. Ich kann mich sehr gut an die harten, aufgerichteten Brustwarzen erinnern, die ich in meiner Hand spüren konnte. Mit leichtem Druck zog ich Iris an mich. Sie wand sich, und sie genoss es. Das konnte ich hören, fühlen und sehen.

Ich sitze am Tisch, habe einen Augenblick das Schreiben unterbrochen und sehe aus dem Fenster. Die Sonne geht unter, und der Rest ihrer hellen Kraft flutet das Wohnzimmer. In der Tür steht niemand und wartet auf mich. Natürlich. Hier bin ich alleine. Alleine mit mir und den Briefen, alleine mit meinen Erinnerungen.

Es ist eine traurige Gewissheit, nicht mehr zu haben, als diese Erinnerungen auf Papier zu verbannen. Was bleibt mir anderes übrig? Wie sonst soll ich dieser so wundervollen und endgültig vergangenen Erinnerung gerecht werden? Also schreibe ich weiter.

Von da an waren wir immer halb nackt, wenn wir schmusten und das Umfeld es zuließ. Unterhosen und Slip blieben, wo sie waren. Das letzte Tabu, sich komplett nackt zu sehen, zu spüren, hoben wir uns auf. Es war eine stille Absprache zwischen uns, noch nicht miteinander zu schlafen. Und ich konnte mich leicht danach richten. Leichter, als ich es mir heute vorstellen kann. In allen späteren Beziehungen verlief diese Annäherung deutlich schneller, waren zielgerichteter, und niemals wieder konnte ich mit so viel Geduld aufwarten. Ich drängte Iris nie. Das war nicht nur schmusen, küssen und sich streicheln. Das war intensiver, ging tiefer und traf mich irgendwo in der Mitte meines Körpers. Ihre Haut zu spüren, sie so daliegen zu sehen, nur mit einem Slip bekleidet. Ich liebte es, meinen Kopf auf ihre Brust zu legen, um dann über den flachen Bauch, den Gummizug des Slips zu sehen und zu erkennen, wie der bunte Stoff zwischen ihren Schenkeln in einem kleinen Dreieck verschwand. Ich konnte ewig so daliegen, mir den Kopf kraulen lassen und dabei kleine Kreise mit einem Finger um ihren Bauchnabel malen.

Wir hörten Musik, lagen auf dem kleinen Bett unter der Schräge ihres Zimmers und genossen die Zeit, die an uns vorbeirauschte. So schnell konnten zwei Stunden verfliegen und jäh unterbrochen werden – von einer Trillerpfeife oder der donnernden Stimme meiner Mutter: »Zehn Uhr, Ronald. Denk dran!«

Wir verschwendeten selten Worte. Weder über das, was wir taten, noch über andere Dinge. Die Stille oder die Musik waren ausreichende Begleiter. Unsere Gedanken beschrieben wir uns in Briefen. Ich war kaum aus dem Haus, da setzte sich Iris an den Schreibtisch und schüttete ihre Gedanken auf ein Blatt Papier. Sie begannen oft mit: »Eben bist du gegangen ...«, »Ich spüre deine Wärme noch neben mir ...« oder »Dein Duft schwebt noch hier wie ein trauriger Geist ...«

Ich sagte schon, dass sie die Gabe besaß, ihre Umgebung, die Stimmungen so fesselnd und plastisch in ihren Briefen zu verpacken. Diese Worte zogen mich aus jeder Realität, und ich vergaß, dass ich nicht neben ihr stand und ihr beim Schreiben über die Schulter sah.

Ingesamt 831 Mal steht in Briefen an mich ›Ich liebe Dich‹. Natürlich bin ich verrückt genug, so etwas zu zählen. Ich habe auf meiner Schreibtischunterlage eine Strichliste geführt. Zunächst wollte ich das nur für einen Brief machen, aber dann habe ich immer wieder einen Strich gezogen, sobald ich diese drei Worte las.

Für uns war das keine Floskel, es war keine Pflicht, die sie glaubte, erfüllen zu müssen. Sie schrieb das oft nach unserem Treffen, und ich kann die Ehrlichkeit spüren, die in diesen Worten gesteckt hatte. Ich fühlte und fühle noch immer die Kraft darin aufsteigen – regelrecht greifbar.

Der goldene Herbst 1982 bescherte uns einen warmen September. Das neue Schuljahr begann, und uns blieb weniger, viel weniger Zeit füreinander. Ich durfte nur bis 21 Uhr aus dem Haus, und ihre Mutter hatte wieder begonnen, Iris zu kontrollieren. Inzwischen wusste auch sie, dass ihre Tochter einen Freund hatte. Sie holte Iris von der Schule ab und nahm sie mit nach Grünstadt. Abends ließ sie Iris mit dem Bus zurückfahren, der kam erst gegen 20 Uhr im Dorf an und auch wenn ich sie mehrmals abholte, wenn wir diese eine Stunde zusammen waren, wurden die Nachmittage in wonniger Gemeinsamkeit seltener. Uns blieben die Wochenenden. Meist nur Samstag oder Sonntag.

Der nächste Schritt, die nächste Grenze überwandt ich mehr oder weniger ungewollt an einem der seltenen Wochenenden.

An einem Sonntagmittag, vier Tage nach meinem Geburtstag, fuhr ich mit dem Moped zu ihr, holte sie ab und brachte sie zu mir. Meine Eltern spielten Tennis und nutzten die letzten schönen Tage. Mein Bruder war bei ihnen. Sturmfreie Bude.

In meinem Zimmer lief mein Tonband, und ich hatte den Rollladen fast vollständig heruntergelassen. Iris und ich lagen nahezu nackt, teilweise auf und teilweise unter der Decke. Ich lehnte am Kopfende meines Bettes, und sie lag vor mir auf meinem Bauch und zwischen meinen Beinen. Die Decke reichte ihr bis kurz über den Slip. Wir lauschten wie so oft in diesen Jahren Chris de Burgh und streichelten uns sanft. Ab und an küssten wir uns umständlich, weil sie ihren Kopf zu mir hochstrecken musste. Aber wir blieben so liegen, meine rechte Hand auf ihrem Bauch. Immer wieder fuhr ich mit einem Finger das Gummiband ihres Slips ab, wie ein kleiner Wachsoldat einen Zaun abschreitet, der eine Grenze markierte. Auf und ab. Sie kraulte mir die Haare – etwas, das mich auch heute noch wahnsinnig werden lässt.

Da wagte ich einen Schritt über den Zaun und schickte meinen Kundschaftersoldaten Zeigefinger über die Grenze. Ich konnte ihre Schamhaare fühlen, genoss das leicht kitzlige Gefühl und die Anspannung in meinem Bauch, das Kribbeln in den Fingerspitzen. Sie reagierte nicht, hörte nicht auf, mich zu kraulen. Ich wurde mutiger und schob meine Hand unter ihren Slip. Weit vor. Ich hatte keine Ahnung, was mich wirklich erwartete. Aber mir war klar, dass sie mir helfen musste. Denn solange ihre Beine dicht zusammenlagen, konnte ich nur schwer mein Ziel erreichen, ohne zu drängen.

Plötzlich rutschte Iris höher und küsste mich. Ohne es zu wollen, rutschte meine Hand dabei weit nach vorne, zwischen ihre Schenkel, und dort legten sich meine Finger fast wie von selbst über ihre Schamlippen. Ich erschrak und wusste nicht, ob es ein Versehen oder Absicht war. Iris spreizte leicht die Beine. Gerade genug, um sie zu erreichen. Ihre Hand packte meinen Arm, packte ihn aber nur, führte ihn nicht. Sie grub stattdessen die Fingernägel in meinen Unterarm. Erst sanft, dann fester. Ich bewegte also meinen Zeigefinger – innerlich in einer kleinen Panik verfallen. Unsicher und vermutlich stümperhaft berührte ich sie. Wir waren mit den Lippen verschmolzen, hielten die Augen geschlossen, und Chris de Burgh sang auf einmal lauter. Iris Fingernägel krallten sich fester in meinen Arm. Das tat weh, aber es beirrte mich nicht. Iris packte zusätzlich mit ihrer freien meine arbeitende Hand. Sie führte mich nicht, sie suchte eher nach Halt. Ihr Mund löste sich von meinem, und ich konnte ihren heißen Atem über meinem Gesicht fühlen. Ich hörte nicht auf, und Iris stöhnte leise. Ich erinnere mich, dass es lange dauerte, bis sie meinen Arm sanft, aber mit Nachdruck aus ihrem Höschen zog. Ich hatte keine Ahnung, woran man einen Orgasmus bei einer Frau erkannte. Ich lag da, desorientiert, abgezogen von einer Baustelle, ohne zu wissen, ob ich fertig geworden war oder nicht.

Als Junge erfährt man unweigerlich von anderen Jungs, welche Tatsachen in Sachen Sex richtig waren oder eben nicht. Wir erwachsenen Männer reden heute nicht mehr über solche Details. Heute wird über Sex gesprochen wie über das Wetter oder neueste politische Ereignisse. Man tut es, es ist legitim, kein echtes Geheimnis mehr, normal und absolut selbstverständlich. Das Thema verliert unweigerlich im Laufe der Zeit an Wert, nicht aus emotionaler, sondern aus rein gesellschaftlicher Sicht.

Damals hing ich den Jungs auf dem Spielplatz an den Lippen, las mit gierigen Augen die Bravo und sog jede der Geschichten wie einen schönen Traum in mich auf. Auch wenn sie, wie ich überrascht erfuhr, alle samt erfunden waren. Und so lernte ich unter solchen Gesichtspunkten, dass Männer Frauen gefälligst einen Orgasmus verschaffen mussten, wenn sie ein richtiger Mann sein wollten. Nur wenn die Geliebte sich ekstatisch hin und her warf, war ›Mann‹ gut genug. Ich bekam viele dieser fantastischen Orgasmen beschrieben und weiß heute, dass sie allesamt in ihrer ganz eigenen Art so viel Realismus besaßen, wie jene aus den Pornofilmen. Wer es wirklich erlebt hat, der behält es als ureigenstes Bild für sich und genießt.

Iris drehte sich zu mir und schaut mich mit ihren schönen, braunen Augen an, sagte lange nichts, bis sie mir einen Kuss gab und leise in mein Ohr flüsterte: »Das war sehr schön.«

Da war ich mir sicher, dass ich es doch geschafft hatte. Ich war stolz, zufrieden, ganz bestimmt und glücklich wie ein Schulkind mit einer Eins Plus in der Tasche.

Wieder aus einem Brief erfuhr ich, dass ich einem Irrtum gefolgt war. Später ihren ersten richtigen Orgasmus zu erkennen, war letzten Endes ganz einfach gewesen wie das Studieren in einem Buch mit großen Buchstaben.

In diesem Buch konnte ich einige Tage später lesen.

Sie lag wieder neben mir, und ihre Hände waren in meinen Haaren vergraben. Ich beobachtete sie. Wie sich ihr Körper unter meinen Händen bewegte. Ich verstand auf einmal, dass ich das tat, irgendwie, war ich dafür verantwortlich. Sie schien in eine Art Trance versetzt und hatte sich voll und ganz in meine Arme begeben. Sie wollte von mir getragen werden, getragen über diese Wellen der Gefühle.

Sie begann zu zittern. Das ließ mich unsicher werden. Trotzdem machte ich weiter. Es konnte nicht falsch sein, sagte ich mir, sagte sie mir, sagte mir ihr ganzer Körper. Ich hatte Angst, die Kontrolle zu verlieren oder mit dem Finger den Halt. Ihr Körper vibrierte, als würde sie ein heftiges Zittern überfallen. Es kam so schnell, dass ich fast geschrien hätte – vor Schreck, vor Aufregung.

Das dauerte zehn, vielleicht auch 15 Sekunden an – nur eine kurze Zeit. Ich hörte die Musik, als würde sie aus meinem Kopf kommen. Keine Stille, herrlicher Lärm von allen Seiten und Iris in meinem Armen. Sie surfte auf großen Wellen. Ich kam mir vor wie der Wind in ihren Segeln, wie das Wasser unter ihren Füßen. Es war einfach unglaublich ... und so schnell wieder vorbei.

Ich hatte sie beobachtet. Mein Blick glitt über ihr Gesicht und verfolgte jede Bewegung ihrer Muskeln. Sie wirkte wie ein Kind, das sich zum ersten Mal einer komplizierten Mechanik hingab und in deren faszinierenden Bewegungen das Fantastische erkannte. Sie sah zornig aus, wirkte aber plötzlich gelassen. Dann zitterte sie, lachte lautlos und stieß die Luft in kleinen Stößen aus dem halb geöffneten Mund. Die zarten Härchen auf ihrer Haut stellten sich auf, die ich sanft berührte, weil ich es glauben wollte. Kleine Schweißperlen hatten sich gebildet, und sie glitzerten im schwachen Licht meiner Nachttischlampe. Unter meinen Fingern bildeten sich Tropfen, sie rannen über ihren Bauch, in das Laken unter uns.

Sie so zu sehen, sie so zufrieden neben mir liegen zu sehen, war einer der glücklichsten Momente meines Lebens. Es war der erste Orgasmus einer Frau, den ich erlebt hatte. Und ich war so verdammt stolz darauf, es geschafft zu haben. Einen ähnlichen Stolz verspürte ich nur noch einmal - als ich meine Tochter in den Armen halten konnte und sie erst 21 Minuten alt war.

Lange Zeit blieb es still. Die Stille war sehr angenehm. Ich sank neben ihr auf das Bett und wartete. Ich hoffte wohl, dass dieser Moment länger anhielt. Er musste einfach ewig andauern. Iris bewegte sich, und ihr Gesicht schob sich in mein Blickfeld.

»Wow!«, sagte sie leise und küsste mich. »Das war oberaffentittenstark! Und etwas Besseres fällt mir nicht ein. Ehrlich.«

Ich schwieg. Was sonst hätte ich tun sollen? »Danke, weiß ich, Baby!« sagen? Oder »Gern geschehen«? Nein, ich schaute sie nur an und lächelte. Ich lächelte mit dem Wissen, ihr etwas geben zu können, das damals in meinen Augen absolut außergewöhnlich war.

Einige Tage später begann ein ganz anderes Drama. Ich hätte gerne darauf verzichtet, daran erinnert zu werden.

Heute lese ich: »Mach dir nix draus!« oder »Kann jedem mal passieren!« und »Es war auch so schön ...!«

Keiner will sich wirklich daran erinnern, doch auch diese Bilder finden Gefallen daran, ausgegraben zu werden. Mit dem nötigen Abstand haben einige auch ihren Schrecken verloren. Ich schmunzele darüber.

Natürlich wollte Iris mir den gleichen Gefallen tun, den auch ich ihr bescherte. Welch ein eigenartiger Ausdruck. Wir schlossen alsbald eine neue Vereinbarung: Jeweils einer von uns sollte quasi als Schutz vor einem Fehler, der uns in der Hektik und im Rausch unterlaufen könnte, die Unterhosen anbehalten.

Iris war ausdauernd und sehr liebevoll mit mir umgegangen – und ebenfalls mit einer mir unheimlichen Geduld. Ich selbst wusste natürlich sehr gut, worauf es bei mir ankam. Ich wusste, was dafür nötig war. Ich hätte ihr die ganzen Tipps geben können, aber ich bekam nie den Mund auf. In Briefen versuchte ich, es zu beschreiben. Aber wie das so ist mit Anleitungen: Sie mussten erst einmal verstanden werden.

Es ist herrlich, sich einem Menschen in dieser Art anzuvertrauen. Mit geschlossen Augen lag ich da, und wir küssten uns. Die Musik erfüllte den Raum, wie immer waren es Chris oder Mike. An diesem Tag stand die Hitze unter unserem Dach, aber schon alleine aus Angst davor, ich würde brüllen wie ein Löwe, wenn es passierte, waren Fenster und Tür verriegelt und verrammelt. Ich spürte ein seltsames Kribbeln bis in die Fingerspitzen. Schweiß rann mir die Stirn hinab, ich schwitzte wie nach einem Marathonlauf.

Kleine Tropfen standen auf meiner Brust, sammelten sich und flossen ab. Die ganze Zeit hielt ich die Augen geschlossen. Nun, als ich sie öffnen wollte, flimmerte alles vor mir in wilden Farbverläufen. Der pure Wahnsinn, der nicht aufhören wollte. Es war wirklich der absolute Höhepunkt gewesen, nie hatte ich jemals zuvor so etwas erlebt, und nichts konnte das zu diesem Zeitpunkt übertreffen. Ich war sofort und unwiederbringlich in dieses Gefühl verliebt, versessen darauf, gierig nach mehr.

Iris stütze sich auf ihre Unterarme. Wieder sah sie mich lange wortlos an. Ich konnte nicht sprechen, noch nicht. Doch ich musste nichts sagen. Alles an mir sah zufrieden aus. Ein Durstiger, der eine lange Zeit ohne Wasser hatte auskommen müssen und plötzlich etwas zu Trinken bekam. Irgendwie zauberte ich ein Lächeln auf meine Lippen. Ohne auf den Schweiß zu achten, legte sie ihren Kopf auf meine Brust, die sich immer noch hob und senkte wie ein Blasebalg.

So lagen wir lange Zeit nur nebeneinander, ineinander verschlungen. Ich strich über ihre Haare, die nass geschwitzt waren. Ob von meinem Schweiß oder von dem ihren, das war egal. Alles, was ich tun konnte, war schweigend ihre Nähe genießen. Was ich in diesem Augenblick empfand, kann hoffentlich jeder Mann auf die eine oder andere Art nachvollziehen.

Ist es nicht das, was wir uns alle wünschen? Ist Sex, der pure Sex, ohne sich in überflüssigen Gedanken zu verlieren, nur um ihre zu erleben, nicht eines der Ziele im Leben? Und was ist dann noch schöner, als es mit dem Menschen tun zu können, den wir am meisten begehren und lieben und dessen Nähe uns so willkommen ist? Nichts? Vermutlich. Ich für meinen Teil will das gerne so stehen lassen.

Irgendwann trafen sich unsere Blicke. Sprachen miteinander, unterhielten sich im Tonfall alter Freunde. Ich konnte sie nur küssen. Keinen leidenschaftlichen Kuss, nur einen kurzen Schmatz auf ihre vollen, nassen Lippen.

Doch dann holte ich tief Luft und sagte: »Danke!«

Sie lachte.

»Vier zu eins, oder?«

Ich hob eine Augenbraue und sah sie verständnislos an. »Was?«

»Vier ich, einen du.«

Jetzt erst verstand ich. »Oh, du zählst mit?«

Sie lächelte. »Klar, schöne Dinge zähle ich immer.«

Ich strich über ihre Wange. Sie war so schön, sah so zart aus, dass ich es nicht glauben wollte, sie fast nackt neben mir liegen zu haben.

»Ich liebe dich!«, flüsterte ich.

Auf dem Heimweg genoss ich die frische Abendluft. Ich fühlte mich wahnsinnig gut. Selbst die grässliche Trillerpfeife, die uns zwang, dem Abend ein Ende zu setzten, war mir heute kein Gräuel gewesen. Ich wusste, es war nicht das letzte Mal, dass wir uns gegenseitig in einen siebten Himmel katapultierten.

›Und ich habe ja noch drei gut‹, dachte ich amüsiert.

Dieses Erlebnis brach einen Bann. Wo immer wir es tun konnten, taten wir es. Jedes Treffen endete mindestens damit, dass einer von uns mit einem Punkt mehr auf der Liste nach Hause ging.

Und das war verdammt gut, verdammt richtig und fühlte sich lange sehr gut an … Teufel, noch mal!

Verhütungsmittel

In manchem Drama steckt verborgen Humor.
Der Schelm belacht's in reinem Tenor.
Ein Drama, das im Lachen endet,
Für die Liebe sich's zum Guten wendet ...

ZU BEGINN DES SCHULJAHRS war alles noch leicht, völlig stressfrei. Es gab keinen Druck, außer dem von meiner Mutter, die immer Angst hatte, ich würde zu wenig oder das Falsche für die Schule tun. Ich ging sogar gerne in die Schule, genoss die Zeit, mit Thomas zusammen zu sein. Aber ich freute mich jeden Tag, nach Hause zu kommen, die Schularbeit schnell zu erledigen, um meine Zeit mit Iris zu verbringen. Nicht wegen des Sex, sondern weil ich ihre Nähe brauchte. Wir redeten über alles Mögliche und unternahmen dabei so viele Dinge, dass ich heute kaum alles zusammenbringe.

Iris trat Greenpeace bei. Das bedeutete, dass wir in die ›Erdekaut‹ gingen, um beispielsweise Müll zu sammeln, den alle möglichen Leute dort fallen gelassen hatten. Wir schossen Fotos und schickten sie an die Kreisverwaltung.

Ich besitze noch ein Foto, das einen Tümpel neben der Deponie zeigt und wie tot die Bäume rings um das Wasser standen. Wir verteilten Anstecker und Aufkleber der Gruppierung an Freunde und fuhren einmal zu einer Demo nach Frankfurt. Wogegen wir demonstrierten, weiß ich gar nicht mehr. Es war mir auch immer egal. Ich wollte nur bei Iris sein. Und dafür machte ich einfach alles mit.

Liebe macht zeitweise bedingungslos.

Ende Herbst bekam Iris ihr neues Pferd. Es war natürlich nicht wirklich ihr eigenes, aber es war ein neues Pferd auf der Koppel, das Manfred doch wieder bei sich unterstellte, obwohl er keine Zeit dafür hatte. Iris war sofort Feuer und Flamme für den Hengst. Sie nannte ihn Rocky wie ihr Idol aus den Filmen. Der Hengst hörte freilich auf einen anderen Namen, doch Iris interessierte das nie.

Jede freie Minute war sie bei ihm und ich bei ihr. Ich habe in der Zeit beim Misten seines Stalles geholfen, fuhr mit dem Rad neben ihr, wenn sie ausritt, sah ihr beim Striegeln zu oder wenn sie ihn fütterte. Himmel, ich lernte so viel über Pferde, dass ich noch heute fachsimpeln könnte. Manchmal ging mir ihre Liebe zu diesem Tier gegen den Strich, weil ich Angst hatte, zu kurz zu kommen. Doch ich verlor nie ein Wort darüber. Natürlich konnte ich meinen Unmut nicht ewig vor Iris verheimlichen. Daher kam sie immer wieder zu mir an den Zaun, auf dem ich hockte und von dem aus ich sie mit dem Hengst zeichnete, und sie gab mir einen leidenschaftlichen Kuss. Dabei versprach sie mir nicht selten eine kleine Entschädigung in genau der Form, die ich so sehr zu genießen wusste.

Das Leben damals war perfekt, schnurrte wie ein zuverlässiger Motor. Tief in mir strahlt eine kleine Sonne, wenn ich an diese Zeit zurückdenke, auch ohne klare Erinnerungen vor mir zu sehen.

Die Briefe wurden von da an seltener. Eigentlich nutzten wir sie nur noch, um das Thema Nummer eins zu besprechen. Die große Frage stand wie ein ungeöffnetes Paket im Raum, und wir schlichen drum herum und trauten uns nicht, das Papier zu entfernen. Wann würden wir das erste Mal miteinander schlafen?

Ich drängte ich sie nicht, und dafür war sie mir immer sehr dankbar gewesen. Wie jedes Mädchen wollte sie diesen einen Moment als den perfekten Augenblick in ihren Erinnerungen ablegen. Es sollte etwas Besonderes werden. Alles musste passen, und es durfte nichts Unvorhersehbares passieren.

Heute kann ich darüber lachen. Wie naiv wir doch waren.

Dabei war es anfänglich nicht einmal die Angst vor dem Augenblick, sondern viel mehr seine möglichen Folgen.

In dem Zusammenhang erinnere ich mich an ein Gespräch. Es zeigt deutlich, wie sehr wir Angst davor hatten, ungewollt Eltern zu werden.

Babsy, irgendeine Schulkameradin, war mit einem Freund leiert, der drei oder vier Jahre älter war als sie selbst. Eines Morgens kam Babsy nicht mehr in die Schule. Stattdessen wucherten eine Menge Gerüchte wie schnell wachsendes Unkraut auf dem Boden der Tatsachen. Sie wäre schwanger von der Brücke im Eistal gesprungen, wäre entführt worden, eingeliefert nach Landeck in eine Irrenanstalt oder gar tot im Wald aufgefunden worden.

Iris nahm das alles sehr mit, weil Babsy so normal, so untauglich für ein Drama war. Am Ende war sie nur schwanger gewesen, und das Kind war abgetrieben worden - angeblich. Keiner wusste es genau, und Babsy, die wieder in die Schule kam, schwieg.

Iris und ich saßen, trotz kaltem Wind und vorbeihechtenden Regenwolken, unter unserem Kirschbaum auf den Stangen der Koppelbegrenzung und sahen den Blättern zu, die getragen vom Wind wie eilige kleine Wesen an uns vorbeiflogen. Die Felder lagen braungrau vor uns und verwiesen mehr als die Bäume darauf, dass eine unfreundliche Jahreszeit angebrochen war. Unser Baum stand nackt und einsam am Horizont. Nur noch die Tannen hatten ihr dunkles Grün behalten. Der Rest wirkte trostlos und wenig einladend. Einige Male nieselte es. Aber sonst war eine Unruhe zu verspüren, die das Herz herunterzog und einsam machte – selbst zu zweit Hand in Hand nebeneinander.

»Willst du mal Kinder, Ronny?«, fragte sie mich plötzlich, ohne mich anzusehen.

Ich überlegte wirklich eine Weile, obwohl ich mir sicher war, niemals Kinder haben zu wollen. Diese passten nicht in den Horizont meines Lebens – ganz und gar nicht.

»Vielleicht, ich weiß es ehrlich gesagt nicht«, antwortete ich. Ich ließ meine Beine baumeln.

»Ich will keine Kinder«, ihre Stimme klang fest und ernst.

»Nein?«, fragte ich überrascht.

»Nein - nicht in diese Welt. Ich meine, wer will in diese Welt Kinder setzten und zusehen, wie sie darin kaputt gehen?« Sie deutete irgendwie über die ganze Welt mit nur einer Handbewegung. Das war ihr ›Greenpeace‹-Moment, den sie oft auftrug, diese schwarze Sicht auf alles um uns herum. Ihr neuster Button sagte das mehr als deutlich aus: ›Wir gehen mit der Welt unserer Kinder um, als hätten wir noch eine andere im Kofferraum!‹

»Ist das nicht ... etwas zu pessimistisch?«, wollte ich wissen.

»Kann sein, ist mir aber egal.« Sie schnippte einen Holzspan von sich und sah ihr hinterher.

»Und wenn du ein Kind bekommen würdest - sagen wir … aus Versehen?«

Jetzt schaute sie mich an und ließ dabei meine Hand los. »Aus Versehen?!« Iris runzelte die Stirn.

Ich hob die Hände, als wollte ich mich wehren. »Ja, was weiß ich, wenn es eben passiert, trotzdem, ... ach, du weißt schon.« Ich zuckte mit den Schultern. »Kann doch sein!«

Sie stieß mich, und fast wäre ich von der Stange gefallen.

»Wenn, dann wäre es ja von dir, du Idiot. Ich würde dir den Kopf abreißen. Das verspreche ich dir.«

»Du sollst doch nicht ›Idiot‹ zu mir sagen. Jetzt sag mal. Würdest du abtreiben lassen, so wie Babsy?«

Iris sah auf den Boden und schwieg. Sie dachte nach.

»Nein!«, meinte sie nach einer Weile. »Es wäre ein Kind aus Liebe, und das sollte nicht sterben müssen. Aber soll ich dir was sagen. Meine blöde Mutter würde glotzen, wie vom Bus überfahren. Das wäre es fast wert!« Sie lachte wurde aber sofort wieder ernst.

»Mein Vater würde mich in den Keller sperren und nie wieder raus lassen. Meine Mutter würde mich dort verhungern lassen, glaube ich!«, sagte ich und lachte auch. Aber mein Lachen hallte hohl aus mir heraus.

Iris nahm wieder meine Hand. »Wenn es von dir ist, dann will ich es haben. Und wir brennen dann durch. Nach Jugoslawien oder so. Nur wir zwei - und Rocky natürlich. Wir klauen das Pferd und reiten davon!« Sie nahm meine Hand in ihre beiden Hände und drückte sie. »Das wäre toll. Dort machen wir zusammen einen Reiterhof auf.« Ihre Begeisterung für die Idee sprudelte nur so heraus.

»Mit nur einem Pferd? Und das auch noch geklaut. Keine sonderlich gute Basis, oder?« Ich sagte das mehr im Spaß, aber sie warf mir einen bösen Blick zu. »Schon gut. Ich meine ja nur. Ein Einpferdreiterhof könnte etwas mager aussehen«, beharrte ich.

»Blödmann - wir würden schon noch andere Pferde bekommen.«

»Erst mal bekommen wir dann ein Baby«, erinnerte ich sie. Doch Iris blieb ruhig, also schwieg ich ebenfalls.

Nach einer Weile fuhr sie in einem ruhigen und keineswegs verliebten Tonfall fort: »Ich kann es mir nicht vorstellen, Ronny, aber wenn, dann nur mir dir.«

Das war eine Perspektive, doch Kinder wollte ich keine. Ich wollte ein Haus bauen. Ich wollte viel Geld verdienen, mal einen Sportwagen fahren und als Maler berühmt werden. Aber Kinder?

Nun ja. Nicht alles davon ist in Erfüllung gegangen – genauer gesagt sind sehr wenige meiner damaligen Wünsche erfüllt worden. Aber zum Glück habe ich mich seit jener Zeit weiterentwickelt, denn heute bin ich ein glücklicher Vater, der auf vieles verzichten könnte, nur nicht auf sein Kind.

Von da an hatte Iris Angst davor, schwanger zu werden. Richtige Angst. Die Pille war damals nie ein Thema gewesen, denn das hätte unweigerlich bedeutet, ihrer Mutter erklären zu müssen, wofür oder besser für wen oder gegen was sie das Ding haben wollte. Noch war ich irgend so ein

Junge, mit dem ihre Tochter öfter mal etwas unternahm - aber an Sex denken Eltern scheinbar erst, wenn sie plötzlich Großväter oder -mütter werden.

Also mussten Alternativen her.

Ich sagte ja schon, dass 1982 die Aufklärungsfragen zu solchen Themen vom Dr.-Sommer-Team beantwortet wurden. Das Team und die große Wolke aus Gerüchten. Ich schnappte zum Beispiel auf dem Schulhof auf, dass man vom Küssen schwanger werden könnte. Wenn man nach dem Sex Orangensaft trank, verhinderte es die Möglichkeit, schwanger zu werden. Oder man sollte gut duschen. Bernd erklärte mir mit geschätzten 1,3 Promille auf Uwes Party, dass er sich ein Gummi um die Hoden band und somit verhinderte, dass er Kinder machen konnte. Alleine die Vorstellung ließ mich erstarren. Wer das Pech hatte, mit seinen Eltern nicht reden zu können, weil sie die eigene Freundin nur duldeten oder bestenfalls für eine vorübergehende Erscheinung hielten oder wie ich zu schüchtern und verlegen war, musste selbst etwas unternehmen.

Ich war es, der gelesen hatte, dass Kondome nur zu 80 Prozent sicher waren. Selbst die Pille kam auf keine 100 - aber bloß 80? Bei meinem Glück war ich bei den 20 Prozent dabei. Garantiert! Das sah auch Iris so, denn sie kannte mich und meinen Pechvogel, der ständig mit mir reiste.

Was gab es also noch? Spirale - keine Chance. Denn auch hier war der Frauenarzt gefragt. Die Temperaturmethode? Immerhin hatte man bestenfalls drei Tage Zeit ein Kind zu zeugen, dann musste man wieder einen Monat warten. Und das war recht sicher – so die Bravo. Aber es bedeutete: Wir hätten die Disziplin aufbringen müssen. Ich konnte mir nicht vorstellen, beim ersten Mal mit dem Thermometer dazusitzen und zu rufen: »Juhu, wir können jetzt! Lass es uns machen!« Wahnsinnig romantisch war das ja nicht gerade.

Dann waren da noch die Schaumzäpfchen, die vorher oder hinterher oder wie auch immer da unten rein mussten.

Die letzte Methode ihn vorher herauszuziehen, war nicht nur weniger romantisch, sondern auch verdammt gefährlich. Außerdem hatte ich ehrlich noch den Plan, dass wir gemeinsam zum Höhepunkt kommen sollten.

Iris wollte mit mir schlafen, ich wollte mit ihr den ersten Schritt gehen, und wir waren gespannt, Gott ja, wir waren scharf darauf. Bei den letzten Petting-Attacken war es immer verflucht knapp gewesen. Meinem besten Freund war die Unterhose zu eng geworden, und so schaute er gelegentlich über den Gummizug hinaus, um zu sehen, wohin er seiner genetischen Bestimmung nach eilen konnte. Und wir lagen ja schon mal testweise aufeinander und übten, was an Stellungen möglich war. Trocken. Dabei kamen sich ›Höhlenforscher‹ und ›Grotte‹ bereits gefährlich nahe.

Zweimal, so lese ich es heute aus den Briefen, war es nicht nur knapp gewesen. Wir waren uns nicht einmal sicher, ob da nicht schon was passiert war. Himmel, ja, es waren nun fast sechs Monate, die wir zusammen waren. Es war irgendwie an der Zeit. Also griff ich zu einer kleinen, gerissenen List, die mir heute so leidtut, und ich glaube auch, die nie nötig gewesen ist, um Iris' Angst vor einer Schwangerschaft von höherer Stelle entkräften zu lassen.

Ich erfand meinen eigenen Dr. Sommer. Nämlich Dr. Jondru, Gynäkologe aus Frankenthal, dessen Adresse ich aus einer imaginären Zeitschrift hatte und dem wir einen Brief schreiben wollten. Wir fragten, wie man am besten, am sichersten miteinander schlafen konnte, ohne dass Iris schwanger wurde. Diese ›Nicht-schwanger-werd‹-Beratung hatte ich erfunden. Wir schrieben diesen Brief, unterschrieben ihn, und ich warf ihn ein.

Ich wüsste gerne, was aus dem Brief geworden ist. Man muss sich das vorstellen. Den Doktor gab es nämlich wirklich. Er war Rechtsanwalt in Frankenthal. Dieser arme Mann oder seine Sekretärin erhielt also einen Brief von zwei pubertierenden Fast-Erwachsenen, die ihn fragten, wie sie am besten ohne Pille verhüten konnten. Das Ganze mit Rückumschlag und Porto.

Wir hatten ausgemacht, dass ich meine Adresse angebe, da ich am besten an die Post kam. Oma sortierte Iris' Briefe immer vor. Uns war Oma zu unsicher. Laut meinem Plan musste ich natürlich darauf bestehen, dass eine Antwort unbedingt zu mir kam. Welcher Art sie auch gewesen wäre.

»Sehr geehrter Herr Ronny und Frau Iris, leider können wir Ihre Anfrage bezüglich der Verhinderung einer Schwangerschaft nach einvernehmlichem Beischlaf nicht weiter bearbeiten. Wir bieten Ihnen aber gerne eine anwaltliche Vertretung im Fall einer eintreffenden Schwangerschaft an, die sowohl die Rechte der Mutter und die des dämlichen Vaters betreffen. Ihr Dr. Jondru!« - so etwas in der Art. Aber es kam nie ein Antwortschreiben.

Die eigentliche Antwort schrieb ich natürlich selbst, bat meinen Vater den Brief in Frankenthal einzuwerfen, um ihm so eine gewisse Glaubwürdigkeit zu verleihen. Mein Vater stellte mir damals keine Fragen, warum der eigene Sohn einen Brief an sich selbst andressiert schrieb, der in Frankenthal eingeworfen werden musste. Doch er fragte es mich 16 Jahre später, als wir uns gut verstanden.

Damals wollten wir seine Mittagspause zusammen verbringen. Ich holte ihn vom Geschäft ab, und wir liefen zum Citycenter, in dem sich sein Lieblings-Eiscafé befand. Dabei kamen wir an einem Briefkasten vorbei. Er nahm mich an der Schulter, und ich blieb unweigerlich stehen.

»Das hier ist übrigens der Briefkasten, in den ich den Brief damals geworfen habe. Erinnerst du dich? Den, der an dich selbst adressiert war.«

Oh ja, ich erinnerte mich in der Tat an den Brief. Das war keine Geschichte, in der sein Sohn besonders gut wegkam, warf ich hoffnungsvoll einige Bedenken ein.

»Himmel, Ronny. Ich kenne dich gut genug. Oder? In welcher Geschichte kommst du denn wirklich gut weg?«

Ich sagte ja, mein Vater war nie offen an meiner Kindheit beteiligt, nie intensiv im Geschehen, aber er war keinesfalls blind oder taub gewesen. Er hatte alles gesehen, alles verstanden und sich alles behalten.

Ich erzählte ihm die Geschichte und verschönerte meinen Trick etwas an der einen oder anderen Stelle. Wir lachten beide herzlich darüber.

Was wollte Iris also lesen? Sie wollte die Angst genommen bekommen, schwanger zu werden, und so musste unsere Idee, meine Idee, um genau zu sein, nur noch eine offizielle Genehmigung erhalten. Ich klaute bei meiner Mutter schweres Hüttenbriefpapier, presste mit einem Hammer das Logo einer Werkzeugfirma in die obere Ecke und verlieh ihm eine Art Relieflogo, das kaum erkennbar irgendetwas darstellte. Ich klaute meiner Mutter den Füller mit der grünen Tinte und begann zu schreiben.

Meine Handschrift verfälschte ich auf zwei Arten. Ich kritzelte, gab einigen Buchstaben eine besondere Eigenheit und legte die Schrift in einen Rechtswind. Sie war wirklich kaum noch als meine Handschrift zu erkennen. Ich befand die Arbeit als fast perfekt. Dennoch hätte es auffallen müssen, und daher denke ich heute, dass sie es wusste.

Dr. Jondru schlug vor, wir sollten die Schaumzäpfchen verwenden und ein Kondom. Sollte also das Kondom wirklich undicht sein oder platzen, wäre ja noch der Schaum da, um das Schlimmste zu verhindern. Für das erste Mal suchten wir uns einen Tag aus, der so weit von ihrem Eisprung entfernt war, dass es unmöglich erschien, schwanger zu werden. Es sei denn, die Spermien trugen Überlebensanzüge. Zudem sagte der nette Dr. Jondru, dass Iris vor nichts Angst haben müsse und so weiter und so weiter. Iris glaubte es, und ich war erleichtert.

Die Methode hatte noch einen weiteren Vorteil. Jeder musste seinen Teil dazu beitragen. Sie die Zäpfchen und ich die Kondome. Wo war da schon das Problem?

Drei Tage nach der Antwort des Doktors schrieb Iris in ihrem Brief an mich, sie hätte die Zäpfchen bei ihrer Mutter im Badezimmerschrank gefunden.

›Klar‹, dachte ich und lächelte, aber einen Tag später sahen wir uns die Teile genauer an: Patentex oval. Ich erinnere mich noch so genau an den Namen, sehe heute noch die drei kleinen, eingeschweißten Dinger in meiner Handfläche liegen - ohne Verpackungszettel, ohne jede Erklärung für deren Anwendung.

Nun war ich also an der Reihe. Man bekommt Kondome in jedem Supermarkt und an der Tankstelle, in fast jeder Gaststätte und auf dem Männerklo - heutzutage.

Damals gab es in meinem Dunstkreis nur die Drogerie oder die Apotheke. In dem einen Laden arbeitete eine Freundin meiner Mutter, und mit dem Mann der Apotheke spielten mein Vater und ich leider Tennis. Die nächste Apotheke in Eisenberg gehörte meinem Onkel, und alles andere war Welten entfernt. Ich wollte in einer Gaststätte im Ort keine Kondome holen, denn ich und Thomas hatten uns immer einen Spaß daraus gemacht, mit einer langen Nadel die Päckchen in dem Automaten einzeln zu durchstechen. Das konnte man gut von vorne durch die kleinen Schlitze machen. Wer weiß, wie viele Kinder wir damals ungewollt verursacht haben?

Ich saß also in der Klemme. Ich konnte Kondome klauen. Warum auch nicht? In der Drogerie hatte ich schon mal Zeitschriften gestohlen. Warum also nicht auch Kondome? Leider zerfiel der Plan in seine jämmerlichen Bestandteile, denn die Kondome waren hinter der Kasse, also mindestens so unerreichbar wie der Mond oder gar die Sonne. Blieb also nur eine Apotheke in einem anderen Ort. Ich musste eine Ablenkung für meine Mutter suchen und dann in eine Apotheke gehen, um dort schnell eine Packung Kondome zu kaufen.

›Klingt doch super‹, dachte ich mir.

Mitte November brachten meine Eltern meinen Bruder an einem Freitag in eine Klinik nahe Karlsruhe, in der er wegen zu schnell wachsender Füße untersucht werden musste. Der Ausflug sollte den ganzen Tag dauern. Ich konnte nicht mitkommen, weil ich zur Schule gehen musste. Iris und ich hatten also einen Nachmittag sturmfreie Bude.

Nur hatte ich noch keine Kondome.

Die Zeit drängte. Iris schrieb mir, wie super das alles passen würde, ihre Regel sei erst eine Woche später zu erwarten. Sie schrieb, wie sehr sie sich freute und dass ich ja bestimmt meinen Teil schon längst besorgt hätte. Immerhin wäre das ja für einen Jungen nicht die Welt. In einem zweiten Brief beschrieb sie, wie sie sich das alles vorstellte: wir vor dem Kamin meiner Eltern, wie wir uns auszogen, wie wir uns beide nackt auf einer Decke vor einem prasselnden Feuer liebten …

Ohne Kondome?

Ich wurde nervöser, und es war schier unmöglich, mich noch auf etwas anderes zu konzentrieren. Ich kam auf die Idee, dass mein Vater so etwas auch haben musste. In einem passenden Augenblick durchsuchte ich das Schlafzimmer meiner Eltern, und tatsächlich wurde ich fündig. Ich nahm mir eines der Fünf, die dort lagen, dann nahm ich zwei und dachte nach - besser war es, alle zu nehmen. Wenn sie alle weg waren, würde mein Vater vermutlich weniger Verdacht schöpfen.

Unten in meinem Zimmer legte ich meinen Schatz auf den Schreibtisch und betrachtete ihn lange. Die Kondome waren einzeln in einer Folie verpackt. Wie packte man die denn aus? Wie benutzte man sie? Ich starrte sie weiter an. Dann nahm ich ein Tütchen, hob es an und drückte darauf herum.

Ich hatte schon Kondome in der Hand gehabt - als Spielzeug, als Witz, zum Spaß, und nun wollte ich die Dinger für den eigentlichen Zweck einsetzten und nicht, um 40 Liter Wasser darin zu sammeln.

Kurz entschlossen lief ich mit einem davon ins Bad und schloss hinter mir ab. Eine Erektion zu bekommen, war nicht schwer. Ich musste nur an den Freitag denken. So stand ich mit meinem Ständer im schwach beleuchteten Raum, sah mich im Spiegel und versuchte, das Kondom auszupacken. Das würde mit zwei Händen gehen, aber hatte ich auch zwei Hände frei in dem Moment? Vielleicht stützte ich mich gerade auf eine Hand? Konnte ich das auch mit dem Mund machen?

Nun gut, ich hatte ja vier Versuche - bestenfalls.

Eine Ecke der Verpackung klemmte ich zwischen die Zähne, und mit einer Hand zog ich diese auf. Das klappte schon mal super. Die Folie riss auf - ich schmeckte Erdbeere.

›Erdbeere?‹ Verzweifelt schaute ich die Verpackung an und hob eine Braue. ›Warum mussten die Dinger nach Erdbeeren schmecken oder auch riechen?‹

Wie auch immer, ich schob das glitschige Gummiding heraus und nahm es vorschriftsmäßig, das hatten wir mal in Bio gehabt, zwischen die Finger. Mir war etwas von meiner Festigkeit verloren gegangen, aber das war schnell behoben. Sodann stülpte ich das Kondom über die Eichel und rollte es ab. Vielmehr versuchte ich, das zu tun, denn irgendwie klappte es nicht. Ich drehte das Kondom um, setzte es anders herum auf. Wieder rollte es sich nicht ab. Es klebte. Ich nahm es wieder hoch und dachte einen Moment daran, dass ich vielleicht so reinschlüpfen konnte wie in zu enge Strumpfhosen oder so. Aber als ich das Kondom aufzurollen versuchte, sah ich, warum es nicht funktionierte. Die Erdbeersache hatte das Gummi verklebt.

Mir kam ein Verdacht. Mein Blick fiel auf die Verpackung. Auf dem halb abgerissenen Rand stand: ›Haltbar bis 12/80‹. Ich war geschockt und er da unten erschlafft.

Deprimiert und stinksauer auf meinen Vater, weil er sich keine Neuen gekauft hatte, warf ich das Kondom ins Klo und spülte. Erst einmal, dann zweimal, dann wieder und wieder. Nur wollte das Teil nicht verschwinden. Ich zog meine Unterhosen hoch und ging wieder in mein Zimmer, dort wickelte ich die Erdbeerdinger in ein Taschentuch und stopfte es in den Mülleimer ganz nach unten.

Am Donnerstag vor dem besagten Freitag blieb mir keine andere Wahl: Entweder ich schlief nicht wie geplant mit Iris, oder ich musste mich dazu überwinden, hier in die Apotheke zu gehen und einfach ein Päckchen Kondome zu kaufen. Was sollte schon passieren? Was war den überhaupt dabei?

Donnerstag um 13 Uhr nach der Schule fuhr ich mit dem Bus bis zum Marktplatz, bewaffnet mit 10,- DM. Ich stieg aus und lief fast zehn Minuten vor der Apotheke auf und ab. Wie ein Hund vor einer Metzgerei, in der Hoffnung auf ein Stückchen Wurst. Ich wollte einen guten Moment abpassen, in dem der Apotheker nicht bediente, sondern eine der beiden Frauen, die ich nicht kannte, und ich hoffte, dass auch sie mich nicht erkennen würden. Es stellte meine Geduld schon in einer seltsamen Art und Weise auf die Probe. Besser noch, meine Ungeduld und meine Scham spielten gegeneinander. Wer würde zuerst nachgeben?

Endlich war die Gelegenheit da. Zielorientiert ausgerichtet stampfte ich mit großen Schritten in den Laden. Ich war der einzige Kunde. Noch. Eine Frau, sie arbeitet übrigens heute noch dort, kam zu mir und lächelte mich offen und freundlich an.

»Na, junger Mann, was kann ich für dich tun?«, fragte sie. Das hätte mir ja Mut machen können, so nett angesprochen zu werden. Aber bitte, nein, mir wurde es nur heiß.

»Hey, … hallo, ich will morgen mit meiner Lieben ein wenig rumvögeln und bräuchte wieder Kondome - sagen wir 20 Stück?«, hätte ich sagen sollen. Heraus kam aber nur ein langgezogenes »Äääähl«. Dann brach ich ab und schaute mich verlegen um. Es war immer noch keiner da. Na dann.

»Ja?«, fragte sie und hob die Brauen.

Erkennen solche Menschen eigentlich, wann man sich bescheuert fühlt? Ich meine, müssten die nicht nach so vielen Jahren Verkaufserfahrung wissen, dass wenn ein stotternder Junge mit hochrotem Kopf, wortkarg vor dem Tresen steht, er bestimmt nicht reden kann und es besser fände, seine Gedanken würden irgendwie empfangen werden? Und wenn sie es wussten, was taten sie dann? Darauf herum reiten oder es gelassen überspielen?

Ich wurde so rot wie der beschissene Gummiball, den ich zu Hause in meiner alten Kiste hatte. In dem Laden wurde es schlagartig 40 Grad heiß. Ich schwitzte, suchte verzweifelt nach Worten, die mir aber alle entfallen zu sein schienen.

»Ich hätte gerne … Kondome«, flüsterte ich, schaute dabei auf den Boden, als interessierte ich mich für die Fliesen dort.

»Was?«, fragte sie nach, beugte sich etwas zu mir, und es kam mir vor, als brüllte sie durch das ganze Geschäft.

»Ich … hätte gerne Kondome!«, versuchte ich es mit festerer Stimme, aber ohne echten Erfolg.

»Oh!«, meinte sie, und ich schaute sie an.

Da war er wieder: der Blick, der sagte: »Ich weiß, was du mit den Dingern vorhast, Kleiner. Willst schweinische Dinge tun. Vögeln gehen, was?«

›Mein Gott‹, dachte ich, ›das hier ist doch nicht wahr? Du stellst dich an.‹

Der sprachgewandte Ronny war wieder mal weit weg.

»Welche denn?«

›Bitte? Es gibt Verschiedene?‹, dachte ich fieberhaft. ›Klar, mit Erdbeergeschmack, oder wie war das?‹

»Äh, was?«, fragte ich schnell, auch um Zeit zu gewinnen.

Immerhin bestand ja die Chance, dass *ich* sie nur nicht verstanden haben könnte.

»Welche, junger Mann? Gibt es eine bestimmte Marke, die du haben willst oder eine bestimmte Sorte, meine ich, vielleicht mit Noppen oder ohne?«

›Noppen?‹ Das Wort überschlug sich in meinen Gedanken. Was bitte waren Noppen? Und wofür waren die überhaupt gut? In einer wilden Sekunde stellte ich mir das vor - aber ich konnte, wollte nicht weiter darüber nachdenken.

»Ohne«, sagte ich leise.

›Ohne war besser‹, beschloss ich. Wer wusste schon, was ich dann bekommen würde?

Sie nickte nur und verschwand irgendwo in den Tiefen der Regale. So eine Apotheke hatte schon immer etwas Seltsames für mich. Eine eigene Aura. Ein Ort, den man vielleicht gerne mied, ohne Recht zu wissen warum. All die Medikamente gegen irgendwelche Leiden der Menschheit. Damals waren das ja noch neutrale Läden, in denen man kaum andere Dinge kaufen konnte. Heute stehen dort Bonbons, Cremes und eben diese anderen Dinge, die weniger etwas mit Leiden, sondern mehr mit Leben zu tun hatten. Aber damals ...

Doch dann passierte etwas, das mich erst mal aus meinen Gedanken zurück in die Realität brachte. Allerdings zu einer Realität, bei der ich mir sofort wünschte, einfach nur tot zu sein oder blitzartig verschwinden zu können. Diese komische, mir tausend Fragen stellende, bestimmt besserwisserische Dame, die in dem Kittel so beschissen erwachsen wirkte, so verflucht etwas Besseres war, rief auf einmal laut von irgendwo hinter einem der Regale her: »Herr Klöppel, wo sind denn die ›Billy Boys‹, die heute Morgen gekommen sind?«

Herr Ich-habe-eine-Glatze-aber-ich-will-es-nicht-wahrhaben-Klöppel kam und schaute sich in seinem Laden um. Natürlich wollte jeder erst mal wissen, wer die Kondome kaufte. Ich wusste nicht unbedingt, dass ›Billy Boys‹ so einfach erkennbar eine Marke für Kondome waren. Ich wusste so einiges nicht in dem Alter, was ich immer wieder, gerade bei dem Thema, feststellen musste. Auch wenn das nun lustig klingt, und ich weiß, wie wenig lustig es eigentlich war, als es mir passierte. Bis ich Iris kennenlernte, wusste ich nicht einmal, was die Frauen unter ihren ›Tagen‹ verstanden. Ich dachte, das wären solche Tage, wie sie meine Mutter hatte, an denen sie ungenießbar war und unter Kopfschmerzen ihren Schädel zertrümmerte und sie alles und jeden anbrüllte - sogar die Haustür, wenn der Schlüssel hakte.

Klöppel erkannte mich und grinste so breit, dass ich glaubte, sein Kopf könnte nach hinten wegklappen. Das tut er noch heute, wenn er mich sieht. Er ist inzwischen ein alter Mann geworden, geht am Stock durch das Dorf, aber grinst immer noch wie Ernie aus der Sesamstraße. Vermutlich denkt er noch heute an mich und meine ›Billy Boys‹.

»Ronny? Hallo! Und wie geht es dir denn?«

›Jetzt auf jeden Fall schlechter, danke, bitte.‹ Ich muss ihn angesehen haben wie ein Kandidat bei der Millionenfrage, der feststellte, nicht mal einen blassen Schimmer von einer Antwort zu haben. Den Mund halb offen, die Hoffnungen, dass dies hier geheim bleiben konnte, fuhren eben mit 180 Stundenkilometern aus der Apotheke, die Augen verdrehte ich vor lauter Denken, und vermutlich sabberte ich noch, weil mein ganzes Gehirn versuchte zu begreifen, was um mich herum passierte.

»G-ut, danke!«, entgegnete ich und schluckte trocken.

Die Frau Ich-brüll-mal-eben-alles-durch-den-Laden kam wieder. Sie stellte sich zu ihm, und nun kam auch noch die zweite Mitarbeiterin nach vorne. Himmel, noch mal! Ich kam mir vor wie Diana beim Vortanzen in Dance Akademie. Hinter mir bimmelte es laut, und eine Frau, Koloss 13, die Frau mit dem Namen Gerda aus meiner Straße, betrat den Laden. Natürlich! Die Türglocke bimmelte gleich noch mal. Ein alter Mann betrat nun die Apotheke. Der Laden wurde ja immer voller! Vielleicht sollte ich schnell umschwenken, einen Hut ziehen, rumgehen und rufen: »Spenden sie doch, hier passiert eben der wohl peinlichste Moment in Ronnys Leben«

Was war denn hier los? Musste nun jeder genau in dem Augenblick in die dumme Apotheke kommen, während ich gerade in der schlimmsten Situation meines Lebens stand? Zwei Verkäuferinnen neben Grinse-Klöppel, ein alter Mann am Stock und Koloss 13, ausgerechnet die breiteste Klappe aus meiner Straße. Geheimnisse waren bei ihr so gut aufgehoben wie frisches, saftiges Fleisch bei einem Tiger im Käfig, der wochenlang nur Jogurt bekommen hatte.

»Die Kondome sind noch in einer der Boxen hinten«, sagte Klöppel zu einer der Frauen. Ihm war das natürlich nicht peinlich. Er fand das normal.

›Leck mich doch!‹, dachte ich.

Ich konnte doch mal eben den Aufsteller hier packen, in dem Windeln für Rentner gestapelt waren, ihn erst Klöppel, dann Koloss 13, wobei hier vielleicht eher zweimal, und dann dem Rentner dahinten über den Kopf ziehen. Die Frauen würden versuchen zu fliehen, und wie Rambo oder Chuck Norris konnte ich sie mit einem beherzten Wurf alle auf einmal niederstrecken. Dann schnell die Kondome genommen und weg hier. Vielleicht durch die Scheibe, das wäre bestimmt spektakulär. Ich tat natürlich nichts von alle dem.

Die andere Frau wandte sich an Koloss 13. Aber eigentlich war eh schon alles zu spät. Was konnte schon noch passieren? Oh ja, meine Mutter konnte kommen, und Klöppel hier würde sie sehen, grinsen, bis der Kopf wegklappte und ihr laut schon an der Tür entgegenwerfen, dass Ronny hier war, um Kondome zu kaufen. Ist das zu fassen? Kondome! Bitte, aber sie soll sich keine Sorgen machen, er mag keine Noppen.

Vielleicht konnte eine vorgetäuschte Bewusstlosigkeit helfen? Aber aus der wachte man ja schließlich auch mal wieder auf.

Klöppel kam zu mir und beugte sich vor. »Warst gut den Sommer über, Ronny. Tennis macht dir anscheinend Spaß. Und für das erste Jahr ist das klasse gewesen. Wenn du so weiterspielst, wirst du nächstes Jahr unter die ersten drei kommen.«

Ich nickte schnell und versuchte, nicht zu platzen. Tennis war mir eben gerade mal scheißegal. Obwohl, ich konnte meine Vorhand an seinem Kopf üben. Ich muss geleuchtet haben wie eine Ampel in Dauerrot.

Hier, brauchen sie ein Rotlicht? Nehmen sie Ronny. Immer schnell rot und brennt lange.

›Was denn nun noch, Klöppel‹, dachte ich nur. ›Geh doch hinter und rühr irgend so eine Scheiß-Salbe an.‹

»Sag deinem Vater einen Gruß von mir«, fügte er hinzu.

Koloss 13 neben mir schaute zu mir, und ich musste ihren Blick abwehren, der mich zu durchbohren versuchte. Überhaupt hatte die Tonne aus Fleisch und Brüllorgan Augen, die viel zu klein waren. Immer, wenn sie mir von ihrer Tür aus mit den Augen folgte, wenn ich mal mit dem Rad vorbeikam, hatte ich das Gefühl kleine Pfeile kämen dort heraus. Was sie dachte, wusste ich natürlich schon.

Die erste Frau, die mich bedient hatte, kam und legte die Kondome auf den Tisch.

Bis dahin dachte ich ja noch, dass es nicht schlimmer hätte kommen können. Doch das ging, oh ja, das ging wirklich.

Ich konnte mich irren, aber die Kiste war fast einen Meter lang, 30 cm breit und hoch, und es stand in einer grellen Schrift mit einem dumm grinsenden Kondom-Männchen quer an der Seite: ›Billy Boys - wahres Gefühl der Zärtlichkeit‹. Ich stand vor einer Verpackung Kondome, mit der ich vermutlich 100 Jahre auskommen würde. Ich stand davor, neben mir Koloss 13, hinter mir der Mann, der vermutlich seit zehn Jahren nichts mehr hatte, wo er ein Kondom drüber brachte. Klöppel grinsend neben der Tante mit dem Karton und wenn auch nur einer zum Fenster hineingesehen hätte, hätte er einfach stehen bleiben müssen.

Bitte, was sollte ich den damit? Wie sollte ich damit durchs Dorf kommen? Wie wollte ich das nach Hause, ins Haus, vorbei an meiner Mutter, in mein Zimmer bringen, und wo bitte sollte ich das hinstellen, ohne ...

»Wie viele willst du denn haben? Ich habe Dreier-, Fünfer- und Zehner-Packungen«, fragte sie, so laut, dass ich glaubte, jeder in dem Ort würde es verstehen können.

Ich musste nun zu Koloss 13 sehen. Irgendetwas bog mir meinen Kopf gewaltsam zu ihr. Und sie schaute mich natürlich mit genau dem Blick an, den ich eben noch gebraucht hatte, um endgültig zu wissen, dass sie bald über drei Gärten mit der Stimme eines Hamburger Fischverkäufers brüllen würde: »Ronny vögelt seit Neustem. Hat gestern Kondome geholt, der Idiot! Tausend Stück! Soll man das glauben?«

»Echt?«, hörte ich in meinem Kopf hallen.

»Kann er das schon?«, fragte eine andere Stimme über einen weiteren Garten hinweg, die ich locker unserer Nachbarin geben konnte.

»Keine Ahnung, aber vielleicht will er auch nur wieder Wasser darin herumtragen!«

Das alles passierte so schnell, so ohne mich, dass ich dachte, nur zu gehen, könnte das alles besser machen. ›Geh raus! Kauf an dem Automaten eine Packung! Wenn ein Loch drin ist, okay, dann ziehst du so einen Balg groß. Das hier ist wesentlich schlimmer.‹

»Drei!«, sagte ich schnell, um wenigstens etwas sagen zu können.

Die Frau hinter der Theke nickte nur und packte mir die Dinger in eine Tüte. Die Kiste verschwand irgendwo hinter ihr. Jetzt erst hatte ich verstanden, dass das andere eine Großpackung gewesen war und ich nur einen kleinen, schwarz glänzenden Teil davon bekam, auf dem fast nichts stand - na ja, das dumm grinsende Gummimännchen ohne Beine, das lachte mich noch an.

Ich zahlte, nahm das Wechselgeld und verlor natürlich die Hälfte, als ich aus dem Laden fliehen wollte. Wie es nun mal Dinge tun, wenn sie nicht wegrollen sollen, kullerte das Geld nun weit weg - unter Regale und hinter den Tresen, unter die Schuhe anderer und so weiter. Koloss 13 und der alte Knacker bückten sich. Klöppel, der immer noch keine Salbe zum Anrühren hatte, kam nach vorne. Die Frau, der ich die Kondome und auch die ganze andere Schmach hier verdankte, kam, um zu helfen. Der alte Mann grinste so breit, dass ich mich beherrschen musste, ihm das dämliche Grinsen nicht aus dem Gesicht zu dreschen, als er mir mein verlorenes Markstück in die Hand drückte. Koloss 13 sah mich finster an, mit dem Blick, der sagte: »Ich weiß, was du diesen Sommer vorhast, Bürschlein!«

Ich hasste sie schon immer, aber nun hatte ich endlich eine Gelegenheit, sie in einen nahen Abgrund zu stürzen und ihr heftig hinterher zu lachen. Aber sie gab mir einen Zehner. Ich hasste Klöppel, der mir auch einen Zehner gab, weil er nicht hinten bleiben konnte und zu faul gewesen war, die Teile heute Morgen schon in die Regale oder wo auch immer hinzuräumen.

Morgen würde Gerda es Anneliese sagen, die einer Nachbarin, dann die wieder jemandem, und im Nu brannte das Feuer der Entrüstung im ganzen Dorf. Es war nur eine Frage von Sekunden, bis Iris' Oma es erzählt bekam, und dann wurde ich vermutlich schon vom Garten aus mit Obst und Gemüse beworfen, wenn ich mich nährte. Mein Vater würde mich angrinsen, und ich würde wissen, dass er es wusste. Meine Mutter würde zu mir ins Zimmer kommen und die Dinger suchen. So lange, bis sie sie gefunden hatte und sie mir vor der Nase hin und her schwenkte.

»Bumsen wollen, was, Sohnemann? Aber erst, wenn du mir in Englisch mal eine Zwei anstatt nur Vierer und Fünfer heimbringst. Wenn ich mal nicht pro Jahr einen blauen Brief bekomme, weil es mal wieder auf der Kippe steht« - so was in der Art.

Ich konnte Sabrina schon von Weitem lachen sehen und erkennen, wie sie mit einem Finger auf mich zeigte. »Das ist er, der Typ, der mit hochrotem Kopf in der Apotheke neulich so bescheuert ausgesehen hat, nur weil er Kondome kaufen wollte.« Und die Mädchen bei ihr würden mich anglotzen wie einen Jungen mit drei Buckeln. Am Ende würde, und da war ich mir sicher, Iris nicht mit mir schlafen, weil ich so ein verfluchter Trottel war.

So rannte ich mit hochrotem Kopf und schweißgebadet aus der Apotheke, die Blicke aller wie Seile an mir hängend - wie auch von allen anderen, denen ich noch begegnete mit meinen schweren Taschen voller Scham. Ich konnte hören, was sie über mich sprachen, aber in Wirklichkeit war da nichts zu hören. Nichts passierte. Die Tür bimmelte, als ich raus ging, und es holte mich nur eine seltsame Stille ein, die mir alles, nur keine Ruhe gönnte.

Ich wurde nie zu einem Gartengespräch. Meine Mutter erfuhr keinen Ton. Mein Vater hat mich nie darauf angesprochen, und heute bin ich mir sicher, dass Kondome kaufen in meinem damaligen Alter nicht peinlicher war, als Aspirin oder Tabletten gegen Sodbrennen. In vielen Situationen steigerte man sich in eine ekelhafte Hysterie hinein. Ich neigte schon immer dazu, alles, was mich betraf, schlimmer zu sehen, als es letztendlich war.

Aber ich hatte es hinter mir. Ich hatte es geschafft. In meiner Hand lagen drei Stückchen Männerglück. Die Freikarten für die Höhle der Lust. Das erste Mal konnte also kommen. Ich glaube, ich fühlte mich gut, so weit das noch möglich war - mit der Angst vor dem Freitagmittag gemischt mit Freude, Ungeduld und einem wahnsinnig machenden Rumoren in der Magengegend.

Es brannten sich nicht viele Erlebnisse so fest in mein Gedächtnis wie dieses.

Dunkle Wolken

Zu gerne ziehen düstere Wolken in Zeiten der Seligkeit auf.
Sie verdunkeln - ungebeten - den eigenen Lebenslauf.
Den Dingen machen wir ein traurig End,
Im bedrohlich Verdunkeln sind wir unschlagbar behänd.
So nehm' ich Deine Hand und hoffe sehr,
Wir finden den Weg, weg von dem trüben Heer.
Nichts ist für uns zerronnen – verloren.
Haben wir uns nicht die ewige Liebe geschworen?

ALS ICH AM FREITAG aus der Schule gekommen war, mir mein Mittagessen gemacht, verspeist und fast eine Stunde Klavier gespielt hatte, war Iris immer noch nicht bei mir angekommen.

Das war normalerweise auch kein Problem. Wir setzten Termine immer recht locker, und in der Regel waren das nur Richtwerte. Außer natürlich, wir wollten ins Kino oder trafen uns an der Bushaltestelle. Wenn sie drei Uhr sagte, konnte das auch schon Mal vier werden, oder mit etwas Glück war sie schon um halb zwei bei mir. Ihrerseits legte sie auch nie besonderen Wert auf meine Pünktlichkeit. Oft half ich meinem Vater und kam samstags oder abends unregelmäßig nach Hause. Erst danach konnte ich zu ihr kommen, und so konnte das selten genau vorherbestimmt werden.

Ich wartete bis 17 Uhr und begann mir Sorgen zu machen. Als Erstes rief ich bei ihr zu Hause an. Doch niemand nahm ab. Ich wusste, dass Oma im Garten sein konnte und das Telefon nicht hörte. Auf der anderen Seite hätte Iris angerufen, wenn sie nicht gekonnt hätte - und bitte, was in Gottes Namen konnte schon passiert sein, das nun wichtiger war, als der Teppich vor unserem nigelnagelneuen Kamin? Was konnte ihr schon begegnet sein? Nichts! Oder doch? Der Papst auf einem Mofa ohne Helm? Jesus in Rollschuhen und Knieschützern? Gaben der Bundeskanzler und der Weihnachtsmann auf dem Marktplatz gleichzeitig Autogramme? Letzteres hätte ich vielleicht noch durchgehen lassen.

Ich schnappte mir mein Rad und fuhr kurzerhand zu ihr. Wir hatten November, und es war verdammt kalt geworden. Bis ich bei Iris war, froren meine Finger um meinen Lenker fest. Ich besaß scheinbar keine Nase und keine Ohren mehr, nur seltsame, fleischige Teile.

Doch Iris war nicht da. Oma war nicht da. Jetzt wurde ich echt sauer. Ich wollte mir natürlich nichts Schlimmes vorstellen. In dem Alter war man eigentlich noch unsterblich, und Dramen passierten immer den anderen - auch wenn ich wusste, was in der Welt um uns herum passierte. Der Kalte Krieg wurde ausgefochten, die RAF-Terroristen trieben noch ihr Unwesen, und man suchte sie. Im Nachbarort wurde ein toter Junge gefunden, ein Mann war mit seinem Wagen in Tiefenthal gegen einen Brückenpfeiler geprallt. Es passierte, drang aber irgendwie nie wirklich zu mir oder uns durch.

Iris hatte mich versetzt, so wirkte es auf mich, und so glaubte ich es erst einmal. Wieder zu Hause angekommen setzte ich mich vor den Fernseher. Dann spielte ich wieder Klavier. Ich machte sogar die verhassten Hausaufgaben an einem Freitag, die ich sonst Sonntag kurz vorm ins Bett gehen erledigte. Ich rief noch dreimal bei Iris an, und dreimal ging niemand an das verfluchte Telefon. Wenn Oma nicht da war, dann war Iris vielleicht mit ihr weg? War ihre Oma im Krankenhaus, und Iris musste mit ihr mitkommen? Aber was auch immer ich mir an Gründen zusammenreimen wollte, ich konnte keinen plausiblen finden, bei dem man nicht irgendwo in mehr als drei Stunden ein verfluchtes Telefon finden konnte. Keinen!

Ich war nicht einmal sauer, dass unser erstes Mal ausfiel, auch wenn die Chance so gut und so schön gewesen wäre oder hätte werden können. Ich war einfach nur sauer, weil sie mir nicht sagte, was los war. Und etwas musste passiert sein, etwas, das wichtiger war als ich. So eine Erkenntnis trifft, wenn man sie erlangt, auch gerade dann, wenn man glaubt, einen Menschen zu lieben und eine Art alleiniges Besitzrecht zu haben. Was natürlich totaler Quatsch ist.

In meiner völligen Verzweiflung rief ich Sabrina an und erreichte sie prompt. Die schwache Hoffnung nicht sie selbst, sondern Sabrinas Mutter fragen zu können, ob Iris bei ihnen war, erstarb mit Sabrinas nerviger Dallas-Stimme. Sabrina erkannte mich und schaltete nach der Begrüßung in den Tonfall, der super mit dem Temperaturen draußen zu vergleichen war. Ich fragte nach Iris. Sie fragte mich, warum ich das fragte, doch meine Diskussionsbereitschaft und der Wille, Haare spalten zu wollen, waren nicht besonders ausgeprägt. Ich sagte ihr, sie solle den Scheiß lassen und mir eine Antwort geben. Wenigstens das sollte bei einem IQ von drei möglich sein. Ich muss sauer geklungen haben, denn sie wurde auf einmal deutlich freundlicher.

»Hast du schon bei ihr angerufen?«

»Ja!«, sagte ich genervt. »Vier Mal. Ich war sogar oben bei ihr, und das bei dem Wetter!« Das sagte ich nur, um Sabbi zu beeindrucken, was ich doch für ein Wahnsinnskerl war, bei dem Wetter nach draußen zu gehen. »War aber keiner da, nicht mal ihre Oma!«

Ich wartete auf Sabrina, die einen Moment nachzudenken schien.

»Die ist auf einer dieser Busfahrten und kommt erst heute Abend wieder. Hat sie mir mal gesagt«, sagte Sabrina aber mehr abwesend, als zu mir.

Ich dagegen war einen Moment verwirrt. Davon hatte mir Iris keinen Ton gesagt.

»Hast du mal bei ihrer Mutter angerufen?«, fragte Sabrina plötzlich.

»Was?! Bei ihrer Mutter?« Ich lachte, weil ich mir das Gespräch mit ihr nicht einmal vorstellen konnte. Die Frau wollte ich niemals sehen oder kennenlernen, weil ich befürchtete durch die vielen schlechten Dinge, die ich von der Frau wusste, hätte ich sie wahrscheinlich sofort umbringen wollen. Abgesehen davon hatte ich keine Nummer von ihr. »Ich? Nie im Leben. Ich ruf die Frau doch net an. Außerdem hätte sie mir gesagt, wenn sie bei ihrer Mutter wäre.«

Sabrina schwieg, dann sagte sie: »Ronny? Was weißt du denn über ihre Mutter?«

Der Tonfall, mit dem sie das sagte, traf mich sofort hart in der Magengegend. In der Stimme lag etwas verborgen, das ich nicht erfahren wollte.

»Wieso?«, entgegnete ich.

»Ich meine, was hat dir Iris über ihr ... na ja ... Verhältnis erzählt?«

Ich war verdutzt. Was sollte die Frage bedeuteten? »Was meinst du denn damit? Dass sie geschieden ist und nun einen neuen Macker hat? Das? Dass es eine blöde Kuh ist, die ihre Tochter bevormundet?«

»Jetzt reg dich nicht gleich auf, Ronny«, beschwichtigte sie mich etwas.

Mir war das zu viel Geheimniskrämerei.

»Ich kenne Iris länger als du. Ich kenne auch ihre komische Mutter, und das noch aus einer Zeit, in der sie noch zusammen hier gewohnt haben.«

Ich holte einmal kurz Luft. »Ich habe keine Ahnung, sag du es mir!«, forderte ich sie auf und setzte mich zum ersten Mal auf den Stuhl neben das Telefon.

»Iris Mutter ist Alkoholikerin«, sagte Sabrina auf einmal, als lese sie die Schlagzeile einer Zeitung. »Deswegen hat sie ihr Mann verlassen. Nur weil er kurze Zeit darauf, bei einem Unfall ums Leben gekommen ist, durfte Iris bei ihrer Mutter bleiben. Sag mal, weißt du davon gar nix?«

Ich saß mit halb offenem Mund auf dem Stuhl und stierte in den Teppich unter mir. Irgendwie hatte eben jemand meinen Kopf mit einem Hochdruckreiniger leer gefegt. Ich wusste davon nicht ein bisschen. Ich weiß nicht mehr, was mich damals mehr geschockt hatte. Es nicht zu wissen oder welch ein Drama einer Kindheit hier verborgen war. Ihr Vater war tot!

»Nein«, flüsterte ich.

»Das Jugendamt hat ihr zwar das Sorgerecht gelassen, aber sie lebt seit der ersten Entziehungskur ihrer Mutter bei Oma. Und seit sie angeblich nüchtern ist, will sie Iris wieder bei sich haben. … Euch soll einer verstehen. Echt. Ihr habt nur noch euch im Kopf, oder was? Warum bequatscht sie denn nicht mit dir den ganzen Kram. Alles nur bei mir abladen, ist doch scheiße.«

»Ja!«, sagte ich kaum merklich.

In meinem Kopf ratterte und klackerte es, wie in einer alten Maschine, die eben nach Hunderten von Jahren wieder angeworfen wurde. Plötzlich bekamen so einige der Szenen aus ihrer Vergangenheit einen seltsamen, anderen Schein. Da war auf einmal Iris, wie sie beim Namen ihrer Mutter so plötzlich verändert gewirkt hatte. Ich erinnerte mich an einen Moment im Schwimmbad, als ich über eine Frau gelästert hatte, die besoffen am Bahnhof in Kaiserslautern mit meinen Eltern und mir auf einen Zug gewartet hatte. Sie hatte sich seltsam verhalten. Aber das ihr Vater tot war, nicht nur weggezogen oder was auch immer ich geglaubt hatte zu wissen ... warum log sie mich an?

»Jedenfalls versucht Iris seit über einem Jahr verzweifelt alles Mögliche, um nicht zu ihr zu müssen. Schon alleine, weil die einen neuen Freund hat«, fuhr Sabrina fort.

Ich sah Iris vor mir und sah, wie sie den Wein meiner Mutter abgelehnt hatte, sie aber meine Mutter genau beobachtet hatte, als diese ihn trank. Das war damals so seltsam gewesen.

»Ihre Mutter ist ’ne komische Kuh und vor allem unberechenbar. Wenn der heute einfällt, ihre Tochter sehen zu wollen, dann holt sie die einfach ab.«

Ich sah Iris vor mir, als wir uns unter dem Baum getroffen hatten und sie in meinen Armen lag. Wir hatten uns über das Thema ›Eltern‹ unterhalten. Ich sprach über meine Mutter, aber was hatte sie noch gesagt? Nichts?

»Ich denke mal, wenn du sie sonst nicht erreichst, rufst du am besten die Mutter in Grünstadt an.«

Ich war so blind gewesen. Mein Blick war wie festgenagelt an dem Muster des Teppichs, dass ich richtiggehend zusammenzuckte, als Sabrinas Stimme durch den Hörer in mein Ohr fuhr, wie ein Schnellzug einen Bahnhof passierte, in dem er nicht halten wollte.

»Ronnyyy!«, schrie sie. »Ich rede mit dir.«

»Was? … Wie? Ja, mein Gott, willst du mich umbringen? Schrei doch net so. Himmel, noch mal. Ich habe ihre beschissene Nummer net. Also, entweder du gibst sie mir, oder du rufst jetzt selbst an.«

Sabrina war einen Moment still. »Ich ruf an. Dich kann ja eh außer Iris keiner leiden«, sagte sie dann und war wieder die Alte.

»Das Gefühl musst du ja gut kennen«, sagte ich und grinste leicht, sogar mit dem Wissen, dass sie es nicht sehen konnte.

»Depp!«, fauchte sie. »Ich weiß nicht, was Iris an dir findet. Echt!«

Ich lachte, obwohl mir nicht danach zumute war.

»Sag mal, spielt das überhaupt eine Rolle? Wir müssen uns nicht mögen. Aber ich schreibe Iris nicht vor, sich nicht mehr mit dir zu treffen, oder? Also hör doch auf, mit so bescheuerter Ausdauer herumzurennen und zu versuchen, überall ein Feuer zu entfachen, wenn du keine Streichhölzer hast.«

Sabrina fauchte erneut wie ein Drache, dem man eben die entführte Prinzessin wieder abgenommen hatte. »Bist ganz schön frech für einen, der was will. Weißt du das?«

Ich zuckte mit den Schultern und gab der Geste die nötige Arroganz in meiner Stimme mit. »Ruf ihre Mutter an, und ich melde mich wieder. Wenn sie bei ihr ist, dann sag mir das. Okay?« Sie legte einfach auf.

An dem Abend erreichte ich Sabrina noch einmal, und sie sagte mir kurz und knapp, dass Iris bei ihrer Mutter war und vermutlich auch heute nicht mehr zurückkommen würde. Ich legte den Hörer langsam wieder zurück auf die Gabel und starrte zum Fenster hinaus. Ich war mir nicht sicher, ob ich nun, nachdem ich mit Sabbi gesprochen hatte, beruhigt sein sollte.

Plötzlich lag über uns ein eigenartig schlechtes Wetter. Ich wusste, dass wir nicht über alles miteinander sprechen konnten und daher auch immer wieder Briefe dazu verwendeten, die Dinge zu sagen, die uns so schwer über die Lippen kamen. Aber wir hatten uns über ihre Mutter unterhalten, und jetzt erkannte ich, wie oberflächlich das alles gewesen war. Warum hatte sie in der Sache kein Vertrauen zu mir? Warum nicht zu mir, aber zu Sabrina? Was erzählte ich denn Thomas, was ich ihr nicht sagte? Schweinische Witze - mehr fiel mir nicht ein.

Der Freitag verstrich und damit eine der besten Gelegenheiten. Der Samstag verstrich ebenfalls. Ohne Iris. Ohne ein Wort von ihr. Ich war in der Halle zum Tennis spielen mit meinem Bruder und meinem Vater. Ich las und lernte sogar Vokabeln. Mittags war Thomas bei mir, und wir spielten Karten. Der Tag verging so zäh und langsam, dass ich dachte, er würde nie enden.

Ich hatte immer wieder versucht, sie anzurufen, bis Oma mir überdeutlich klar machte, wenn ich noch mal anriefe, könne ich vor der Haustür vertrocknen. Sie würde mich nicht mehr ins Haus lassen. Ich glaube, sie verwendete sogar genau diese Worte. Thomas machte sich lustig und zog mich damit auf, dass ich wie ein Depp herumhockte. »Man meint grad, ich hätte dir die Eier abgeklemmt, Alter. Sitzt da wie so ein glubschäugiger Frosch.«

Keine Ahnung was der Vergleich bedeutete, aber ich fühlte mich wirklich seltsam.

Abends, nachdem mein Vater zu Bett gegangen war, schlich ich aus dem Haus und lief durch den scheißkalten Wind und den leichten Nieselregen zu ihrem Haus. Ich konnte in ihrem Stockwerk kein Licht brennen sehen. Also machte ich mich wieder auf, nach Hause in mein Bett.

Am Sonntag war ich natürlich früh wach. Nach dem Frühstück, das bei uns zu Hause eher einem Mittagessen entsprach, nicht wegen dem, was wir aßen, sondern wann wir das taten, lief ich zu Iris. Nach meinem gestrigen Telefonterror wagte ich es kaum zu klingeln, doch blieb mir keine Wahl, wenn ich zu ihr wollte. Oma machte fast sofort auf.

»Ronny?!« Sie sah mich eine Sekunde zu lange an.

»Ja, hallo Frau ...«, weiter kam ich nicht.

»Mach, und schaff dich ab! Gestern hast du 300 Mal angerufen, und heute kommst du gleich hierher, oder was? Mach, und geh nach Hause!«

Ich sah sie verwirrt an, doch sie schob mich von ihrem Fußabtreter die kleine Stufe hinunter. Später würde ich mich daran erinnern, dass sie seltsamerweise nicht mich angesehen, sondern an mir vorbei zu den Garagen geschaut hatte - als würde sie jeden Moment jemanden erwarten.

»Aber, ich ... ist Iris ...?«

Sie packte mich plötzlich an meiner Jacke und zog mich mit enormer Kraft zu sich herunter. Das war eine alte Frau, die im Garten einen Stock benötigte, um aus der Hocke zu kommen, aber sie hatte einen Griff wie der Rausschmeißer einer Disco. »Hör gut zu, Junge! Ich kann dich echt gut leiden, auch wenn du meiner Enkelin an die Wäsche willst, und glaube ja nicht, dass ich mir nicht denken kann, was das bedeutet, wenn es oben quietscht und klappert. Aber wenn du jetzt nicht *sofort* deine zwei Pobacken zusammenkneifst und hier verschwindest, schwöre ich dir, muss du warten, bis ich krepiert bin, wenn du Iris wiedersehen willst!«

Sie zog mich noch ein Stück zu sich, und nun war ich keine drei Zentimeter von dem alten, faltigen und böse dreinschauenden Gesicht entfernt.

»Hast du das begriffen?«, fragte sie mich und kniff die Augen dabei zusammen.

Das hatte ich zweifellos. Auch wenn ich im Moment nur Bahnhof verstand, mir keine Erklärung geben konnte und warum die eigentlich so friedliche Dame, so schnell Haare auf ihre Zähne bekommen hatte, die man inzwischen kämmen konnte.

»Klar«, sagte ich schnell, nickte, als gäbe das meiner Antwort mehr Kraft. Ich drehte mich um und floh. Zehn Minuten später war ich wieder zu Hause. Ich hockte in meinem Zimmer, glotze aus dem Fenster und dachte nach.

Heute weiß ich natürlich, was damals passiert ist oder in den nächsten Minuten hätte passieren können. Ich glaube, Oma war immer auf unserer Seite. Und so hat sie mir nur sehr deutlich gemacht, dass ich zu dem Zeitpunkt alles hätte kaputtmachen können. Ich denke, sie hatte recht damit. Und heute weiß ich, ohne ihr ganz geheimes Treiben, das manchmal wie eine unsichtbare Kraft Dinge ins rechte Licht rückte oder in der sie unerklärlicherweise das Richtige tat, wäre ich mit Iris nicht so lange zusammengeblieben. Sie hatte den Überblick … und die Trillerpfeife.

Nun der Sonntag, um es einfach zu sagen, war im Arsch. Ich lümmelte in meinem Zimmer herum, hörte Musik und lernte schon wieder für die Schule. Irgendwie hatte meine Mutter recht. Iris hielt mich aus der Ferne davon ab, dass mir langweilig war, und ich arbeitete daher aus reiner Langeweile etwas für die Schule. Ich traute mich nicht, bei ihr anzurufen. Ich traute mich auch nicht, bci Sabrina nachzufragen, ob sie etwas wusste, mir etwas erzählen konnte. Ich stand in einem Niemandsland, ein Haufen Fragen um mich herum, eine ganze Reihe Antworten, die ich nicht wirklich zuordnen konnte.

Ich weiß nicht mehr, was genau ich dachte, aber mir gingen wirre Bilder einer Mutter durch den Kopf, die besoffen ihrer Tochter eine Schelte verpasste – die sie anschrie. Ich sah wirklich, dass sie ihr verbot, mich zu sehen. Aber das machte mir keine richtige Angst. Es war nur so, dass ich dabei an Iris' Worte denken musste, als sie mit mir einen Reiterhof eröffnen wollte. Ich glaube heute, ich hätte es wirklich versucht, mit ihr durchzubrennen, wenn ihre Mutter uns verboten hätte, uns zu sehen.

Ich versuchte, mir ein Bild von der Frau zu machen. Ich versuchte, Omas Verhalten zu deuten oder in das Bild zu rücken. Aber es gelang mir nicht. Nun ja, am nächsten Tag in der Schule würde ich sie sehen, und einen Bus später mit ihr nach Eisenberg fahren.

So schlief ich trotz allem später recht gut ein – mit dem Wissen, alles würde schon irgendwie gut werden. Irgendwie gäbe sicher für alles schon eine gute, logische Erklärung. Eine, mit der ich leben konnte oder wollte.

Aber es gab keine Erklärung. Iris war am Montag nicht in der Schule, ging nicht ans Telefon, und ich traute mich nicht, zu Oma zu gehen. Ich fragte Sabrina. Eines der wenigen Gelegenheiten, bei denen Sabrina und ich wie Menschen sprachen und uns gemeinsam Sorgen machten. Aber auch sie wusste nicht mehr.

Iris war krankgemeldet und musste demnach zu Hause sein. Sabrina wollte sie am Mittag besuchen. Aber als ich später mit ihr telefonierte, erfuhr ich, dass ihr keiner die Tür geöffnet hatte.

Auch dienstags war keine Iris in der Schule. Ich begann allmählich, verrückt zu werden. Wenn ich mich schon nicht zu konzentrieren wusste, war ich als besorgter Freund eine wahre Katastrophe, der man nur aus dem Weg gehen konnte. Dienstags hatte ich damals Klavierunterricht. An diesem Tag hätte unsere Katze besser Klavier gespielte, würde sie über die Tasten huschen. Meiner Mutter gab ich motzige Antworten, meinen Bruder ließ ich fast die Kellertreppe hinunterfallen, und das einzige Bild, das ich zeichnen konnte, waren konzentrische Kreise auf einem Blatt Papier. Ich machte mir Sorgen.

Mittwochs lief ich nicht zu Iris' Bushaltestelle, und Thomas nutzte die Chance, mich etwas abzulenken. Er schaffte es gut, ein Paralleluniversum zu erschaffen, das uns wenigstens für die kurze Zeit im Bus von der realen Welt entlockte.

Iris war auch an diesem Tag nicht in der Schule gewesen. Ich ließ mir das von Sabrina bestätigen, die ich mittags an der Imbissbude am Marktplatz traf. Schon nach drei Minuten fand Thomas 20 neue kombinierte Adjektive für Sabrina, die alle ihre Schönheit, ihre Intelligenz und überhaupt Frauen beschrieben. Keines von ihnen war positiv zu bewerten, und ich lachte zum ersten Mal seit Tagen.

Inzwischen machte ich mir eigentlich keine Sorgen mehr. Iris war bei ihrer Mutter, das konnte nicht schlecht sein. Dass sie es in den Tagen nicht geschafft hatte, sich bei mir auch nur einmal zu melden, da musste ich Thomas recht geben, das war schon reichlich seltsam.

Sabrina nahm mich zur Seite. »Iris ist heute wieder zu Hause. Ich habe mit der Oma gesprochen. Sie sagte, Iris und ihre Mutter waren ein paar Tage übers Wochenende weg gewesen. Urlaub, oder so.«

Ich sah sie entrüstet an.

»Urlaub?!«, fragte ich ungewollt laut.

Sabrina zuckte nur mit den Schultern. »Kann man glauben oder auch nicht. Jedenfalls hat Gutenberg heute erzählt, dass er für Iris eine Entschuldigung bis morgen hat. Also, dann ist sie wieder hier.« Sie ließ mich stehen, floh regelrecht, weil Thomas zu uns kam.

»Und was ist? Iris?«, fragte er wortkarg, kickte dabei gegen eine Dose auf dem Boden und schaute ihr leicht verwirrt hinterher.

»Kommt morgen wieder«, erwiderte ich, ohne zu wissen, wirklich zu wissen, was ich da sagte.

»Na, dann ist ja bald alles wieder im Lot, Alter.«

Ich war es nun, der Thomas hinterher schaute wie er dieser Dose. War es das? Alles im Lot? Ich erkannte plötzlich eine seltsame Angst in mir, Iris verloren zu haben. Irgendwie packte mich das Gefühl an der Gurgel und drohte mich zu ersticken. Ich holte tief Luft und ging wieder in die Schule.

Mittwochs wurde Thomas von der Schule abgeholt, und ich musste alleine mit dem Bus nach Hause fahren. Nachmittags waren nur wenige Schüler unterwegs. Mir blieb die ganze hintere Bank für mich alleine, und ich legte mich erschöpft auf den Rücken, um an die Decke zu starren – bis mir letztlich schlecht wurde.

Was war nur los gewesen? Urlaub? Iris würde dabei doch nie mitmachen. Was hatte das alles zu bedeuten? Eine Mutter als Alkoholikerin? Wie ging es mit uns weiter? Sollte ich ihr sagen, was ich wusste, was mir Sabrina erzählt hatte? Oder konnte ich das Thema unter den Tisch fallen lassen? Irgendwie wäre mir das deutlich lieber gewesen.

In Hettenleidelheim erhob ich mich von der Rückbank, als der Bus die verräterische Bodenwelle nahm, und ich wusste, wo wir waren. An der Bushaltestelle stand Iris. Ich hatte nur wenig Zeit, mich zu entscheiden. Der Wind wehte ihr die Haare ins Gesicht. Die Jacke war bis obenhin zugeknöpft, und die Buttons ließen sie wie einen General mit vielen Auszeichnungen aussehen. Der Schal war um den Hals gewickelt, und die Baskenmütze fehlte auch nicht. Dazu die braune Röhrenjeans, die Wildlederstiefel, in der ihre Beine verschwanden – das alles war Iris, war sie, war genau der schlampige Stil, den meine Mutter nicht an ihr mochte. Auch wenn sie inzwischen nicht gerade beste Freundinnen geworden waren, so sprachen sie ab und zu miteinander. Jeder der beiden respektierte den anderen, weil ich das Bindeglied dazwischen war.

Iris erkannte mich, und ihr Gesicht strahlte, wie von einem Scheinwerfer erhellt. Der Bus quietschte, als er bremste, die Türen zischten, und Iris erwarte mich an der

Vorderseite des Busses. Jedoch stieg ich demonstrativ und beleidigt die hintere Treppe hinab und stellte mich einen Augenblick lang nur ruhig hin, sortierte in aller Seelenruhe die Bänder meines Rucksackes und ignorierte sie vorerst. Ich konnte sie in meinem Augenwinkel sehen, konnte sehen, wie sie ungläubig zu mir schaute. Sie wusste nicht, was sie davon halten sollte, und das war gut so. Mich nun fast fünf Tage warten zu lassen, ohne einen einzigen Anruf und ohne einen Brief, blieb eine Frechheit. Jetzt, wo ich erkannte, dass es ihr gutging und sie vielleicht nur einen schönen Urlaub mit der Mutter genossen hatte, erzeugte es eine schwer definierbare Wut in mir.

Mein Rucksack war sortiert, die Bänder hingen über meiner Schulter, ich drehte mich zu ihr um. Der Bus verschwand mit dröhnendem Motor. Die anderen Fahrgäste waren ausgestiegen und verteilten sich in der Umgebung. Wir waren alleine. Ein oder zwei Minuten starrten wir uns an. Ich mit einer versteinerten Miene im Gesicht, sie mit offenem Unverständnis, das mich fast hätte zweifeln lassen. Dann setzte ich mich in Bewegung und kam zu ihr. An ihr vorbeizulaufen, dafür war ich nicht kaltblütig genug, aber viel hätte nicht gefehlt. Ich blieb direkt vor ihr stehen. Iris hatte sofort verstanden, dass es keine Umarmung geben würde. Auch ihre Hände verharrten in den Taschen. Sie wich meinem Blick aus.

»Hey«, sagte ich, und sie schaute zu mir.

»Ronny. Ich ... es tut mir leid. Ich meine, ich hatte ... das kam alles so plötzlich ...« Sie versuchte mir in die Augen zu sehen, aber das konnte sie offenbar nicht.

»Kein Anruf. Nicht mal einen Einzigen, Iris. Ich habe mir Sorgen gemacht«, sagte ich in ruhigem Tonfall, vollkommen unter Kontrolle. »Was war los? Und bitte sei so nett, und sag mir mal zur Abwechslung die Wahrheit. Zum Beispiel auch, was wirklich mit deinem Vater passiert ist. Iris!«

Iris riss den Kopf zu mir hoch. Eine so plötzliche Bewegung, so unerwartet, dass ich innerlich zusammenzuckte.

»Was soll das heißen?«, warf sie mir bissig an den Kopf. »Ich habe immer die Wahrheit gesagt.«

Ich grinste breit, aber hässlich. »Ja? Was ist dann mit deiner Mutter. Warum wirft mich deine Oma aus dem Haus? Und dein Vater?«

»Hä?«

»Was ist hier los, Iris?«

Ihr Gesicht verwandelte sich in eine seltsame Maske aus Abschottung und Trauer - als habe sie eben erfahren, dass sie stark sein musste. »Was soll mit meiner Mutter sein? Und was geht dich mein Vater an?«

»Ich hab mit Sabrina gesprochen. Ohne die würde ich nicht mal wissen, dass du bei deiner Mutter warst. Iris, bin ich es nicht wert, die ganze Geschichte zu kennen? Bekomme ich nur die leckeren Sachen? Wir sind Freunde, wir teilen unser Leben miteinander, ist es da nicht nur recht, alles zu erfahren?«

Ich nahm sie vorsichtig am Arm, aber sie zuckte wie vom Feuer verbrannt zurück und legte schnell eine Hand darauf. Wortlos drehte sie sich um und rannte weg.

Das traf mich so plötzlich, dass ich ihr einige Sekunden hinterher sah, bis ich verstand, dass dort meine große Liebe rannte – nur in die falsche Richtung. Also hechtete ich ihr nach. Ich hatte sie schnell eingeholt und auch dreimal ihren Namen gerufen. Wir waren auf der Höhe einer Treppe, die zu einer Bank führte. Ich wollte sie wieder am Arm festhalten, doch als ich sie berührte, wirbelte sie wieder zurück, und eine Ohrfeige klatschte mir quer über die Wange, dass ich den Knall noch Stunden später wie ein Pfeifen im Ohr trug.

»Du! Du! Immer nur Du! Ein Recht es zu erfahren? Du hast ein Recht, danach zu fragen! Aber alles, was du im Kopf hast, ist Küsschen hier und da. Frag mich doch mal was, Ronny! Los! Frag mich mal, was mir so durch den Kopf geht! Ich weiß alles über dich, weil ich danach gefragt hab, und du erwartest nun, dass ich dir mein Leben auf einem Silberteller präsentiere, vorsortiert und in passende Häppchen aufgeteilt«, schrie sie mich plötzlich an. Deutlich leiser und mit einem durchbohrenden Blick in meine Augen, eine Hand am Arm, fuhr sie fort. »Du hast kein Recht auf mein Leben, Ronny. Keiner hat das. Keiner. Hörst du?« Sie presste die letzten Worte zwischen ihren Lippen hindurch, fast zischend.

Ich sah mich einer Iris gegenüberstehen, die ich nicht kannte, die ich niemals hatte kennen wollen. Ich war völlig vor den Kopf gestoßen.

Unfähig etwas zu sagen, sah ich ihr tatenlos zu, wie sie sich von mir abwandte und weiter in Richtung ihres Hauses ging. Ich folgte ihr dieses Mal nicht. Keinen Meter, keinen einzigen Schritt. Stattdessen blickte ich ihr hinterher, sah sie in die kleine Gasse abbiegen, ohne sich nochmals umzudrehen und schließlich verschwand sie vollends.

Ein nasser Novemberwind, kalt und unfreundlich, zog mir in die Knochen. Weit über mir ballten sich dunkle Wolken zu einem düsteren Himmel zusammen, der mehr Regen versprach. Ich erkannte zum ersten Mal, dass sich solche Wolken auch an einem ganz anderen Himmel bilden konnten.

Was hatte ich nur falsch gemacht? Und ich war es, der hier etwas falsch gemacht hatte. Klar, mein Verhalten war überzogen gewesen. Ich hätte sie einfach nur in den Arm nehmen sollen, ich Idiot. In der Hinsicht behielt Iris recht. Später sagte sie mir das einmal. Ich war manchmal einfach nur ein Idiot. In den Arm nehmen, wortlos drücken und keine Fragen stellen. Keine Fragen, keine Probleme - so einfach war das.

Auf dem Weg nach Hause pochte und dampfte meine Wange, so fest hatte sie mich getroffen. Ich ließ den Tag ausklingen und versuchte fernzusehen. Meinen Eltern gegenüber blieb ich wortkarg. Die ganze Zeit dachte ich nach. Etwas an der ganzen Sache störte mich gewaltig.

Sie war zu mir gekommen und wollte es mir erklären, und ich Idiot hatte so bescheuert reagiert. Hinter der Angelegenheit dieser Szene lauerte eine Sache, die ich nicht verstand, und das war es, was mir keine Ruhe lassen wollte.

›Nun, wenn sie zu mir kam, kann ich auch zu ihr kommen.‹

Mein Vater blieb an dem Abend bis 22 Uhr auf dem Klo, las seine Zeitung, dann löschte er das Licht und ging ins Bett. Ich schlich mich aus meinem Zimmer, durch den Keller, zur Hintertür hinaus. Wenig später erreichte ich das Haus Iris' Großeltern.

Um diese Zeit lag das Dorf wie ausgestorben in den Straßen. Die Idee zu meinem Vorhaben war mir vor ein paar Tagen schon gekommen, als ich für meinen Vater in einem Haus in der Nähe den Auftrag bekam, nach einem Fernseher zu sehen und somit in den kleinen Innenhof schauen konnte. Dort oben unter dem First befand sich Iris' Zimmer. Vor dem Fenster begann ein kleines Vordach eines anderen Hauses. Man hätte gerade noch darauf stehen und sich festhalten können.

Ich wusste, sie würde dort oben sein, auch wenn ich von der Straße keinen Einblick auf ihr Fenster hatte. Ich schaute mich also kurz um, einmal die Straße hinauf und hinunter, und rannte auf die Garage zu. Mit einem Satz war ich an der Mauer hochgesprungen, packte die Dachkante, klatschte unsanft gegen die Mauer und stöhnte laut. Aber ich konnte mich festhalten und zog mich mit den Füßen, scharrend wie ein Hund, die Mauer hoch. Oben lief ich geduckt zu dem Blechschuppen hinter der Garage und kletterte auf dessen Dach.

Ich war immer ein guter Kletterer gewesen. Schon mein heutiger Beruf verlangt es, auf Dächern unterwegs zu sein. Und auch damals half ich meinem Vater bei genau demselben Beruf - Antennen zu bauen. Dies brachte mir viel Erfahrung ein. Natürlich führe ich das heute ausschließlich tagsüber aus, und so war es ein Risiko, nachts auf einem Dach entlangzulaufen.

Von der Blechhütte aus erreichte ich das Dach des alten Hühnerstalls, das sehr brüchig war. Ich hörte das Holz unter mir knarren. Ich hätte dort einbrechen können und neben dem Krach, der alle Nachbarn alarmiert hätte, auch noch unangenehme Erklärungen abgeben müssen - abgesehen davon, dass ich mich schwer hätte verletzten können. Am Ende dieses Daches musste ich einen kleinen Vorsprung erklimmen, der mir richtigen Halt bot. Ich musste bis an den Überhang kommen, mich dort flach hinlegen und mich an den Kanten der Ziegel hochziehen, bis ich wieder stehen konnte. Ich schaffte es, erreichte den Giebel und schlich die übrigen zehn bis fünfzehn Meter vorsichtig weiter. So erreichte ich das Ende des Haupthauses und rutsche langsam hinunter, um auf das Dach eines Nachbargebäudes zu klettern. Das steile Ding war mit Moos bedeckt und gerade im November glatt und feucht wie Eis. Einmal den Halt verloren, wäre ich gnadenlos und ohne zu bremsen hinunter gerutscht, um dann auf die Betonplatten eines Innenhofes, sieben Meter tiefer, zu klatschen. Aber ich erreichte auch hier den Dachfirst, rutschte auf die andere Seite, glitt dort bis zum hinteren Ende des Haupthauses, fing mich mit einem Griff an dem kleinen Dach vor Iris' Fenster ab und kletterte hinüber. Endlich klopfte ich an ihr Fenster.

Ich konnte nur zu ihr hoch klettern, runter wäre ich nie über den gleichen Weg gekommen, weil ich mindestens auf das Dach eines Hühnerstalls hätte springen müssen. Dabei wäre ich unweigerlich eingebrochen, hätte das halbe Dorf geweckt, um mich später einer Oma gegenüberzusehen, die mir für immer verbot, mit Iris zusammen zu sein. Ich klopfte erneut an das Fenster.

Da hockte ich auf einem kleinen Dach, krallte mich an ein Fensterbrett, um nicht in den Innenhof zu fallen. Über mir ein nasskalter Novemberhimmel. Um mich herum nur Dunkelheit. Ich war aufgewühlt, verwirrt, angespannt und was weiß ich noch alles. Ich hielt mich für einen Volltrottel.

Wie dumm - verliebt - musste man sein, sich in so eine Lage zu bringen?

Ich klopfte etwas fester an das Fenster. Aber es flammte keine Lampe auf, und kein Mädchen sah mich durch das Glas an. Es blieb alles still. Vielleicht sollte ich doch wieder hinuntersteigen? Ich konnte es versuchen, ich konnte Glück haben und es überleben. Warum hier warten und sich zum Deppen machen? Was, wenn plötzlich einer der anderen im Haus mich hörte? Der Nachbar nebenan – es gab eine Art Balkon im Innenhof. Was, wenn die Polizei gerufen wurde, die Feuerwehr mich mit einer Leiter retten musste? Ich sah schon Hubschrauber über mir kreisen? Weiter unten die Oma im kreisenden Schein der Blaulichter, vielleicht noch mit dem Nudelholz, welches sie wartend und wütend in die offene Hand fallen ließ.

Trotzdem klopfte ich noch mal. Diesmal fester und öfter. Plötzlich sprang die Nachttischlampe an Iris' Bett an. Sie erschien am Fenster und zog den Vorhang beiseite. Als sie mich erblickte, sie erkannte mich nicht sofort, prallte sie zurück. Ihr Gesicht wirkte auf mich wie das einer Toten. Bleich und mit weit aufgerissenen Pupillen, als habe sie dem Sensenmann persönlich in die Augen gesehen. Aber sie erkannte mich schließlich, der Gesichtsausdruck verwandelte sich in eine Mischung aus Erstaunen, Entsetzten und wilder Erkenntnis darüber, wo ich tatsächlich saß. Iris öffnete das Fenster. Ich kletterte erleichtert ins Zimmer und schloss es schnell hinter mir.

»Ronny!?«, flüsterte sie.

Erst wollte sie einen Schritt zu mir kommen, doch ich hob schnell eine Hand und bat sie wortlos stehen zu bleiben. Meine Hände waren fast schwarz von dem Dreck der Dächer. Ich bemerkte, dass sie an kleinen Stellen bluteten. Meine Hüfte hatte ich aufgeschrammt, meine Kleidung war verdreckt vom Moos, und ich war nass, fast bis auf die Knochen. Ich wirkte, wie im Schlamm gewälzt, mariniert mit Dreck. Doch es half nichts. Ich war auf einer Mission, und die wollte zu Ende geführt werden.

»Iris«, sagte ich leicht zitternd vor Kälte, »ich liebe dich. Und ich will verdammt sein, wenn das nicht ausreicht, um eine Erklärung für das Ganze zu bekommen. Ich habe mir Sorgen gemacht, Iris. Verdammte Sorgen.«

Ich wollte sie in den Arm nehmen, sie berühren. Aber im meinem momentanen Zustand wäre ihr Nachthemd in abartige Batikkunst verwandelt worden. Also blieb ich stehen.

»Ich liebe dich, und ich will ein Teil deines Lebens sein.« Ich keuchte. »Ich liebe dich, weil du ein so verdammt außergewöhnliches Mädchen bist. Ich liebe dich, weil du so schrecklich schön bist. Ich liebe dich, weil du für mich etwas Besonderes bist. Ich liebe dich nicht nur, weil ich mit dir schlafen will oder zärtlich mit dir bin. Ich liebe dich, weil du so voller Leben bist. Ich liebe dich, weil du Tiere magst, weil du dir um unsere Umwelt Sorgen machst. Ich liebe dich auch, weil du noch Träume hast. Ich liebe dich aber vor allem, über allem, weil du mich liebst.« Die letzten Worte presste ich mit Reserveluft heraus.

»Ronny.« Sie hatte den Handrücken über den Mund gepresst und sah mich mit ihren bernsteinfarbenen Augen an, die sich langsam mit Wasser füllten. Sie wollte zu mir kommen, doch ich deutete wieder mit der Hand, dass sie stehen bleiben sollte.

»Ich hab einen Fehler gemacht. Okay!« Einen Moment suchte ich nach Worten. »Ich war sauer, und ich habe wahrscheinlich die Ohrfeige verdient. Aber jetzt stehe ich hier und entschuldige mich. Ich hätte mehr über dich erfragen sollen. Auch okay! Und das tut mir leid.« Ihr kullerten Tränen die Wangen hinab, und auch mir wurde das Herz schwerer. »Du hast recht. Ich bin ein Idiot. Aber der Idiot ist eben über vier beschissene Dächer geklettert, steht hier voller Dreck vor dir. Ich habe wahrscheinlich tausend Schürfwunden, bin versaut von oben bis unten. Schickst du mich jetzt wieder da raus, stürze ich mich zu Tode. Also, verzeih mir gefälligst, nenn mich einen Deppen oder was auch immer, und verflucht noch mal, gib mir endlich einen Kuss, und lass es uns einfach vergessen.«

Einen Augenblick lang sah sie mich nur an und weinte leise. Ich versuchte zu grinsen, so als entwaffne das die Situation. Aber stattdessen verhinderte ich, selbst zu heulen.

Iris kam zu mir. Sie gab mir den Kuss, den ich verlangt hatte. Dabei legte sie beide Hände vorsichtig an meine Wangen und zog mich zu sich herunter. Als sie mich wieder ansah, lachte sie fast. »Ich liebe dich auch - und ja, du bist ein Idiot. Und jetzt zieh dich gefälligst aus, denn so kommst du nicht in mein Bett!«

Ich grinste. Natürlich hatte ich damit gerechnet, hier bleiben zu dürfen, aber wie das so ist, wenn man etwas erwartet: Ein kleiner Zweifel bleibt bestehen.

Später lag sie in meinen Armen. Wortlos sahen wir an die Decke, streichelten uns. Dann begann sie zu erzählen, erzählte mir alles über ihre Mutter, den Unfall ihres richtigen Vaters, ihren Stiefvater und was dieses Wochenende passiert war. Ich löste mich von ihr und zog ihr das Nachthemd über den Kopf. Ganz vorsichtig strich ich über die blauen Flecken am Bauch, der Brust und an ihrem Arm. Ich küsste die Stellen, so als könnte das die Flecken verschwinden lassen.

Wir liebten uns, wir schliefen aber nicht miteinander. Aber es war schön so, barg etwas Besonderes in sich, fühlte sich irgendwie anders an, besser.

Um fünf Uhr früh sprang ich vom Balkon im ersten Stock. Die zwei Meter stellten keine gefährliche Höhe dar, trotz Iris' Angst, ich würde mir dabei etwas brechen. Doch mir blieb keine Wahl. An Omas Schlafzimmer vorbei zur Haustür zu kommen, war schlicht unmöglich, besaß die Frau doch den Schlaf einer Katze. Ein Ton und sie wäre glockenhell wach gewesen, und ich hätte ihre Krallen in meinen Waden zu spüren bekommen. Das und noch etwas mehr vermutlich. Ich versicherte Iris - mir im Übrigen auch

- dass ich das schaffen würde. Sie stand oben und sah mir hinterher. Ich fing den von ihr mir zugeworfenen Kuss gespielt auf und steckte ihn ein. Dann verschwand sie im Haus. Ich weiß noch, dass damals der Morgen schon graute. Keine richtige Dämmerung, die brauchte noch fast zwei Stunden. Nur ein Himmel, der sich ein wenig von der restlichen Nacht abhob. Und ich konnte sehen, dass die Wolken sich verzogen hatten. Ein neuer und besserer Morgen brach an.

Über Iris und mir waren zum ersten Mal dunkle Wolken entstanden, die vorerst wieder verschwunden waren. Auf gutes Wetter folgt Schlechtes und umgekehrt.

Dieser Wechsel definierte die nächsten Monate unsere seltsame und wundervolle Verbindung.

Hey!

Heute schreibe ich mal wieder. Hab ich schon lange nicht mehr gemacht.

Warum bloß? Ach ja, ich weiß es. Hab einfach weniger Zeit. Rocky nimmt mich voll in Beschlag. Gestern war der Tierarzt da. Mann, was ein Arsch. Ich glaube, der bekommt sein Geld fürs Scheiße labern, … aber echt, Du. Erst hat er doch die Koppel nicht gefunden. Weil das ja auch so schwer ist. Manfred war noch nicht da, und ich war alleine. Da macht der mich an, ich würde die Bandagen falsch binden! Hallo! Spinnt der? Ich mach das doch lange genug, oder? Jedenfalls rennt er um Rocky und macht so eine Hektik, dass Rocky unruhig wird. Ich will ihm helfen, aber nee, der Typ schiebt mich weg. Gott sei Dank ist Manfred dann wiedergekommen.

Hey, hab ich Dir eigentlich schon geschrieben, dass ich dich wahnsinnig, so wahnsinnig, so verrückt liebe. Mein kleines Ronnylein. Ups, nicht falsch verstehen. Ich meine natürlich Dich und nicht Deinen ›kleinen‹ Freund. Hihi, jetzt hab ich's schon wieder gesagt. Nein, keine Sorge, wenn er in Form ist, ist er groß genug. Ich bekomme manchmal Angst. Mist, jetzt red ich wieder darüber.

Ich muss drei Tage mit meiner Mutter zu einer Tante. Freitag bis Sonntag. Aber das weißt Du ja, und Du weißt, dass ich es nicht will. Aber sie hat versprochen, ›normal‹ zu bleiben. Holst Du mich, wenn es schief läuft? Sie wohnt jedoch in Karlsruhe. Ich kotze jetzt schon. Ich muss Manfred noch sagen, dass ich mich nicht um Rocky kümmern kann. Jetzt sagt er auch schon Rocky. Hab ihn bald soweit.

Du, in der Schule, da gibt es so einen Deppen, der nicht versteht, dass ich nix von ihm will. Ist das ein Arsch. Ehrlich. Heute ist der an der Bushalte wieder zu mir gekommen. Ich konnte da noch flüchten, und hab mich zu den ollen Mädels gestellt und so getan, als würde ich mich mit denen unterhalten. Aber glaubst Du, der hätte aufgehört? Er stellt sich neben mich und meint: »Hey, unn wie?«

Der ist so bescheuert. Sieht auch voll komisch aus und so. Ich meine, gegen Pickel kann man ja was machen, aber bei ihm siehst man den Eiter. Und im Bus setzt er sich hinter mich, und plötzlich fummelt der Arsch an meinen Haaren rum. Ich sag Dir, ich bin ausgerastet.

Warum kannst Du nicht immer mit mir fahren? Dann wäre ich den Typen los.

Ronny, Ronny, ich liebe Dich soooooo. Du bist der Beste.

Gestern hab ich geschrien, oder? Ist mir voll peinlich. Und hör mir genau zu. Ich mag das so. Manchmal ist fester gar nicht so schlecht.

So, ich geh jetzt mal duschen … da bin ich wieder … bei Dir ist das nur ein Moment. Ich musste mich jedoch ausziehen, duschen, abtrocknen und die blöden Haare trocknen, wieder anziehen, Tee machen, und erst dann bin ich wieder hier. Aber egal. Jetzt bin ich wieder sauber.

Ich liebe Dich. Ich liebe Dich. Ich liebe Dich. Ich liebe Dich.

Sag mal, wir wollten doch mal, Du weißt schon. Ich freu mich drauf, so irgendwie. Aber ich hab auch Angst. Du hast übrigens recht, ich glaube, mein Jungfernhäutchen ist am Arsch. Huch, 'ne du Depp, nicht das, was du denkst. Wie auch immer. Dann tut es nicht mehr weh, oder?

»Ronny, Ronny, ist mein liebstes Pony, zu Dir will ich in die Arme schreiten, Dich werde ich mal reiten.« - Ich bin so versaut. Kommt alles von Dir, Du Böser!

Ich liebe Dich so verdammt, dass es manchmal wehtut. Guck bloß nicht nach anderen, hörst Du. Das würd mich umbringen. Nein, aber wenn Du mich mal betrügst, sag es mir unbedingt. Ich werd zwar sauer sein, aber ich werde Dir wahrscheinlich vergeben. Hey, Du, das war kein Freibrief ... also, untersteh Dich.

Sabrina und Du, ihr versteht euch besser, oder wie? Sie flippt nicht mehr so arg aus, wenn ich von Dir anfange. Hat ihr wohl gefallen, wie Du Dir Sorgen gemacht hast und wie Du es immer noch machst.

Ich wäre jetzt so gerne bei Dir, in Deinen starken Armen. Du hast einen schönen Körper, da ist nix mit Deinem Bauch. Männer ohne Bauch haben ein Loch, und das ist schrecklich. Also, hör auf zu jammern!

Hey, neulich, das war sooooo toll. Du hast mir zugehört, echt, ich glaube, das erste Mal richtig. Ich fasse immer mehr Vertrauen zu Dir. Das ist gut, oder? Denke schon. Und Deine Tipps, ich denk mal drüber nach, ehrlich.

So, ich geh jetzt ins Bett.

Und ich freue mich wirklich, mit Dir zu schlafen. Aber lass uns das nicht spontan machen. Ich will, dass es etwas Besonderes wird. Ich liebe Dich so.

Deine Iris ...

P.S.: Bleib mir treu in dem Landschulheim ... wehe Dir! Ich habe Dein Bild nun neben mir am Bett, wenn ich schlafen gehe. Ich liebe Dich. Love. Love. Ich höre mir ›Die Freundschaft‹ an, wenn ich im Bett bin - Du spielst so herrlich.

Klavierspiel

Zart, unheimlich, so wunderbar, es klingt,
Das Lied, das um Deine Liebe ringt.
Meine Finger finden die Tasten blind,
Weil seine Noten in mir - für Dich - geschrieben sind …

ICH BIN IN MEINEM ELTERNHAUS und laufe einfach nur so durch die Zimmer. Meine Mutter ist im Garten. Ich kann sie aber nicht sehen. Früher konnte man von der Terrasse aus in den Garten schauen. Mein Vater baute im Laufe der Zeit alles mit Holz zu, und heute wuchert über allem der immergrüne Efeu. So alleine zu sein, tut mir gut, glaube ich wenigstens. Meine Mutter macht sich Sorgen. Sie sieht mich nun seit Tagen hier sitzen und schreiben. Vermutlich sehe ich nicht glücklich dabei aus.

Ich bin in meinem alten Zimmer gewesen, doch dort ist nichts mehr von mir. Es ist unpersönlich, leer gefegt. Ich habe die Werkstatt meines Vaters betreten. Dort habe ich eine Weile gesessen. Aber auch hier hat etwas gefehlt. Es hat sich irgendwie einsam angefühlt. Nein, es gibt in dem Haus nur eine Stelle, an der ich mich wiedererkennen kann, wenn ich meine Augen schließe.

Dort sitze ich nun und sehe aus dem Fenster. Nach einer Weile kommt eine Frau mit ihrem Kinderwagen vorbei. Der Kleine steht auf einem Rollbrett hinter dem Wagen und freut sich. Ich würde gerne wissen, worüber er sich amüsiert. Einen Moment bin ich kurz davor aufzustehen, will hinausgehen und ihn genau das fragen. Aber eigentlich habe ich Angst vor seiner Antwort. Es wird wahrscheinlich etwas Banales sein, etwas, das ich heute nicht mehr verstehen würde, weil ich zu wenig Kind bin und zu viel erleben musste, durfte, wollte. Ich weiß es nicht. Also bleibe ich sitzen.

Ich bleibe auf dem Klavierhocker sitzen. Seltsames Möbelstück. Es ist so alt, wie das Klavier vor dem es steht. Wenn wir Feste gefeiert hatten und uns ein Stuhl fehlte, saß ich immer auf ihm. An Weihnachten mit meiner Mutter, um vierhändig zu spielen, und mit Iris nahm ich auch hier Platz.

Nach einer Weile klappe ich den Deckel des Klaviers hoch, lehne ihn vorsichtig an. Der Notenhalter schnappt geräuschvoll herunter. Er ist abgewetzt, der Filz ist ab. Doch das Klavier selbst sieht noch aus wie zu den ersten Tagen, an denen ich darauf spielen gelernt hatte. Ich fahre mit einem Finger die Tasten ab, ganz langsam, ohne sie dabei herunterzudrücken. Ich will absolute Ruhe haben.

Nach einer Weile spüre ich diese Ruhe. Nicht nur im Zimmer, in dem ein Tisch steht, auf dem sich Blätter von beschriebenem Papier stapeln, auf denen wiederum meine Vergangenheit zerlegt wird, sondern auch in mir. Ich muss loslassen. Auch wenn ich das nur für einen Moment tun kann.

Ich lege meinen Daumen auf das C in der Mitte und schlage es an. Dabei drücke ich das Pedal, um den Ton zu verlängern und ihn hallen zu lassen. Ich spiele CEG, CEG, CEG und höre mir den einfachen Akkord immer wieder an. Fast alle meine selbst komponierten Lieder sind in C-Dur geschrieben. Eine Tonart, in der man traurige Lieder spielen und doch lockere Passagen einbauen kann. Moll klingt schwer und fast immer traurig.

CEG, CEG, CEG, dann CFA, CFA, CFA, dann das H unter dem C und EG, immer wieder wie im Lauf über die Tasten. Diese drei Akkorde zeigte mir damals meine Mutter, und sie begleiten mich seitdem am Klavier, wenn ich etwas erfinde, mir versuche, meine Musik aus den Fingern zu holen, um sie in die Tasten fließen zu lassen.

Ich spiele mit der linken Hand. Dann begleite ich die ersten sanften Töne mit der rechten Hand, passend dazu. Links spiele ich immer diese drei Akkorde, nehme noch ACE dazu, jeweils dreimal hintereinander, nicht direkt angeschlagen, sondern nacheinander, CED, ACE, FAC, GHD und wieder von vorne. Links spiele ich immer wieder die gleiche Reihenfolge. Aber rechts setzt die Melodie ein. Erst trippelt sie vor sich hin, als suche sie noch, wie sie sich hier und da anhört. Doch dann wiederholt auch sie sich, wird lauter, wird schneller. Immer wieder wiederhole ich das Thema, weiche ab, in dem ich die Nuancen verändere, fester spiele und dabei schneller werde und dann wieder leiser, wieder langsamer. Selbst nach so vielen Jahren fällt mir jede einzelne Note wieder mühelos ein. Jede der Variationen, in die ich damals das Thema immer wieder verwandelte. Ich rutsche schnell eine Oktave höher und spiele lauter. Ich halte die Augen geschlossen und wippe mit dem linken Fuß den Rhythmus mit. Langsam sinke ich mit dem Kopf hinunter und höre mir selbst beim Spielen zu. Ich höre, wie ich die leisen Töne anspiele, und lausche der eigenen Melodie. Ich kann fühlen, wie die Noten aus meinem Kopf in den Arm herunterfallen, und meine Hand sie auf die Tasten schleudert eine nach der anderen. Das passiert von alleine, so als spielte meine Erinnerung, der Schmerz, der mich steuert, diese Bilder, die drohen mich zu vergewaltigen, nur um mich niederzumachen und mir zu sagen, was ich hinter mir lassen muss.

Ich schlage die Tasten und dresche mit der linken Hand ganze Akkorde auf einmal an, ich bin zu schnell und werde brutaler. Mein Kopf ruckt im Takt der Akkorde nach vorne, die ich nun wie Stempel versuche, in das Klavier zu hämmern. Rechts fliegen meine Finger über die weißen Tasten. Ich sehe sie kaum, kann blind spielen, weil ich diese Melodie so verdammt gut kenne. Jeden dieser Töne hole ich mühelos hervor. Mit dem Wissen, dass mir jeder Einzelne wehtun wird. Mit jedem Ton kommt eine Erinnerung wieder. Ich sehe Iris neben mir sitzen, sehe, wie sie mir mit großen Augen zusieht, wie sie mich anhimmelt.

Ich muss aufhören, doch ich kann nicht. Ich kann einfach nicht.

Schon als ich Iris die Kassetten geschickt hatte, damals noch in den ersten beiden Wochen, war sie begeistert von meinem Klavierspiel. Heute weiß ich, dass ich nur mäßig spielen kann, es mir immer noch schwerfällt nach Noten zu spielen und ich keinerlei Fingerakrobatik beherrsche. Ich konnte ›Yesterday‹ spielen, Richard Kleidermanns ›Ballade pour Adeline‹ und noch zwei oder drei andere Stücke, deren Titel mir nicht mehr einfallen wollen. Alles, was ich gerne spielte, lernte ich fast automatisch auswendig. So musste ich kaum Noten lesen können, um das Stück zu üben.

Ich weiß nicht, was daran faszinierte, wenn ich am Klavier saß. Ich erinnere mich an eine Freundin, die mich auf einen dieser langweiligen Geburtstage schleppte, bei denen man beim Kaffee zusammensaß und sich ewig bekannte Anekdoten erzählten. Ich war fremd in der Familie, kannte keinen der Anwesenden, bis auf meine Freundin. Mir wurde langweilig. Die Gastgeber waren schnöde Neureiche mit einem gigantischen Haus, in dem es ein kleines Klavierzimmer gab. Meine Freundin bat mich, für sie eines meiner selbst komponierten Stücke zu spielen, und ich tat es. Binnen weniger Minuten füllte sich das Zimmer mit den Kindern der Gäste. Sie standen um mich herum, staunten, lauschten meinem Spiel. Ein kleiner Junge fragte mich, wie man komponiert, und ich zeigte ihm und auch all den anderen, wie man aus Variationen der Melodie eine Liedvielfalt erstellen konnte.

Die Familie meiner Freundin, nicht begeistert davon, dass ich nur ein einfacher Techniker war, hatten sie sich für ihre Tochter, Enkelin oder Cousine doch eher einen Akademiker gewünscht, verharrte an der Tür. Allesamt in neidischer Bewunderung. Ich weiß, das ist eins der schlimmsten Klischees, die es geben kann. Doch es gibt nun mal Menschen, die danach leben.

Am Ende waren sie alle im Klavierzimmer versammelt. 20 und mehr Leute, die mich nicht kannten, die mir zuhörten und die am Schluss applaudierten. Ich war immer noch der simple Techniker. Aber ich wuchs in den Augen der Menschen um einen Meter. Meine Freundin strahlte und war stolz, und ich genoss in einer seltsamen Art den unsichtbaren Scheinwerferkegel auf mir.

Das war vielleicht genau das, was auch Iris faszinierte. Ich konnte einem Instrument eine schöne Melodie entlocken, den Raum mit Musik füllen. Obwohl ich nicht gut spielte, dafür mit Herz und Liebe zur Musik.

An einem Samstagmittag, wir waren bei mir zu Hause alleine, stand Iris hinter mir, legte ihre Hände auf meine Schultern, als ich spielte. Ich endete mit meiner Interpretation von ›Yesterday‹. Iris bückte sich zu mir herunter und gab mir einen Kuss auf die Wange.

»Das war toll!«, lobte sie und drückte mich dabei.

»Setzt dich!«, bat ich sie.

»Warum?«, wollte sie wissen.

»Ich habe dir ... na ja, eher ... uns etwas komponiert. Aber flipp nicht gleich aus, ist nix Besonderes.«

Sie grinste so breit, dass ich lachen musste.

»Echt?«, und ihre Stimme klang so frech, offen und erwartungsvoll.

»Ja, so was wie ein Lied, oder so. Was weiß ich.« Ich fühlte mich verlegen, denn auf einmal kam mir die Melodie nicht mehr so gut vor. Ich war mir sicher, sie würde scheitern, versagen und untergehen.

»Spiel es. Bitte!« Sie rückte mit dem Stuhl näher zu mir. Ihr Blick glich dem eines Kindes an seinem Geburtstag, das gerade erfahren hatte, dass ihm das große Paket hinten in der Ecke gehörte.

»Also gut - aber erwarte nicht zu viel. Okay?«

Sie stieß mich in die Seite. »Spiel jetzt, Idiot. Und red nicht so einen Mist.«

Ich hob einen Finger und wollte schon wieder sagen, dass sie mich nicht einen Idioten nennen sollte, doch ich klappte den halb geöffneten Mund wieder zu und drehte mich zum Klavier.

»Es beginnt langsam ...«, sagte ich.

Ich beugte mich über das Instrument, und die rechte Hand schlug die Tasten an. Fast wie eine Feder, die zu Boden glitt. Ganz sanft, ganz leise. Ich wiederholte die Melodie – etwas lauter, aber immer noch einem leichten Nieselregen gleich, der nahezu lautlos im Gras verschwand.

»Es ist wie eine Freundschaft, verstehst du? Es geht langsam, leise los, ohne richtigen Kontakt. Eher wie ein sanfter Wind, der durch hohes Sommergras weht«, sprach ich leise und hatte mich dabei zu ihr gedreht.

Iris' bernsteinfarbene Augen leuchteten. Sie waren groß und auf mich gerichtet, in voller Konzentration. Draußen regnete es. Es war kalt, der Wind pfiff scharf, und die letzten Blätter hingen vereinzelt in den trist aussehenden Bäumen, die auf den Winter warteten. In dem Zimmer war es dämmrig, nur der Schein der Stehlampe neben dem Klavier tauchte uns und das Instrument in gelblich, warmes Licht.

»Die Melodie wandert und formt sich«, flüsterte ich ihr zu, beugte mich zu ihr und küsste sie sanft auf die Wange, ohne dabei das Spielen zu unterbrechen. »Dann kommt Leben in das Lied.«

Ich legte die linke Hand auf die Tasten und schlug die Begleitung an. Alles immer noch langsam, leise und sanft.

Iris legte eine Hand auf meinen Oberschenkel. Ich konnte die Wärme der Hand durch den Stoff meiner Hose spüren. Ein seltsam deplatziertes aber gutes Gefühl.

»Die beiden treffen sich und lernen sich besser kennen. Sie werden mutiger!«, sagte ich. Auch mein Spiel wurde lauter. Die Begleitung spielte alleine weiter, die Melodie war plötzlich weg. Dann setzte sie wieder ein, lauter als zuvor, lustiger, frischer und schneller, deutlich schneller. Ich setzte sie eine Oktave höher an.

»Sie kennen sich nun und unternehmen viel gemeinsam.« Ich sprach strenger, musste lauter werden, damit Iris mich hören konnte.

»Sie verlieben sich und haben Spaß!«, rief ich.

Iris starrte mich an. Ihr Blick wechselte immer wieder zu den Tasten, als konnte sie nicht glauben, dass die Musik von dort kam. Sie war in meinen Bann gezogen.

Und ich spielte weiter, erklärte die Stellen der Musik, die sich immer wiederholten, die eigentlich nur ein Thema kannten. Ich hämmerte auf die Tasten ein, ich vollführte eine kleine theatralische Show.

Ich spielte und spielte, ich glaube, fast eine Viertelstunde lang. Am Ende ließ ich alles ausklingen und setzte einen einzelnen Ton aus dem tiefen Bereich als Abschluss, der lange ausklang und meinem Pulsschlag in kleinen Wellen folgte.

Es war urplötzlich still um uns geworden. So still, als habe man den Ton, der wie dickes Wasser durch die Luft waberte, mit einem scharfen Messer abgeschnitten. Eine Stille, die sich im ersten Moment einsam anfühlte. Ich atmete heftiger, als ich es wirklich tun musste. Iris stand auf und setze sich auf meinen Schoß, rechts und links die Beine an meiner Hüfte vorbei, wie auf einem Sattel, zu mir gewandt. Sie legte die Arme um meinen Hals und küsste mich sehr lange.

»Wie nennst du es?«, fragte sie mich, als sie plötzlich von mir abließ und mir einen schiefen Blick zuwarf.

Ich war überrascht. Eigentlich hatte ich mir nie Gedanken um einen Titel gemacht. Immerhin komponierte ich Musik und schrieb keine Texte dazu. Warum sollte so eine Melodie unbedingt einen Titel haben? Daher zuckte ich mit den Schultern, eine einfache, leicht zu verstehende Geste.

»Nenn ihn ›Die Freundschaft‹. Das passt perfekt, und du hast es ja fast selbst vorgeschlagen«, bat sie mich.

Das Stück hat bis heute seinen Namen behalten.

Ich spielte es ihr oft vor, aber ich schrieb nie eine einzige Note davon auf. Vermutlich nehme ich es mit in mein Grab. Ich kann es immer wieder spielen, habe nichts davon vergessen. Es ist in meinem Kopf und lebt dort wie ein Geist. Ich kann den Geist durch die Finger gleiten lassen und ihn in das Klavier eintauchen lassen. Und das ist gut so. Würde ich das Lied jemals aufschreiben, wäre es festgebunden. Es hätte eine endgültige Form, und jedermann könnte es spielen, die Noten nur wiedergeben und ihnen damit jede Bedeutung entziehen. Es wäre langweilig, formlos und einfach. ›Die Freundschaft‹ kommt aus meinem Kopf, immer wieder anders, immer wieder in einer Variation. Nie soll es zu toten Noten werden, die in Heften darauf warten gespielt zu werden.

Wenn Mozart noch leben würde, wenn er noch komponieren könnte, würde auch er seiner Musik immer wieder neue Kleider verpassen, sie verändern, sie anpassen an neue Gelegenheiten. Das ist es, was ein Komponist macht. Er verwandelt Töne in Leben. Und Leben muss sich verändern können.

Auf einmal steht meine Mutter hinter mir und legt wie Iris ihre Hände auf meine Schulter. Ich erschrecke mich zu Tode. Plötzlich packt mich Angst wie die Hand eines Riesen, für den mein Körper nur ein Spielzeug ist. Er wirft mich von sich, und ich falle weit und tief in ein dunkles Loch. Ich weiß, dass ich aufschlagen werde, und ich bin mir sicher zu sterben. Meine Mutter springt zurück, als ich mich umdrehe und sie ansehe, als wäre ich verrückt, kurz davor sie zu schlagen.

Aber ich erkenne sie und entspanne mich.

»Ronny?«, sagte sie.

Sie taumelt rückwärts, bis sie auf einem der Stühle Platz nimmt. »Was ist nur los mit dir?«

Ich stehe auf und gehe an ihr vorbei zum Fenster. Von dort drehe ich ihr den Rücken zu, als ich spreche.

»Alles und nichts?«, frage ich mich aber auch meine Mutter.

Ich weiß, dass sie wie so oft in den letzten Tagen über den Tisch blickt und die vielen Blätter sieht. Sie sieht die Briefe. Sie sieht ihren Sohn davor sitzen bis in die frühen Morgenstunden, und sie sieht ihn schreiben. Sie hört ihn auch, da bin ich mir sicher, wie er mit sich selbst spricht. Ich denke einen Augenblick wirklich darüber nach, ihr zu erklären, was mich dazu bringt, was mich hier hält.

Seit Tagen starre ich das Klavier an. Ich hatte Angst, es zu berühren. Aber heute, als ich meine Geschichte zu einem Punkt gebracht habe, an dem ich an das Klavier erinnert worden bin, habe ich es anfassen müssen, habe ich den Deckel öffnen müssen und einfach spielen.

»Du machst dich kaputt!«, höre ich sie sagen.

Ich drehe mich nicht um. Ich sehe immer noch aus dem Fenster. »Ich bin kaputt, Mutter, ich bin verflucht noch mal gestorben. Verstehst du das nicht?«

Sie steht auf und kommt zu mir. Aber sie berührt mich nicht, als sie hinter mir steht. »Du hast ein Leben, Ronny. Lass das hier los! Bitte, das kann dir doch nicht so viel bedeuten. Ich bitte dich!«

Jetzt drehe ich mich um, und nur mit letzter Kraft kann ich verhindern, dass ich ihr eine schallende Ohrfeige verpasse, so sehr stört mich der Ton in ihrer Stimme.

»Bedeuten?!!«, fahre ich sie an. »Du hast nie verstanden, was sie mir bedeutet hat, damals nicht und heute noch weniger.«

Sie schreckt vor mir zurück, und es tat mir sofort leid, so hart zu ihr zu sein. »Dann erkläre es mir doch einmal, wenigstens einmal, Ronny. Damit ich es verstehen kann.« Sie kommt zu mir und nimmt mich an den Armen. Ich sehe sie an, sie sieht mich bittend, fast flehend an. »Einmal, Ronny.«

Ich blicke über den Tisch, schaue zu dem Klavier, und wieder sehe ich Iris dort sitzen. Ich schaue meiner Mutter ins Gesicht. Eigentlich fühle ich mich einsam, fühle mich in meiner eigenen Geschichte alleingelassen. Meine Mutter ist nur ein kleiner Teil davon. Sie spielte in meinem Leben eine große Rolle, aber in dieser Geschichte nur eine kleine.

Ich löse mich aus ihren Händen und schiebe sie sanft zur Seite.

»Dort auf dem Tisch liegt die Antwort«, bin ich gewillt zu sagen.

Aber tut sie das? Liegt da wirklich alles, was man braucht, es zu verstehen? Müsste sie es nur lesen, und würde sie es dann verstehen? Ich schüttele den Kopf und werde mir bewusst, dass sie es sehen kann.

»Nein!«, sage ich ungewollt hart.

Ihr Blick bricht unter meinem entzwei, und sie senkt ihren geschlagen.

»Später vielleicht«, füge ich ruhiger hinzu. »Aber ich bin noch nicht fertig. Noch nicht. Gib mir die Zeit, bitte!«

Meine Mutter sieht über den Tisch, und sie sieht wieder zu mir. »Ich habe dir nie einen Floh aus dem Kopf treiben können. Was da oben festsitzt, musst du selbst wieder freilassen, Ronny. Aber bitte, dann setzt dich hin und grabe in deiner Vergangenheit. Wenn du es tun musst, musst du es eben tun. Nur ...«, sie macht eine Pause, »... vergiss das Leben hier und heute nicht. Verstehst du?«

Ich nicke nur. Sie sieht ein letztes Mal zu mir und dann zum Tisch. Dann geht sie, und ich setzte mich wieder hin.

Ich habe nun eine schöne Stelle vor mir. Eigentlich habe ich noch viele schöne Stellen vor mir, bevor ich das andere angreifen muss. Es wird nicht auf das Papier wollen, es wird sich wehren, da oben herauszukommen. Aber ich werde es packen und holen, wenn es sein muss mit Gewalt.

Und es muss sein ...

Seltsames Erlebnis

Momente, die wir sehnlichst wie die Sonne im Winter erwarten,
Sie sind nicht mehr, als Glühwürmchen in unserem Garten.
Es sind die nicht geplanten, unerwarteten Geschicke.
Sie werden unsere schönsten Augenblicke.

WIEDER ÜBERLEGE ICH lange, ob ich das wirklich schreiben will. Es ist nicht so, dass es mir erneut falsch vorkäme, alles zu erzählen. Vieles gehört es einfach zu einer großen Liebe, wie Wasser in einem Fluss zu fließen hat und Wolken am Himmel zu hängen haben. So gehört auch dieses Kapitel genau an diesen Punkt.

Das ›erste Mal‹ war eine Katastrophe, die ich gerne vergessen hätte. Aber wie ich schon sagte, sucht man sich die prägenden Erlebnisse seines Lebens nur selten selbst aus.

In meinem Leben gab es viele Gelegenheiten für wirklich guten Sex. Diese Gelegenheiten waren nie geplant, waren immer spontan – mit wem auch immer. Sie waren kurz und heftig, verrückt und blieben eigenartige Schnitte in meiner sonst zu realen Welt.

Unser erstes Mal war minutiös geplant. Wir legten den Termin fest. Schraubten ihn regelrecht in den Kalender, suchten uns einen Ort, der uns die Zeit und die Gelegenheit verschaffte, genau diesen Augenblick voll und ungestört nutzen zu können. Wie bei einer Checkliste kreuzte ich vor dem Treffen meine ›Werkzeuge‹ ab. Heute lache ich darüber, doch damals war es mir ernst, sehr ernst sogar. Besaß ich die verhassten Kondome? War ich geduscht? Trug ich frische Sachen, war ich ausreichend parfümiert? Hatte ich die Papiertaschentücher für danach einstecken? Wie sah es aus mit Musik? Die Liste war lang. Kindische Planung in einer viel zu aufregenden Zeit, deren Sinn und Übersicht kaum in unseren Horizont zu passen schien.

Stattfinden sollte es auf dem Gartengrundstück meiner Eltern. Ende der 70er Jahre bauten mein Vater und mein Großvater auf dem Grundstück ein Gartenhaus. Diese gemauerte Hütte umfasste einen 20 qm großen Raum, in dem eine Spüle eingebaut war – mit Unter- und einem Hängeschrank. Neben der Spüle hatte ich im Jahr 1982 einen Holzofen eingebaut, den ich bei einer Alteisensammlung zwei Straßen weiter gefunden hatte. Das Teil war höllenschwer, und es kostete mich über zwei Stunden, es mit einer Schubkarre zu dem Grundstück zu bekommen. Doch es hatte sich gelohnt. Neben dem Ofen stand ein kleines Sofa, dass man zu einem Bett ausklappen konnte. Meine Eltern deklarierten es zu Sperrmüll, und ich griff es mir so schnell ich konnte, mit nur einem Hintergedanken. Vor dem einzigen Fenster, das mein Vater hatte vergittern lassen, weil bereits dreimal Jugendliche in die Hütte eingebrochen waren, stand ein normaler Esstisch mit vier Stühlen. Erneut ein Relikt aus unserem alten Haus.

Vor der Eingangstür gab es ein kleines, gemauertes Räumchen, in dem Gartengeräte standen. Rasenmäher, Besen, der Grill, die Axt und eine Säge für Holzarbeiten, dazu ein kleines Campingklo. Ich verlegte mit meinem Bruder eine Stromleitung in die Hütte. Für romantischeres Licht verwendete ich eine Gaslampe oder die alten Petroleumlampen meines Opas. Hinter dem Haus besaßen wir eine Gartendusche, der Zaun war mit Schilfmatten blickdicht abgeschottet und erschuf eine kleine, fast traumhafte Idylle. Dieses kleine Paradies, in dem ich viele Jahre meines Lebens herrliche Sommer verbrachte, bot mir eine wertvolle Zeit der Eigenständigkeit. Da wir selten gemeinsam in den Urlaub fuhren, übernachtete ich hin und wieder ein oder zwei Wochen dort.

Heute wünschte ich mir manchmal, ich wäre wieder der Junge, der dort sorgenfrei in einer Welt ohne Internet, ohne

Fernsehen, ohne Telefon oder Handy wohnte. Abgeschottet vom Leben und von den Verpflichtungen. Ich kochte mir Spaghetti oder Dosen-Ravioli, klaute Salat aus dem Garten nebenan, grillte abends mit Thomas oder Sven, den ich erst nach der Zeit mit Iris kennenlernte. Im Sommer war die Hütte genial - im Winter konnte sie dagegen saukalt, feucht und ungemütlich sein. Daher machte der Ofen Sinn.

Schon Tage vor unserer besonderen Verabredung organisierte ich Holz bei einem Beutezug mit dem Schubkarren am Waldrand. Nachts um drei Uhr bei Regen und einem fürchterlichen Sturm. Aber was tat man nicht alles für die Liebe? Und den ersten Sex! Ich verhing das Fenster blickdicht mit einer Decke, denn wir wollten nicht, dass das Licht zur Straße schimmerte, was uns unweigerlich verraten hätte.

Das Wichtigste: mein Alibi. Ich erstellte es zwei Stunden vor der Verabredung mit Iris. Meine Eltern glaubten, ich übernachtete bei Thomas und wir würden uns Horrorvideos ansehen. Es amüsiert mich noch heute, dass meine Eltern keine Angst vor der Wirkung von Horrorfilmen zu haben schienen. Sie befürchten allem Anschein nach nicht, dass ich demnächst mit einer Axt jungen Frauen an der Bushalte auflauerte, um mir mit einem gezielten Schlag ihr Gehirn ansehen zu können. Aber sie hatten Angst, dass ich in meinem Zimmer das natürlichste der Welt tat, mit dem Menschen, den ich liebte. Ist das nicht ein bisschen verrückt?

Von Thomas aus rief ich brav zu Hause an, sagte, dass ich gut bei ihm angekommen sei, und legte wieder auf. Thomas grinste breit, als ich bei ihm zur Haustür hinausging. Er wusste nicht genau, was ich vorhatte. Aber gute Freunde fragten auch nie hartnäckig. Dennoch ahnte er sicherlich, dass es mit Iris zu tun hatte. Zwar sprachen wir nie explizit über die intimsten Momente meiner Beziehung zu Iris - Jungs taten das damals zumindest nicht, aber er war irgendwie immer im Bilde.

Iris' Alibi beinhaltete für die Oma und ihre Mutter eine Übernachtung auf dem Reiterhof in Simmern, in der Nähe von Koblenz. In Wirklichkeit wollte sie *danach* bei Sabrina übernachten. Wir bauten ein aufwendiges Konstrukt aus Lügen, und es war vollgepackt mit Aufregung und Spannung. Es fällt mir schwer, dieses Gefühl heute zu begreifen oder nachzuvollziehen. Das alles, nur für ein wenig Sex? Damals schon!

Am ehesten glich es der Angst vor einer Prüfung oder der Anspannung vor einer großen Hochzeit. Aber das sind immer Momente von Erwachsenen oder fast Erwachsenen. Ich war sechzehn und Iris fünfzehn, wir waren zwar keine Kinder mehr, aber noch nicht erwachsen. Unser Charakter bestand aus Knete, die sich leicht verformen ließ, mal mit einem Hammer, mal mit zarten Fingern, mal mit einer Eisenstange groß und schnell und dann auch wieder mit kleinen Spachteln mit langsamer, feiner Geduld. Diese gemeinsame Nacht bedeutete für uns beide, einen wichtigen Schritt zu gehen. Einerseits war es eine Sache, die irgendwie erledigt werden musste - so unromantisch das auch klang. Aber auf der anderen Seite war es eine Hürde, an deren Gipfel wir uns fallenlassen konnten, mit dem Wissen eine Gemeinsamkeit zu besitzen, die uns niemand je wieder nehmen konnte. Wir hatten Angst. Respekt vor dem Unbekannten.

Heute habe ich Angst zu sterben, Angst schwer krank zu werden, Angst meiner Tochter oder meiner Frau könnte etwas Schlimmes passieren. Meine Ängste haben heute ein ganz anderes Gesicht im Vergleich zu damals. Dennoch war es eine echte Angst. Die Angst zu versagen. Einen Fehler zu machen. Erwischt zu werden. Schwanger zu werden.

Ich war eine Stunde vor ihr in der Hütte, heizte sie auf und kochte uns Tee - Vanille, das weiß ich noch sehr gut, denn der kleine Raum roch danach. Ich kochte das Wasser auf dem Ofen, der mit großer Mühe versuchte, eine behagliche Atmosphäre zu schaffen. Iris organisierte Räucherstäbchen, die ich aus ihrer Wohnung kannte. Dieser schwere Duft, der nicht mehr gut roch, wenn er kalt wurde, zieht mich immer in die Vergangenheit zurück.

Ich hatte das Klappsofa ausgezogen, die Decken vom Speicher geholt und damit das Bett gerichtet. Daneben stand eine Lampe von Opa, die andere stellte ich auf den Tisch. Ich setzte mich anschließend draußen in die Kälte, in den ekelhaften Wind und wartete im Dunkeln. In mir das fürchterliche Gefühl nicht zu wissen, was ab nun passieren würde. Freude auf das, was passieren konnte. Angst, die so schwer zu fassen war. Ein mulmiges Gefühl im Magen und kribbelnde Erregung beim Gedanken an Iris.

Ich hörte sie auf dem Rad den langen Weg zur Hütte entlangkommen. Sie klingelte. Mit ihrer schrillen Klingel katapultierte sie mich in eine Welle aus Erleichterung und Anspannung.

Ich erinnere mich nicht an Dialoge, an die Dinge, die wir sprachen. Vielleicht waren es auch nur wenige Sachen, die wir uns zu sagen vermochten, und vermutlich waren sie so unwichtig, dass ich sie vergessen musste. Doch ich weiß noch, wie wir uns an den Tisch setzten. Der Tee stand dampfend vor uns. Unsere Gesichter wurden von dem unruhigen Licht der Petroleumlampe beleuchtet. Wir sahen uns an, erwartungsvoll, voller Anspannung, voller Ungeduld. Ihre Hand lag in meinen Händen. Diese Wärme tat gut. Neben uns loderte das Feuer im Ofen, hinter uns spielte der Radiorekorder Kuschelrock, draußen piff der Novemberwind um die Hütte, peitschte den Regen an das Fenster und schien sich zu ärgern, dass er mitsamt Regen und Kälte draußen bleiben musste. Endlich beugte ich mich zu ihr hinüber und gab ihr einen Kuss, der auslöste, was danach passierte. Iris stand auf und setzte sich auf meinen Schoß. Ich nahm sie in den Arm, wir streichelten uns, schmusten, und irgendwann landeten wir auf dem Bett. Es war sehr warm geworden, doch diese Wärme hing an der Decke, wie schlechtes Wetter tief am Himmel hing. Am

Boden war es noch kalt. Die Bettwäsche fühlte sich klamm an, und doch kuschelten wir uns nach einer Weile nackt darunter. Iris lag auf mir, sie küsste mich erst auf den Mund und dann auf meine Brust. Ich glitt mit meinen Händen über ihren Rücken, so als könne ich jede Stelle gleichzeitig erreichen. Langsam ließ ich meine Finger zu ihrem Steiß wandern. Ich war sehr erregt, und sie war anschmiegsam und schnurrte wie eine kleine Katze.

Zu Beginn machten wir es wie immer und streichelten uns an den Stellen, die wir mochten. Das war eingespielt und einfach – routiniert. Ich lag schließlich auf ihr, als sie die Beine spreizte und ich unweigerlich zwischen ihre Schenkel rutschte. Ich war so erregt, dass ich bestimmt vergessen hätte, an die Dinge zu denken, die wir so oft besprochen hatten und die mich so viel Überwindung gekostet hatten. Ich keuchte und lag an ihrem Hals, als sie mich sanft aber bestimmt zurückstieß.

»Ronny!?« Sie hätte mir auch eine Ohrfeige geben können.

Ich schaute sie an und wusste natürlich, was ich nun zu tun hatte. Nervös fummelte ich neben dem Bett eines der Kondome aus meiner Hosentasche, und sie tat das gleiche mit dem Zäpfchen. Ich legte mich auf den Rücken, und wir begannen, die Teile aus der Verpackung zu holen.

Iris kicherte plötzlich.

»Steckst du mir das da rein?«, fragte sie und unterdrückte ein Lachen.

Wollte ich das? Musste ich das?

»Weiß nicht, soll ich?«, fragte ich zögernd und unsicher.

»Na, einer von uns muss es machen!« Sie grinste mich an.

Also nahm ich das Zäpfchen und riss die Verpackung auf, schob das kleine, weiße Ding aus der Hülle und nahm es vorsichtig zwischen die Finger. Wir betrachten es eine Weile, dann zuckte ich mit den Schultern.

»Na dann!«, meinte ich und fuhr mir der Hand unter die Decke. Unsere Blicke trafen sich. Keine Spur von Erotik. Das hier hatte etwas zu Medizinisches, als würde ich ihr ein

Medikament geben, nicht eine Sache beginnen, die es uns ermöglichte miteinander zu schlafen. Und ich war nervös. Ich fand die Stelle nicht. Heute muss ich darüber lachen. Ich muss einfach breit grinsen, wenn ich daran zurückdenke. Ich hätte ihr das Zäpfchen fast in den Po gesteckt und nicht in die Vagina. Doch letztendlich traf ich die richtige Stelle und schob es so tief hinein, wie ich das mit einem Finger tun konnte.

Es ist leicht vorstellbar, dass man nach solch angespannter Konzentration kaum noch eine ausreichende Erektion für ein Kondom besaß. Iris nahm mir das kleine Päckchen ab, riss es mit scheinbar geschulten Handgriffen auf, die mir einen Augenblick Misstrauen abrangen. Doch als sie das Gummi zwischen den Fingern hielt, es fast prüfend zwischen ihren Händen rieb, lachten wir beide.

»Meinst du, das passt?«, fragte sie glucksend.

Iris konnte lachen. Ich kam mir vor wie bei einer Prüfung, mit dem Wissen darum zu versagen. Ich zuckte nur mit den Schultern. Dann hob ich die Decke an, schaute hinunter, um mir die Bestätigung zu holen, die ich eigentlich nicht mehr brauchte. Um zu wissen, dass ich im Moment nicht in der Lage war, mit meinem Geschlechtsteil irgendetwas zu machen.

Ich lachte erst, dann sah ich sie an, und wir lachten beide, bis Iris zu mir rückte und mir einen Kuss auf die Lippen gab. Sofort veränderte sich die Situation. Ihre Hand glitt unter die Decke. Dort begann sie, mich zu streicheln, zu liebkosen. Es passierte auch etwas, aber es reichte nicht aus. Sagte ich schon, der Moment wurde keine schöne Erinnerung?

Nach vielen Minuten, in denen ich schwitzte und mich anstrengte, mir mehr Konzentration abverlangte, als ich besaß, konnten wir endlich das Kondom über meinen besten Freund ziehen. Es brauchte viele Versuche, in sie einzudringen. Natürlich klappte es irgendwann einmal. Die Natur ist in solchen Momenten unserem Verstand gegenüber doch noch gnädig. Aber es war nicht wirklich das Erlebnis, auf das ich so lange hingefiebert hatte.

Natürlich fühlte es sich schön, unerwartet und herrlich an. Es gibt keinen Vergleich, um das Gefühl beschreiben zu können. Schon alleine, weil jeder Mann es in irgendeiner Weise anders empfinde, und ich nie in der Lage sein werde, Iris' Empfindungen in dieser Angelegenheit zu beschreiben. Ich habe sie auch nie danach gefragt - warum weiß ich bis heute nicht. Dabei war ich immer sehr neugierig auf Einblicke durch die Augen anderer Menschen.

In allem, was ich an diesem Abend tat, lag eine Art Unbeholfenheit. Wie musste ich mich bewegen, dass er dort blieb, wo er sein sollte? Tat ich ihr weh? Ständig gingen mir solche und ähnliche Fragen durch den Kopf. Eine echte Konzentration auf Iris, auf mich, auf uns und das Erlebnis war damals nicht möglich. Für mich ist es ein Unterschied, wenn man zwischen sich und ihr einen dünnen Gummifilm wusste. Egal wie gut, dünn und liebesecht Kondome auch sein mochten. Es ist ein Unterschied wie Tag und Nacht. Und ich werde mir nie etwas anderes verkaufen lassen. Ich hasse die Dinger heute mehr denn je und würde mich eher sterilisieren lassen, als auf Kondome umsteigen zu müssen. Das ist meine urehrlichste Meinung, die sich nur noch der Angst vor schlimmen Krankheiten beugte und spätestens dann dem Verstand immer den Vortritt ließ.

Ich erreichte nach einigen Minuten meinen Höhepunkt. Viel schneller als ich es wollte, doch irgendwie auch schnell genug. Als ich von Iris herunter rollte, mich neben sie legte, hatte ich nur einen Gedanken. Wir hatten es getan, und es konnte wirklich nur besser werden.

So ist das mit Erwartungen. Je höher man sie hängt, umso schwerer sind sie zu erreichen. Das Erreichen des Ziels bleibt allzu oft ein ereignisloser Moment mit dem unangenehmen Gefühl eingeschlafener Füße.

So lagen wir dort viele Minuten schweigend nebeneinander. Sie kuschelte sich an mich. Ich streichelte sie geistesabwesend und in Gedanken verloren. Das Feuer im Ofen war erloschen, es wurde zunehmend kälter. Ich wollte mich erheben, als Iris mich zurückhielt.

»Ich liebe dich!«, sagte sie plötzlich.

Ich drehte mich zu ihr und stütze mich auf meine Unterarme. »Ich dich auch.«

»Es ist wie Radfahrenlernen. Am Anfang ist es schwer, das Gleichgewicht zu halten, die Kurven zu nehmen. Dabei kann man sich nicht darauf konzentrieren, wie schön es ist Rad zu fahren. Man kann den Fahrtwind nicht genießen, kann sich nicht an der Geschwindigkeit erfreuen. Verstehst du?«

Ich verstand es.

»Aber wenn man erst mal fahren kann, wenn man dann ganz leicht über einen Berg ins Tal rollen kann, wenn man das Gefühl von Freiheit genießen kann, dann macht es mehr Spaß, dann ist es fast so schön wie ... ja, weiß ich auch nicht«, fügte sie hinzu.

Das Lächeln auf ihrem Gesicht schimmerte im Licht der Lampe, und es war das wunderschönste Lächeln, das ich jemals gesehen hatte. Ich sagte nichts. Ich gab ihr nur einen Kuss. Dann legte ich Holz nach.

Vielleicht war der Abend nie das, was wir von ihm erwartet hatten, aber er war auf seine besondere Art wunderschön gewesen. Wir trennten uns voneinander mit einem langen Kuss und hielten uns eine Ewigkeit wortlos in den Armen. Iris fuhr die Straße hoch zur alten Post. Im Licht einer Straßenlaterne sah ich, wie sie sich zu mir umdrehte und mit einer Hand unsicher winkte, nur um schnell wieder mit beiden Händen das Gleichgewicht zu halten. Dann verschluckte die Dunkelheit sie und ließ mich zurück in wirren, undefinierbaren Empfindungen.

Ich hatte also mit einem Mädchen geschlafen. Es war passiert, es war vorbei, es war ... seltsam gewesen ... ungewohnt wie Bilder, die nicht zusammenpassten. Ich wusste, es würde nicht das letzte Mal sein. Man gibt nicht auf, wenn man vom Rad gefallen ist. Man steht auf, macht es noch mal, fährt wieder wacklig die kleine Straße entlang, vielleicht stürzt man erneut, vielleicht aber auch nicht. Irgendwann lernt man es, wird sicherer, und dann fährt man den Berg hinunter, rast im Glück die Straße entlang.

Es wurde besser.

Teufel, ja, es wurde verdammt noch mal einfach nur fantastisch.

Freundschaft leben

Wir rudern ständig und mit aller Kraft,
noch haben wir nur einen Weg geschafft.
Wir treiben - nicht nur im Fluss der Zeit.
Wir genießen die vertraute Zweisamkeit.
Noch viele Wege wollen wir an 1000 Tagen zusammen beschreiten.
Ich werde Dich und Du wirst mich auf jedem treu begleiten.

IN DEN BRIEFEN VON IRIS klaffte ab hier eine ungewöhnlich große Lücke. Ich war so gespannt darauf Stellen zu finden, in denen sie sich zu diesem Abend geäußert hatte. Aber da war nichts. Später tauchten vereinzelt Hinweise auf wie kleine Punkte auf einem großen Bild. Dazu passend quoll in mir die Erinnerung hoch, zögerlich, vorsichtig und doch voller Lebensfreude wie die ersten Schritte meiner Tochter in einer für sie so neuen Welt. Es war verrückt, wirklich verrückt schön. Heute sehe ich die Zeit mit Iris mit einem ähnlichen Gefühl in der Magengegend.

Wir verbrachten in einem strengen Winter viel Zeit zusammen. Schon alleine in den Winterferien 82/83, dann in den ersten Monaten des Jahres 1983. Wir liebten uns oft bei ihr, weil wir dort viel Ruhe und viel Zeit für uns hatten. Ihr kleines Zimmer unter dem Dach war weit von Oma entfernt, und die alten Treppen kündigten die Frau schon lange vorher an. Ich hasste ihre Trillerpfeife, weil sie immer zu früh kam und immer unwillkommen war. Aber ich liebte Iris' kleines Bett in ihrem außergewöhnlichen Kinderzimmer.

Ihr kleines Reich, das habe ich noch gut im Gedächtnis.

Iris' Zimmer war vielleicht vier Meter lang und nur zwei Meter breit. Trat man in den Raum hinein, befand sich auf der linken Seite die Dachschräge, die ihm viel Platz nahm und ihn noch kleiner wirken ließ, als er ohnehin schon war. Am Ende des Zimmers sorgte das Fenster für einen Blick auf den Innenhof. Jenes, zu dem ich nach waghalsiger Kletterei zu ihr kam. Links neben der Tür, unter der Schräge, stand eine kleine Kommode. Dahinter, bis zum Fenster, Iris' Bett. Es war das Bett eines Jugendzimmers aus einfachem Pressspanholz, furniert in Eiche dunkel. Am Fußende hing ein Salzteigbild. Ich glaube, es zeigte einen Pferdekopf in einem Kranz. Es hing dort wirklich drei Jahre, und ich habe nie verstanden, warum wir es nicht abgehängt hatten.

Immer wenn wir uns liebten, klapperte es am Bett und quittierte jede meiner oder ihrer Bewegungen mit einem störenden Geräusch. »Klack, klack, klack.«

Gelegentlich lachten wir dabei, verharrten in dem was wir taten, um schließlich doch weiterzumachen und das Geräusch zu akzeptieren. Wenig später war es vergessen.

Neben dem Bett stand ein Nachttisch mit einer kleinen Stehlampe darauf und daneben, all die Jahre, ohne Rahmen und abgegriffen, ein Bild von mir. Genau das Bild, das sie später noch immer bei sich trug und das schließlich in einer traurigen Art zu meinem Verhängnis wurde.

Über der Lampe hing ein Tuch aus rotem Stoff und dunkelte das Licht ab, schuf eine wärmere Atmosphäre. Auf der anderen Seite an der geraden Wand thronte ein Schreibtisch aus schwarz gewordenem Holz, der mindestens hundert Jahre alt zu sein schien. Ich weiß noch, dass sie sagte, er wäre von ihrem Opa, und es hätte unheimliche Mühe gekostet, das schwere Ding die Treppe hinaufzutragen.

Überall war Iris' ganz typische Handschrift zu erkennen. Da lagen die Briefumschläge, die ich nur zu gut wiedererkannte, neben einem Briefbeschwerer aus schwerem Eisen. Eine Kugel aus einer kleinen Kanone – das hatte sie mir einmal erzählt. Auf einer Ablage stand das Fass mit Tinte, das wir zusammen auf einem Flohmarkt gekauft hatten. Hier malte sie ihre Bilder, oder ich saß dort und zeichnete für sie meine.

Wieder so eine verrückte Erinnerung, wie ich nackt und nur mit Tennissocken bekleidet auf dem alten Holzstuhl hockte, sie hinter mir, halb auf mich gelehnt, um mir über die Schulter sehen zu können. Auf ihren Wunsch hin sollte ich damals eine Kirche zeichnen mit uns beiden davor, wie wir hineingingen, um zu heiraten. Ich lachte, weil ich Iris einmal zu klein gezeichnet hatte. Sie sei doch kein Kind mehr, aber ich meinte nur kichernd, das wäre ein Perspektivenfehler, und sie wäre nicht wirklich ›zu klein‹. Vor der Kirche stand eine Kutsche mit weißen Pferden - aber sonst waren keine Menschen zu sehen. Wie so oft spielte unsere Liebe ohne andere Menschen ihr kleines Theaterstück. Doch über dem Himmel der Kirche flogen zwei Tauben durch die Sonne.

Ich konnte die Wärme ihrer Haut an meinem Rücken spüren, wie sie mir mit allen zehn Fingern über die Brust und den Bauch glitt, hinunter in den Schritt gewandert war und mich liebkoste.

Die Schreibtischunterlage bildete eine Erdkugel von Greenpeace ab und zeigte eine Welt von Müll überschüttet. Es war zu erkennen, wie sie stank. Wo auch immer neben der Kugel Platz war, stand etwas in Tusche geschrieben. Oft stand dort nur ein »Ronny« mit einem Herz darum oder ein »Ich liebe dich«. Der Rest bestand aus Sprüchen, die gut zu den Buttons passten, die ihre Jacke zierten. Ein Brieföffner steckte in einer Scheide, die ein kleines, türkisches Krummschwert darzustellen versuchte. In einer Ecke stand eine so grässlich, gelbe Tischlampe, dass man verhaften werden musste, wenn man damit gesehen wurde. Alles war voller Leben, voll mit den Utensilien eines Mädchens, das eben dabei war, zu einer Frau zu werden.

Über dem Regal hing eins der wenigen farbigen Zeichnungen von mir. Es war ein Bild von einem Pärchen auf einer Bank im Schatten eines sehr großen Baumes vor einem gigantischen Sonnenuntergang über dem Meer. Daneben hingen 20 oder mehr meiner Bilder. Pferdeköpfe, Bilder vom Friedhof, Bilder einer Weltkugel, an einer Stelle aufgeplatzt, und im Inneren war ein Totenkopf zu sehen. Die Kopie eines Plattencovers von Jean Michel Jarre. Darüber eine tote Taube. Iris hob jede meiner Zeichnungen auf. Auch das, welches sie kniend vor dem Grabstein zeigte. Jenes Erste von mir für sie aus meinem ersten Brief.

Mein Zimmer war deutlich als das Zimmer eines Jungen zu erkennen gewesen, typisch eben. Nie aber spiegelte sich meine Persönlichkeit darin wieder. In jeder Ecke, in der Iris lebte, war Iris zu lesen, war Iris zu erkennen, war Iris vorhanden, klebte sie an den Dingen, drückte sie den Dingen ihren ganz persönlichen Stempel auf. In dieser Ausprägung ist mir das in meinem Leben nie mehr wieder begegnet.

Ende Januar fuhren meine Eltern mit meinem Bruder in eine Kurklinik und wollten dort einen Tag übernachten. Den Abend genossen Iris und ich auf eine ganz besondere Art und Weise, die man sich bestimmt gut vorstellen kann. Wir holten nach, was wir ursprünglich einmal vorgehabt hatten.

Ich schleppte die Matratze des Bettes meiner Eltern mit ihr zusammen ins Wohnzimmer, und wir lachten wie kleine Kinder, bis wir das schwere Ding vor dem Kamin hatten. Die Rollläden waren geschlossen, die Lichter abgedunkelt. Es loderte vor uns ein warmes Feuer mit Flammen, die wie unsere Leidenschaft wild hin und her zu springen schienen. Wir hörten Schallplatten von Chris de Burgh.

Wir hatten vorher zusammen gekocht und gemeinsam gegessen. »Wie ein altes Ehepaar«, hatte sie gesagt.

Verschwitzt lagen wir nebeneinander in dem zerwühlten Bettzeug und schauten dem Lichterspiel der Flammen an der Decke zu. Ich lag mit dem Kopf auf ihrem Bauch. Sie strich mir durchs Haar, und wir sprachen über die Zukunft, über Kinder, über das Alter und die Träume, die wir hatten. An diesem Abend badeten wir zum ersten Mal gemeinsam in der viel zu kleinen Badewanne, liebten uns auch dort hektisch, leidenschaftlich, stürmisch und mussten später kichernd das ganze Wasser wieder aufwischen - nackt verstand sich. Die Nacht verbrachten wir vor dem Kamin. Zum ersten Mal wachte ich neben Iris auf. Ich weiß noch, wie der Morgen durch die Schlitze des Rollladens kroch und ich sie in dem schwachen Licht betrachten konnte.

Mein Vater sagte einmal: »Eine schöne Frau ist die, neben der man morgens aufwachen möchte und erkennt, dass sie dich immer noch wahnsinnig machen kann.«

Iris' Augen waren geschlossen, ihr Mund leicht geöffnet – sie sah so friedlich aus. Wie eine zarte Pflanze, der man zu gerne jeden Morgen beim Erwachen zusehen möchte. Sie sah so verdammt gut aus. Sie war herrlich, und ich liebte sie so sehr, dass ich glaubte, eines Tages sterben zu müssen, wenn sie mich je verlassen sollte.

Ich schlich mich aus dem Zimmer, um meinen Block und einen Bleistift zu holen. In nur zehn Minuten hatte ich sie, so friedlich schlafend gezeichnet. Sie lag unter der Decke, einen Arm unter ihrem Kopf, einen neben sich unter das Kissen geschoben. Ihr Oberkörper war kaum von der Decke bedeckt, und so malte ich ihre Brüste und ihren Bauch. Erst später stellte ich das Bild aus dem Gedächtnis fertig, und es ist eines der Bilder, das meine Tochter oft aus meiner Schublade nimmt und mich dann fragt, ob ich sagen könnte, wer das sei. Ja, das konnte ich, aber ich tat es nie – ohne zu wissen warum. Vielleicht, weil ich Angst hatte, das Geheimnis um dieses Bild zu zerstören? Iris erfuhr nie etwas davon.

Das Leben plätscherte mit uns den Weg der Zeit dahin. Schule bei ihr und mir, immer ein bisschen Stress, ein bisschen Aufregung. Meine Mutter machte sich viele Sorgen, und wie immer kam der obligatorische ›Blaue Brief‹ der Realschule. Das bedeutete: Lernen, Ausgangssperre und Mopedverbot. Verbot Iris zu sehen und gerade dann, wenn ich sie am meisten vermisste, war das Verbot am schmerzhaftesten.

Ich entwischte zwar immer durch den Keller, meist nach 22 Uhr und lief zu Iris, aber ich konnte einigermaßen gefahrlos erst wieder Anfang März das Dach nutzen. Das bedeutete lediglich ein oder zwei Stunden, bestenfalls drei, die wir zusammen sein konnten. Und das nur einmal in der Woche, manchmal zweimal. Die Wochenenden waren schlimmer, weil Iris für uns viel mehr Zeit hatte und ich oft nicht da war. Viele Tage genossen wir auf dem Gartengrundstück. Auch um uns zu lieben.

In unseren Stunden saßen wir am Tisch und wenn die Sonne zu sehen war, auch schon mal draußen auf dem Sofa in Decken gehüllt und aneinander gekuschelt. Wir tranken Tee, aßen Kuchen, sie las in Büchern oder schrieb Briefe – nicht selten auch an mich. Ich zeichnete. Damals hatte ich begonnen, meine ersten Geschichten zu schreiben. Der Frühling kam. Das Wetter wurde besser, und wir standen vor unserem zweiten Sommer. Wieder war es die Schule, die uns trennte, und um diese Zeit begannen auch die Probleme mit ihrer Mutter.

Aber etwas Wunderbares passierte. Ihre Mutter hatte inzwischen verstanden, dass Iris und ich ein richtiges Paar waren, und sie war erwachsen genug zu wissen, dass es nur eine Frage der Zeit war, bis wir Sex haben wollten. Sie willligte in die Pille ein. Davor passierte wieder einmal ein Drama nach einem Drehbuch, wie es nur das Leben selbst schreiben konnte ...

Ende März kam Iris zu mir und stand heulend vor der Tür. Meine Mutter hatte ihr geöffnet und versucht, mit ihr zu sprechen, weil ich noch mit meinem Vater unterwegs war. Doch sie setzte sich in mein Zimmer und wollte nur auf mich warten. Als ich schließlich nach Hause kam und meine Mutter mich darüber informierte, dass Iris auf mich wartete, nahm meine Mutter mich zur Seite und zog mich ins Bad im ersten Stock. »Ronald, eines will ich dir sagen, wenn du dem Mädchen da unten wehgetan hast, dann werde ich dafür sorgen, dass dir das leidtut.«

Ich weiß bis heute nicht, was sie getan hätte, aber ich bin ehrlich genug, um zu wissen, dass ich das auch nie erfahren wollte. Ich hastete ahnungslos aber voller Sorge in mein Zimmer. Iris saß auf dem Stuhl, sie drehte sich zu mir, sprang auf und fiel mir um den Hals. Das war keine Geste der Freude, sondern eine der puren Verzweiflung.

»Ich bin schwanger!«, brachte sie halb heulend heraus.

Wir hatten Kondome benutzt, so schwer es mir auch immer gefallen war, diese Dinger überzuziehen. Waren wir zusammen, zog ich sie erst im letzten Moment an. Das war nicht genau der Moment, in dem ich auch in sie eindrang, ich war fast schon irgendwie in ihr, als ich dann doch noch Vernunft walten ließ – oder eher sie, wenn sie mich auf ihre ganz eigene Art daran erinnerte.

Also war es durchaus möglich, dass sie schwanger war, denn auf die blöden Zäpfchen verzichteten wir bald. Das konnte eine echte Sauerei werden.

Da stand ich also. Vor den Kopf geschlagen wie mit einem Holzknüppel. Iris im Arm – aufgelöst wie Zucker in heißem Kaffee. Ich war 16, würde vermutlich keine 17 werden, weil mich meine Mutter mich auf den Mond schießen würde, aber erst, wenn mich mein Vater erschlagen hätte, weil ich Schande über die Familie gebracht hatte. Das ist kein Witz. In den ersten 20 oder 30 Sekunden war mir todernst zumute.

Ich sah mein Leben an mir vorbeiziehen, noch einmal nett winken und sich dann verabschieden. Plötzlich brach ich die Schule ab, wurde Hilfsarbeiter in Rockenhausen in einem Fertigungswerk und klebte in einer Acht-Stunden-Schicht Türdichtungen in LKW-Türen und kam mit einem leeren Stullenkasten zu meiner Frau und meinem schreienden Balg. Sie würde mir immer vorwerfen, dass ich ihre Kindheit versaut hätte, meine Eltern hätten mich verstoßen, und ich würde in die nächste Kneipe rennen, an der Bar sitzen und alles daran setzen, meinen Bierbauch zu züchten. Danach würde ich vermutlich betrunken wieder nach Hause kommen, Iris in der Wohnung herumdreschen, weil ich ihr zur Abwechslung für alles die Schuld geben wollte, um schließlich doch nur am nächsten Tag wieder arbeiten zu gehen.

Nur allzu oft hasse ich mich dafür, eine rege Fantasie zu besitzen. Nur sie ist in der Lage, den Schrecken mit so vielen schaurigen Bildern zu zeichnen.

Was tat jedoch meine Bestimmung mit mir?

»Ich glaube es zumindest!«, sagte Iris, als sei ihr das eben erst eingefallen.

Plötzlich erschien am Horizont das Schiff der Hoffnung in vollen weißen Segeln. Ich schob sie ein wenig von mir weg, legte eine Hand unter ihr Kinn und zwang sie mich anzusehen.

»Wie? Ich glaube?«, fragte ich mit kritischem Blick in ihre Augen.

Iris zuckte die Schultern, wofür ich sie spontan aus dem Fenster hätte werfen können. Sollte ich ihr erzählen, welche Bilder mir eben durch den Kopf gerattert waren wie ein D-Zug ohne Bremsen?

»Ich habe meine Tage nicht bekommen - seit einer Woche«, erklärte sie, und ihr Blick war eine einzige Entschuldigung.

Ich kannte mich damals nicht wirklich mit dem Thema aus. Mir war klar, dass da eine Sache war, die jeden Monat passierte, das wusste ich aus dem Biounterricht. Ich wusste auch, dass meine Mutter dann unausstehlich wurde, meinem Vater seine Sünden der letzten 30 Jahre auftischte, ihn anschrie und er mit gesenktem Blick verschwand.

Meist sagte er dann: »Ist es mal wieder so weit!«

Aber damit erschöpfte sich mein Wissen auch schon.

Bei Iris fragte ich mich bisher nie, ob und wann sie in der *problematischen* Phase war.

Iris war die Erste, bei der ich mit dem Thema weiblicher Zyklus in Berührung kam. Sie selbst erwähnte nie etwas darüber. Wie ich all die Monate zuvor um den roten Kelch herum kommen konnte, weiß ich nicht. Aber wir machten *es* nie, wenn sie ihre Regel erdulden musste.

»Und das kann nicht nur einfach mal so vorkommen?«, fragte ich, immer noch wild rudernd auf dem Schiff der Hoffnung auf der Suche nach einem Ausweg.

Sie schüttelte den Kopf.

»Ist noch nie passiert«, fügte sie hinzu.

Nie? Wie lange hatte sie diese verdammte Regel denn schon? Drei Jahre, vielleicht vier.

In meinen Kopf ratterte es. Ich dachte fieberhaft nach und hoffte, das alles wäre nur ein Traum. ›Schwanger!? Mein Gott?! Bitte nicht, nicht mir, nicht heute, nicht mit 16!? Kinder!? Unvorstellbar!?‹

Aber es gab doch für alles ein erstes Mal, warum konnte sie nicht einfach nur keine Tage bekommen haben, einfach so, weil die Natur in dem Monat aufgestanden war und sich sagte, lassen wir das doch Mal diesen Monat sein mit der Bluterei? Ich steuerte mein Schiff in genau diese Richtung.

»Jetzt beruhige dich erst mal, Iris. Meine Mutter hat mir schon Schläge angedroht, weil sie meinte, ich hätte was auch immer mit dir gemacht.« Ich nahm sie einfach wieder in den Arm. Doch Iris begann, hemmungslos zu heulen.

»Was ist ...«, sie schluchzte, »... wenn ich doch schwanger bin? Was dann?« Sie stieß mich plötzlich von sich und warf sich auf mein Bett. »Ich will nicht schwanger sein, ich will nicht!!«, brüllte sie - Gott sei Dank, nur in mein Kissen.

»Hey, beruhig dich erst mal, Iris. Dafür gibt es Tests, oder? B-Test oder wie die Dinger heißen. Lass uns doch erst mal die Sachlage klären, bevor wir gleich ausflippen.« Ich streichelte ihr über den Kopf, aber das machte es nur noch schlimmer.

»Was?« Sie drehte sich zu mir um. Ihre verheulten Augen waren aufgequollen, und sie sah fürchterlich aus. Als hätte sie eben einen Boxkampf hinter sich mit mehr als zehn Runden. »Und bitte, wie stellst du dir das vor? Ich gehe in die Apotheke und hole so einen Test, oder was? Weißt du, wie die mich ansehen werden?«

›Oh ja, das weiß ich genau‹, dachte ich und lächelte.

Mir wurde schlagartig bewusst, dass sie das völlig falsch verstehen würde. Sie wurde sofort böse und schlug mir an die Schulter. Richtig fest.

»Arschloch, hör sofort auf, so bescheuert zu grinsen. Depp!« Sie schlug mich gleich noch mal. »Von alleine bin ich nicht schwanger geworden. Idiot!«

»Hey, ja, schon klar. Iris! Hör auf, mich zu schlagen. Ich wollte nur sagen, dass ich das schon weiß. Immerhin war ich in der Apotheke und habe Kondome gekauft. Schon vergessen? War auch nicht so toll!«

Iris starrte mich einen Augenblick lang an, dann verwandelte sich ihr Gesicht wieder zu der kleinen und eigentlich recht süßen Heulsuse. Ich legte mich zu ihr aufs Bett.

»Okay«, sagte ich, »ich geh morgen einen kaufen. Gut? Dann machen wir ..., äh, du ... das Ding und dann regen wir uns auf. Dann ist noch genug Zeit zu entscheiden, was wir machen.«

Iris schwieg.

»Okay?«, forderte ich eine Antwort ein.

Sie schwieg weiterhin.

»Was denkst du? Ich höre es bis hier hin scheppern, da oben?« Ich tippte ihr leicht an den Kopf.

Sie drehte sich zur Seite, und ich konnte auf ihren Rücken sehen. Genau so spreche ich wahnsinnig gerne mit Frauen. Das war fast so demütigend, wie sich nackt im Park auf eine Bank zu stellen.

»Ich werde es nicht abtreiben lassen«, flüsterte Iris.

Ich dachte nach, legte dann die Hand auf ihre Schulter und drehte sie langsam zu mir um. Unsere Blicke trafen sich, und nun grinste ich so breit und so schön ich nur konnte.

»Das werde, würde und will ich nie von dir verlangen. Aber was auch immer passiert, Iris«, ich kam vor, gab ihr einen Kuss auf die Stirn, »ich werde zu dir stehen und dir helfen, für dich da sein. Versprochen!«

Das war eine der schlimmsten Lügen, die ich je von mir gegeben hatte, denn ich war mir keine Sekunde lang sicher, dass ich das eben Versprochene jemals hätte einhalten können. Doch ich wollte es tun. Ich schwöre, ich wollte es versuchen. Noch war ich aber am Steuer meines Hoffnungsschiffes und steuerte auf den B-Test zu.

Eigentlich konnte sie nicht schwanger sein. War die Schwangerschaft nicht schon immer ein Wunder der Natur gewesen? Und seit wann passieren Wunder einfach so und vor allem, warum mir?

Iris beruhigte sich. Ich brachte sie zur Tür, und als ich sie geschlossen hatte, stand plötzlich meine Mutter neben mir, lautlos angeschlichen.

»Was ist denn los?«, brach ihre Stimme in meine konzentrierten Gedanken ein.

Ich zuckte zusammen, als hätte ich eben einen Peitschenhieb erhalten.

»Herrgott noch mal, Mutter!!«, schrie ich und trat, sprang einen Schritt zur Seite. »Was?«

»Was ist mit euch zwei denn los?«

Ich bin nie ein Mensch gewesen, der über seine Gefühle wirklich reden konnte und auch nie reden wollte. Wenn doch, dann tat ich das sicherlich nicht mit meiner Mutter und schon gar nicht im problematischen Alter von 16. Meine Mutter war der unangefochtene Herrscher im Haus. Kaiser und König in einem. Ihr vertraute man nicht, man gehorchte nur. Sie wird das vielleicht einmal lesen. Das ist mir klar, aber es ist ihr klar, dass seitdem viele Dinge passiert sind, vieles, was uns verändert hat. Ich rede heute zwar immer noch nicht über mich und meine Gefühle, aber sie weiß, dass ich mein Leben im Griff habe.

Damals hatte *sie* mein Leben im Griff, und ihr diese Sache zu erklären, hätte bedeutet, ihr die Sache in die Hand zu legen. Und das hätte wiederum unweigerlich zur Folge, dass ich zugeben musste, mit dem netten Mädchen, das hier ein und aus ging, Sex zu haben. Und das würde letzten Endes dazu führen, unendlich viele peinlichen Fragen beantworten zu müssen, Diskussionen zu führen, aus denen ich immer als Verlierer hervorgehen würde. Mein Vater wäre involviert worden. Dies hätte dazu geführt, dass ich mit ihm und er mit mir hätte sprechen müssen, was dagegen mein Vater gar nicht gerne tat. Es ist nicht schwer, meine Entscheidung zu verstehen.

»Nix!«, sagte ich.

Sie schaute mich lange an. »Nix?« Mutter kniff die Augen bedrohlich zusammen. »Für wie blöd willst du mich denn verkaufen?«, fügte sie in dem schrecklich bekannten Tonfall der Widersprechen-ist-zwecklos-Stimme hinzu.

Ich hätte sie gerne und sofort für eine Mark verkauft, wenn ich nur jetzt meine Ruhe gehabt hätte. Am besten an einen Sklavenhändler auf dem Weg zu den Baumwollfarmen in Arizona.

»Ach, irgendwas mit Sabrina. Irgendwas mit dem Pferd - nix eben. Mädchenkram und so!«

Sie behielt den Blick noch eine Weile bei, dann entspannte sie sich wieder. Ich bin mir heute sicher, dass sie mir nicht glaubte, aber für den Moment war sie zufrieden. Ich würde unter Beobachtung bleiben. So war meine Mutter.

Wieder in meinem Zimmer alleine, meinen frei laufenden Gedanken ausgeliefert, lag ich auf dem Bett und starrte an die Decke. Immer wieder quollen diese schrecklichen Bilder in mir hoch, wie ich als junger Vater auf dem Sofa mit Chips und Bier in einem billigen Trainingsanzug dalag, und die Bilder blieben haften. Mein Leben! Vorbei die Jugend, die freien Tage. Schon wieder übertrieb ich mit meinen Vorstellungen. Heute weiß ich aus Erfahrung anderer, dass es immer einen Weg gibt, man muss ihn eben nur finden und den Mut haben ihn zu beschreiten.

Doch jeder Versuch, diese Bilder wieder los zu werden, scheiterte. Ich schlief in dieser Nacht fast nicht und war in der Schule am folgenden Tag einen Meter neben mir. Thomas gab es auf, mich zu fragen. Am Ende stieg er nur genervt aus dem Bus. Aber was sollte ich schon machen? Ihm konnte ich das nicht erzählen. Er hätte mich nie verstanden. Davon war ich überzeugt. Und sonst? Ich war alleine damit, bis ich die Gewissheit hatte, dass mein verfluchtes Hoffnungsschiff anlegte. Entweder am Hafen der Erleichterung oder der totalen Vernichtung.

Einmal mehr eingebrannt in die Windungen meines Gehirns war diese verhasste Apotheke. Erneut keine Zeit für Alternativen. Wieder mit dem Bus am Marktplatz angelangt, sparte ich mir das lange hin und her Laufen. Es hatte ohnehin keinen Sinn. Wenn mein Leben weitergehen sollte, wie auch immer, musste ich handeln. Noch so eine Nacht, so einen Tag, noch weitere Stunden mit meiner neuen Ronny-und-sein-Kind-Vorstellung hätte ich nicht ausgehalten. Also ging ich mit großen und schweren Schritten auf die Tür zu, erschrak beim Gebimmel, schaute die Klingel an, stellte mich an den Tresen und wartete. Die Apotheke war wie leer gefegt. Nicht nur keine Kundschaft, sondern auch kein Apotheker, keine Gehilfin - nichts.

»Hallo?«, rief ich unsicher und wartete.

Doch es kam einfach niemand. Also lief ich wieder zur Tür und zog sie gleich dreimal auf und zu. »Ring! Ring! Ring!!!«

Klöppel, kam blitzschnell um die Ecke, und die wenigen Haare, die er von einem Ohr über die Glatze gekämmt hatte, hingen nun irgendwie unsortiert an ihm herunter. Er bemerkte es und richtete sie wieder gerade. Wenig später sah ich die Frau, die mir die Kondome verkauft hatte, - ›Na, du alte Plärrhexe!‹ - hinter den Regalen entlanghuschen. Einen Augenblick schoss mir ein eigenartiges Bild durch den Kopf.

Ich sah Klöppel, wie er die Frau, im Übrigen eine recht attraktive Dame, hinter einem Regal küsste und ihr dabei in den Schritt griff. Schon seltsam, wie schnell das Gehirn solche Bilder erzeugen konnte. Der Mann war verheiratet und das nicht mit seiner Angestellten.

Genau diese Tatsache nahm mir sofort die Spannung, und ich dachte: ›Nun kennst du vielleicht ein dunkles Geheimnis von ihm. Warum sollte er nicht deins kennen?‹

»Hallo«, begann ich deutlich selbstbewusster.

»Oh, Ronny«, erwiderte er und hob seine Brauen etwas an, »was kann ich für dich tun?«

»Klöppel, du kannst mir mein Leben retten und mir so einen verfluchten Dingstest da geben, damit ich weiß, ob meine Alte sich in einen Brutofen verwandelt hat oder nicht!«, wollte ich sagen, aber das tat ich natürlich nicht. Cool sein war eine Sache - es ausbaden zu können oft eine ganz andere.

»Ich möchte einen Schwangerschaftstest kaufen«, forderte ich und beobachtete ihn dabei sehr genau. »Für meine Mutter!«, fügte ich noch schnell hinzu. Das war vermutlich die dümmste Idee, die ich jemals hatte. Doch was blieb mir anderes übrig? Mit etwas Glück war es Klöppel peinlich zu fragen, und meine Mutter würde es nie erfahren. Wenn ich Pech hatte, dann hoffte ich, Iris war wirklich schwanger, denn schlimmer konnte es dann nicht mehr werden.

Klöppels Brauen konnten noch weiter hochgezogen werden. Ich überlegte, wenn der Mann die Haare dort wachsen ließe, wäre die Glatze auch von der Seite aus gut zu bedecken. Ich begann breit zu grinsen.

»Oh!«, entfuhr es ihm unkontrolliert, dabei schaute er mir fest in die Augen.

Aber ich stellte mich mühelos seinem so seltsamen Blick. Sollte er denken, was er wollte. Ich wusste, dass er der Angestellten nacheiferte. Das war so sicher wie der Tod.

Natürlich sagte er nichts weiter und stiefelte nach hinten zu den Regalen. Warum sollte er auch? Mutter war damals

Mitte 30. Wenngleich sie nie wieder Kinder bekommen wollte, musste er das ja nicht wissen. Und an meinem sicheren Auftreten erkannte er vielleicht, dass nicht ich es war, der den Test haben wollte und nur eine billige Ausrede verwendete. Ich erledigte somit nur einen Auftrag.

Er kam wieder zu mir mit einer länglichen, weißen Verpackung. Diese stellte er vor mich und schaute mich provokativ an. »Ich hab nur den einen da. 17, 90.«

»Oh!«, sagte ich erstaunt.

Ich war mit 20 D-Mark gekommen. Immerhin ein teurer Spaß. Wahrscheinlich hätte ich auch 100 dafür bezahlt - und das wissen die, die diese Dinger herstellen, ganz genau.

»Wie benutz ich denn den?«, fragte ich.

»Du schon mal gar nicht!«, sagte Klöppel und begann zu lachen.

Ich verstand den Witz ein oder zwei Sekunden später und lachte mit ihm. Allerdings lachte ich wie ein Depp, dem man eben den Witz der letzten Woche erklärt hatte und der ihn immer noch nicht verstand, sondern nur höflich sein wollte.

»Schon klar, ich meine, wenn sie fragt«, fügte ich hinzu.

Klöppel drehte die Verpackung und blickte darauf, als ob es dort stünde. »Sie muss das Stäbchen in den Mittelstrahl des Morgenurins halten, und dann dauert es etwas mehr als fünf Minuten. Am Ende ist so ein kleines Sichtfeld, wenn zwei Striche erscheinen, dann bekommst du ein Schwesterchen oder Brüderchen.«

»Und wenn nicht?«, wollte ich wissen.

Er schaute mich an, als habe ich eben in einer anderen Sprache gesprochen. »Wenn was nicht?«

»Was, wenn sie nicht schwanger ist? Was kommt dann in dem kleinen Dings-Da-Fenster?« Ich zeigte vage auf die Verpackung.

Er sah mich an, dachte nach und sagte in einem gänzlich anderen Ton. »Nur ein Strich.«

»Aha!«, sprach ich eher zu mir. »Und wie sicher sind die Teile so?«

Wieder schaute er auf die Verpackung, doch da stand nun mal nur der verfluchte Name und weiter nichts.

»Nun, Ronny, wenn deine Mutter schwanger ist, dann ist er sicher. Denn das ist ein Test, der die Schwangerschaft feststellen soll. Also ziemlich sicher. Warum fragst du denn? Ich meine, da ist eine Anweisung in der Schachtel. Da steht alles drauf, sogar mit Bildern.«

Er wurde misstrauisch. Meine Mutter und schwanger ...

»Ich bin nur neugierig. Ich nehme das Ding!«, sagte ich schnell und grinste ihn wieder an.

Ich zahlte, und Klöppel stand lässig am Tresen, als ich ging. Ich hatte schon die Türklinke in der Hand, als er plötzlich rief: »Sag mal, Ronny. Du bist doch mit Iris Gaub zusammen, oder?«

Schlagartig gefror mir das Blut in den Adern. Er wusste, dass ich eine Freundin hatte? Und er wusste, wer sie war? Er hatte mich also doch durchschaut? Ich wurde sofort rot. Ich konnte es nicht verhindern, aber ich drehte mich zu ihm um, sah ihn nun grinsen wie einen blöden, glatzköpfigen Schimpansen, den man an den Eiern kraulte. »Äh, ja? Warum?«

Wir sahen uns an. Die Szene genoss etwas vom Showdown aus dem berühmten Western ›Highnoon‹, an dessen Ende sich zwei Cowboys gegenüberstanden und beide die Hände über den Waffen liegen hatten. Ich war bereit ihn mit der Plastiktüte in meiner Hand, hinter den Tresen zu prügeln, bis er bewusstlos auf dem Boden lag und nach Gnade winselte, und er war kurz davor zu rufen: »Ich weiß es! Ich weiß es! Du vögelst sie, und nun ist sie schwanger. Ellebätsch, ellebätsch!!«

So standen wir da, drei oder vier Sekunden lang. Tick, tack, ... tick, tack.

Dann, als habe man ihn angeschubst und darum gebeten, er sollte doch bitte weitergehen, löste sich die Anspannung, und er griff unter den Tisch, holte eine Tüte hervor und zeigte sie mir. »Sag Iris, die Medikamente für ihre Oma sind da, und wenn sie will, kann sie die abholen kommen!«

Ich atmete deutlich aus, lockerte meinen Griff um die arme Tüte, dann nickte ich schnell und heftig. »Ja, klar, mach ich!« Ich drehte mich wieder um.

»Und sag deiner Mutter: alles Gute. Toi, toi, toi!«

Ich wandte mich wieder zu ihm um. Das hier wurde langsam echt nervig.

»Hä?!«, fragte ich ihn ehrlich verblüfft.

»Na ...«, er zeigte auf meine Tüte, »… wenn es klappt. Ich meine, sie freut sich doch auf ein Kind, oder?«

Dann erst begriff ich, was er meinte. »Ach so. Ja, nee, weiß net. Also, ich mal nicht. Ein kleiner Bruder reicht mir«, lachte ich gezwungen und floh aus der beschissenen Apotheke.

Ich schwor mir, nur noch hierher zu kommen, wenn ich Windeln für mich kaufen musste, weil ich mit 92 Jahren die Blase nicht mehr halten konnte. Aber wieder einmal hatte ich es geschafft.

Eigentlich war ich damals weniger besorgt darüber, was davon zu meiner Mutter vordringen konnte. Ich war so aufgeregt, dass dieses Teil in der Tüte mein Leben so schlagartig ändern konnte, dass es mir eigentlich wirklich egal war. Ich konnte mir im Notfall was zusammenlügen. Thomas' Freundin, ein anderer Kumpel hätte es gebraucht, und so weiter und sofort. Darin war ich echt gut. Meine Mutter kann das heute noch bestätigen.

Wie in einem Rausch lief ich zu Iris, versteckte das Ding unter der Jacke, klingelte mich an Oma vorbei. Ihr sagte ich, dass ihre Medikamente in der Apotheke auf sie warteten. Dann stiefelte ich mit schweren Schritten die Treppe hoch und stand wenig später vor Iris mit der Tüte und der Lösung oder unserem Urteil in die Verdammnis darin in der Hand.

Natürlich hätten wir das Stäbchen sofort beide voll gepinkelt, nur um zu wissen, was los war. Aber in der

Verpackungsbeilage stand eindeutig ›Morgenurin‹. Ich wusste nicht, was ein Mittelstrahl war. Iris allerdings schon. Also verabschiedete ich mich wieder und wandelte wie in Trance nach Hause. Den Rest des Tages habe ich vergessen.

Am nächsten Morgen stand ich sehr früh auf, lief zur Bushaltestelle, an der Iris meistens einstieg, und blieb für eine lange Zeit der Erste und Einzige. Beschissen früh übrigens. Der Morgen war kalt und irgendwie auch ohne meine miese Stimmung ungemütlich. Ich hatte die Jacke bis zum Hals zugeknöpft. Ich stand da und starrte auf den Weg, aus dem sie kommen musste. Dabei hatten wir nicht einmal ausgemacht, uns hier zu treffen. Aber sie kam so wie ich sehr früh aus der kleinen Gasse heraus.

Iris mit den langen, braunen Haaren, mit den braunen Augen und dem kleinen, vollen Mund, mit diesen Gesichtszügen, die ich glaubte, alle zu kennen. Wie sehr ein Mensch sich im Äußeren verändern konnte, wenn man ihn plötzlich liebte. Da waren Millionen Details, die ich an ihr suchte, als wollte ich mir immer wieder die Bestätigung holen, dass sie es war, die da kam. Die Mütze auf dem Kopf, das Tuch um den Hals, die engen Jeans, in denen ihre dünnen Beine steckten. Das war kein normales Mädchen mehr, die ich nur schön oder nett fand. Ich hatte mit ihr geschlafen. Wir hatten zusammen geheult und uns angeschrien. Wir hatten uns gestritten und wieder versöhnt, diskutiert und verbissen um die eigene Meinung gekämpft. Wir neckten uns und hatten genauso gezankt, gerauft und uns wieder geküsst oder gestreichelt. Sie war mein Honig auf dem Pfannkuchen, ich war der Zucker in ihrem Kaffee.

Und da kam mein Mädchen über die Straße. Mir war plötzlich egal, ob sie schwanger war oder nicht. Sollte sie doch. Warum auch nicht? Das würden wir schon schaffen. Wenn nicht wir, wer dann? Ich würde sie einfach immer lieben, verdammt noch mal, warum eigentlich nicht?

Ich habe ihr niemals gesagt, was ich in dem Augenblick empfunden habe. Ich weiß nicht warum. Und ich will heute nicht mehr darüber grübeln. Wozu auch? Ich tat es nicht und damit muss ich nun leben.

Sie schüttelte den Kopf. Erst langsam, dann schneller und anschließend lachte sie. Sie rannte los. Ein Auto hupte und musste leicht bremsen. Der Fahrer griff sich an den Kopf. Sie fiel mir um den Hals und weinte plötzlich, wie es nur Frauen können. Iris lachte und weinte gleichzeitig.

»Negativ!«, sagte sie, doch das war eigentlich nicht mehr nötig.

Vor einer Sekunde hätte ich alles angenommen, wie auch immer es gekommen wäre, aber in dem Augenblick legte mein Schiff mit den weißen Segeln und einem über beide Backen grinsenden Ronny am Steuer im Hafen der Erleichterung an.

Ich war so froh!

Ein Jahr

Der Sonne Blick am Himmel vergeht,
Im traurigen Licht die alte Eiche steht,
Sie wacht mit aufrechter Krone vergänglicher Lebenszeit,
Wacht über mich - wacht meiner vergebenen Vergangenheit.

ES IST NICHT SCHWER, diese drei Jahre zusammenzufassen. Natürlich sind die Erinnerungen an die erste Zeit, dem Kennenlernen und dem sich Trennens am besten erhalten geblieben. Aus der Lücke dazwischen blieben mir ohne die Briefe nur die ›Highlights‹.

Iris wurde 16 Jahre alt, ich war in meinem 17. Lebensjahr und das Leben, der Alltag hatte uns im Griff. Noch ein Jahr Schule und ich musste über meine Zukunft nachdenken. In den 80ern waren die Aussichten auf Lehrstellen schlecht, so mies wie meine Noten. Ich tat nichts dafür, ich genoss stattdessen meine Freiheiten, lebte in den Tag hinein und war immer der Meinung, irgendwie ginge es schon weiter. So stand alsbald einmal fest, dass ich nur mit den guten Beziehungen meines Vaters in seiner Firma eine Lehrstelle bekommen konnte, und so trat ich wenigstens einige Jahre lang in seine mir viel zu großen Fußstapfen.

Mit tut das heute nicht leid, so faul gewesen zu sein. Im Gegenteil. Viele meiner Erfahrungen hätte ich nie machen können, wäre ich an meinem Schreibtisch gesessen und hätte gelernt. Ich will darauf nie verzichten. Aber es verbaut einem jungen Menschen die Zukunft. Heute steht an vielen Stellen eine Mauer, über die ich nie werde sehen können. Aber ich bin deshalb nicht traurig oder wehmütig. Ich hatte eine ausgefüllte und ereignisreiche Kindheit, mit vielen lustigen Dingen, mit vielen schönen Momenten. Warum darüber traurig sein? Meine Mutter wäre da allerdings ganz anderer Meinung.

Ich habe keine Erinnerung mehr, wie Iris' Mutter zu der Leistung ihrer Tochter stand. Ich weiß nicht einmal mehr, wie gut oder schlecht Iris in der Schule war. Sie machte ihren Abschluss und wollte eine Sprachenschule besuchen, an die ich vage Erinnerungen habe. Dass sie im letzten Jahr unserer Freundschaft eine Schule besuchte, als ich mit der Lehre begann, das weiß ich noch gut, weil es uns noch mehr Zeit nahm, von der wir ohnehin wenig hatten.

Der Sommer 1983 war die schönste Zeit. Die Sommerferien trennten uns zum ersten Mal für drei Wochen, in denen ich mit meinen Eltern in Bayern Urlaub machte. Iris fuhr danach mit ihrer Mutter in einen schlimmen Urlaub nach Jugoslawien, der so vieles für immer veränderte. Drei Wochen waren ungewohnt lange. Es war selten ein Tag vergangen, an dem wir nicht telefonierten, uns einen Brief schrieben oder wir uns sahen. Gerade die Wochenenden waren fest gebuchte Termine. Sie nicht sehen oder berühren zu können, nicht in ihrem Arm zu liegen und ihr in die Augen sehen zu können, machte mich seltsam unruhig.

In diesen drei Wochen schrieben wir uns nur vier Briefe, aber keinen unter acht Seiten. Iris vermisste mich. Das war in allen Briefen überdeutlich zu lesen. Sie schilderte mir jeden Tag in kleinen Details und in ihrer unnachahmlichen Art, die ich so gerne las.

Natürlich verbrachte sie viel Zeit mit Sabrina und mit den Pferden. Rocky war ihr Ein und Alles geworden. Sie beschrieb mir, wie sie lange Ausritte gemacht hatte, zusammen mit ihren kleinen Bemerkungen, wirkten diese Zeilen so lebendig, dass ich im Urlaub auf der Liege am Waginger See laut auflachte. Meine Eltern sahen mich verständnislos an, mein Bruder kommentierte meine Freude mit derben Bemerkungen über Iris. Sie freute sich auf die eine Woche mit ihrer Mutter und erhoffte sich davon, dass ihre Beziehung sich bessern würde. Malte stand immer öfter auf

Iris' Seite, und das tat ihr gut in ihrem ständigen Kampf gegen die Mutter.

Jeder zweite Satz bestand aus »Ich liebe Dich« oder »Ich vermisse Dich«. An so vielen Stellen waren Herzchen in den Text gemalt. Ich bekam Bilder über Bilder von ihr und Rocky und auch von ihr und Sabrina. Eines der schönsten Dinge, die ich erhielt, war ein kleines rotes Papier, gefaltet in der Form einer Träne. Darauf stand: »Öffne diese, meine Träne, und Du wirst ein Herz erhalten!« Und wirklich, faltete man es auseinander, wurde es zu einem Herz. Dort stand: »Öffne mein Herz, und Du wirst eine Wolke voller Zuneigung erhalten«. Ich faltete auch das auseinander, und es wurde zu einer Wolke in der stand: »Ich liebe Dich, mein Ronnylein.« In Klammer und weiter unten am Rand stand: »Idiot, warum bist Du nicht bei mir?« Das war Iris.

Ronny dagegen war ein Arschloch. Das klingt nicht nur hart, ich schreibe das absichtlich. Ich könnte bei der Geschichte leicht einen guten, perfekten, liebenswerten Ronny darstellen. Wer würde das jemals überprüfen wollen? Ich will hier ehrlich sein, und dazu gehört auch die schlechte Seite von Ronny, so gerne ich darauf verzichten würde.

Natürlich vermisste ich sie sehr. Doch im Urlaub gab es immer viele Eindrücke, die ablenken konnten, und es gab auch hübsche Mädchen. Ich konnte Iris nicht bei mir haben, konnte nicht ihre Wärme spüren, und das fehlte mir so sehr wie die Gespräche mit ihr, für die die Briefe nur ein magerer Ersatz waren. Wir telefonierten einmal miteinander, fast eine halbe Stunde, und das kostete mich 15,- DM. Aber eine Stimme war auch kein Ersatz.

Ich begann damals das erste Mal seit langem, wieder nach anderen Mädchen zu sehen. Ich genoss es, auch von anderen angesehen zu werden. Ich war kein hässlicher Kerl, also lernte ich schnell ein Mädchen aus unserem Hotel kennen, und wir unternahmen viel gemeinsam. Wir machten Radtouren, fuhren Boot, gingen schwimmen oder abends in die kleine Disco im Dorf. Es war eine lockere Zweisamkeit, die uns gegenseitig half, die Zeit totzuschlagen. Der Ort, in dem wir wohnten, war für jemanden meiner Altersgruppe zu langweilig. Ich verzichtete auf die ein oder andere Kirche, die sich meine Eltern ansehen wollten, und genoss stattdessen die Zeit mit dem Mädchen aus Stuttgart, deren Namen ich leider nicht mehr weiß.

Seit langem erkannte ich, wie schön die Welt außerhalb der Aura von Iris war. Das Mädchen hatte richtig große Brüste, die sich deutlich unter all ihren Kleidungsstücken hervorhoben, sie war erst 15 Jahre alt und hatte auch sonst eine tolle Figur. Gerade im Bikini blieben wenige Fragen offen. Ich war reifer geworden, viel selbstsicherer und wusste, was ich wert war.

Eines Abends nach einer Discoparty küssten wir uns und knutschten hemmungslos in einer Ecke im Hinterhof des Hotels. Das war der absolute Wahnsinn, und zum ersten Mal überfiel mich eine seltsame Sehnsucht nach etwas Neuem.

Später im Hotelzimmer, fühlte ich mich schuldig, dass ich keine einzige Zeile an Iris schreiben konnte, und einen Tag später, als ich mit Iris telefonierte, ging es mir wirklich dreckig. Ich war nicht richtig fremdgegangen, sagte ich mir. Das war nur küssen gewesen, etwas Fummelei … trotzdem tat es mir leid. Ich fühlte mich schuldig.

Die Stuttgarterin fuhr eine Woche vor mir nach Hause. Einerseits war ich froh, andererseits aber auch nicht. Wir hatten noch zweimal rumgemacht, wie man heute sagen würde. Sie konnte ganz anders küssen, es war nicht besser oder schlechter, nur anders. Und diese Erfahrung genoss ich.

In der zweiten Woche lernte ich wiederum Hanna kennen, eine kleine Bayerin mit goldigem Akzent, und wieder mit enormen Brüsten – für ihr Alter. Wir verstanden uns sofort. Schon am selben Abend, schon in der Disco küssten wir uns, schmusten und zogen uns auf eine Bank an den See zurück. Dieses Mal blieb es nicht bei Oberflächlichkeiten. Ich schob meine Hand in ihre Hose und sie ihre in meine. Ich genoss so schnell einen Orgasmus, wie noch nie vorher in meinen Leben. Dabei war ich mir nicht einmal sicher warum überhaupt.

Wir verbrachten den ganzen folgenden Tag zusammen, setzten uns von unseren Eltern ab, hatten viel Spaß. Hanna trug kurze, blonde Haare, war eben so groß oder klein wie Iris und passte hervorragend zu meinen Präferenzen in Sachen Aussehen. Sie besaß eine lustige Lache, die zusammen mit ihrem Dialekt so verschroben schön war.

Am Abend lagen wir im Park am See zwischen den Bäumen, und ich genoss zum ersten Mal Oralverkehr von einem Mädchen. Später versuchte ich das Gleiche bei Hanna, aber ich hatte dabei nicht den Erfolg, den ich mir erhoffte. Hanna störte das nicht. Und so ging das an jedem Tag der Woche, bis zu unserer Abreise. Wir trafen uns, verbrachten den Tag miteinander, und später im Park verwöhnten wir uns gegenseitig. Ich schaffte es, ihr ebenso Erleichterung zu verschaffen und war stolz wie ein Froschkönig. Wir schliefen nie miteinander. Hanna sagte mir am ersten Abend, dass sie sich aufheben wollte, für wen auch immer, und das konnte ich akzeptieren. Iris dagegen war komplett vergessen.

Ich glaube, ich redete mir ein, dass ich, solange ich diese Hürde nicht nahm, Iris nicht betrog. Eine dumme Ausrede, bei der meine Frau heute schneller die Koffer gepackt und mit meine Tochter ins Auto gesetzt hätte, als ich brauchen würde, um meinen Fehler zu gestehen.

Der Urlaub ging zu Ende, wir fuhren nach Hause, und Hanna hatte mir nicht einmal »Auf Wiedersehen« gesagt. Sie sah in mir eben nur einen Urlaubsflirt. Ohne eine Adresse oder Telefonnummer von ihr bleibt sie heute nur eine schöne, wenn auch zweifelhafte Erinnerung. Das Leben konnte stellenweise unkompliziert sein.

Natürlich habe ich Iris nie etwas davon erzählt. Warum auch? Ich war wirklich eine untreue, dumme Nuss, die problemlos alles auf Spiel setzte, nur um den bescheuerten Hormonen hinterherzurennen.

Iris kam später aus ihrem Urlaub als ich, und alles, wirklich alles war wie immer. Nur dass ich anfing, sie oral zu befriedigen. Iris genoss das. Ob sie sich allerdings jemals gefragt hat, warum ich ausgerechnet nach meinem Urlaub auf diese Idee gekommen bin, weiß ich nicht.

Den Rest des Sommers verlebten wir beide bei schönem Wetter mit wilden Sexerlebnissen an verrückten Stellen. Es wurde uns im Bett nie langweilig, aber Iris war es, die mich eines Tages fragte, ob wir es nicht einmal unter freiem Himmel tun könnten. Also trafen wir uns abends auf dem Gartengrundstück, zerrten das Klappsofa hinter die Hütte auf die Wiese und liebten uns unter einem fantastischen Sternenhimmel in einer warmen Sommernacht.

Später, als die Bauern die Felder ernteten, sammelten wir Stroh auf einem Haufen und liebten uns keine 20 Meter neben der Autobahn, im Feld, auf Stroh und einem ausgeklappten Schlafsack.

Natürlich war es nicht nur der Sex, der uns verband. Wir hatten viele kleine Dinge, die wir an uns liebten. Wir liebten es, auf Flohmärkten einkaufen zu gehen. Dort kramten wir in alten Sachen herum, kauften uns, wenn wir Geld übrig hatten, alte Kleider, und zu Hause liefen wir darin herum, spielten Szenen aus ›Hamlet‹ nach. Wir waren so verrückt. Es war einfach eine schöne Zeit.

Und plötzlich war ein Jahr vorbei. Aus den Briefen kann ich lesen, wie wir den 100. Tag ›feierten‹. Das halbe Jahr begossen wir mit einer Flasche aus dem Weinvorrat meines Vaters und waren so besoffen, dass ich damals mein Rad schieben musste. Wir waren stolz auf alle runden Tage oder Monate. Aber ein Jahr - das war etwas Besonderes. Ein Jahr gegen die Eltern, die Oma, gegen Sabbi und Tommi, gegen die Schule und all die Zweifler.

Der 25. Juli 1983 war ein Montag. Die Sonne brannte vom Himmel. Es war schwül und heiß zugleich. Ich hatte den ganzen Tag lang keine Idee, was wir machen konnten. Es war zwar Kinotag, aber weder in Eisenberg lief ein guter Film noch in Grünstadt, und weiter kamen wir mit meinem Moped noch nicht. Ich dachte an ein gemeinsames Essen, doch dazu fehlte mir das Geld. Außerdem war das nichts, was Iris gefallen hätte. Ich rannte den verfluchten Tag neben meinem Vater her und half ihm. Doch in Gedanken befand ich mich ganz woanders. Als ich ihm schließlich zum dritten Mal das falsche Werkzeug reichte, sprach er mich darauf an.

»Ronny?«, sagte er auf einmal zu mir.

Ich stand neben ihm und schaute über das Dach, hinunter in einen Nachbarsgarten. Wir waren dabei, eine Fernseh-Antenne bei einem Fußballfreund von ihm zu installieren. Ich hielt ihm schon wieder das Kabel des Messgerätes hin, und er wartete auf den 13er Schlüssel.

»Ronny!?«, schrie er fast und ich zuckte aus meinen Gedanken hoch.

»Was? Ja? Hä?«, sagte ich und klang wie ein bescheuerter, defekter Radiowecker auf dem Nachttisch, der nicht wusste, ob er Musik spielen wollte, klingeln, hupen oder tuten musste.

»Den 13er Schlüssel. Was ist eigentlich los mir dir heute?«, fragte er und nahm mir das Werkzeug aus der Hand, das ich ihm nun korrekterweise reichte.

»Mit mir?«, meinte ich und versuchte, unschuldig auszusehen. Aber meine Mutter sagte immer, und Iris stimmte da mit ihr überein, dass ich das sowieso nie konnte. »Nix!«, fügte ich hinzu und zauberte irgendwo ein Restlächeln herbei.

Dann schaute mich mein Vater mit dem Schraubenschlüssel in der Hand wie eingefroren etwa zehn Sekunden lang an und holte tief Luft, wandte sich dann ab, um nun die Antenne zu montieren.

»Nix?«, wiederholte er meine Antwort. »So, so. Du siehst aber eher so aus, als würdest du schwere Brocken hin und her schieben, oder irre ich mich da?«

Mein Vater irrte sich nie, und das wusste er auch. Daher war das keine Frage. Mir blieb nun die Wahl. Sagte ich weiterhin, dass da *nichts* wäre und strafte ihn damit einen Lügner? Oder gab ich es zu und musste ihm somit wohl oder übel alles erzählen?

»Los, raus mit der Sprache!«, nahm mir mein Vater die Entscheidung ab.

»Ach, ist wegen Iris …«, begann ich zögernd.

»Hat sie Schluss gemacht?«, fragte er, ohne mich ausreden zu lassen.

Ich war überrascht. Das war so weit weg von der Wahrheit, dass ich fast gelacht hätte. Schluss? Nein, das erste Jahr war voll. Ich konnte mir seine Vermutung ehrlicherweise nicht einmal im Entferntesten vorstellen.

»Nein!«, widersprach ich und wusste, dass ich entrüstet klingen musste, konnte es aber nicht verhindern, dies nicht zu sein. »Wie kommst du denn da drauf? Himmel!«

Er zuckte nur mit den Schultern, sagte dann, ohne sich zu mir zu drehen: »Was dann? Ist sie schwanger?«

Jetzt lachte ich sofort. Ich war so geschockt darüber, wie trocken mein alter Herr das über die Lippen brachte.

»Mensch, Paps, wie kommst du denn auf so einen Scheiß!?«, warf ich ihm an den Kopf.

»Wieso, habt ihr keinen Sex?«, fragte er nun wieder ganz beiläufig und reichte mir den Schlüssel zurück. »Gib mir mal die Zange! Ich hatte Sex in deinem Alter. Ist schon okay. Nein, die Kombi!«

Wie in Trance starrte ich ihn an, reichte ihm die Kombizange, und er lächelte mich plötzlich an. Ich konnte ihn nur mit halb offenem Mund anstieren. Wieder einmal war mein Sprachzentrum mit einem Fehler im Hauptrechner abgestürzt.

»Jetzt glotz net, und mach den Mund zu, sonst nistet da noch ein Scheiß-Spatz drin. Wenn sie nicht schwanger ist, was hast du dann?« Er drehte mir wieder den Rücken zu.

Der Neustart meiner Sprache war durchgeführt.

»Einjähriges!«, sagte ich einsilbig.

Jetzt war er es, der lachte. »Ach so, ja, dann ist alles klar!« Er reichte mir die Zange und grinste mich breit an. »Klebeband, das weiße.«

Ich fummelte in der Kiste herum und fand die kleine Rolle. Als ich sie ihm reichte, fragte ich: »Was ist klar?«

Er rollte einen langen Streifen des Bandes ab, biss ihn mit den Zähnen durch - dabei klang seine Stimme verzerrt. »Das ist ein wichtiger Tag, und du fragst dich, was du machen kannst, oder irre ich mich?« Er schaute kurz zu mir und klebte das Kabel an dem Mast fest.

Mein Vater. Er machte nie viele Worte um die Dinge. Ich dachte immer, er würde sich auch keine Gedanken genehmigen, doch da irrte ich mich. Er machte sich Gedanken um seinen Sohn. Er besaß die seltsame Gabe mit drei gezielten Worten Dinge wie mit einem Hammer auf einen Punkt zu bringen, während meine Mutter diskutierte, bis Blut kam. Warum meine Eltern zueinandergefunden hatten, ist mir bis heute ein Rätsel. Meiner Mutter, glaube ich, auch.

»Ist eh scheißegal.« Er schaute mich über seine Schulter hinweg an. »Kabelbinder.« Er nickte zu der Werkzeugkiste.

»Was? Was ist scheißegal?!«, fragte ich ihn, wie vor den Kopf gestoßen. Mir war das nicht scheißegal.

»Mensch, Ronny. Die Langen«, sagte er, und ich legte die kurzen Kabelbinder in die Kiste.

»Denk doch mal nach. Ist scheißegal, was du machst. Sie will nur, dass du den Tag nicht vergisst. Macht was zusammen. Kauf ihr so Blumenkram, irgendwas eben oder nur ’ne Rose.« Er drehte sich um, befestigte eine Dose am Mast und fummelte daran herum. »Geh spazieren mit ihr. Redet über alte Zeiten.« Er lachte plötzlich, als sei ihm etwas eingefallen. Dann hantierte er weiter. »Oder redet über das letzte

Jahr. Was weiß ich ...« Nun knipste er die Enden der Kabelbinder ab. »Du musst nur da sein und Zeit mir ihr verbringen. Mehr nicht.«

Ich hob eine Braue an, und als er mich ansah, fragte ich: »Aber du und Mutti, ihr geht immer essen, ins Kino, ins Theater und so. Jedes Jahr was anderes.«

Er lachte wieder und klopfte mir auf die Schulter. »Ich, mein Sohn, ich bin verheiratet, und du hast nur 'ne Freundin.« Dann warf er die Zange an mir vorbei in den Werkzeugkasten. »Los, räumen wir auf! Ich will heim.«

Wir fuhren wortlos nach Hause. Als wir alles ins Haus geräumt hatten und ich gehen wollte, hielt er mich am Arm fest. Er steckte mir etwas in die Tasche und grinste mich an. »Danke fürs Helfen.«

Mein Vater sagte sonst nie »Danke«. Das wäre so, als würde ich zu meiner Mutter sagen: »Danke für die frische Unterwäsche und die Socken!« Natürlich sollte man das sagen, aber es tat eben keiner, weil Selbstverständlichkeiten nicht so heißen würden, wären sie eben nicht selbstverständlich wie Sonne, Wasser und Luft.

Ich grinste verlegen und ging. Er hatte mir einen 50-Mark-Schein gegeben. Solche Dinger sah ich selten. Sehr selten. Und so trug ich ihn wie ein Wunderpapier, als ich zu meinem Moped ging und zu Iris fahren wollte.

Ich kaufte eine einzelne Rose - immerhin ein Jahr – und schluckte nicht schlecht, als ich fast fünf Mark dafür bezahlen musste. Jetzt war mir auch klar, warum man erst lange zusammen sein konnte, wenn man richtiges Geld verdiente. Dann konnte man sich erst die teuren Blumen kaufen.

Ich fuhr zu dem kleinen Supermarkt im Dorf und kaufte ein paar andere Dinge ein. Daraufhin raste ich wieder nach Hause und lud in einen Korb ein paar Sachen, fuhr wieder durch das Dorf zu meiner Oma, klaute etwas aus dem Schuppen, raste in die Erdekaut, montierte dort die Details und war fast 20 Minuten später bei Iris.

Iris saß auf dem kleinen Zaun vor Omas Garten und wartete auf mich. Oma machte im Garten Unkraut platt. Sie fluchte, als sie sich erheben wollte, und ihr Blick traf den meinen.

»Hallo!«, sagte ich etwas verlegen.

Sie hob erst nur eine Hand. »Ihr müsst nicht so blöd grinsen. Ich kann schon noch rechnen. Ein Jahr, was?«

Ich verstand nicht richtig.

»Und mir sagt sie, dass ihr - seit Anfang des Jahres was Festes habt …«

Oh, jetzt verstand ich es. Sie bezog sich auf die Zeit, in der wir noch heimlich zusammen waren und keiner wissen sollte, was los war. Aber sie sagte das mit einem leichten, wirklich leichten Grinsen auf dem Gesicht, dass man nur erkennen konnte, wenn man sie wie ich gut kannte.

Sie kam zu uns an den Holzzaun. Dort blieb sie stehen.

»Wie geht es ihnen, Frau Gaub?«, fragte ich und überging den Rest einfach.

»Als ob du das wissen willst, Bürschlein«, keifte sie, grinste nun aber offen. »Jedenfalls geht es mir besser, wenn Iris um zehn Uhr wieder hier ist.«

»Zwölf?«, fragte ich, als hätte ich sie nicht richtig verstanden.

»Elf sagte ich Junge, vorsichtig.« Sie lachte.

»Klar, bis halb zwölf ist sie sicher wieder hier«, reizte ich sie noch etwas, und sie winkte nur ab.

»Ab mit euch!« Dann drehte sie sich um.

Ich sagte ja schon, sie war ein Drache mit Trillerpfeife, aber sie war völlig okay.

Iris küsste mich und nahm mich in den Arm. »Ich liebe dich, mein kleiner Idiot!« Sie lachte.

Ich kitzelte sie, und sie kicherte noch mehr. »Du sollst mich nicht einen Idioten nennen, Herrgott noch mal. Ich glaube, ich gehe alleine ein Eis essen!«

Ich stieg auf meine Maschine, doch Iris war schnell bei mir. »Untersteh dich. Ich sag Oma, dass du mich hast stehen lassen.« Iris zwinkerte mir zu.

»Oh, ja, dann steig auf, schöne Frau. Mal sehen, was wir machen werden.«

Wie versprochen fuhren wir nach Eisenberg, und der warme Sommerwind pfiff uns um die Ohren. Ich hatte nur ein T-Shirt mit einem Hemd darüber an, dazu meine heißgeliebten Levis-Jeans, die verlebten Turnschuhe und natürlich Tennissocken. Sie trug ihre Röhren Jeans und ein T-Shirt in verwaschenem Rot. Iris saß hinter mir, schmiegte sich an mich, und ihre Hände waren unter meinem offenen Hemd und unter meinem T-Shirt auf der bloßen Haut. Das fühlte sich wirklich gut an, ihre Nähe so fühlen zu können.

Wir waren frei an diesem Tag. Frei von den Sorgen des Alltags, frei von dem Druck der Schule, frei von Streit, Eifersucht, Trauer oder Kummer. Frei und voller Liebe. Ich glaube, ich habe damals erst wirklich verstanden, was es bedeuten konnte, vor Glück fast zu zerspringen. Alles in mir war angespannt und wollte gelöst werden. Jede Faser meines Körpers tat angenehm weh. Das hätte ewig so anhalten können.

Wir aßen unser Eis. Wir spazierten durch die kleine Stadt, ohne Ziel, einfach nur gehen und reden. Mein Vater sagte, ich sollte über alte Zeiten reden, also tat ich das. Wir erinnerten uns an meinen Sturz vom Kirschbaum, an das Gewitter und wie wir in dem Schweinestall gesessen hatten, um unsere Kleider trocknen zu lassen. Als würden wir Fotoalben mit uns tragen, aus denen wir immer wieder Bilder der kurzen Zeitspanne nehmen und sie dem anderen zeigen. Wir waren stolz darauf, es doch geschafft zu haben, uns bis zu diesem Tag zu lieben.

Am Ende des Spazierganges saßen wir in dem kleinen Park vor der Kirche und schauten anderen Menschen zu. Es war inzwischen fast acht Uhr, als Iris sich zu mir umdrehte und mich lange, wortlos ansah.

»Hopp, sag mir nur drei Gründe, warum du mich liebst - wenn du mich liebst!«, forderte sie mich auf. Sie grinste, als sei das eine schwere Aufgabe. Doch ich blieb ernst und nahm ihre Hand.

»Ich nenne dir zehn. Okay?«, erklärte ich ihr.

»Zehn? Wow! Na dann, mach mal los.« Ihr Grinsen verschwand ganz langsam, als zöge man es aus ihrem Gesicht mit unsichtbaren Fäden.

Nach einem kurzen Blick gen Himmel sah ich sie an. »Okay. Ich liebe dich, weil du einzigartig bist und man nichts anderes suchen will. Weil du schön bist und jedem Vergleich standhältst. Weil du die besten Briefe der Welt schreiben kannst, die mich zum Lachen, Träumen und zum Weinen bringen. Weil du Träume hast und sie auch lebst. Weil du lachen kannst und es wirklich echt wirkt. Weil du weinen kannst und man es glauben will. Weil du stark bist und man dir vertrauen kann. Weil du mir zuhörst und ich dir alles erzählen will. Weil du erzählen kannst und man nur *dir* zuhören will. Weil du so zärtlich bist und ich nur dir gehören will.«

Ich zählte diese Dinge auf. Sie sprudelten nur so aus mir heraus. Es war wie ein Gedicht, das man lange geübt hatte, wie der Text eines guten Songs. Ich musste nicht nachdenken. Es war einfach nur da.

Heute ist das jedoch anders. Ich gestehe, dass mir davon nicht eine Silbe wieder eingefallen wäre, hätte ich es nicht in einem Brief gelesen. Iris hatte jeden Satz aufgeschrieben. Ich staune über mich selbst.

Iris starrte mich an. Sie hatte ihre großen Augen weit aufgerissen. »Das hast du auswendig gelernt - das ist aus so einem Buch deiner Mutter. Gib es zu!« Iris verzog das Gesicht zu einer Grimasse, aber ich zuckte nur mit den Schultern.

»Und wenn schon. Es stimmt, es passt, und ich meine es so, wie ich es gesagt habe. Ist es am Ende wichtig, von wem es ist?«

Sie schwieg einen Augenblick. »Nein, da hast du vermutlich recht. Ach, Ronny ...« Sie legte den Kopf an meine Schultern. »Wo siehst du uns in ... hmm, sagen wir 30 Jahren?«

Ich legte den Arm um sie, zog Iris zu mir und drückte sie ganz sanft. »Ehrlich gesagt weiß ich das nicht. Vielleicht sollten wir jedes Jahr hierher kommen und vor der Kirche da unsere Freundschaft feiern. Mal sehen. Vielleicht rennen dann irgendwann ein paar Kinder von uns hier rum.«

Sie lachte. »In 30 Jahren, Idiot. Die rennen dann nicht hier rum, die wollen ihr Taschengeld und mit ihren Freunden ins Kino.«

Ich lachte mit ihr. »Ja. Da hast du vermutlich recht. Lass uns was essen gehen, okay?« Ich löste mich von ihr, stellte mich vor sie und reichte ihr beide Hände. »Ich hab da noch eine kleine Überraschung.« Und damit hob ich vielsagend eine meiner Augenbrauen hoch.

Wenig später fuhren wir mit dem Moped wieder Richtung Hettenleidelheim. Sie fragte mich nicht, wo wir hinfuhren, aber als wir in die Gartenstraße abbogen, dachte sie, wir würden nur zur Stelle unseres gemeinsamen Anfangs fahren. Tatsächlich hielten wir dort einen Moment, und ich bat sie abzusteigen.

Iris lief zu der Koppelbegrenzung, und als Rocky sie erkannte, kam das Tier zu uns an die Stangen. Iris jauchzte vor Freude, als sie an dem Hals des Tieres ein kleines Herz an einer einfachen Kordel erkannte, das ich heute Mittag um den Hals des Pferdes gehängt hatte. Nebenbei bemerkt, für mich eine wahre Heldentat. Bei aller Liebe zu den Tieren änderte das nichts an meinem Respekt vor ihnen.

»Mann, Ronny. Wie romantisch. Ich hab gar nicht gewusst, dass du so was kannst. Ist das auch aus einem Buch?«

Ich zuckte mit den Schultern. »Ich kann nichts dafür, dass die mir alle Ideen klauen ... aber nein, das hier ist ... egal. Dreh das Herz mal um.«

Sie tat es und schaute mich vorher verunsichert an. Dann drehte sie es, las und warf mir einen Blick zu, der Unverständnis zeigte.

»Hunger?«, las sie laut vor.

»Und?«, fragte ich.

»Was, und? Ob ich Hunger habe?«

Ich nickte wortlos.

»Ja, warum? Hast du noch was für mich?«

Ich nickte wieder und deutete auf mein Moped.

»Nicht hier?«

Nun schüttelte ich den Kopf und wartete.

Iris stieg auf, und wir fuhren die Straße entlang, auf der sie vor mehr als einem Jahr mit dem alten Rad heruntergekommen war. Vielleicht dachte sie auch daran. Wir bogen an der Kreuzung ab, und sie drückte mich. »Unser Baum?«

Ich antworte nicht, sondern fuhr an der Stelle einfach vorbei. Ich musste langsam fahren, weil der Weg in einem schlechten Zustand war. Aber Iris erkannte, dass ich hier nicht halten wollte. Ich fuhr bis an den Friedhof und ließ das Moped bis zur Mauer ausrollen. Hier stiegen wir wieder ab. Ich nahm Iris an die Hand. Wir liefen durch das hohe Gras, zu der Stelle, an der ich am Mittag bereits gewesen war. Iris ließ mich stehen und ging alleine zur Mauer, an der ein weiteres Herz hing, lautlos im Wind hin und her flatternd. Sie schaute zu mir, und ich deutete ihr, es zu nehmen.

Auf der Rückseite las Iris diesmal laut vor: »Auf mehr?«

»Und? Hunger auf mehr?«, fragte ich.

Sie kam zu mir und wirkte unsicher, aber eher neugierig unsicher. »Auf mehr von was?«, wollte sie wissen.

»Mehr Ronny, mehr von uns?«, forderte ich sie heraus.

»Beides, unbedingt. Aber ehrlich, ich habe auch so einen Mordskohldampf. Wann hast du das denn alles gemacht?«, fragte sie und gab mir einen Kuss auf die Wange.

»Das hier oder das da vorne.« Ich deutete mit dem Kopf vage hinter mich. Sie blickte über meine Schultern.

»Da vorne, wo ...?!« Sie grinste. »Oh, doch zu unserem Baum?«

Dieses Mal nickte ich langsam und zeigte wieder auf mein Moped.

Wenig später stolperten wir über das holprige Feld, Hand in Hand, und als wir noch 20 Meter davon entfernt waren, hielt ich sie am Arm fest. Iris drehte sich zu mir. Aus einer Gesäßtasche holte ich ein grünes, kleines Tuch und faltet es zu einem Streifen Stoff. Wortlos reichte ich ihr die Augenbinde. Sie schaute mich erst an, dann band sie diese schweigend um ihren Kopf. Ich führte sie nun zu unserem Baum. Als wir ihn erreichten, ließ ich sie stehen.

»Nicht bewegen, versprochen?«, bat ich sie.

Ich lief schnell um den großen Baum, dessen Schatten lange über das Feld ragte. Die Sonne stand schon sehr tief. In einer Stunde würde es hier dunkel sein. Eine Minute später war ich jedoch schon fertig und sah Iris dort stehen. Ich muss gestehen, dass ich sie beobachtete, und ich dachte wirklich daran sie so zu zeichnen - doch ich hatte keine passenden Utensilien dabei. Also musste ich mir das Bild wohl oder übel einprägen. Nun, das ist mir gelungen, denn ich sehe sie noch heute dort stehen. Das kleine Mädchen, diese junge Frau in dem verwaschenen T-Shirt, den engen Jeans. Sie stand im Schatten des Baumes aber auch ein Stück in der untergehenden Sonne. Es war ein schöner Anblick. Hinter ihr der dunkle, blaue Himmel, in dem der alte Tag floh und hinter mir die frisch aufkommende Nacht.

Iris wirkte nervös, das gefiel mir. Sie wirkte unsicher, aber auch das genoss ich. Keinesfalls weil ich die Macht verspürte, sie dort sehen zu können, während ihre Augen verbunden waren, sondern weil ich sie einfach so liebte.

Ich erhob mich, stellte mich hinter sie und legte einen Arm um ihre Hüfte. Ich flüsterte in ihr Ohr. »Auf ein weiteres und noch viele weitere Jahre.« Dann zog ich die Binde ab.

Erst schaute sie vor sich, betrachtete *es* eine Weile, dann drehte sie sich zu mir und gab mir einen Kuss.

»Ich liebe dich, du kleiner Verrückter!«

Unter unserem Baum lag meine Tagesdecke aus meinem Zimmer. Dahinter stand in einer leeren Sektflasche, die Rose, die ich gekauft hatte. Die geklaute Flasche Wein aus dem Schuppen meiner Großeltern stand neben zwei Gläsern, die meiner Mutter im Schrank fehlten. Ich hatte auch den Brotkorb mitgenommen und zwei Messer. Das Brot in dem Korb war vom Bäcker. Es standen dort Salz, Pfeffer, eine kleine Plastikschüssel mit Deckel und darin Wurst vom Metzger. Es gab Besteck, ein weiteres Handtuch und ein handliches Transistorradio.

Es wirkte. Es kann ja sein, dass mein Vater meinte, das wäre alles »scheißegal«, und vielleicht würde es das auch im Laufe der Zeit werden. Nur bei mir war das hier der Anfang. Mir war das nicht »scheißegal«. Mir bedeutet es etwas, nein, mir bedeutete das alles in diesem Moment. Ich hatte mir vorgenommen jedes Jahr etwas Besonderes zu sein, etwas Besonderes zu machen.

»Das ist toll. Das ist einfach nur himmlisch, du verrückter Kerl, du«, sagte sie und lief auf die Decke zu, als rechnete sie jeden Moment damit, dass sie verschwinden würde.

Ich überholte sie und setzte mich nahe des Baumstammes hin, nahm eines der Weingläser und reichte es ihr. Dann kramte ich in dem Korb nach meinem Taschenmesser und rechnete fast damit, es vergessen zu haben. Doch ich fand es und entkorkte die Flasche. Iris setzte sich neben mich. Ich schenkte ihr ein.

Als auch mein Glas gefüllt war, stellte ich die Flasche ab und prostete ihr zu. »Auf die Liebe?«

Sie nickte nur. Ich erkannte, dass sie weinte und schlagartig wurde mir komisch zumute.

»Hab ich was Falsches gemacht?«, fragte ich plötzlich.

Sie schüttelte schnell den Kopf. »Nein, kein bisschen, kein verfluchtes bisschen. Aber ich habe Angst.«

Mein Glas sank herab.

»Angst?«, fragte ich schwermütig.

Sie nickte, wischte sich schnell die Tränen mit der Schulter aus dem Gesicht. Sie bekam dunkle Flecken auf dem T-Shirt.

»Angst, dass ich meine Augen schließe und du auf einmal weg bist. Idiot!«, sagte sie und lächelte gequält. Wieder kullerten zwei Tränen herunter. Aber dann zog sie auf einmal die Lungen voller Luft. Iris hob das Glas wieder. »Auf uns und die Liebe, Ronny!«

Und dann tranken wir den Wein.

Hinter uns versank die Sonne langsam im Wald. Es blieb noch eine Stunde hell. Ich erinnere mich, dass ich bald die Sterne schon sehen konnte. Ich erinnere mich an den Geruch, die Geräusche um uns herum, wie still es war. Ich erinnere mich daran, wie sie lachte, als ich sie beim Streicheln kitzelte. Ich erinnere mich daran, dass ich am Baum lehnte, nackt und sie vor mir lag, mit dem Rücken an mich gelehnt und meine Hände wie selbstverständlich über ihre Brüste strichen, über ihren Bauch und unter ihren Armen entlang.

Dann plötzlich stand sie auf und drehte sich zu mir.

»Was hältst du von ›Iris und Ronny, 1983‹?«, fragte sie mich ganz spontan.

Ich richtete mich auf. »Wie meinst du das?«

Iris zeigte auf den Baum.

»Oh!« Ich verstand. »Klar, warum nicht!«

Ich musste einen Moment suchen und hatte dann das Taschenmesser in der Hand. Als ich es ansetzen wollte, fuhr sie mich an. »Mach es auf die Rückseite, Idiot.«

»Sag nicht Idiot zu mir. Und warum dort?«, fragte ich.

»Damit es in den Sonnenuntergang sehen kann. Wenn wir 80 sind, krackseln wir hier den Berg hoch und stellen uns zu dem Herz. Versprochen?«

Ich lachte in dieser schönen, zeitlosen Erinnerung. »Ich werde dich dann in einem Rollstuhl hierher schieben.«

Sie knuffte mich. »Never, Ronny. Eher ich dich, und nun quatsch net rum. Schnitze, Mann!«

Nackt bis auf meine Tennissocken, setzte ich das Messer an und versuchte, ein Herz in die Rinde zu schneiden. Iris war plötzlich hinter mir und hatte die Arme um meinen Körper gelegt, und auch sie war nackt. Ihre kleinen Brüste schmiegten sich an meinen vom Schweiß feuchten Rücken. Sie küsste mich auf mein Ohr und biss dann in das kleine Läppchen darunter.

»Au, Spinner. Wenn du mich nicht lässt, schnitze ich noch morgen« Ich wollte sie nur gespielt abschütteln.

Sie aber erhöhte den Druck auf meinen Körper und ihre Fingernägel krallten sich in mein Fleisch.

»Ich liebe dich, Ronny!«, flüsterte sie in mein Ohr.

»Ich dich auch!«, sagte ich und drehte den Kopf zu ihr, um sie zu küssen.

So ist noch heute dieses Herz am Baum, der jenes damalige Gewitter und noch viele weitere überlebt hatte, der heute, wie damals über dem Hügel thront, der Schatten spendet und jeden Abend in den Sonnenuntergang blickt. Der, wenn ihm nichts passiert, uns alle überleben wird. Er ist ein Wahrzeichen geworden. Er ist von Weitem zu sehen, und das ist wirklich schön so.

›Der Baum der Zuneigung‹ hatte sie ihn genannt. ›Der rote Fleck der Liebe‹, ›Die kummerfreie Zone‹, ›Schatten der Leidenschaft‹.

Ich nenne ihn meinen ›Baum der Liebe‹, ich glaube, das ist ein gerechter, ein passender Name für ihn.

Auch wenn ich alleine zu ihm zurückgekommen bin.

Blick hinter den Vorhang

Ein schwarzer Schatten, neben strahlend hellem Licht,
Er macht mir Angst, warum ... das weiß ich nicht.
Aus eigner Kraft, zu aufgeregt,
Unaufhaltsam, rasch, bewegt,
Ich spring zur Seite - ich erkenne ihn,
Doch zu spät, ich kann ihm nicht entfliehn ...

ES BEGANN ENDE des Sommers 1983. Nach zwei wunderbaren Wochen, in denen wir sehr viel Zeit für uns genossen, brach plötzlich der Alltag, die Schule über uns herein wie ein unerwarteter Regen. Mein letztes Jahr an der Realschule, ihr letztes Jahr an der Hauptschule und unsere Prioritäten verschoben sich unwillkürlich.

Für mich ging es in dem Jahr um einen guten Abschluss, der mir eine Lehrstelle sichern sollte. Iris wollte die Aufbauschule machen und den Realschulabschluss erreichen, um später auf einer Sprachenschule in Worms Korrespondenz zu lernen. Wir hatten Ziele, die wir erreichen wollten. Und uns war klar, dass es eine schwere Zeit werden würde.

Also beschlossen wir, uns einen Plan zu machen, in dem wir zum einen lernen konnten und der uns zum anderen garantierte, dass wir uns regelmäßig sahen. Wir hielten uns die Wochenenden frei, wollten uns nur einmal unter der Woche abends treffen. Doch ich musste meinem Vater oft helfen, meist den halben Samstag. Sonntags spielten wir Tennis. Thomas hatte angefangen sich für den Sport zu interessieren, und es gefiel mir, mit meinem besten Freund eine weitere Gemeinsamkeit entdeckt zu haben. Außerdem wurde ich recht gut darin, Tennis zu spielen, und es füllte mich immer mehr aus.

Iris hatte Rocky, hatte Sabrina, hatte diese Greenpeace-Sache, die mir langsam auf den Senkel ging, weil sie sich zu sehr damit identifizierte. Neben den Buttons musste ich die ewig andauernden Diskussionen über mich ergehen lassen, wie schlecht wir alle mit der Welt umgingen und wie wenig Verantwortung wir dafür übrig hatten.

Aber wir beide schafften es. Wir sahen uns so oft es eben möglich war. Bis zu den Weihnachtsferien lief auch alles gut. In vielen Punkten wurde es einfacher, leichter.

Meine Eltern hatten Iris akzeptiert. Gerade meine Mutter verstand, dass Iris ein Teil meines Lebens war. Einmal war Iris sogar mit Rocky bei uns im Garten. Meine Mutter ritt das Tier eine Weile. Ich saß auf der Terrasse und schaute den beiden zu. Mir hatte das damals gut gefallen, ich hatte genossen zu sehen, dass beide sich so gut verstanden. Mein Vater lud sie auch schon mal mit ein, wenn wir essen gingen und einmal ins Kino.

Oma Gaub begann, mich richtig lieb zu gewinnen. Natürlich blieb sie ihren Prinzipien treu und trillerte eifrig, wenn es unter der Woche 21 Uhr geworden war, aber wenn wir schon mal Glück hatten, kam es vor, dass sie erst um halb zehn nach mir pfiff.

Ich grub ihr Ende des Sommers den Garten um, weil sie Anfang 1984 einen neuen Teil des Gemüsegartens anzulegen gedachte. Ich glaube, das hatte ihr gefallen. Wir lachten viel, sprachen über meine Eltern, ihren verstorbenen Mann und dass er mich nie hätte leiden können, weil ich zu weibisch gewesen wäre. Ich wusste nicht, wie ich das damals verstehen sollte. Als Kompliment oder als Vorwurf.

Iris und mir blieb zwar weniger Zeit, aber wir nutzten sie umso intensiver. Es gibt kaum Briefe aus der Zeit, und die drei oder vier Stück sind nur kleine Liebeserklärungen von ihr an mich, kleine Beschreibungen von kleinen Träumen. Ich erinnere mich kaum an die Zeit, vielleicht weil sie so problemlos war … bis kurz vor Weihnachten ...

Das Fest der Feste feierte meine Familie im großen Stil. Opa war damals noch bei uns im Haus, meinen Onkel holte meine Mutter ab. Wir alle und ein großer Baum, voller Geschenke. Lesen aus der Weihnachtsgeschichte, vierhändiges Klavierspiel mit Mutter und dazu die Flöte meines Bruders, mein Vater gut gelaunt und stolz auf die Szenerie. Er gab mir gegenüber einmal zu, dass er diese Zeit am meisten genoss.

So fragte ich ihn in diesem Jahr, ob er etwas dagegen hätte, wenn ich Iris einladen würde, und dies schien ihm zu gefallen, denn er sagte schnell und mit einem Lächeln auf dem Gesicht: »Nein, bring sie mit! Warum nicht?«

Iris wollte mit ihrer Oma feiern und den Tag darauf zu ihrer Mutter nach Grünstadt fahren. Aber als ich ihr vorschlug, zu mir zu kommen, war sie sofort Feuer und Flamme. Oma hatte es verstanden. Sie begrüßte es sogar, weil sie somit frei war von der Verpflichtung, die Ersatzmutter zu spielen. Sie freute sich auf ein Fest mit einer ihrer Freundinnen aus dem Dorf. Iris erzählte ihrer Mutter davon und trat damit einen losen Stein ab, der eine Lawine ins Rollen brachte.

Heiliger Abend 1983 war an einem Montag. An dem Wochenende davor wollten Iris und ich auf den Weihnachtsmarkt nach Frankenthal fahren. Damals mit dem Bus bis nach Grünstadt und dann mit dem Zug in die Stadt. Wir hatten uns an der Bushaltestelle Turnhallenstraße für kurz nach vier verabredet. Ich wartete bis fast fünf Uhr und stiefelte säuerlich zu ihr. Ich weiß noch gut, wie geladen und voller Wut ich war. Immerhin waren es drei Grad unter null, und ich fror mir den Hintern ab. Ich war sicher, davon überzeugt, dass sie bei den Pferden wieder die Zeit vergessen hatte und nun schnell noch duschen wollte – irgend so was in der Art.

Ich klingelte bei Oma, und plötzlich fühlte ich mich seltsam. Oma machte die Tür auf. Wir sahen uns eine Weile an, sie trat wortlos zur Seite. Es kam schon mal vor, dass sie mir aufmachte. Daher wunderte es mich erst nicht sehr. Doch als ich die ersten Stufen nach einem schnellen »Hallo« schon auf dem Weg nach oben war, hörte ich sie sagen: »Iris ist nicht da, Ronny!«

Ich verharrte und drehte mich zu ihr um. Es war der Tonfall, mit dem sie das gesagt hatte, der mich erschaudern ließ. Ich wusste sofort, dass etwas nicht in Ordnung war.

»Wo ist sie denn, wir waren um vier verabredet?« Ich kam langsam die Stufen herunter.

»Komm rein, setzt dich!«, befahl sie mir ohne eine weitere Erklärung.

Natürlich gehorchte ich sofort. Ich hatte sie noch nie so gesehen, so verbittert, so verwandelt, so ... anderes eben. Ich kannte Oma stinksauer, wenn sie im Garten an einer Wurzel rüttelte, die nicht aus der Erde wollte und dabei ihr Gebiss knirschte. Ich kannte sie lachend, wenn ich mal wieder über den kleinen Absatz an der Straße stolperte. Ich kannte sie gut gelaunt, wenn sie in der Küche stand. Ich kannte sie kurz angebunden und in sich gekehrt, wenn sie am Todestag ihres Mannes vom Friedhof kam. Doch der Ausdruck in ihrem Gesicht und diese Stimme waren mir neu, fremd. Aber dann wusste ich auf einmal, dass ich ihn doch schon mal gesehen hatte.

Ich habe sie nie gefragt, warum ich damals hatte gehen müssen, als Iris mich versetzte und drei Tage nicht in der Schule gewesen war. Der Gesichtsausdruck von damals und der heutige waren identisch. Es hatte etwas von der Verzweiflung einer Mutter, die ihr Kind sucht, das eben noch an der Kasse im Supermarkt neben ihr gestanden hatte. Vielleicht auch das Gesicht einer Mutter, die eben erfahren hatte, dass sich ihr Kind verletzt hatte.

»Was ist los?«, wollte ich wissen, als sie hinter mir ins Wohnzimmer kam und an den Schrank ging. Dort klappte sie eine Tür auf, holte zwei kleine Schnapsgläser und reichte mir eins davon. Ich war zu verdutzt, um zu fragen, was das bedeutete. Also nahm ich eines der Gläser einfach an. Oma stampfte in die Küche. Wütend. Es klapperte, und als sie wieder zu mir kam, trug sie eine Flasche in der Hand, die aus einem Eisfach zu kommen schien, denn das Gefäß beschlug sofort. Oma schraubte den Verschluss ab, immer noch ohne einen Ton zu sagen, schenkte mir und sich ein. Dann stellte sie die Flasche offen auf den niedrigen Wohnzimmertisch.

Sie prostete mir zu. »Trink, ich brauch jetzt einen. Und du auch!«

Ich bin auch heute kein großer Trinker. Ich habe nie richtigen Gefallen an Alkohol gefunden, aber ich verweigere mich ihm nicht unbedingt. Und schon gar nicht, wenn Oma das quasi verlangte. Alles in und an ihr duldete keinen Widerspruch. Ich roch einmal dran und entschied, dass es mich nicht töten würde. Wenn Oma das vorgehabt hätte, würde ich nun den Lauf der alten Schrotflinte ablutschen, und sie würde abdrücken. Also trank ich das kleine Glas in einem Zug leer - wie Hustensaft. Schnell runter damit!

»Setz dich, Ronny!« Sie deutete mit einem Nicken zu dem Sessel ihr gegenüber. Noch während ich mich setzte, schenkte sie sich nach.

»Was ist los?«, wollte ich nun schon energischer wissen.

Einen Augenblick starrte sie mich an. Ich war mir sicher, sie würde nun doch die Flinte holen.

»Ich kann dich gut leiden, Ronny!«, sagte sie, trank, schüttelte sich und stellte das Glas ab. Ihr Blick ging an mir vorbei. »Bist ein netter Kerl, und Iris mag dich.«

Ich wollte an der Stelle etwas sagen. Mir war so, als müsste ich das tun, doch Oma hob nur eine Hand und brachte mich zum Schweigen. »Ich kenn eine Menge Menschen, kannst du mir glauben. Ich erkenne Deppen und Arschlöcher. Aber du bist keiner davon - nie gewesen. Auch wenn du mir zu frech bist.«

Sie blickte immer noch an mir vorbei.

»Ich habe meiner Tochter gesagt, der ist nix. Und?« Sie lachte plötzlich, so unerwartet, dass ich zusammenzuckte.

›Welcher Tochter? Wer ist ›der‹ nur?‹, dachte ich noch.

Sie redete für mich wirres Zeug. Aber ich blieb sitzen und hörte ihr weiterhin zu.

»Sie hat ihn geheiratet, und er ist hierher gekommen. 'Ne Weile ist es auch gut gegangen, aber dann war dem eine nicht genug. Meine Tochter hat das nie richtig verkraftet, glaub ich, und hat angefangen zu ...« Sie fixierte mich. »Was weißt du eigentlich von Iris' Mutter?«

Ich machte den Mund auf. Doch sie sprach weiter, ohne mich zu Wort kommen zu lassen, also klappte ich ihn wieder zu.

»Ist auch egal. Sie hat angefangen zu trinken, was sag ich, zu saufen. Sie hat hier gewartet, bis er von seinen Freundinnen zurückkam und hat ihm mit besoffenem Kopf Vorwürfe gemacht. Das hat er sich ein Jahr oder so gefallen lassen, dann ist er ausgezogen, zu einer seiner Tussis. Er war ein Arsch, das hab ich ihr immer gesagt. Später hat er sich um einen Baum gewickelt. Gott sorgt für uns, Ronny. Das tut er.« Sie lachte trocken. Dann schenkte sie sich wieder nach, trank das Glas sofort leer.

Alkoholprobleme lagen wohl in der Familie. Ich dagegen war geschockt, verwundert, ängstlich und unsicher geworden. Doch Oma fuhr fort. »Iris war 13, als es passierte. Man sollte seinen Vater nicht so verlieren. Manchmal ist Gott doch ein Idiot. Weiß auch nicht warum. Jedenfalls hab ich Iris genommen, bis meine Tochter wieder aus der Kur kam. Über ein Jahr war sie fort. Ich mochte das Kind schon immer, und oft musste ich mich drum kümmern, wenn meine Tochter im Haus rumbrüllte und nach ihrem Mann schrie.«

Oma machte eine Pause, sah auf die Flasche und wandte den Blick dann davon ab, zu mir. »Willst wissen, warum ich so sentimental daher rede, oder?«

Ich nickte nur. Was war denn hier los? Plötzlich erinnerte ich mich an Iris' blaue Flecken.

Iris hatte mir dazu eine Geschichte erzählt. Aber dabei spielte ihre Mutter keine Rolle. Sie war gefallen, sagte sie, und ich hatte ihr geglaubt. Eigentlich wollte ich glauben, was sie mir erzählte, weil alles andere zu kompliziert gewesen wäre. Doch ich denke, ich wusste auch damals schon, dass es nicht die ganze Wahrheit war. Verdrängen ist oft einfacher, als es zu ertragen. Nichts zu wissen macht mutiger. Ich hatte keines der kleinen Zeichen erkannt. Kein Einziges. Aber das werfe ich mir heute nicht vor.

»Klar, die Alte spinnt jetzt, oder?«, fuhr Oma weiter fort.

»Nein!«, sagte ich völlig ruhig. »Ich frage mich nur, ob ich die Zeit habe, hier zu sitzen!«

Da schaute sie mich sehr lange an, ohne einen Ton zu sagen. Erst als ich weitersprechen wollte, redete sie leise weiter. »Ich habe meiner Tochter gesagt, dass sie Iris nicht wiederbekommt. Die Kleine kann hier wohnen, und sie soll sich um ihr eigenes Leben kümmern. Wenn das Mal wieder richtig tickt, könne sie noch mal kommen, und dann würde ich sehen, was ich machen kann.«

Ich hob die Augenbrauen.

»Sie haben ihnen Iris ... was? ... weggenommen?«

Ich war fast sprachlos. Ich konnte mir das im Moment nicht vorstellen. Bislang dachte ich immer, ihre Mutter wollte Iris nicht haben. Aber so hatte ich das noch nie gesehen.

»Ja!«, betonte Oma das Wort und schaute wieder zu der Flasche. »Sie hat da gestanden!« Oma zeigte auf den Türrahmen zum Flur. »Ich hab zu meiner Tochter gesagt, sie solle sich fortscheren. Wenn sie was für Iris tun will, dann sollte sie ihr Geld geben.« Wieder lachte Oma zynisch. »Hat sie auch gemacht. War ihr recht, glaube ich. Sie hat ja dann diesen ... Malte ... kennengelernt, zu dem sie gleich gezogen ist. Und so lief das 'ne Weile recht gut.«

»Bis damals an dem Freitag, als sie Iris geholt hat?«, wollte ich wissen.

Oma hob den Blick und starrte durch mich hindurch. »Sie kam und hat mir so einen Wisch unter die Nase gehalten.

Sie hätte Rechte, ... und wenn ich nicht mitspielen würde, dann würde sie mir Iris für immer wegnehmen.«

Oma griff fast schon hektisch an die Flasche, dann sah sie mich an. »Noch einen?«

Ich nickte - warum auch nicht, das hier machte es echt nötig. Ich spürte, wie eine seltsame Kälte in mir hochkroch, die ich nicht abschütteln konnte. Mein Gott, die waren zusammen im Urlaub gewesen? Iris und ihre Mutter. Aber Iris verlor keinen Ton darüber, erzählte einfach nichts. Über das Land, die Leute, das Wetter, wie schön es dort war, das schon. Ich hatte nicht danach gefragt - wieder einmal nicht.

Ich trank mit Oma das kleine Glas leer. Das Zeug brannte wie eine Zündschnur durch meine Speiseröhre. Himmel, das Zeug war vermutlich vom Teufel persönlich gebrannt worden.

»Das wollte ich nicht«, sagte Oma plötzlich viel lauter. »Ich wusste, wenn ich das zulasse, konnte ich Iris in einem Jahr aus 'nem verdammten Heim holen. Dennoch ließ ich sie es machen. Iris hatte kaum eine Wahl. Sie wollte nicht. Aber sie ist mitgegangen. Es ist ja die Mutter, oder? Was, Ronny?«

Ich sagte nichts, sie lachte wieder, und jedes Mal klang es schrecklicher. »Mädchen lieben ihre Mütter immer. Aber sie hat Samstag angerufen - bei mir. Ich habe mit Willy gesprochen. Willy konnte erst sonntags, und da hab ich ihn gebeten, sie zu holen. Willy ist zu meiner Tochter gefahren und hat dort Iris weggeholt. Das Mädchen hat geheult, hat mir Willy erzählt.«

Ich kannte Willy. Einen Mann um die 60, schätzte ich, der mit Oma so etwas wie ein Verhältnis führte. Ich glaube, in dem Alter sind solche Beziehungen immer schwer zu definieren. Aber Willy war okay. Ein kleiner aber kräftiger Mann, der früher schwer gearbeitet hatte und daher mit 55 schon in den Ruhestand geschickt worden war.

»Als du dann kamst, wartete ich auf Iris. Ich hoffe, du bist mir nicht böse, aber ich wollte nicht, dass du Iris so ... siehst«, sagte sie mit einem Blick zu mir.

»Nein!«, gab ich ehrlich zu.

In meinem Kopf ratterten wieder sämtliche Gehirnzellen wie in einem Rangierbahnhof. Ich schob eine Erinnerung und ein Erlebnis nach dem anderen auf die neue Waage der Erkenntnis und musste, konnte sie neu bewerten. Natürlich war ich einen Moment sauer, dass Iris mir zwar etwas von dem Problem erzählt hatte, dass sie mit ihrer Mutter verband, aber mir wurde auf einmal klar, dass ich eben nur an einer kleinen Spitze geleckt hatte und der Rest in einer dunklen Geschichte schwamm, die ich nie verstanden hätte. Aber ich verlor diese Wut auf Iris mit jedem weiteren Satz von Oma.

»Iris hab ich hoch geschickt, denn ich wusste ja, sie würde wiederkommen, meine Tochter.«

Ich hob eine Hand, weil mir eben etwas eingefallen war. »Weswegen hatte sie angerufen, ich meine Iris, hier bei ihnen?«, fragte ich sie.

»Ihre Mutter hatte wieder getrunken.«

Ich war fassungslos.

»Sie kam auch, Ronny. Hier hat meine Tochter wieder gestanden und gesagt, sie wollte Iris holen. Aber Willy stand dort an der Treppe. Er kann echt gut böse schauen, der arme Kerl, und Malte hatte meine Tochter diesmal nicht dabei. Alleine ist meine Tochter ein Feigling.« Oma sah auf ihre Hände, als tanzten dort ihre Gedanken. »Ich habe Iris dann gesagt, sie solle erst mal aus der Schule bleiben. Ich traute ihrer Mutter zu, Iris an der Schule abzufangen. Aber ihre Mutter kam Mittwoch und hat hier gesessen, wo du jetzt hockst. Sie hat geheult und gesagt, dass es ihr leidtut. Geheult, Ronny!«

Ich denke, damals war ich nicht mehr nur Ronny für sie. Sie sprach zu ihrem verstorbenen Mann, da bin ich mir so sicher, und ich war nur ein Bild, das dazu ganz gut geeignet war. Sie redete so vertraulich mit mir, dass ich nun noch mehr Angst bekam.

»Nie wieder hat meine Tochter gesagt. Sie würde mit Iris im Sommer den Urlaub fahren. Alles solle gut werden. Sie hat geheult und gesagt es würde ihr leidtun. Und ich Idiot hab ihr geglaubt. Sie ist ja auch meine Tochter. Oder?«

Ich verstand. Absolut. Das war eine Zeit gewesen, in der ihre Mutter wirklich zu Iris ein besseres Verhältnis gehabt hatte. Ich erinnerte mich daran, wie plötzlich und schnell Iris die Pille bekam. Iris hatte das genossen, denke ich heute, ohne es wirklich zu wissen. Aber damals kam mir alles so schlüssig vor. Es passte. In Wirklichkeit war ich nicht in der Lage, sie zu verstehen. Ich kam aus einer intakten Familie - wie sollte ich mir das nur vorstellen können, ohne Mutter oder Vater bei der Oma zu leben?

»Wo ist Iris?« Ich sprach diese drei Worte ganz langsam.

Oma warf mir einen seltsam entschuldigenden Blick zu.

»Meine Tochter war gestern wieder hier. Sie wollte nur mal nach Iris sehen. Aber Iris hat ihr gesagt, dass sie mit dir Weihnachten feiern will, und dann ist sie ausgeflippt. Heute wurde Iris wieder abgeholt, und dieses Mal war wieder dieser Malte dabei. Was hätte ich machen sollen, Ronny?«

Sie schaute mich direkt an, doch ich sah durch sie hindurch. Was hätte sie machen können? Nichts! Die Polizei rufen vielleicht? Aber wegen was? Ich weiß noch, wie ich verzweifelt versuchte, das zu verstehen, und ich versuchte, es irgendwie in eine sinnvolle Reihenfolge zu bekommen. Doch mein Kopf fühlte sich so unangenehm leer an. Ich war wie ausgebrannt und fühlte mich so nutzlos wie noch nie, so hilflos.

»Nichts, denke ich mal. Aber was soll ich jetzt machen?«, fragte ich die Frau. Erst wollte ich sie noch fragen, warum sie mir das alles erzählte. Aber dann ließ ich es bleiben.

»Ich weiß es nicht, Bub, ich weiß es nicht. Aber sie wird nicht kommen dürfen, am Montag. Da bin ich mir fast sicher. Also, ich wollte nur, dass du weißt, dass sie das nicht absichtlich macht. Mir hat es leidgetan, damals, dass ich dir nix gesagt habe. Ich hab dich nie für einen Spinner gehalten. Doch damals wusste ich nicht, wie ernst es dir war. Aber du liebst sie, da bin ich mir sicher - ich erkenn die Leut. Und du bist okay. Ich weiß wirklich nicht, was du machen sollst. Abwarten vielleicht?«

Abwarten. Das sagte sich so leicht.

Ich verließ Oma. Ich erinnere mich nicht an alle Einzelheiten, doch dieser Heimweg, bei dem ich absichtlich einen Umweg ging, blieb mir in Erinnerung. Inzwischen war es dunkel geworden. Es war ein kalter Wintertag, auch wenn es Mal wieder keinen Schnee geben würde. Es war sehr kalt. Ich trug meine Lieblingsjacke, die mich recht gut verpackte, ich hatte die dickeren Schuhe an, trug Handschuhe und einen Schal. Meine Mutter sorgte immer dafür, dass ich gut verpackt herumlief, und ich spazierte sinn- und ziellos durch das Dorf. Ich dachte nach. Ich musste nachdenken.

Zuerst fragte ich mich, warum Oma mir das erzählt hatte. Was wollte sie damit erreichen? Wenn sie mir gesagt hätte, Iris wäre bei ihrer Mutter und würde am Montag nicht kommen, hätte ich das hingenommen, einfach nur akzeptiert. Was sonst hätte ich auch tun sollen? Aber nein, sie warf mir diese traurige Geschichte vor die Füße und schrie mich an, ich sollte das hier erst mal fressen und nun sehen, wie ich mit dem Zeug in mir zurechtkam. Und ich wollte das nicht wissen. Natürlich jetzt, wo ich hinter Iris eine dieser traurigen Geschichten sah, die ich nur aus Filmen oder Büchern kannte, jetzt, wo so vieles in einem anderen Licht verständlicher wurde, jetzt wollte ich die ganze Geschichte wissen. Aber vorher war die Unwissenheit viel, sehr viel leichter zu ertragen gewesen.

Ich kam mir betrogen vor. Iris hatte mir nie alles erklärt. Da waren ihre Mutter und die Trennung von ihr, aber welche Dramen sich abgespielt hatten und auch das mit ihrem Vater, dass sie schon 13 Jahre alt gewesen war, als ihr Vater starb: Das alles traf mich hart in den Unterleib. Ich war nicht eine Sekunde in der Lage, sie zu verstehen. Nicht eine verdammte Sekunde wollte ich mir vorstellen, meinen Vater zu verlieren und an seinem Grab stehen zu müssen, mit 13 nicht, mit 17 nicht und eigentlich nie. Ich hasste meine Mutter stellenweise, verfluchte sie für so vieles, aber nie im Leben könnte ich ohne sie leben oder könnte sie wirklich hassen. Und eine Mutter zu haben, die besoffen … ja, was denn eigentlich? Was hatte Iris Mutter damals getan? Woher waren diese blauen Flecken gekommen? Prügel? Schlug sie ihre Tochter wirklich? Oder waren es vielleicht nur Spuren eines Gerangels? Hatte ihre Mutter sie nur festgehalten, und Iris versuchte, verzweifelt loszukommen?

Ich bekam auch schon einmal Schläge von meiner Mutter. Ab und an. In den 80ern war das fast eine normale Erziehungsmethode. Auch wenn ich es heute verurteile, kann ich meine Mutter ein Stück weit gut verstehen, heute viel besser im Übrigen, als ich damals dazu in der Lage gewesen wäre. Ich verdiente es oft, bestraft zu werden. Nur, was hatte Iris getan, dass körperliche Züchtigung gerechtfertigt wäre?

Ich wusste es nicht, und wie ich feststellen musste, wusste ich so vieles nicht. Iris verbarg ihre Geheimnisse gut vor mir. Ich war ein Stück weit blind gewesen für viele Situationen. Heute denke ich, dass es meine Jugend war, mein sorgloses in den Tag leben, dass mir die Möglichkeit nahm, sensibel genug zu sein, solche oder andere Dinge zu erkennen oder zu verstehen.

Was wollte ich also mit der Information tun? Nein, was konnte ich jetzt tun? Ich war nur ein Junge, der Freund von ihr. Welche Macht besaß ich, um gegen ihre Mutter anzukommen? Keine. Ich ging nach Hause, verkroch mich in meinem Zimmer und zeichnete Bilder.

Ich habe viele der Bilder behalten. Meine Tochter blättert sie durch und sieht mit ihren neun Jahren nur die Schönheit darin, aber keine Geschichte. Sie kann nicht den Jungen darin erkennen, der die Zeichnungen damals in einer emotional geladen Zeit erstellt hatte. Daher sind diese für andere einfach nur ansehnliche Bilder. Für mich sind es die Erinnerungen an Weihnachten 1983, an ein einsames Fest trotz meiner kompletten Familie. Mit einer seltsamen Melancholie, die mir schwer auf dem Herzen lag. Ich spielte Klavier, aber ich empfand keine Freude, war immer in Gedanken. Ich freute mich über die Geschenke, einen CD-Player, den ersten meines Lebens, aber ich nahm es nicht richtig wahr. Irgendwo da draußen war Iris, die eigentlich hier sein sollte. Sie war bei einer Mutter, von der sie vielleicht geschlagen wurde. Iris war wirklich alleine. Ich fühlte mich ebenfalls alleine.

Nach der Bescherung baute ich den CD-Player in meinem Zimmer auf, schloss ihn an und spielte die einzige CD, die ich besaß: Mike Oldfield, Best of, eine Doppel-CD. Vorne auf dem Cover flog ein Vogel über das Wasser. Ich spielte sie mehrmals, bis ich in Kleidern auf meinem Bett einschlief. Ich hatte geweint.

Zweimal rief ich bei Iris an, einmal bei Sabrina, doch niemand hob ab. Das Fest der Feste war im Gange. Alle feierten.

Erst am Mittwoch erreichte ich schließlich Sabrina und ließ mir die Nummer von Iris' Mutter geben. Sie fragte, wofür ich sie bräuchte, aber ich sagte es ihr nicht, sondern legte nur auf.

Wie schon einmal tigerte ich um das Telefon herum, stundenlang. Immer wieder lag zwar der Hörer in meiner verkrampften Hand, ich wählte aber nicht, sondern legte ihn wieder auf die Gabel zurück. Verbittert über meinen fehlenden Mut und meine Wut. Was sollte ich sagen?

Doch am Ende beschloss ich, dass es nicht wichtig war, was ich sagte. Ich würde nach Iris verlangen, und wenn sie nicht ans Telefon ging, würde ich zu ihr fahren. Ich musste sie einfach sehen. Ich musste einfach bei ihr sein. Mehr konnte ich nicht tun. Nur einfach bei ihr sein.

Schon nach dem dritten Freizeichen hob jemand ab. »Ja!«

Es war eine männliche Stimme. Malte, Mutters neuer Freund. ›Der Freund?‹

»Hallo, hier ist Ronny. Nachträglich ein frohes Fest«, sagte ich, so gut gelaunt es mir möglich war.

»Ah, Ronny. Danke. Dir auch. Du willst sicher Iris sprechen, oder?«, fragte er, und er klang wirklich erfreut, mich zu hören.

»Ja, das wäre toll«, erwiderte ich zögernd.

»Warte, ich hole sie!« Er legte den Hörer zur Seite. Es klapperte und blieb dann still. Ich konnte Schritte hören, Stimmen, die ich nicht verstand und dann kleinere Schritte, leichtere Schritte, die mit dem Anheben des Hörers verstummten.

»Iris?« Ich war so erleichtert ihre Stimme zu hören, dass ich fast geweint hätte. Ich habe keine Ahnung mehr, was ich erwartet hatte.

»Hey, ich bin's, Ronny!«, sprach ich leise in die Muschel.

Einen Augenblick sagte keiner von uns beiden etwas. Aber Iris sprach. Ich werde diesen Augenblick nie vergessen, weil ich in dem Moment nicht wusste warum, nicht verstand, was los war, keinen Sinn in dem sah, was sie da sagte. Ich kam mir vor, als zöge mir jemand die Beine weg, als wäre eben der Boden verschwunden, und ich fiele in ein schwarzes Nichts. Ich war so unvorbereitet darauf gewesen, dass ich glaubte, dabei verrückt zu werden.

»Ronny, ich mache Schluss«, sagte die Stimme, die mir »Ich liebe dich« ins Ohr geflüstert hatte, die Stimme, die so schön lachen konnte, die Stimme, die ich hatte stöhnen hören, genau die Stimme, der ich so lange und so gerne zugehört hatte.

»Was!?«, fragte ich ohne es wirklich auszusprechen.

Etwas in mir fragte. Etwas, das eben noch dem Traum hinterher hinkte, den Iris mit einer Kanone zerstört hatte, zerbröselte! Ich war mit ausgebreiteten Armen ins offene, nein, in tausende Messer gelaufen.

»Ich mache Schluss. Ich liebe dich nicht mehr. Ich will dich nicht mehr sehen. Hörst du? Vergiss mich einfach, ... und bitte rufe hier nicht mehr an.« Und damit klickte es in der Leitung. Sie war so tot, wie ich es in dem Moment sein wollte.

Das Leben kannte viele grausame Momente, die es mir zufügen konnte. Das hier war vielleicht der Schlimmste, an den ich mich erinnere. Ich hatte mit Ende 20 einen schlimmen Verkehrsunfall, den ich fast unverletzt und wie durch ein Wunder überlebte. Ich musste mir so oft anhören, wie viel Glück ich gehabt hatte. Ich hätte tot sein können. Ich verspürte im Moment des Unfalls echte Angst um mein Leben.

Damals, den Hörer in der Hand, das einsame Tuten leise aus der Muschel, die Stille um mich herum, diese Dunkelheit, das alles machte mir keine echte Angst. Aber ganz plötzlich überkam mich diese hoffnungslose Leere, der ich nur noch folgen wollte, ohne jemals wieder denken zu müssen.

Ich legte den Hörer auf, fast wäre es mir nicht gelungen. Ich ging in mein Zimmer und verließ es an dem Tag nur noch einmal nachts, um etwas zu trinken. Ich kann nicht sagen, was ich dachte, fühlte oder tat. Ich erinnere mich nur, dass ich auch am Folgetag nicht aus dem Zimmer kam, bis meine Mutter mich gehen 13 Uhr bat, ihr zu helfen. Die drei Tage bis zum Sonntag waren eigentlich nur ein einziger ohne einen Anfang oder ein Ende. Ich lebte, oder besser, ich funktionierte. Ich war etwas Sohn hier, etwas Bruder dort, aber die meiste Zeit war ich Ronny, der Verlassene.

Ich malte 31 Bilder in diesen drei Tagen. Alle mit ähnlichem Thema. Tod, Hass, Unheil, Katastrophen, Friedhöfe oder die Bank vor dem Sonnenuntergang unter dem großen Baum mit dem Pärchen, das nur noch aus einem Jungen bestand.

Bis Sonntag war ich kaum zum Denken fähig, kaum zum Reden, nicht mehr als zum Malen und Musik hören. Bis

Sonntag hasste ich Iris, hasste ich alle Menschen, verdammte ich den Tag, an dem ich von dem verfluchten Baum gefallen war. Ich verfluchte das beschissene Leben, die Liebe, den Sex. Ich hasste Menschen und mich vor allen anderen, weil ich so dumm gewesen war, mich auf diese ganze Scheiße einzulassen. Ich zeichnete hässliche Fratzen, die kleine Mädchen fraßen, und es ließ mich innerlich lachen. Auch wenn ich die Bilder immer wieder zerriss und in kleinen Schnipseln in den Mülleimer warf, verschaffte es mir eine unheimliche Genugtuung, das zu tun.

Bis Sonntagmorgen, als ich um kurz vor acht in den Kleidern des Vorabends erwachte, war ich nicht der alte Ronny gewesen.

Ich war irgendetwas gewesen.

Aber der wirkliche Ronny kam erst an diesem Morgen zurück.

Es tut mir leid, Ronny!!

LIEBER RONNY,

das hier ist das Ende. Bitte glaube mir. Ich habe Dich sehr lieb, aber ich kann nicht mehr mit Dir zusammen sein. Es geht nicht mehr. Es ist nicht Deine Schuld, glaube mir.

Es war ein tolles Jahr, jeden Tag hab ich genossen und würde die Zeit immer wieder mit Dir teilen wollen. Aber Du musst wissen, dass die Schule nun richtig wichtig ist, ich muss viel lernen. Meine Mutter will mir helfen. Malte, Du weißt, ihr neuer Freund, will das auch tun. Und ich werde einfach wenig Zeit haben.

Ich will, dass wir Freunde bleiben und uns nicht vergessen.

Du musst Dich auch mal um Deine Schule kümmern, weil Du ja nicht so gut bist. Mach mal was, mehr als sonst dafür. Dann wirst Du es einmal leichter haben im Leben.

Ich wollte es Dir selbst sagen, aber nicht am Telefon. Nur habe ich Angst, wenn Du vor mir stehst, dass ich es nicht mehr kann.

Du bist nicht der Grund! Verstehe das bitte!

Ich liebe Dich - ich weiß, ich habe gesagt, dass ich das nicht tue, aber ich liebe Dich, Ronny. Ich werde Dich immer lieben. Aber ich muss mich auf die Schule konzentrieren. Und Mama will, dass ich das mache. Sie hat recht.

Vielleicht kommt eine Zeit, in der wir wieder zusammenkommen. Ich hoffe es. Wirklich.

Also, lebe wohl.

Deine Iris.

Gerettet

Im Leid gefangen, glaubst Du Dich alleine.
Es ist so traurig, so schwer, dass ich weine.
Es drängt mich, Dein Leid zu beenden.
Bei Gott – ich tu's – mit eigenen Händen ...

AM SONNTAGMORGEN erwachte ich mit nur einem Gedanken: ›Du gibst nicht auf. Nicht so.‹

Gleich nach dem Frühstück setzte ich mich auf mein Moped und fuhr zu Iris, zu ihrer Oma, um genau zu sein.

Sie stand in der Tür, und ihr Blick schien zunächst erbost, dann aber irgendwie erleichtert. »Ronny!?«

Ich schob mich an ihr vorbei und drehte mich erst im Haus zu ihr um.

»Sie hat Schluss gemacht. Sie hat gesagt, dass sie mich nicht mehr liebt, und ich glaube ihr davon kein Wort«, sagte ich mit fester Stimme und mit festem Blick auf die kleine, alte Frau vor mir.

Nach dem letzten Gespräch mit ihr fühlte ich eine mir bis dahin fremd gewesene Verbundenheit. Jetzt so vertraut mit ihr zu sprechen, fiel mir erstaunlich leicht.

Oma schloss die Tür, dann ging sie ins Wohnzimmer vor. Ich folgte ihr, setzte mich aber nicht. Ich wollte stehen.

»Was hast du also vor?«, wollte sie wissen und schaute mich offen und voller Erwartung an. Wieder ein Gesichtsausdruck, den ich bei ihr nicht kannte. Er war fordernd, abwartend und leicht grimmig.

»Kämpfen, was sonst? Und Sie werden mir verdammt noch mal dabei helfen!« Wie mein Gesicht aussehen musste, war mir klar: Verbittert, wütend und voller Drang diese Wut zu kanalisieren.

Da hob sie die Brauen.

»So! Und das will ich auch, dir helfen?«, fragte sie mit einem kleinen Lächeln auf den Lippen.

»Ja, weil ich Iris wieder hierher holen werde. Ich werde, wenn es nötig sein sollte, sie persönlich abholen«, blaffte ich die Frau vor mir an, ungewollt zornig, obwohl meine Wut ganz andere Ziele kennen sollte. »Ich scheiß auf die Mutter. Ich liebe Iris, und verdammt ich habe ein Recht darauf ein Teil ihres Lebens zu bleiben und muss mir das hier nicht gefallen lassen.« Zur Demonstration ballte ich eine Faust.

Oma nickte erst, dann schaute sie mich lange an.

»Und wie stellst du dir das vor, Bub?«, fragte sie mich plötzlich.

»Okay!«, entgegnete ich langsam. »Ich habe mir das schon überlegt. Wenn sie also kommt, rufen Sie mich an. Ich komme dann hierher und werde mit ihr reden. Und wenn ihre Mutter dabei ist, rede ich auch mit der.«

Sie nickte wieder ohne die Spur eines Lächelns.

»Tun Sie das für mich?«, wollte ich wissen.

»Und wenn sie nicht kommt, was dann?«, forderte die Oma weiter von mir.

Ich dachte nach. »Dann hole ich sie eben«, erwiderte ich.

Ich war davon überzeugt, dass ich es tun könne.

Wieder musterte sie mich lange, bevor sie erneut sprach. »Ja, Bub, ich ruf dich an. Aber wenn es hart auf hart kommt, zieh nicht den Schwanz ein. Sonst muss ich denken, dass mein Mann recht gehabt haben könnte, mit dem weibisch.«

Ich lächelte mit ihr. »Nein, Frau Gaub. Ich bin keiner der so leicht aufgibt. Ich nicht!«

Dann fuhr ich wieder nach Hause und wartete. Um drei Uhr brachte mir meine Mutter den Brief. Ich las ihn, las ihn noch einmal, legte ihn zur Seite und dachte nach, dann nahm ich ihn wieder auf und las ihn erneut. Erst jetzt verstand ich ihn wirklich.

Iris liebt mich noch, hatte nie aufgehört, mich zu lieben. Das klang so bescheuert romantisch, dass ich mir einen

Moment dachte, der Brief könnte eine Idee der Mutter gewesen sein. Überhaupt war er so ... ja ... so anders. Aber auf der anderen Seite: Es war unverkennbar ihre Handschrift. Die Ereignisse der letzten Monate erschienen wie eine billige Lüge. Aber in dem Brief stand auch, dass sie mich verlassen wollte, dass sie sich trennen wollte - wegen was? Wegen der Schule? Das war purer Unsinn. Das war die schlechteste Lüge, die ich jemals gelesen hatte. Sie hatte einen Grund, und der war nicht ich, der war nicht die Schule. Das Motiv war ihre Mutter.

Iris musste den Brief eingeworfen haben. Ich fragte meine Mutter, woher sie ihn hatte, und sie sagte, er hätte vor der Tür gelegen. Iris war also bei mir gewesen, legte den Brief vor die Tür und war dann wieder gefahren. Ich stellte mir vor, wie sie aus dem Auto gestiegen, zur Tür gelaufen war und den Brief abgelegt haben musste. Sicherlich war ihr Blick mehrmals auf die Mutter gefallen, die dort auf der Straße im Auto gewartete hatte.

Wo waren sie dann hingefahren? Nach Hause? Oder zu Oma? Und wenn, warum hatte mich die alte Frau nicht angerufen?

So schnell ich konnte, zog ich mir etwas Warmes an, holte mein Moped aus dem Abstellraum hinter dem Haus. Ich überhörte die Fragen meiner Mutter, die an der Tür stand und mich rief. Ich hatte keine Lust, ihr zu erklären, warum ich wegfuhr oder wohin ich unterwegs war. Ich hatte weder den Drang danach noch die Zeit dazu. Wenig später erreichte ich wieder das Haus, in dem Iris und ihre Oma wohnten. Es stand kein Auto dort. Keine Mutter. Also lief ich zur Tür und klingelte. Aber Oma machte nicht auf und an dem fehlenden Licht im Wohnzimmer, erkannte ich, dass sie nicht hier sein konnte.

Wieder überlegte ich und sah auf die Uhr. Es war nach vier. In einer Stunde würde es dunkel werden. Ich fuhr also zum Friedhof. Ich weiß nicht mehr, warum ich das getan hatte und warum es ausgerechnet der Friedhof gewesen war, doch ich hatte Glück. Oma Gaub kam eben aus dem Haupttor gelaufen und zuckte zusammen, als sie mich erkannte. Ich stellte mich ihr in den Weg.

»Wo ist sie?«, fragte ich ohne Begrüßung oder Einleitung.

»Ronny! Sie war bisher nicht zu Hause. Ich bin eben erst auf den Friedhof gegangen. Wenn sie gekommen wäre, hätte ich dich schon angerufen.«

Ich war mir nicht sicher, ob sie log oder die Wahrheit sprach, aber das war mir auch egal. Vielleicht hatte auch die Mutter selbst den Brief abgegeben. Ich ließ sie stehen und drehte mich ohne ein weiteres Wort um, fuhr wieder nach Hause. Meine Mutter empfing mich und bat um eine Erklärung. Ich schob Thomas und dessen morgige Party zu Silvester als glaubwürdige Ausrede vor, sagte ihr, dass ich noch einmal wegfahren würde. Meine Mutter sah mich an, sie hatte den Brief in mein Zimmer gebracht, und sie konnte eins und eins zusammenzählen. Aber sie sprach mich nicht darauf an. Auch wenn sie vielleicht nicht verstand, was in mir vorging, sie wusste, wann es Sinn machte, mit mir zu reden und wann es absolut sinnlos war. Also ließ sie mich fahren.

Es ist seltsam, sich an den Moment dieser Entscheidung zu erinnern. Ich glaube nicht, dass ich damals wirklich nachgedacht hatte. Da war kein geheimer Plan in meinem Kopf. Ich denke, damals entschied mein Bauch, was zu tun war und was ich besser sein lassen sollte. Er war es vermutlich, der mir sagte: »Fahr dahin, Ronny!«

Klar, ich hatte dieses mulmige Gefühl, dass etwas nicht stimmte. Aber wirklich vorstellen konnte ich mir von dem, was da dann passierte, nichts.

Ich benötigte nur 20 Minuten mit dem Moped nach Grünstadt. Es war immer noch sehr kalt. Es würde Schnee geben - jetzt doch noch -, und dann konnte ich das mit dem Moped vergessen. Meine Eltern hätten mir nie erlaubt, damit bei schlechtem Wetter zu fahren. Halb erfroren kam ich an dem Mehrfamilienhaus an, von dem ich wusste, dass dort ihre Mutter mit dem Freund wohnte. Iris hatte es mir einmal gezeigt, mehr wusste ich nicht. Aber ich erkannte es wieder, stellte das Moped ab und ging zu den Klingeln an der Haustür. Ich suchte den Nachnamen, und mein Finger schwebte einen Moment über dem Knopf der Klingel.

Ich war wütend. Stinksauer. Wahrscheinlich hätte ich es verstanden, wenn sie nicht geschrieben hätte, dass sie mich noch liebt. Ich hätte es hingenommen. Ich hätte geheult, wäre deprimiert gewesen. Okay. Aber letztendlich hätte ich es einfach hinnehmen müssen. Ich war traurig, dass das hier passierte, passieren musste. Doch ich konnte es nicht akzeptieren. Sie so zu verlieren, wegen eines fadenscheinigen Grundes, und schon gar nicht, weil jemand anders wollte, dass wir uns trennten. Iris musste mir das schon ins Gesicht sagen. Jetzt und hier und heute. Sie musste mich ansehen und sagen, dass sie das selbst so wollte. Verdammt, das war sie mir schuldig, das hatte ich zumindest verdient. Ich war verwirrt. Eigentlich war ich nicht fähig, einen klaren Gedanken zu fassen.

›Gott sei Dank‹, geht es mir heute durch den Kopf.

Wieder so eine Stelle, an der mein Leben die Entscheidung zwischen zwei Richtungen treffen musste und wieder eine Stelle, in der es sich für den einzig richtigen Weg entschied.

Was sollte ich sagen? Eine Frage, die sich scheinbar immer durch mein junges Leben zu ziehen schien. Manuela, ihr Name geisterte durch meinen Verstand, das war plötzlich eine Ewigkeit her, hundert Jahre bestimmt, sie musste sich ebenso gefühlt haben. Enttäuschte Träume. Dabei besaß ich keinen wirklichen Traum von Iris und mir. Mein Gott, es war doch nur etwas mehr als ein Jahr. Ich war erst 17. Ich erkannte noch ein Leben vor mir und kein schlechtes. Ich sah doch gut genug aus. Hanna hatte das erkannt. Warum sollte ich mich also nicht umdrehen und das hier einfach vergessen?

›Fahr weg!‹, befahl ich mir, davon ehrlich überzeugt.

›Iris, Iris, Iris.‹ Ihre Augen, diese haselnussbraunen Augen, der Blick, wenn sie zu mir aufsah, ohne wirklich aufzusehen, wenn sie lächelte und ihre Zähne zu sehen waren, ihre vollen Lippen, die ich immer wieder gerne küsste. Ich sah sie vor mir liegen, vor mir im Bett, vor dem Kamin, halb nackt und schlafend. Oder damals auf dem Feld, im Heu, der Mond hinter ihr. Und ihre Haare, wie sie über die Schultern glitten, als sie sich zu mir beugte, ohne eine Sekunde lang den Rhythmus zu verlieren. Ich erinnerte mich an ihre Fingernägel, wie sie über meinen Körper kratzten, ganz zart, und ich hörte sie in diesem Moment in meinem Ohr meinen Namen flüstern.

›Das alles vergessen?‹ Nein, ich würde es nie vergessen - ich würde auch nicht aufgeben! ›Auf der anderen Seite, dann hätte ich Zeit für Thomas' Party. Ich kann endlich mal mit Vicki ausgehen oder Susanne fragen, ohne ...‹

Doch dann drückte ich den Knopf, völlig klar im Kopf, völlig ruhig und entschlossen, aber ohne nachzudenken. Wie so oft. Ein alter Drei-Gong hallte irgendwo im Haus, und nichts passierte. Ich wartete und hoffe fast, dass sie alle nicht da wären. Da brannte Licht, irgendwo da oben, aber es konnte von wem auch immer sein, musste nicht aus der Wohnung kommen, in der Iris war. Für einen Moment war ich versucht, mich umzudrehen und zu gehen, doch dann drückte ich die Klingel nochmals.

Neben mir krächzte es. Ein billiger Lautsprecher sprang an, und die ruhige Stimme eines Mannes hallte über die Straße, auf der ich stand. »Ja?«

»Hier ist Ronny. Machen sie mir bitte auf?«, fragte ich. Dabei musste ich mich etwas bücken, weil die Gegensprechanlage scheinbar für Menschen bis 1,10 Meter gebaut worden war.

»Ronny?« Er klang überrascht. »Was willst du?«

Ich holte Luft, sammelte mich nur eine Sekunde lang. Hier im Dunkeln stehend, das Licht ging immer wieder aus, in der Kälte, meine Füße waren gefrorene Fleischklumpen, mit leerem Kopf, in dem sich zwei einsame Herzen lautlos unterhielten, sagte ich dann mit der überzeugendsten Stimme, die ich aufbringen konnte: »Ich will vor allem nicht hier auf der Straße erklären, warum Iris blaue Flecken hat. Ich will zu ihr, ich will sie sprechen, und es ist mir scheiß egal, ob sie, ihre Mutter oder wer auch immer das *nicht* wollen. Also machen sie bitte auf, und ich komme hoch.«

Ein Knacken huschte aus dem Lautsprecher, dann brach das Rauschen ab, und es wurde totenstill.

›Okay‹, dachte ich, ›das war dann doch zu übertrieben gewesen‹.

Aber ich wartete. Zehn Sekunden, die im Übrigen unendlich lang sein konnten. 20, dann fast eine halbe Minute. Im Hausflur flammte wieder Licht auf. Ich stellte mich gerade hin, dann kam ein Schatten den Flur herunter. Zweiter Stock dachte ich noch, vermutlich rechts, wenn diese Klingeln irgendeine logische Anordnung hatten.

Malte riss die Tür auf, packte mich an der Motorradjacke und zerrte mich mit nur einer Bewegung in den Hausflur. Dann warf er die Außentür ins Schloss und schubste mich die Treppe hinunter in den Keller. Ich wollte protestieren, aber er schob mich weiter und zischte nur leise: »Halt die Klappe, du bescheuerter Idiot.«

Ich stolperte in die Dunkelheit, prallte an einer Tür ab. Malte schaltete irgendwo Licht ein, öffnete die Tür vor mir und schob mich in den Keller hinein. Als er ebenfalls in dem Kellergang war, schloss er auch diese Tür.

Dann standen wir da. Malte mit einem bitterernsten Gesicht, in Jogginghosen, einem verschmutzen T-Shirt und Pantoffeln, deren braunrote Farbe mich an Kotze erinnerten. Er trug keine Strümpfe. Unwillkürlich trat ich einen Schritt zurück, dann noch einen.

»Du bist ein so bescheuerter Idiot. Ich kann das nicht glauben. Was sollte das mit den blauen Flecken, Bürschchen?« Er zischte beim Sprechen wie eine wütende Schlange.

Hatte ich etwa ins Schwarze getroffen? Tatsächlich kam er mir näher, also trat ich noch einen Schritt zurück.

»Ich will wissen, warum Iris damals blaue Flecken hatte, als sie drei Tage nicht in der Schule war«, schleuderte ich ihm mit zittriger Stimme entgegen.

Malte war einen, fast zwei Köpfe größer, wog vermutlich 120 Kilogramm oder noch mehr. Er besaß Schultern, hinter denen ein Bus in drei Zügen hätte wenden können, ohne dass es jemand mitbekam. Ich trug verflucht noch mal eine scheiß Angst in mir.

»Was? Wann soll das gewesen sein. Hä? Und was willst du damit sagen?«, fragte er, beugte sich leicht vor, um auf meine Kopfhöhe zu gelangen.

»Sie wissen schon, was das bedeutet. Jemand hat sie geschlagen, und ich will wissen wer und auch warum. Ich will wissen, warum Iris mir einen Brief schreibt und Schluss macht.« Mit einem tiefen Lungenzug holte ich wieder Luft und trat auf Malte zu. Es war mir eigentlich scheiß egal, was er mit mir machen würde. Und plötzlich kam mir eine Idee. »Ich will wissen, was Sie und Iris' Mutter damit zu tun haben. Ich lasse mir Iris nicht so einfach von solchen Idioten, wie ihr es seid, wegnehmen.«

Er zuckte zurück und erhob sich. Ich konnte seine Überraschung erkennen.

»Was?« Er stemmte die Hände in die Hüften, doch ich hatte nun keine Angst mehr. »Ich glaub, ich spinne.« Er war wirklich entrüstet.

Ich lachte und stellte nun auch die Hände in die Hüfte. »Sie glauben, und ich weiß es. Ihr spinnt alle beide. Iris ist kein Stück Dreck, das man mal hier und mal da hinstellt, es holt, wenn man es braucht. Nur weil ihre Mutter mal wieder trocken ist und mit ihrer Puppe spielen will, soll Iris nun hier bleiben, oder was?«

Malte klappte die Kinnlade herunter.

»Sie war bei euch und kommt mit blauen Flecken nach Hause. Waren sie das vielleicht?«, fuhr ich fort, verwundert, woher der Mut kam.

Und das war dann doch zu viel. Er machte nur einen Schritt, und seine gigantischen Hände flogen wie Tentakeln auf mich zu. Aber ich duckte mich, drückte mich blitzschnell an ihm vorbei. Nach drei Schritten war ich an der Tür, riss sie auf, schlüpfte gerade so hindurch und knallte sie wieder zu. Da war kein Schlüssel. Also rannte ich die nun drei Stockwerke hoch. Hinter mir hörte ich ihn laut fluchen.

»Du rotzfrecher Bengel, du, verdammt noch mal, du kleiner Arsch. Ich reiß dir den Kopf ab und scheiß dir in den Hals. Ich glaub, ich spinne.«

Viel Zeit hatte ich also nicht. Oben angekommen musste ich nur nach rechts gehen. Die Tür stand einen Spalt auf, und ich stürmte in die Wohnung.

»Iiiiiris!«, schrie ich.

Geradeaus aus der Küche war erst ein Schatten zu sehen und dann ihre Mutter. Sie stand einen Augenblick regungslos da, und ich erkannte sofort, dass sie betrunken sein musste. Ihre Reaktion hatte etwas einer schrecklichen Zeitlupe. Sie folgte mir, da war ich schon im nächsten Zimmer. Ich schaltete das Licht an. Hinter mir flog eine Tür an die Wand, und Maltes Stimme donnerte durch den Flur der kleinen Wohnung wie ein Erdbeben »Komm her, du kleiner Bapsack!!«

»Iiiiris«, schrie ich wieder.

Malte kam in das Zimmer, und ich schlüpfte wieder an ihm vorbei, zog die Tür zu, und siehe da: ein Schlüssel. Noch bevor der Kerl sich umdrehen konnte, hatte ich die Tür abgeschlossen.

»Iiiiris«, plärrte ich.

Neben mir donnerte die Tür in ihren Angeln. Holz knarzte gefährlich. Plötzlich stand ihre Mutter vor mir und scheuerte mir mit der flachen Hand quer über das Gesicht. Eine Ohrfeige, die mich im Flur auf den Hintern landen ließ.

Nun hörte ich Iris plötzlich rufen. Irgendwo hinter der Mutter, die nun wankend zu mir kam. In meinen Ohren klingelte es. Die Backe brannte, wie mit Feuer übergossen. Ein Ring oder was auch immer hatte mir die Wange aufgerissen. Ich blutete.

Was war hier los? Wo war ich hier hingeraten? Ich hatte Iris gehört! Ich rappelte mich wieder auf, wich einem zweiten Schlag aus und duckte mich unter der Mutter vorbei.

»Iris!«, rief ich und lauschte.

Neben der Küche war eine verschlossene Tür. Ich wollte einen Schritt weiter gehen, als ich einen Tritt in den Hintern verspürte. Ich flog nun den Flur entlang landete auf dem Bauch. Aber die Mutter, von der dieser Tritt kam, verlor dabei ihr Gleichgewicht.

›Das passiert nicht wirklich‹, dachte ich noch.

Irgendwas fiel herunter, polterte zu Boden. Aber noch schien die Tür zu halten. Iris' Mutter lag wie ein Käfer auf dem Boden und suchte Halt, um wieder auf die Beine zu kommen. Wenn ich nicht in Panik gewesen wäre, denn das hier war irgendwie aus dem Ruder gelaufen, hätte ich gelacht. Nun hörte ich aber Iris' Stimme deutlich aus dem Zimmer vor mir. Ich wollte hineinstürmen und prallte wieder zurück, weil abgeschlossen war. Der Schlüssel steckte. Die Tür vor Malte krachte, hielt aber. Noch! Die Mutter packte einen Mantel einer Garderobe und versuchte, sich mit dessen Hilfe hoch zu ziehen, aber er rutsche ab, und sie landete wieder auf dem Rücken.

Ich schloss auf. Mir blieb keine Zeit zum Denken, und das war gut so. Vor mir befand sich scheinbar ein Schlafzimmer. Das wenige Licht des Flures ließ nur vage Schränke erkennen und ein großes Bett und ... mir stockte der Atem ... und Iris darauf.

Jetzt splitterte hinter mir eine Tür in den Flur. Der Mann schrie etwas, aber ich konnte es nicht hören, ich wollte es auch nicht hören. Die Mutter lallte fast lachend lose, sinnlose Worte. Irgendwo klopfte einer an die Wand, und ein gedämpftes »Ruhe!« hallte hindurch.

›Ja, bitte, hätte ich nun auch gerne, Depp‹, schoss es mir durch den Kopf.

Geistesabwesend tastete ich nach dem Lichtschalter. Ich fand ihn, dann klickte ich das Licht an, und über dem Bett schwoll eine magere Glühbirne zu einem diffusen Licht heran. Ich stand wie versteinert drei oder auch vier Sekunden da, noch die Hand am Schalter. Das hier wollte keiner sehen. Aber ich musste es mir diese langen drei Sekunden lang ansehen und werde …, ich weiß, ich schreibe das sehr oft, aber es ist genauso, … ich werde das nie vergessen.

Das Bett war gemacht. Eine Tagesdecke lag über beiden Hälften. Irgend so ein Blumenmuster in vielen Farben. Hinter dem Bett wuchs ein gigantischer Schrank in die Höhe, neben ihm eine kleine Kommode mit einem Kopfüberbau verbunden, in dem eine Lampe eingebaut war. Um das Bett herum lagen Kleidungsstücke. Ich selbst stand halb auf ein paar Schuhen. Es roch nach Schlafzimmer, schlecht gelüftetem Zimmer, Schweiß, und ich erinnere mich irgendwie auch an den Geruch von altem Urin, wenn auch nur ganz schwach.

Iris lag in der Mitte. Sie lag auf der Seite und trug ihre Jeans, den Pulli, den sie so gern hatte. Sie besaß auch noch ihre Schuhe, und diese lagen auf dem Bett, weil sie die Beine angezogen hatte, bis die Knie fast am Kinn waren. Sie schaute mich an, als ich das Licht einschaltete. Dabei konnte ich ihre Augen nicht richtig sehen, weil die Haare über dem Gesicht hingen, aber auch weil ein Auge zugeschwollen war. Sie hatte eine Beule an der Stirn, die ich immer so gerne küsste. Eine Wange war angeschwollen. Auch die hatte ich gerne gestreichelt, wenn sie neben mir lag. Sie hob eine Hand mit den zarten Fingern, und sie versuchte, nach mir zu greifen.

Grausamkeit ergriff mich mit einer hässlichen Hand. Die Finger waren voller Blut! Voll mit verkrustetem Blut!

Sie zitterte, und ihr Arm fiel hilflos auf das Bett. Diese Bewegung, die kleine unscheinbare Bewegung ihrer Hand, drückte mit einer ausdrucksvollen Geste all die Kraftlosigkeit aus, die ich in dem Moment fühlte. Sie sah mich, erkannte mich und sank in sich zusammen.

Ich griff mir unwillkürlich mit dem Handrücken an den Mund und wollte einen Schritt nach vorne machen, als mich eine schwere Hand packte und zurückreißen wollte. Aber ich duckte mich, tat einen Schritt an das Bett und wandte mich um.

Malte stand in der Tür, die Mutter erkannte ich auch, betrunken und mit wirrem Blick hinter ihm. Ich ging rückwärts auf das Bett zu. Dort angekommen blieb ich stehen und sah den Mann vor mir an. Ich weiß nicht, wie ich aussah, doch es muss ein Anblick gewesen sein, der ihn zögern ließ, was auch immer er vorhatte. Ich weiß auch nicht, was ich damals dachte. Ich wusste nur, dass ich nicht weggehen würde - nicht ohne Iris. Niemals.

»Jungchen!«, begann er plötzlich, tat so, als entspanne er sich und erhob sich etwas. »Ich weiß nicht was ...«

Weiter ließ ich ihn gar nicht sprechen.

»Hören Sie gut zu, denn ich sage das nur einmal. Wirklich nur einmal. Ich werde Iris nehmen und dort vorne zu Tür hinausgehen. Ich werde sie mitnehmen, und Sie werden absolut gar nichts dagegen tun können. Haben Sie mich verstanden!?«, entgegnet ich ihm und ließ ihn keine Sekunde aus den Augen.

Iris hinter mir sagte etwas, aber ich verstand es nicht, weil es so leise war.

»Du …!«, zischte Malte vor mir. »Du machst hier gar nix. Du gehst hier höchstens wieder raus und verschwindest. Das ist nicht dein Problem ...«

Ich kniff die Augen zusammen und trat einen schnellen Schritt vor. Malte zuckte wirklich zurück. Doch er fing sich schnell wieder.

»Ich gehe hier raus - mit Iris. Ansonsten fange ich so an zu schreien, dass hier das ganze Haus aufwacht. Verstanden!« Ich sah ihm weiter fest in die Augen. »Also schieb deinen Arsch hier aus dem Weg.«

Ganz langsam ging ich zu dem Bett zurück und beugte mich zu ihr hinunter. Ich warf immer wieder einen Blick zu Malte. Aber er stand nur da.

»Iris«, fragte ich sie leise, »kannst du gehen?«

Unsere Blicke trafen sich nur einen Moment. Ihr Blick war gebrochen, verheult, und aus dem einen Auge konnte sie kaum etwas sehen. Aber sie nickte mir deutlich zu.

Ich schaute wieder zu Malte, der nun auf mich zugehen wollte. »Ich schreie, bis hier die Polizei und die Feuerwehr hereinkommen. Ich bin kein kleines Mädchen, Arschloch. Ich kann mich wehren, und das werde ich auch machen. Sie werden mich schon verprügeln müssen. Dann werd ich Sie anzeigen, und Sie werden in den Knast wandern. Also bleiben Sie da stehen, haben Sie mich verstanden?«

Malte wich einen Schritt zurück. Iris hatte sich irgendwie erhoben. Ich trat zu ihr ans Bett, legte ihren Arm über meine Schulter und zog sie zu mir. Sie zog hörbar die Luft ein, sie musste Schmerzen haben, und später erfuhr ich auch warum. Aber sie versuchte, auf den Beinen zu bleiben. Malte versperrte uns den Weg, die Mutter stand im Flur und wankte volltrunken hin und her. Für sie würde das hier in einer unerreichbaren Tiefe des Vollrauschs vergraben bleiben.

»Aus dem Weg!«, fuhr ich Malte an.

Er kniff die Augen zusammen.

»Junge, du machst ...«

»Aus dem Weg, Arschloch!«, schrie ich ihm so laut ich konnte in sein Gesicht, dass Speichel von mir zu ihm geschleudert wurde.

Mir war es todernst. Noch nie in meinem Leben hatte ich solch eine Wut in meinem Bauch. Ich wäre dazu fähig gewesen, ihn zu töten, … ich hätte ihn aber mindestens schwer verletzten können, so geladen und so wütend war ich. Ich konnte nicht mehr klar denken, hatte nur einen einzigen Gedanken. ›Raus hier!‹

Malte trat einen Schritt zurück. Iris ging einen Schritt vor. Sie war schwer, aber ich packte sie, so fest ich konnte. Dann half ich ihr beim Gehen. Ganz langsam, Schritt für Schritt passierten wir erst Malte und dann ihre Mutter, die mich plötzlich angrinste.

»Blutest da, Roooonnyyyy!«, sang sie fast und taumelte.

Ich wusste das, ich spürte das Blut an der Wange schon wieder trocknen. Doch in dem Moment war ich nur einen kleinen Schritt davon entfernt, ihr die Faust ins Gesicht zu schlagen. Aber Iris zog mich weiter, und ich stütze sie.

Malte war hinter uns. Er schnaubte. Ich konnte seinen Atem wirklich an meinem Hals spüren, und jeden Moment rechnete ich damit, dass er mich packen würde. Doch er tat nichts. An der Tür bückte ich mich nach der Jeansjacke von Iris, die ich mühelos aus dem Haufen der Jacken fischen konnte, den ihre Mutter heruntergerissen hatte. Ich drehte mich zu Malte und zu ihrer Mutter um, die wie verlorene Ladung im Flur herumstanden. Er wütend und mit einem Blick, der Bäume wie Papier durchschnitten hätte, und sie mit dem Blick einer glücklichen Frau in den Tiefen des Alkoholrausches. Das war komisch, wenn man es aus einer gewissen Distanz heraus hätte betrachten können, aber letztendlich war es nur ein trauriges Bild. Ich war mir sicher, dass weder er noch sie mir folgen würden. Nicht im Hausflur in einem Haus mit weiteren fünf Parteien. Vermutlich standen nun alle am Türspion, starrten in den Flur, um zu sehen, was los war. Keiner würde herauskommen, das wusste ich. Keiner würde sich jemals einmischen, auch das war mir klar. Aber Malte würde es nicht wagen, im Haus etwas zu unternehmen.

Es mochte sein, dass ich damit Probleme bekommen würde, aber das war mir in dem Moment so fern wie der Mond von der Erde.

Wir erreichten die Treppe. Ich legte die Jacke über ihre Schultern, und sie nahm die erste Stufe. Ich schaute mich wieder um, und Malte stand in der Tür. Er deutete mir, dass wir uns wieder sehen würden. Erst zeigte er mit einem Finger auf mich, dann auf sich und dann mit zwei davon in die eigenen Augen. Er sah gefährlich aus, aber ich hatte keine Angst vor ihm. Stattdessen drehte ich mich von ihm weg und half Iris bei jeder Stufe herunter. Bevor wir allerdings zur Haustür hinaustraten, hörte ich Malte mit ihrer Mutter sprechen. Ich verstand kein Wort davon, aber es war heftig und wurde durch die Wohnungstür abgeschnitten. Iris und ich traten in die kalte Nacht hinaus.

Ich half ihr auf mein Moped. Sie konnte kaum ein Bein heben, und mich überkam eine gewaltige Angst, als ich sie berührte. Wie ein Blitz flammte auf einmal ein Bild vor mir auf, in dem Malte nackt auf ihr lag. Ich hätte fast gekotzt, so überwältigend war der Augenblick. Ich schaute mich um, wollte sehen, ob er uns nicht doch gefolgt war. Aber wir blieben alleine auf der Straße. Iris saß endlich. Ich musste ihr die Jacke anziehen. Es war zu kalt, um ohne zu fahren. Ich hatte keinen zweiten Helm dabei. Doch das war mir nur nebenbei eingefallen.

Ich zog meinen eigenen Helm nicht auf, steckte ihn nur über den Arm, trat die Maschine an und stieg selbst auf. Ich wusste, wohin ich wollte. Ich wusste, wohin ich fahren musste. Wenigstens das war klar in meinem Kopf abgebildet. Doch bevor ich losfahren konnte, kam Iris mit dem Kopf zu mir und sprach mir ins Ohr.

»Keine Polizei, bitte!«, flüsterte sie.

Entsetzt drehte ich mich um.

»Was? Bist du wahnsinnig? Die hätten ...«

Doch sie unterbrach mich jäh. Ich sah es in ihrem Blick.

»Keine Polizei, bitte, Ronny. Keine Polizei«, flehte sie, jedes Wort einzeln herauspressend.

Einen Augenblick lang war ich fassungslos. Ich verstand das nicht. Warum? Warum wollte sie nicht zur Polizei?

»Iris, du bist verletzt. Du musst ...«

»Fahr mich meinetwegen ins Krankenhaus, aber keine Polizei«, bat sie wieder in einer unheimlich traurigen Tonlage.

»Warum, Iris, warum? Malte hat ...«

»Es war meine Mutter, bitte, Ronny, es war meine Mutter!« Das Sprechen schien ihr schwer zu fallen, aber sie sah mich so flehend an. Wieder überschlugen sich in mir die Gedanken wie spielende Kinder, die nicht wussten, was sie machen sollten. Ihre Mutter? Ihre Mutter hatte sie so zugerichtet? Nicht Malte? Das wollte ich, konnte ich nicht glauben - aber hatte ich nicht einen Kratzer von ihr im Gesicht?

»Iris!«, flehte ich nun. Doch sie schüttelte den Kopf.

»Keine Polizei. Bitte, Ronny!«

Dann schloss sie die Augen und ließ ihren Körper an mich sinken. Eine Weile stand ich nur so da, behielt die Maschine im Gleichgewicht.

›Also gut‹, dachte ich verwirrt und zähneknirschend.

Wenn sie keine Polizei wollte, würde ich auch erst mal keine einschalten. Aber hier war das letzte Wort noch nicht gesprochen. Ich fuhr an und machte mich auf den Weg ins Krankenhaus. Sieben Minuten nach halb sieben rollte ich mit dem Moped vor die Ambulanz. Ich konnte nur mit Mühe das Fahrzeug mit Iris darauf auf den Ständer hieven. Als es mir endlich gelungen war, half ich Iris abzusteigen, schulterte wieder ihren Arm und stütze sie, bis wir durch die automatische Tür in die Vorhalle der Aufnahme kamen. Ich musste keinen Ton sagen. Als uns eine Schwester sah, stürzte sie sofort zu uns, gefolgt von einem Pfleger und einer weiteren Kollegin. Einer der beiden schob einen Rollstuhl, und ich ließ Iris erleichtert hineingleiten.

Der Rest rauschte an mir vorbei wie ein unscharfer Film. Ich verharrte jeden Augenblick bei ihr, auch bei den Untersuchungen. Hielt ihre Hand, saß neben ihr im Zimmer, als sie behandelt wurde, hockte auf einem Stuhl neben dem Bett, in dem sie lag, und wartete geduldig.

Iris hatte zwei angebrochene Rippen, Prellungen am Bauch, dem Rücken, den Armen, eine Beule am Kopf mit Verdacht auf einen Schädelbasisbruch, sodass umgehend geröntgt wurde. Aber es ging im Grunde glimpflich aus. Ihre Hände, die so blutverschmiert waren, zeigten sich letztlich unverletzt, und der Arzt meinte, dass es Blut aus der Nase gewesen sein könnte. Über dem einen Auge mussten sie eine Platzwunde mit drei Stichen nähen. Sie bekam einen stabilisierenden Verband um den Bauch, und sie gaben ihr bald darauf ein Mittel, damit sie einschlafen konnte.

Ich fragte Iris nie, nicht nachdem ich wusste, dass es tatsächlich ihre Mutter gewesen war, ob sie sexuell misshandelt worden war. Aus heutiger Sicht denke ich, dass ihr das erspart geblieben ist. Aber ich kann mich gut an diese Angst erinnern. Wahrscheinlich wäre ich mit meinem Moped zu diesem Typen gefahren und hätte ihn eigenhändig umgebracht. Keine Ahnung wie, aber ich glaube, nein, ich bin mir sicher, das hätte ich noch geschafft.

Alles war um halb elf vorbei, und ich saß plötzlich alleine im Vorraum der Ambulanz. Dann erst kam eine Schwester zu mir und fragte mich, ob sie nach der Wunde an meiner Wange sehen sollte. Ich winkte ab. Sie blieb hartnäckig, und so reinigte sie mir die Wange wenigstens.

»Wollen Sie jemanden anrufen?«

Ich hob ruckartig den Kopf. Sie hatte mich aus meinen trüben Gedanken gerissen. »Was?«

»Wollen Sie jemanden anrufen?«, wiederholte sie.

›Mein Gott, meine Eltern!‹ Ich schaute auf die Uhr, und mir wurde schlecht. Fast elf Uhr. Ich nickte nur, und sie brachte mich zum Telefon.

Ich rief zuerst meine Eltern an und erzählte ihnen die Geschichte, die ich schon den ganzen Abend erzählte. Wir wären spazieren gewesen, plötzlich waren da Jungs gewesen, die hätten uns angefallen. Irgendwo halt, irgendwer halt, was wusste ich schon wer. Nein, mir ging es gut, hätte nur einen

Kratzer. Alles wäre gut, aber Iris hätten sie verletzt, und ich würde bei ihr bleiben. So was in der Art.

Eine halbe Stunde später kamen mein Vater, meine Mutter und mein Bruder, und ich heulte wie ein Schlosshund. Ehrlich. Ich weiß noch, wie erleichtert ich war, sie zu sehen. Ich kann das heute nicht mehr beschreiben. Es gibt einfach Momente im Leben, in denen man die Präsenz seiner Eltern so gewaltig spürt, wie ein Orkan über eine raue See fährt. Ich lag in den Armen meiner Mutter und heulte, bis ich rot unterlaufende Augen hatte und mir der Rotz aus der Nase lief.

Wir sind alle so stark, wenn wir mutig durchs Leben schreiten. Doch jede Seele kennt einen Moment, in dem sie einfach nur brechen kann wie dünnes Eis und man dann, wie stark man auch sein mag, eine Schulter braucht, die diese Seele auffängt und zu kitten versucht.

Natürlich musste ich alles noch mal erzählen, in allen Details. Mein Vater murmelte etwas von Polizei und so weiter. Doch ich versicherte ihm, dass ich keinen der drei oder vier Kerle erkannt hatte. Es wäre zu dunkel gewesen. Mein Vater murmelte dann etwas von Dummheit, weil wir zu der Zeit im Park waren, aber meine Mutter strafte ihn mit nur einem Blick, der eine johlende Horde griechischer Krieger hätte augenblicklich verstummen lassen. So war sie, wenn sie wütend war.

Wir standen alle bei Iris im Zimmer. Sie lag dort in einem weißen Bett. Die blasse Haut rot und geschwollen. Sie sah so elend aus. Wieder so ein Bild, das man nicht vergessen kann. Aber sie schlief. Ihr Atem ging gleichmäßig. Sie war trotzdem schön. Ich denke, man ist einfach blind in solchen Momenten.

Mein Vater legte seine Hand auf meine Schulter. Er sagte nichts, doch das tat so gut.

»Kannst du mir Geld geben?«, fragte ich ihn, als meine Mutter mit meinem Bruder aus dem Zimmer gegangen war.

Seinen Blick werde ich nicht vergessen. Er hob eine Braue und fixierte mich mit den Augen. Doch dann holte er einen 20-DM-Schein heraus und steckte ihn mir in die Tasche.

»Bleibst du hier?«, wollte er wissen, als er den Geldbeutel wieder einsteckte.

»Ja«, erwiderte ich tonlos.

Er nickte nur und ging, ohne Gruß. Meine Familie verschwand. Also machte ich mich auf, lief in die Lobby zum Telefon. Ich wollte Oma anrufen. Aber wieder einmal wusste ich nicht, was ich sagen sollte. Am Ende berichtete ich ihr die Wahrheit.

Ich denke heute, das war kein Fehler. Sie sollte wissen, was ihre eigene Tochter getan hatte, und ich denke, sie hatte das geahnt – irgendwie. Ihre Reaktion sagte mir das.

Das Gespräch dauerte vielleicht zehn Minuten. Ich erzählte ihr von Iris' Bitte, keine Polizei einzuschalten. Sie schwieg erst. »Lass sie ausschlafen, Ronny. Morgen sieht die Welt anders aus.«

»Sie meinen, Sie wird ihre Meinung ändern?«, fragte ich hoffnungsvoll, denn ich wollte, dass ihre Mutter zur Rechenschaft gezogen wurde.

»Nein, das denke ich nicht. Es ist ihre Mutter, Ronny. Würdest du deine Mutter anzeigen?«, war ihre Antwort.

Ich dachte nach, ehrliche zehn Sekunden, aber dann sagte ich nichts dazu. Ich wusste es einfach nicht.

»Eben!«, fügte sie hinzu. »Ich würde gerne kommen, aber um die Zeit ...«

»Nein!«, sagte ich schnell, weil ich nicht wollte, dass sie Iris so sehen musste. Am Schluss würde sie ihre eigene Tochter anzeigen. Wer wusste das schon? »Ich bin bei ihr, ich bleibe hier, bis sie aufwacht. Versprochen.«

Als sie nichts sagte, hörte ich die Frau durch das Telefon weinen. Das war wirklich ein seltsamer Augenblick. Sie kam mir immer so hart vor, so unbeugsam und stark, aber hier am Telefon war davon nichts mehr zu spüren.

»Danke!«, sagte sie auf einmal, und ich konnte den Kloß im Hals wachsen hören. »Danke, Ronny. Ich hab ja gewusst, dass du ein Kerl bis. Ich glaube, mein Mann hätte dich doch gemocht«, fügte sie hinzu und legte schnell auf.

Ich denke, das war eines der besten Komplimente, das ich von ihr bekam.

Nun, da stand ich. Alleine in der großen Lobby eines Krankenhauses. Oben lag meine Iris. Hinter mir die schrecklichsten Stunden meines Lebens. Um mich herum die seltsame Stille dieser eigenartigen Räume. Jetzt erst konnte ich tief Luft holen und ausatmen. Neben dem Telefon stand ein Stuhl, auf dem ich Platz nahm und mein Gesicht in den Händen vergrub.

Weinen konnte ich nicht mehr. Ich hätte es gerne getan. In solchen Momenten, wenn die Aufregung sich gelegt hat, stellt sich Erleichterung ein, gefolgt von Angst. Wie sollte alles weitergehen?

Ich konnte nicht mehr denken. Auf einmal war ich unheimlich müde und wollte nur noch schlafen. Also ging ich hoch in Iris' Zimmer und legte mich auf das freie Bett neben ihr.

Dort schlief ich nach wenigen Minuten ein.

Danke! 05.01.1984

DANKE!

Lieber, allerliebster Ronny, mein Ronnylein, mein Schatz aller Schätze, Stern am Himmel der traurigen Dunkelheit, mein Fels in der Brandung, mein Held und Retter.

Ich habe Dich nicht verdient. Nur Gott alleine weiß, warum Du zu mir hältst. Bitte, verlasse mich nie. Hörst du? Nie.

Ich habe Dich vor den Kopf gestoßen und mit dir Schluss gemacht. Du weißt jetzt warum, aber das ist auch keine Entschuldigung. Ich hätte zu Dir kommen sollen, und wir wären fortgegangen. Weit weg. Und wären alleine in die weite Welt gegangen. Wir hätten das geschafft. Wir schaffen alles.

Ich liebe Dich.

Wir haben ja schon lange geredet. Aber manchmal kann ich nicht alles sagen, was ich Dir sagen will. Daher will ich heute einen Brief darüber schreiben. Ich habe Dir schon lang keinen Brief mehr geschrieben. Dabei haben wir uns so oft unsere Gedanken in Briefen offenbart. Ist das nun so, weil wir uns so gut verstehen? Oder haben wir einfach nur keine geheimen Gedanken mehr. Ich weiß es nicht.

Ich will mal mit dem schrecklichsten und schönsten Morgen in meinem Leben anfangen.

Als ich im Krankenhaus aufgewacht bin und ich mich daran erinnert habe, was passiert war, da habe ich als erstes Dich gesehen. Du hast auf dem Bett neben mir gelegen und geschlafen. Ich habe Dich noch nie schlafen sehen. Ist doch seltsam, oder? Wir kennen uns fast eineinhalb Jahre, und ich habe Dich noch nie schlafen gesehen. Ich bin noch nie neben Dir zuerst aufgewacht.

Du hast da neben mir auf dem Bett gelegen, und ich habe Dich lange beobachtet. Die Sonne stand hinter dem Rollo vor dem Fenster, und diese kleinen Lichtpunkte waren überall auf Dir. Weißt du, die vom Rollladen. Das hat so ausgesehen, als würden kleine Blumen auf Dir wachsen. Du hast den Kopf auf einem Arm liegen gehabt. Ich habe Dich oft mit geschlossenen Augen gesehen, wenn wir uns liebten. Ja, manchmal gucke ich eben, und Du siehst so schön aus, wenn Du Deine herrlichen blauen Augen geschlossen hast. Du bist der schönste Mann, den ich lieben darf. Ich habe Dich leise atmen gehört. Es war so schön, wie friedlich du ausgesehen hast. Dein Gesicht war so entspannt. Vielleicht hast du etwas Schönes geträumt, aber ich denke, nein. Wer kann nach so etwas wirklich schön träumen? Ich werde vermutlich nie wieder schlafen können, ohne Angst zu haben.

Ich bin aufgestanden. Ja, ja, ich weiß ich hätte liegenbleiben sollen – bist schlimmer als die Schwestern hier. Die sind nett, aber Du guckst, dass ich esse und trinke, stellst mir das Bett hoch und so weiter. Mann, du bist einfach der Hammer.

Na ja, ich bin also zu Dir gelaufen. Dann hab ich neben Dir gesessen und Dich nur aus der Nähe angesehen. Ich habe Dir einen Kuss gegeben, aber Du bist nicht aufgewacht. Dann habe ich Dich gestreichelt, und Du bist auch dann nicht aufgewacht. Du hast wirklich fest geschlafen. Aber ich musste Dich anfassen. Weißt Du, ich habe nicht glauben wollen, dass Du da warst. Ich musste Dich anfassen. Nur so war ich mir sicher.

Kurz darauf habe ich mich wieder ins Bett gelegt. Ich habe noch etwas geschlafen, bis Du mich dann geweckt hast, kleiner Prinz.

Ich danke dir so.

Die Geschichte mit den Jungs im Park, ich meine, das ist gut, aber wenn die Polizei nun Jungs findet und die fragt, die bekommen vielleicht Probleme. Ach, ich weiß nicht. Aber Du hast recht, irgendwas müssen wir ja sagen. Ich kann meine Mutter nicht anzeigen, und Malte hat wirklich nichts gemacht. Er war nicht da, und als er kam, wollte er warten, bis sie wieder nüchtern war. Meine Mutter ist krank, Ronny. Ich weiß, das verstehst Du nicht - oder doch? Sie wird eine Kur machen müssen. Das hat sie mir versprochen, sie und Malte zusammen werden das schaffen. Ich weiß, es ist schlimm, was passiert ist, aber es ist passiert, und nun muss ich, müssen wir versuchen weiterzumachen. Verstehst Du das? Ich hoffe es.

Ich bin nun wieder zu Hause, und Du kommst bald zu mir. Meine Oma, wow, die ist total begeistert von Dir. Sie hat gesagt, wenn ich jemals ›wieder‹ Schluss machen würde, würde sie mich eigenhändig aus dem Fenster werfen. Na ja, vielleicht nicht direkt, aber sie wäre sauer, sagt sie. Ich dachte immer, Jungs würde sie nie leiden können. Ist schon seltsam, wie Du die Menschen verzauberst. Das kannst nur Du.

Ich will Oma mal fragen, ob Du bei mir übernachten darfst und so, weißt Du. Wir könnten in dem großen Bett unten schlafen. Ich mag das kleine Zimmer sehr. Aber um neben Dir zu schlafen, ist es zu klein. Und unten ist das ja dann schon besser. Ich denke, Oma wird da nichts dagegen haben. Einmal keine Trillerpfeife – höchstens, wenn sie zum Essen ruft. Wenn Du heute kommst, gibt es Deinen so heiß geliebten Auflauf. Sie hat heute Morgen schon die Kartoffeln eingelegt.

Ach, Ronnylein, wie hab ich Dich nur verdient?

Ich bin Dir so dankbar, dass Du mit Mutter nicht gesprochen hast. Ich meine, Malte hat sich entschuldigt. Aber das ist schon okay, wenn Du das nicht annimmst. Er fühlt sich schuldig. Aber Du hast schon recht. Ich glaube nicht, dass er Dir was getan hätte. Ehrlich.

Ich liebe Dich. Danke, wirklich, ich danke Gott, dass es Dich gibt, denn ohne Dich, ich weiß nicht, wo ich gelandet wäre. Bitte, verlasse mich nie. Hörst du? Nie im Leben.

Das hier hab ich aus einem Gedichtbuch. Ich denke, es passt gut zu Dir, zu uns:

Elemente der Liebe

Im Licht der Liebe wächst Freundschaft weit.
Im Licht der Liebe vergeht die schönste Zeit.
Im Licht der Liebe liegt Wahrheit.
Im Licht der Liebe lebt Liebe, bis in die Ewigkeit.

Im Schein der Sonne bist Du für mich mein Stern.
Im Schein der Sonne hab ich Dich zum Leben gern.
Im Schein der Sonne will ich mit Dir nur glücklich sein.
Im Schein der Sonne will ich mit Dir ewig weil´n.

Im Wind des Wetters will ich für Dich den Schatten stehen.
Im Wind des Schnees bin ich es, der Dich wärmt.
Im Wind des Regens will ich ein Schirm sein, der Dich umschwärmt.
Im Wind des Sturms bin ich Dein Schutz vor bösem Wehen.

Danke sag ich an die Freude und die Zeit mir Dir.
Danke sag ich an die vielen Zärtlichkeiten hier.
Danke sag ich an die Stunden voller Aufmerksamkeit.
Und danke sag ich an die Welt voller Herrlichkeit.

Danke sag ich Dir, mein Lieb und Herz.
Danke sag ich Dir für all den genommenen Schmerz.
Danke sag ich Dir, dass Du bei mir bist.
Und danke sag ich Gott, weil seine Liebe durch Dich fliest.

Am Wendepunkt

In der Liebe kennt man keine starre Zeit.
Jeder Tag ist voller Wunder – ohne Leid.
So glaubt man, wird es ewig gehen,
Nicht ahnend – das wir das Ende schon sehn ...

ICH ERWACHTE AM FOLGENDEN Tag mit Kopfschmerzen. Ich kannte damals Kopfschmerzen nur, wenn ich mit dem Schädel gehen einen Balken gerannt war und für drei Sekunden ausgeknockt am Boden lag. Dieser Schmerz war neu für mich. Mein beschissener Arm war eingeschlafen, und ich schwitzte wie ein Schwein, da ich in meinen Klamotten auf dem Bett lag, und die Sonne über mir brütete. Selbst durch das Rollo wärmte sie mich.

Eine Weile lag ich auf dem Rücken und musste mich orientieren. Doch es dauerte keine drei Sekunden, und ich wusste wieder, wo ich war, warum ich hier war und wer ich eigentlich war. Ich drehte mich zu Iris um, die immer noch zu schlafen schien. Ein Blick auf die Uhr sagte mir, dass es kurz nach neun war. Es hatte uns keiner geweckt und später erfuhr ich, dass die Schwester in unser Zimmer gekommen war und es nicht übers Herz gebracht hatte, mich oder Iris zu wecken. Die Menschlichkeit fand ab und an doch den Weg zur Oberfläche.

Ich weckte meine Freundin mit einem Kuss. Ich weiß, das erscheint flach und banal. Doch in dem Moment war mir nach nichts anderem zumute. Sie sah mir in die Augen und erwiderte den Kuss. Ihr Auge mit der Naht über der Braue war zwar noch geschwollen, sah aber vermutlich in ein oder zwei Tagen wieder völlig normal aus, da war ich mir sicher - bis auf die verschiedenen Farben, die noch zu erkennen sein würden. Ich konnte sehen, dass sie noch Blutkrusten an der

Nase hatte. Ihre Lippen waren spröde und an zwei Stellen aufgeplatzt. Aber sie konnte lächeln.

»Ich liebe dich!«, flüsterte, krächzte, hustete sie und lachte auf einmal. Danach zog sie leise fluchend die Luft ein, griff sich an den Bauch. »Oh! Lachen ist nicht gut!«

Ich trat etwas zurück. An meinem Blick erkannte sie, dass ich nicht lachen wollte und verstummte.

»Ist das alles wirklich passiert, Ronny?«, fragte Iris mich mit einem traurigen Blick.

Ich nickte.

»Oh, Mann. Es tut mir so leid, dass du ...«, wollte sie zu was auch immer noch ansetzten. Doch da legte ich den Finger auf ihren Mund. Ich nahm ihn wieder weg und küsste sie sanft.

»Ich liebe dich auch. Aber du musst mir ein paar Fragen beantworten und mir gut zuhören, bevor hier das große Tohuwabohu losgeht.« Ich lächelte sie an. »Geht das?«

Sie schloss kurz die Augen, öffnete sie wieder und nickte zustimmend.

»Bleibst du dabei, deine Mutter nicht anzuzeigen?«, fragte ich, ohne einen Umweg zu machen. Ich vermutete, dass uns wirklich nicht viel Zeit blieb.

Sie überlegte nicht einmal eine Sekunde, woran ich erkannte, dass sie das schon lange vorher beschlossen hatte.

»Nein, Ronny. Es ist meine Mutter. Sie war betrunken. Sie ist eine Alkoholikerin. Sie braucht Hilfe, keine Strafen. Bitte, versuche zu verstehen«, bat sie mich.

Ich schnaubte verächtlich.

»Ich werde es akzeptieren, Iris, nicht mehr und nicht weniger. Ich muss es aber nicht verstehen.« Und doch tat ich es. Ich verstand es inzwischen.

»Okay!«, entgegnet sie sichtbar kraftlos, aber erleichtert.

»Was ist passiert? Erzähl es mir, bitte. Warum machst du Schluss mit mir? Warum dieser bescheuerte Brief?«

Iris wich meinem Blick aus. Sie antwortete nicht.

»Bitte, Iris, wenn ich es verstehen soll, sag es mir, bitte.«

Sie schwieg weiter. Ich dachte, sie würde nichts sagen wollen, aber schließlich holte sie geräuschvoll Luft. »Ich hatte Mutter erzählt, dass ich mit dir zum Weihnachtsmarkt gehen wollte. Sie ist stinksauer geworden, weil ich das nicht mit ihr tat. Ich gab ihr dann eine freche Antwort, und dann hat sie mich mit Malte einen Tag später abgeholt. Malte trug wieder den Schrieb bei sich, die Sache mit der Vormundschaft und so. Oma flippte aus, aber machen konnte sie nichts. Ich wollte dich anrufen, da hat Mutter mir eine verpasst, mit der flachen Hand. Sie war schon angetrunken.«

Iris verstummte eine Weile. Ich starrte sie an, keine Ahnung wie ich zu reagieren hatte.

»Ich bin dann mit ihr gegangen, schon alleine wegen Oma. Weihnachten war schlimm. Wir waren nur im Haus, und das Telefon war abgeschlossen, ich konnte nicht wählen. Aber ich hätte eh keine Chance gehabt, alleine zu sein, um mit dir zu sprechen. Ich hatte so gehofft, dass du nicht anrufen würdest. Aber ich wusste, du würdest dir Sorgen machen. Meine Mutter hat mir gesagt, wenn ich die Sache mit dir nicht beende, dann holt sie mich nach Grünstadt und nimmt mir die Pferde weg. Ich habe das nicht verstanden. Ich habe ihr gesagt, dass ich dich liebe und sie beschimpfte mich, eine Hure zu sein, und du wolltest nur Sex haben, sonst bräuchte ich ja keine Pille und so …« Iris machte eine Pause und nahm meine Hand.

Unsere Blicke trafen sich. Ihre Worte trafen mich wirklich hart. Nicht, dass sie mir unterschob, ein geiler Bock zu sein und nur an das eine zu denken. Dass sie dadurch in ihrer Tochter eine Hure sah, das traf mich.

»Sie steigerte sich da in etwas hinein. Am Mittwoch hat sie mich dann gezwungen, den Brief zu schreiben. Ich musste ihn neunmal neu anfangen, bis sie mit ihm einverstanden war. Malte hat ihn später zu dir gebracht. Aber vorher hast du ja angerufen. Ach, Ronny«, seufzte Iris, »ich habe da gestanden, mit dir gesprochen, meine Mutter befand sich neben mir mit einer Flasche in der Hand und trank. Ich wollte nicht, dass du da mit rein gezogen wirst. Ich kenne das, und ich wusste, es würde wieder vorbeigehen. Weihnachten ist schlimm. Ich glaube, ihr zu erzählen, dass ich dieses Jahr bei dir feiern wollte, gab ihr den Rest.« Sie küsste meine Finger, aber eher abwesend. »Mir hat es so leidgetan. Ich habe geweint. Doch Mutter hat mich nur geschlagen. Malte hat ja immer versucht, dazwischen zu gehen. Doch Mutter kann, wenn sie will. Malte ist ein Bär von einem Mann, aber er hatte Angst, und ich denke, er kann keiner Fliege was zuleide tun. Gott sei Dank, für dich.«

Sie strich mir über die verletzte Wange und zog die Hand wieder zurück. Ich war zwar nicht der Meinung, dass der Kerl nicht schon das ein oder andere mal 'ne Fliege platt geklopft hatte, doch so im Rückblick des Abends, lägen die besseren Karten bei ihm – wenn er gewollt hätte.

»Das war deine Mutter«, sagte ich schnell.

»Ja, der Ring an der Hand. Ich kenne das. Sie hat Malte dann zu dir geschickt, und schließlich ist sie ganz ausgeflippt. Ich weiß nicht mehr viel, nur noch, dass ich auf dem Bett lag, und irgendwann bist du gekommen.«

Ich sah sie eine Weile an. Ich versuchte, mir das alles vorzustellen. Aber es gelang mir nicht. Meine Mutter hatte mich zwar schon einmal geschlagen, aber nie so. Und wenn sie mir wirklich wehtat, nahm sie mich am Ende in den Arm, und wir heulten beide.

Iris' Mutter war krank und gehörte vor der Menschheit weggesperrt.

»Ich danke dir, Ronny«, sagte sie und drückte mir die Hand.

Doch ich war noch zu sehr in Gedanken versunken.

»Okay!«, sagte ich auf einmal und versuchte, nüchtern zu klingen. »Die Polizei wird Fragen stellen, das muss sie. Also müssen wir eine Geschichte haben, die wenigstens einigermaßen plausibel klingt. Verstehst du das?«

Sie nickte, und ich erzählte ihr das, was ich mir ausgedacht hatte. Wir sprachen noch fast bis zehn Uhr, dann kam Oma, und ich entschuldigte mich nach draußen. Ich wollte an die frische Luft.

Vor dem Krankenhaus standen ein paar Bänke, zu denen ich gehen wollte. Der Tag war sonnig aber sehr kalt. Draußen musste ich meine Motorradjacke bis unters Kinn schließen, so hart griff der eisige Wind nach mir. Ich fühlte mich schmutzig, verschwitzt und seltsam leer. Auf der ersten Bank saß eine ältere Frau mit einem Gehgestell neben sich, an dem drei Beutel hingen. Sie schaukelten leicht hin und her. Die Dame warf mir einen Blick zu, dem ich sofort 20,- D-Mark gespendet hätte. Ich hatte Angst vor dem Altwerden. Schon immer irgendwie, und die Menschen zu sehen, schuf in mir Bilder, in denen ich mich so sah.

Eine Bank weiter unterhielt sich ein Pärchen, die händchenhaltend in ihrer kleinen Welt verankert schienen. Ich beobachtete gerne Menschen, die sich liebten, die sich in vielen kleinen Gesten ihre Zuneigung zeigten, was ihnen selbst wahrscheinlich gar nicht so bewusst war.

Ich hätte damals gerne in den wenigen Minuten, die ich auf einer der Bänke verbrachte, gemalt und mir die Sonne auf mein Gesicht scheinen lassen. Das hätte mich wenigstens abgelenkt, mir die schweren Gedanken über mich und Iris erspart. Doch so blieb mir nichts anderes übrig, als zu warten und nachzudenken.

Um elf Uhr kaufte ich in der Cafeteria etwas zu essen und ging wieder zu Iris. Oma stand am Bett, daneben Iris' Mutter, und Malte saß auf einem Stuhl. Ich blieb wie angewurzelt stehen. Alle starrten mich an, als ich in den Raum kam und wie eingefroren, wie auf einem beschissenen Wandgemalde verewigt, dastand. Mein erster Gedanke war, einen der Stühle zu nehmen und ihn der Mutter über den Schädel zu ziehen. Ich bin nie ein gewaltbereiter Mensch gewesen, ich habe versucht solchen Dingen immer aus dem Weg zu gehen, umso überraschter traf mich diese so plötzliche Wut. Mein Blick streifte Iris, und in ihren Augen stand in einer klar lesbaren Schrift nur diese eine Bitte: »Lass es sein!«

Ich schloss die Tür wieder. Im Flur des Krankenhauses stand ich einige Sekunden nur so da. In der rechten Hand eine Cola, links ein halb angebissenes Brötchen. Ich löste meine Starre, um zu einem der Stühle zu gehen. Oma folgte mir auf den Flur. Sie setzte sich wortlos neben mich.

»Wieder einmal«, sagte sie in einer seltsam tonlosen Stimme.

»Wieder einmal?«, fragte ich sie und suchte ihren Blick, doch sie starrte nur geradeaus. Dann schüttelte sie den Kopf.

»Wieder einmal macht sie eine Entziehungskur, und wieder einmal verspricht sie, dass alles besser wird, und wieder einmal versichert sie, dass es nicht wieder vorkommen wird. Iris glaubt ihr. Das ist ja das Schlimme.«

»Sie nicht?«, wollte ich wissen und kannte die Antwort schon.

Sie schnaubte und legte eine Hand auf mein Knie. »Bub, das ist keine Frage des Glaubens. Das ist Erfahrung, die es mir schwer macht, das zu glauben. Jetzt wird erst mal wieder alles normal sein, was auch immer da normal sein kann. Wunden verheilen. Manchmal bleiben Narben zurück. Aber nicht immer. Und wir vergessen so schnell. Viel zu schnell.«

Ich widersprach ihr. »Ich werde das hier nicht vergessen. Niemals!«

Sie lachte kurz. »Doch wirst du, Bub. Du willst es auch vergessen. Glaub mir. Iris so zu sehen, ist nichts, an das man sich gerne erinnern will. Und du wirst dich an schöne Sachen erinnern. Klar, du wirst dich daran erinnern, dass du sie da rausgeholt hast, und sie wird sich auch daran erinnern, dass du es gewesen bist. Ihr werdet das als eine gute Erfahrung für euch behalten. Aber Iris wird die Wunden vergessen, den Schmerz und die Angst.«

Ich wollte noch mal widersprechen, mein Mund stand schon offen, doch ich klappte ihn wieder zu und schwieg. Sie hatte vermutlich recht. Oma war über 60 und ich nicht mal 20. Was wusste ich schon vom Vergessen?

»Ronny?«, riss mich Oma aus den Gedanken.

»Ja?«

»Versprichst du mir, einer alten Frau, etwas?«

Ich schaute sie an. »Ja, was immer sie wollen. Ich meine, wenn ich es kann.«

Oma nahm, nein, sie packte meine Hände mit den ihren. Ich konnte die faltige und von Gartenarbeit raue Haut spüren, was mich wieder an meine Großmutter erinnerte. Sie fixierte mich mit ihren kleinen und fast schon kalten Augen. »Pass auf Iris auf! Kannst du das?«

Nun, ich hatte in dem Alter viele Versprechen gegeben. Thomas wollte, dass ich immer sein Freund bleiben würde, ich versprach es. Er wollte auch, dass ich versprach, niemanden zu erzählen, dass er in Viola verschossen war. Ich gab meiner Englischlehrerin das Versprechen, mehr zu lernen, und ich brach es. Ich hatte meiner Mutter viele Versprechen gegeben. Manche davon waren von sehr kurzer Dauer, andere verschwanden, noch bevor sie dauern konnten. Es ist leicht zu versprechen. Ich war mir in dem Alter nicht genau im Klaren darüber, was ich da wirklich tat. Aber damals konnte ich fühlen, dass dies ein Versprechen war, das vielleicht einmal schwer einzuhalten sein würde. Ich überlegte wirklich eine Sekunde lang, nein zu sagen. Warum auch nicht. Ich war ein Junge, der nicht einmal wusste, was er mal werden wollte. Was konnte ich da schon machen, um Iris vor … ja, was denn überhaupt … zu beschützen? Doch ich versprach es Oma an diesem 31. Dezember 1983. Ohne zu ahnen, dass ich schließlich versagen würde.

Iris musste im Krankenhaus bleiben, mindestens bis zum zweiten Januar, falls durch innere Verletzungen Komplikationen auftraten. Ich fuhr nach Hause, aß dort etwas, wurde fast bemuttert und fuhr später wieder zu Iris. Thomas sagte ich, dass ich nicht zu seiner Party kommen würde, erklärte es ihm und erntete absolutes Verständnis. Ich fuhr zu Sabrina. Iris hatte mich gebeten, mit ihr zu sprechen. Also sprang ich über den ekelhaften Schatten und tat es.

Ich hatte mich entschlossen, Sabrina die Wahrheit zu erzählen. Schon allein, um meine eigentliche Heldentat ins beste Licht zu stellen, was diese verdammt noch mal verdient hatte. Sabrina war geschockt. Sie war wütend geworden, schimpfte, motze mich an, weil ich nicht zur Polizei gegangen war, und fuchtelte wie wild in der Gegend herum, bis sie sich wieder beruhigte. Ich erklärte ihr, warum und wieso Iris sich dazu entschlossen hatte. Sie besaß ein Druckmittel ihrer Mutter gegenüber, denn alle Verletzungen waren nun protokolliert worden, bei der Polizei und im Krankenhaus. Iris würde in Hettenleidelheim bleiben, bei ihr, in der Klasse und den Pferden … und natürlich bei mir. Am Ende fuhr ich von Sabrina weg, und sie war beruhigt, nicht zufrieden aber besänftigt.

Um kurz nach drei kam ich im Krankenhaus an und suchte Iris. Sie stand auf dem Balkon im Sonnenlicht. Ihre Haare waren gewaschen, das roch ich sofort. Sie lagen wie ein feiner Mantel um ihre Schultern. Das Auge war natürlich noch geschwollen, aber sah deutlich besser aus, und es begann, leicht blau anzulaufen. Die Naht über dem Auge wurde von keinem Pflaster mehr bedeckt, und so wirkte sie wie eine gruslige zweite Augenbraue. Iris lachte, verzog das Gesicht schmerzverzerrt, um sich schnell an die Rippen zu greifen, als sie mich erkannte. Sie trug einen Bademantel, Hausschuhe und vermutlich einen Schlafanzug. Sie stand dort in der Sonne, lachte mich an, lachte mit den Augen und ihrem ganzen Körper. Ich war froh, sie lachen zu sehen, und musste an Oma denken. Wahrscheinlich würde ich das alles hier wirklich vergessen, weil ich einfach viel lieber solche Bilder in Erinnerung haben wollte.

Der Tag wurde wunderbar. Wir sahen fern und lümmelten dabei zusammen auf dem Bett herum, sahen uns alles Mögliche an. Iris lag nun mit zwei anderen Frauen auf einem Zimmer. Später aßen wir in der Cafeteria zu Mittag. Ich wollte bei ihr bleiben und mit ihr Silvester verbringen. Sie dagegen schickte mich hundert Mal weg und flehte mich am Ende an, ich solle zu Thomas' Party gehen. Doch ich blieb.

Draußen am Kiosk, neben dem Parkplatz, kaufte ich von dem restlichen Geld meines Vaters eine kleine Flasche Sekt und lieh mir zwei Gläser von den Schwestern. Und so saßen wir um halb zwölf in zwei Decken gehüllt auf dem Balkon des Krankenhauses und schauten über die Stadt. Das Krankenhaus liegt auch heute noch auf einem Berg, und man hat eine wirklich fantastische Aussicht über die Stadt und über das Tal dahinter. Wir lachten gerade über einen Witz, als plötzlich die Tür aufging und Thomas zu uns kam. Ich stand auf, und hinter Thomas schob sich Sabrina durch die Tür. Thomas trug eine Flasche Sekt in der Hand und Sabrina die passenden Gläser dazu.

Ich war baff und konnte drei oder vier Sekunden nichts mehr sagen. Iris dagegen sprang auf und umarmte Sabrina voller Freude. Dabei ächzte sie als Sabrina zu fest drückte.

»Thomas?«, brach ich meine Überraschung. »Was ..., ich meine, deine Party ...«

»Hey, Ronny, dort hocken 30 Leutchen rum und besaufen sich auf meine Kosten. Meinst du, die brauchen mich dabei wirklich?« Er lachte und nahm mich in den Arm, klopfte mir auf die Schulter und setzte sich neben uns.

»Und, wie bist du hierher gekommen?«, wollte ich wissen.

Er zeigte mir seinen Helm, den ich nicht gesehen hatte. Dann erst erkannte ich den zweiten Helm. Sabrina war mit ihm auf dem Moped hierher gekommen? Das glich schon fast einem Wunder. So als würde man versuchen zwei Magnete, die sich abstießen, gewaltsam zusammenzubringen. Aber hier standen beide.

Heute denke ich, dass sie sich doch irgendwie mochten und es nie zugeben wollten. Sie fanden schließlich doch noch zusammen und wurden ein echtes Liebespaar, bei dem Iris und ich immer wieder schmunzeln mussten.

»Das ist Klasse, Mann. Echt klasse«, murmelte ich kaum zu mehr fähig.

Kurz vor Mitternacht und kurz vor dem neuen Jahr 1984, standen wir mit einem Glas Sekt in der Hand am Geländer eines Balkons im Grünstädter Krankenhaus und zählten die Sekunden rückwärts. Vor uns flammte fast augenblicklich ein wirklich fantastisches Feuerwerk auf. Raketen, die in der Nähe explodierten, wilde Feuerfontänen, dumpfe Knaller, sprühende Standfeuerwerke um uns herum, überall Hupen, Schüsse und erstaunlicher Lärm.

Ich drehte mich zu Iris um und wünschte ihr ein frohes neues Jahr, Sabrina und Thomas schauten sich erst einen Moment verunsichert an, dann gab Thomas ihr ein Küsschen auf die Wangen und drückte sie unbeholfen. Es war eine schöne Szene, an die ich mich gerne erinnere. Wir, Iris und ich, Thomas und Sabbi, ich muss lachen, während ich das schreibe: junge Leute am Rande eines neuen Lebensabschnittes. Vor uns eine neue Zukunft mit der Entscheidung einen Beruf zu wählen. Vielleicht eine Familie? Vielleicht ein bisschen das ›Alleinleben‹ ausprobieren und lernen diese Welt erobern zu können. Ich weiß nicht, was die anderen damals dachten, aber ich hatte ein bisschen Angst.

Ich war froh nicht alleine zu sein, und ich hatte Lust auf das, was da mir, uns bevorstand und wartete.

Veränderungen zum Ende

Auch die Ewigkeit hat ein Ende.

ICH HABE VON DEN Jahren 1984 bis 1989 neun Briefe hier liegen. Zwei weitere stammen aus dem Jahr 1991, einer von 1994, und ab da habe ich keine Briefe mehr.

Das Ende einer Beziehung? Nein.

In den vielen Jahren, seitdem wir kein Paar mehr waren, behielten wir immer mal losen, wenngleich einen ganz einzigartigen und immerwährenden Kontakt zueinander.

Natürlich vergisst man seine erste Liebe nie. Doch man verliebt sich wieder, bindet sich, trennt sich wieder, und das Spiel wurde in meinem Fall einige Male wiederholt, bevor ich mich in meine heutige Frau verliebt habe, mit ihr einen ganz anderen Abschnitt meines Leben beschreite.

Kinder, Haus, Bestand schaffen und zu erhalten. Ich legte mich beruflich fest, fließende Übergänge im Leben und Jahre fliegen nun an mir vorbei. Oh, es gibt vieles, das passiert und ich versuche immer, mein Leben abwechslungsreich zu gestalten - und mir meine innere Jugend zu erhalten und doch erwachsen zu sein. Ich habe noch viele Träume, die ich erreichen kann und erreichen will.

Aber ich ließ mich von geschriebenen Worten überreden, überzeugen, überwältigen, aus meinem jetzigen Leben auszubrechen. Ich finde sicherlich wieder zurück, denn eines habe ich gelernt: An jedem Tag geht die Sonne auf, jeden verfluchten Tag drehte sich die Erde weiter, auch wenn es unfassbar scheint und verdammt wehtut. Es geschieht ohne Rücksicht auf uns Menschen. Aus welchen Gründen auch immer mich die Vergangenheit zwingt, mich zu erinnern, sie bewirkt in meinem Leben einen seltsamen Stillstand, den ich immer zu vermeiden versuche. Ein Zustand, der mich wie auf einer rasenden Achterbahnfahrt rückwärts in mein Leben jagt und der mein gegenwärtiges Leben zum Erliegen bringt.

Meine Mutter fragte mich, warum ich mir das antue. Ich kann es ihr nicht erklären. Ich will es auch nicht. Das wäre so, als würde man versuchen, einem Ding ohne Verstand Glück zu beschreiben oder einer außerirdischen Lebensform den Sonnenuntergang, wenn diese keine Augen besäße. Nein, vermutlich tue ich ihr Unrecht, wenn ich das so sage. Meine Mutter ist okay, so wie sie ist. Kein Alien oder Ding ohne Verstand. Ich kann es nicht beschreiben. Manches in uns lässt sich einfach nicht erklären und auch nicht vergleichen.

Mein Vater starb viel zu früh, ließ meine Mutter in einem Chaos zurück, dass sie selbst erst viele Jahre später entwirren konnte. Ihre Gefühle konnte sie nie erklären. Sie blieben namenlos in ihr verborgen.

Es geht nun mal nicht.

Also bitte ich sie, zu akzeptieren, dass ich hier im Esszimmer sitze und auf vielen Blättern Worte um Worte aufschreibe, die nur so aus mir heraus fließen. Es ist wie eine Wunde, die nicht aufhören will zu bluten und man nichts dagegen machen kann. Es fließt und fließt.

Ich esse seit Tagen kaum etwas, trinke zu wenig und schlafe fast gar nicht, nur wenn ich zusammenbreche und auf dem Tisch für ein oder zwei Stunden einen unbequemen Schlaf finde. Vor mir liegen nun fast 350 Seiten Papier, bekritzelt in meiner so schwer zu lesenden Handschrift und unter einem enormen Verschleiß von Kugelschreibern. Nur selten streiche ich ein Wort durch, und ich schwöre mir, dass ich all das nie wieder lesen werde. Ich schreibe es, weil es verflucht noch mal aus mir heraus muss und ich keinen weiteren Tag damit leben will, weil ich glaube, sonst daran zu Grunde zu gehen.

Trotz allem tut es gut, das zu schreiben. Es befreit mich auf eine seltsame Art. Es geht nicht ums Vergessen, es geht ums Erkennen.

Ich will Iris nicht vergessen. Alles was ich erreichen will, ist zu verstehen, warum mir diese Vergangenheit so wehtut. Ich versuche, diese Beziehung einzuordnen, ihr ein klares Bild zu geben, sie begreifbar zu machen. Ich weiß nicht mal, ob ich das schaffe. Doch ich hoffe es, ich erwarte es, ich will es einfach.

Zurück im Jahr 1984 und zurück in das Leben des jungen Ronny, versuche ich heute zu verstehen, warum wir nicht für die Ewigkeit zusammenbleiben konnten, die wir uns gegenseitig geschworen hatten. Auch die Ewigkeit besaß also ein Ende? Das mussten wir noch lernen.

Am Ende muss ich mir eingestehen, dass es nie einen harten Schlussstrich gab, den Iris oder ich gezogen hatten.

Wir verbrachten dieses Jahr noch als Paar, aber 1984 veränderte sich einiges. Wir machten gut 20 Mal miteinander Schluss. Heute lache ich darüber, aber es war wirklich eine wilde und unentschlossene Zeit geworden.

Nach Silvester und in den ersten Wochen des neuen Jahres blieb erst mal alles beim Alten. Iris wohnte weiter bei Oma, bei den Pferden, bei Sabrina und natürlich bei mir. Es wurde einfacher, weil gerade Oma oder meine Eltern für unsere Beziehung ein neues Verständnis aufbrachten oder uns die gemeinsame Zeit gönnten. Freilich waren Thomas und Sabrina als unsere besten Freunde weiterhin eifersüchtig auf uns und aufeinander.

Thomas tat nie etwas aktiv, um uns auseinander zu bringen. Sabrina dagegen war da schon wesentlich kreativer. Ende März des Jahres 1984 waren Iris und ich auf einer Party bei einer Viola eingeladen worden. Viola hatte dazu den Keller umgeräumt und mit Musik, Blitzlicht, Lichtorgel und einer schönen Deko eine tolle Disco erschaffen, in der wir uns stellenweise mit bis zu 30 Jugendlichen auf einmal zusammendrängten. Wir tanzten damals zu Nena, Nik Kershaw, Pat Benatar und Meat Loaf. Aber auch Withesnake, Queen oder Billy Idol gehörten zur musikalischen Begleitung unseres Erwachsenwerdens. Eine Party in den 80ern musste neben der Musik mindestens eine Ecke haben, in der man in Ruhe knutschen konnte. Außerdem floss Alkohol in hoher Dosis, wenngleich an den Eltern vorbei. Um das Zeug zu bekommen, gab es ältere Geschwister, verständnisvolle, ältere Freunde. Viola bat mich einige Tage vor der Party, ihr das berühmt gewordene Bild zu malen, das sie bei Iris im Zimmer gesehen hatte. Ich malte also mein Pärchen vor dem Sonnenuntergang auf der Rückseite eines Din-A1-Posters, allerdings ohne Farbe. Zur Party brachte ich das Bild dann mit und überreichte es ihr. Viola, von der ich nie etwas wissen wollte, selbst wenn ich nicht mit Iris zusammen gewesen wäre, höchstens mal, um auf einer Party die Langeweile zu verknutschen, bat mich, mit ihr hoch in ihr Zimmer zu kommen, wo sie das Bild aufhängen wollte. Ich dachte mir nichts dabei und ging mit.

Oben platzierten wir das Bild, dann verwickelte mich Violas Vater in ein Gespräch, bat mich, seinen neuen Videorekorder einzustellen. Ich war somit fast eine Stunde nicht mehr auf der Party. Iris bemerkte, dass Viola und ich gemeinsam zur Party zurückkamen, und fragte unglücklicherweise Sabrina, wo ich gewesen war. Sabrina gab natürlich sofort zum besten, dass ich bei Viola im Zimmer war - eine Stunde. Als Iris mich dann fragte, was ich bei Viola so lange gemacht hatte, erklärte ich ihr schreiend, um die Musik zu übertönen, dass wir das Bild des küssenden Pärchens aufgehängt hatten. Iris verstand nur »küssen«, sah rot und machte mit mir Schluss. Alles an einem Abend, alles mit reichlich Alkohol intus.

Ich verstand die Welt nicht mehr, rannte ihr hinterher, und weil ich so betrunken war, schlug ich mit dem Kopf an den Stahlträger über der Treppe. Das Teil knockte mich sofort ins Land der Träume, aus dem mich Thomas wieder herausholte. Iris war schon weg. Drei Tage, meine schönen blauen Augen und eine Erklärung von Viola später waren wir wieder zusammen.

Im Mai, Iris fuhr mit Manfred ein ganzes Wochenende nach Darmstadt, um zwei Pferde zu holen, erzählte mir Richard, ein Kollege aus dem Stall, das Manfred eine Neue hätte. Er mache mit ihr rum, wenn Richard nicht hinschaue. Ich war erst nicht neugierig, aber dann fragte ich eben doch, wer es sei, denn ich kannte ja nun schon einige auf der Koppel. Richard, der sich eigentlich nur seinen eigenen Namen merken konnte, sagte, er denke, es wäre Iris. Gemeint hatte er Daniela, die Iris etwas ähnlich sah. Ich schrieb Iris einen Zettel, den ich an ihr Rad klebte.

»Es ist aus! Fummel dich doch mit Manne in den siebten Himmel!«

Als sie am Sonntag wieder kam, den Zettel fand, fuhr sie gegen 22 Uhr zu mir und stand vor meinem Fenster. Sie brüllte so laut, dass Koloss 13 das Licht einschaltete, Bettina aus ihrem Fenster schaute, Andrés Hund zu bellen begann und meine Eltern in Schlafkleidung auf der Terrasse standen. »Ronny, komm raus und rede mit mir, wenn du Schluss machen willst!«

Nun, ich kam heraus, sammelte sie schnell ein und warf allen einen entschuldigenden Blick zu. Wir redeten, ich erklärte ihr meinen Verdacht, aber sie konnte mir dann klar machen, dass Richard ein Idiot war, der sich keine Namen merken konnte. Ich glaubte ihr, und wir waren wieder zusammen. So einfach war das bei uns.

Mitte 1984 fuhr ich mit meinen Eltern in den Urlaub nach Italien. Ein Höllentrip. Der Urlaub war stink langweilig, und nur diese kleine fesche Italienerin, deren Namen ich heute aus dem Brief von Iris erfahren habe, brachte ein wenig Abwechslung. Carmeliea war ein süßes Mädchen, und wir konnten beide kein Wort der Sprache des anderen. Aber wir hatten in der Disco, am Strand, und auch als der Zirkus da war, eine Menge Spaß. Am Ende der Reise gab sie mir einen

Kuss, den einzigen in den kompletten zwei Wochen. Mein Bruder schoss ein Bild - was ich nicht wusste, und als ich die Bilder mit Iris aus der Drogerie holte, war es das erste Foto, das zu sehen war. Iris flippte wieder einmal aus und rannt heulend nach Hause. Ich war sauer. Erst auf Iris, weil ich keinerlei Chance hatte, etwas zu erklären, und dann auf meinen Bruder. Der war da. Also klopfte ich ihn einfach einige Zeit durch die Wohnung. Ich lief Iris schließlich nach, beteuerte meine Unschuld, bekniete sie, mir zu glauben, und wir vertrugen uns wieder, waren wieder zusammen. Das Schlimme dabei war, dass ich die ganzen zwei Wochen wirklich etwas von Carmeliea wollte, nur diese nie etwas von mir.

Iris und ich fanden immer wieder zusammen. Daher wurde die eigentliche spätere Trennung nie von uns wirklich offen akzeptiert. Doch Anfang 1985 war es endgültig aus zwischen uns.

Ein Grund waren die Veränderungen, die wir beide durchmachten. Iris war erwachsener geworden, selbstständiger, als ich es zu der Zeit jemals hätte sein können. Sie lebte nun alleine in der Wohnung, sorgte für sich und für die Oma, wurde unabhängiger und musste das auch werden. Denn ihre Mutter machte nicht nur diese eine Kur 1984, sondern noch eine zweite Anfang ’85, verbrachte ein Jahr in einer Klinik für psychisch gestörte Menschen, aus der sie erst 1986 wieder entlassen wurde. Iris wuchs ohne Eltern auf und musste einfach das Leben selbst in die Hand nehmen.

Im Herbst 1984 holte sie ihren Realschulabschluss leider in einer Aufbauschule in Kaiserslautern nach, um sich für die Sprachenschule in Worms vorzubereiten. Sie übernachtete dort unter der Woche und hatte am Wochenende weniger Zeit für mich, für uns, weil sie ihre Pferde und viele andere Dinge auch noch pflegen wollte.

Wir telefonierten in der Zeit viel, aber sie war einfach ein gutes Stück von mir entfernt. Ich war während der Woche alleine, traf mich mit neuen Freunden und glitt in einen neuen Freundeskreis hinein. Ich belegte einen Tanzkurs in Eisenberg, und dort waren viele Mädchen, die gut aussahen und das Gleiche von mir dachten, sodass ich sehr viel Zeit in einer neuen Clique verbrachte. Eisessen, Kino hier, Disco und Tanztreffs da, Partys und viel Zeit im Schwimmbad oder dem Hallenbad in Kirchheimbolanden. Ich erlangte Beliebtheit wegen meines Wortwitzes und der Schlagfertigkeit, die ich bei jeder Gelegenheit ausübte. Ich genoss, umschwärmt zu werden. Doch ich blieb treu und hatte sie nie wieder hintergangen: seit dem Urlaub in Bayern nicht.

Die Treffen mit Iris, die ganz und gar nicht in diese Welt zu passen schienen, wurden schwieriger. Wir unternahmen wenig zusammen, außer uns zu lieben, uns die Zärtlichkeiten zu geben, die wir nicht von anderen bekommen konnten. Iris formulierte es in einem der letzten Briefe sehr treffend: Sexbeziehung.

Auch Iris schuf sich einen neuen Freundeskreis. Sie war Ende 1984 aktiv bei Greenpeace eingestiegen. Von da an war sie oft bei Aktionen der Gruppe dabei. Ich versuchte eine Weile ernsthaft, dort mit ihr Zeit zu verbringen, versuchte, mich von ihrer Leidenschaft anstecken zu lassen. Doch ich lebte in einer anderen Welt, in einer Welt, in der ich noch Eltern besaß, die sich um mich sorgten, in der ich eine Familie genoss, die mich auffing und mir den Halt gab, den sich Iris bei anderen holen musste.

Ende 1984 begann ich meine Lehre bei meinem Vater. Das war ein völlig neues Leben, das erst um sieben Uhr abends zu Ende war und dazu führte, dass ich meine Zeit am Wochenende mit meinen Freunden verplante, in diesen Zeitraum schieben musste.

Trotzdem versuchten wir beide, an unserer Liebe festzuhalten. Ich liebte sie wirklich noch, sie war mein Ein und Alles in meinem Herzen, und keines der Mädchen, die ich kennenlernte, konnte sie dort hinausstoßen. Viele hatten es versucht. Ich war immer für jeden Mist zu haben, wir genossen alle die Zeit. Um mich drehte sich oft eine ganze Party, wenn ich am Ende alleine in der Mitte saß und mit Händen und Füßen Witze erzählte, die alle zum Lachen brachten. Ein paarmal versuchte ich, Iris zu betrügen und dachte, es wäre einfach, wenn sie nicht da war, ich sie schon seit zwei Wochen nicht gesehen hatte. Am Ende scheiterte ich an mir selbst. Ich brachte es nicht fertig, sie zu hintergehen und mit einem anderen Mädchen zu schlafen. Ich knutschte schon mal, küsste leidenschaftlich, verabredete mich fürs Kino und um auf Partys zu gehen, doch wie gesagt, ich blieb immer treu.

Ich weiß, man könnte diese Versuche auch als eine Art Untreue werten, nur war für mich in meinem Herzen kein Platz für eine andere. Ich dachte immer an Iris, wenn ich im Bett lag. Wir telefonierten nachts oft ein oder zwei Stunden und erzählten uns das Leben, das wir nun führten, und jeder hörte dem anderen zu. Iris und ich trafen uns auf dem Gartengrundstück, schliefen miteinander unter dem Mond hinter der Hütte, wollten noch mal das Erlebnis genießen, auf einem Feld in einer warmen Sommernacht zu sein, wollten mit aller Gewalt, so muss ich das heute erkennen, genau die Zeit wieder haben, die uns gemeinsam verband.

Aber am Ende hatten wir uns zu sehr verändert und uns in unserem jeweiligen eigenen Leben zurechtgefunden, die nicht mehr zusammenpassten. Entfernungen, lange Trennungen, neue Freunde, andere Freunde, neue Bedürfnisse, die ich bei ihr und sie bei mir nicht befrieden konnte.

Die Ewigkeit hatte somit ein sicheres Ende.

Und so kann ich heute doch einen Punkt erkennen, an dem unsere Beziehung scheiterte. Vielleicht der Tag, an dem Iris mir von Mark zu erzählen begann …

Mark war ein Freund von Manfred und der Besitzer eines Pferdes, das im Stall hinter der Kirche in Hettenleidelheim stand. Er war fünf Jahre älter als Iris. Er war ein ganz anderer Mensch, als ich es jemals sein konnte. Eines Tages fiel sein Name immer häufiger, und dann war er plötzlich überall in ihrem Leben. Mark hier und Mark da, und »ich gehe mit Mark dort hin«, »treffe Mark hier«.

»Mark ist so ein guter Zuhörer.«

»Mark versteht mich, er kennt sich aus, er hat so viel Lebenserfahrung.«

»Mark ist so lieb.« »Mark ist so nett.«

»Mark macht dies und jenes mit mir.«

»Mark hat ein cooles Auto« und »Mark hat ein Pferd« und »Mark will, dass ich es pflege, wenn er weg ist.«

»Mark ist viel weg.« »Mark macht tolle Sachen, ist im Umweltschutz, will einmal eine Partei gründen, will die Welt verändern.« »Mark hat Pläne, große Visionen.«

War Ronny Geschichte geworden?

An einem Samstag Ende März kam ich von der Arbeit. Ich besaß nun einen kleinen klapprigen Wagen in einem grässlichen Grün, auf den ich stolz war. Ich fuhr ihn erst ein paar Tage. An dem Samstag wollte ich Iris das Auto zeigen. Irgendwie in der Hoffnung ich könnte Mark das Wasser reichen, wenn ich nun auch mit ihr weit wegfahren konnte - auf Konzerte, zu Treffen nach Frankfurt oder was auch immer ein Auto an Freiheiten bot. Ich wusste, ich würde sie auf der Koppel finden. Also fuhr ich mit meinem Auto und voller Stolz zu ihr. Es war kein besonders schöner Tag, aber es regnete auch nicht, und so hoffte ich, mit ihr spazieren gehen zu können, oder wir würden einen Kaffee mal zur Abwechslung in Kaiserslautern trinken, etwas Essen und den Abend bei ihr in der Wohnung ausklingen lassen, uns lieben und alten Zeiten nachtrauern.

So kam ich dort an. Aufgewühlt, froh sie zu sehen, froh sie wieder einmal nach langer Zeit in meine Arme nehmen zu können. Ich parkte den Wagen, stieg aus und rannte zum Stall. Der Weg war noch nass vom Regen, das Gras schmatzte bei jedem Schritt. Am Wegesrand wuchsen Schneeglöckchen, ein Pferd stand auf der Koppel und schnaubte, als es mich erkannte. Es trabte zu mir und ich strich ihm über den Kopf. Ich hatte nun keine Angst mehr vor Pferden. Der Hengst sah mich mit großen Augen an, und ich konnte an ihm vorbei in den Stall sehen.

Ich sah einen Mann. Einen Mann, der mir bekannt war, auch wenn ich ihn nur von hinten sehen konnte. Mark trug eine hellbraune Wildlederjacke, und er war hochgewachsen. Er hatte volle Haare mit Locken und ließ es lang über die Schulter fallen, nur selten zu einem Pferdeschwanz gebunden. Iris sah ich erst, als ich langsam an der Koppel entlangging, durch eine Pfütze, in der meine Schuhe sich mit Wasser vollsogen. Ich ging weiter, ohne den Blick von Mark lösen zu können, und dann drehte er sich ein wenig zur Seite. Iris war nicht groß, aber neben Mark wirkte sie fast winzig. Sie stand auf den Zehnspitzen, die Arme um seinen Hals geschlungen, er beugte sich zu ihr hinunter, und sie küssten sich. Ich lief weiter, bis die Koppelbegrenzung in ein Gatter mündete. Dort stand ich drei oder vier Minuten, bis Iris sich plötzlich von Mark löste und zu mir schaute.

Ich kann sehr genau beschreiben, was in mir passierte. Nicht nur, weil es wehtat, weil es schmerzte und mir ein Loch in die Brust riss, hinter dem ich meine Liebe zu ihr vermutete. Nein, ich habe das nicht nur einmal in meinem Leben erlebt, sondern musste es noch dreimal wieder erleben und daher weiß ich sehr gut, sehr genau, wie es sich anfühlt, wenn plötzlich eine Welt zusammenbricht, die doch bis zur Ewigkeit hätte halten sollen.

Ich wusste sofort, dass es nun wirklich zu Ende war. Sofort und ohne eine Hoffnung darauf, dass es zu kitten gewesen wäre. Ich hatte gesehen, wie sie ihn küsste. Ich hatte erleben müssen, wie sie ihn ansah, bevor sie zu mir blickte. Das war Liebe, wie ich sie immer wieder und so oft aus Iris' Augen hatte sprühen sehen. Ich kannte den Ausdruck. Ich hatte ihn zu oft selbst gesehen.

Wir schauten uns lange an. Natürlich weiß ich heute, was sie empfand, weil ich den Brief dazu gefunden habe. Ich kann ihn lesen, ich kann ihn verstehen, ich kann sie verstehen, auch heute, nach der langen Zeit. Ich kann mit ihr fühlen. Aber ich habe in mir einen Schmerz, den ich nicht vergessen kann, und dieser ist mir irgendwie näher. Wenn ich daran zurückdenke, tut es noch immer weh.

Ich drehte mich um und lief weg. Iris folgte mir. Aber ich war schneller. Iris kam eben durch das Gatter, da war ich schon mit meinem Wagen zurückgefahren. Ich sah sie den Weg zu mir hochrennen, ich sehe sie noch heute vor meinen inneren Augen, wie sie rannte, wie ihre Haare hin und her wehten, wie sie ihre Arme nach mir ausstreckte und alles an ihr zu schreien schien. Ich konnte sehen, wie sie meinen Namen mit dem Mund formte, doch ich hörte nichts. Ich zwang mich wegzusehen und haute den ersten Gang mit aller Gewalt ins Getriebe. Dann raste ich los. Für einen Augenblick sah ich sie hinter mir herlaufen, bis ich zu schnell war und sie aufgab, stehenblieb, sich vorgebeugt auf den Knien ausruhte, um nach Atem zu ringen.

Zwei Stunden fuhr ich durch die Gegend und hatte Angst nach Hause zu kommen, weil sie dort hätte sein können, und dann versuchte, mir etwas zu erklären, was ich schon längst verstanden hatte. Sie zu sehen, zu riechen, sie auch nur zu berühren hätte mich umgebracht, da war ich mir sicher. So blieb ich, bis es auf den Straßen dunkel war. Ich habe keine Erinnerung mehr, wo ich überall gewesen bin. Aber ich weiß noch, was ich nach einem Kilometer im Radio hörte und was ich tat, als ich das Lied erkannte. Ich fuhr rechts an den Weg, ich lehnte mich über das Lenkrad und weinte. Ich hatte mit aller Kraft mitgesungen und geheult. Ich hatte geschrien und geheult. Vier Minuten und 54 Sekunden lang, bis das verdammte Lied sich sanft ausblendete. Ich habe den Song immer gemocht, weil er wirklich gut ist, aber ich habe mich nie mit dem Lied identifiziert können. Doch an dem Tag hörte ich mir das Lied mindestens hundertmal an. Vielleicht sogar öfter. Ich kann es nicht mehr sagen. »The winner takes it all, the loser standing small, beside the victory that's her destiny.«

Natürlich kam ich irgendwann wieder nach Hause und war ruhiger. Ich parkte das Auto und stellte enttäuscht fest, dass Iris nicht wartete. Aber ich war auch erleichtert. Ich lief ins Haus, und das Leben holte mich mit einem Schlag zu sich zurück. Im Esszimmer saßen alle, und das Essen stand auf dem Tisch. Ich weiß nicht, ob man mir ansah, dass ich geheult hatte, aber es sprach mich keiner darauf an. Ich aß, und ich sprach mit meiner Mutter, mit meinem Vater, mit meinem Bruder und meinem Opa, der damals noch lebte und neben mir saß. Ich fühlte mich leer und dachte, wenn ich etwas esse, wird es schon gehen. Aber es ging nicht.

An dem Abend versuchte ich zum ersten Mal ernsthaft, mit meiner Mutter zu sprechen. Ich sagte ihr, dass Iris und ich Schluss gemacht hätten, erwartete, dass sie mich in den Arm nahm, und ich hätte wirklich so gerne an ihrer Brust nochmals geheult und mir den Frust von der Seele gesprochen. Aber sie sagte nur, ohne mich in den Arm zu nehmen, dass ich froh sein sollte, sie los zu sein. Ich war wie vor den Kopf gestoßen. Ich taumelte fast aus dem Zimmer und verkroch mich in meinem kleinen Reich im Keller. Ich hörte mir immer wieder Abba an: »The winner takes it all«

Heute muss ich ihr danken, auch wenn sie mit Sicherheit nicht wusste, was sie da sagte. Denn sie war es, die mir die Augen öffnete und mir zeigte, dass das, was mich mit Iris noch verband, gar nicht mehr so viel mit Liebe gemein hatte, sondern mehr eine Art Gewohnheit geworden war.

Ja, wir hatten uns verändert und damit voneinander entfernt. Letztendlich war Mark oder wer auch immer nur ein Messer gewesen, das den Schnitt machte, der nötig gewesen war, um die Ewigkeit zu beenden. Es war aus, es war vorbei. Ich war wieder frei.

Drei Tage später hielt ich Iris' Brief in meinen Händen.

RONNY!

Tut es mir leid? Ja, es tut mir leid. Ich weiß nicht, warum es so gekommen ist, Ronny. Ich weiß es wirklich nicht. Es ist nicht Deine Schuld, glaube mir. Aber es ist auch nicht alleine meine Schuld. Es ist passiert, und wir haben es nicht gemerkt. Oder?

Als Du plötzlich da standest, ich weiß nicht, was ich dachte. Doch, natürlich weiß ich es. ›Scheiße!‹, dachte ich.

Ich meine, ich wollte es Dir sagen, schon lange. Aber ich konnte es nicht tun. Ich bin feige gewesen.

Nun erreiche ich Dich nicht. Deine Mutter sagt mir, Du bist nicht da, aber ich bin vorbeigelaufen, und da stand Dein Auto. Du bist bestimmt da. Aber ich habe Angst, zu Dir zu kommen, weil ich es nicht ertragen kann. Ich will Dir alles erklären - kann ich das überhaupt? Ich denke nein, aber wir können darüber reden, oder?

Mark ist ein besonderer Mensch. Ich habe noch nie im Leben einen solchen Mann kennengelernt. Nicht böse sein, aber Du bist anders, anders gut und lieb. Mark ist erfahrener. Ich sehe ihn an und weiß, dass er mich versteht. Und bei Dir ist mir das in der letzten Zeit nicht mehr passiert. Es tut mir leid, aber ich will nicht lügen, um Dir zu gefallen.

Wir sehen uns zu selten, und immer hast Du Deine Freunde im Kopf, wenn Du bei mir bist. Du nimmst mich nicht zu ihnen mit. Ich weiß nicht warum! Du bist oft mit dieser Annette zusammen, von der Du sagst, sie wäre nur eine Tanzpartnerin. Woher weiß ich das, wenn ich alleine zu Hause bin und auf Dich warten muss?

Sabrina hat mir einmal erzählt, dass viele über Dich reden, wie toll Du bist und wie beliebt. Aber ich merke davon nichts, wenn Du bei mir bist. Ich bin nur neben Dir, aber nicht mehr bei Dir, Ronnylein. Du redest viel über Dich, aber Dich interessiert nicht, was ich denke. Du bist egoistisch. Natürlich ist Deine Lehre wichtig, und Du musst lernen und so, aber ich bin auch wichtig, und ich will nicht nur da sein, um Dich, sorry, zu befriedigen. Ich habe, und es tut mir leid, wenn ich das sage, keinen richtigen Spaß mehr. Es ist schön, aber oft mache ich es … nur mit!

Und soll das alles sein? Sollen wir uns immer nur treffen und aneinander vorbei reden und dann Sex haben? Ist das Liebe? Ist das eine Freundschaft? Nein, ich denke nicht.

Ronny, Mark ist ein Freund, und er hört mir zu, nimmt an meinem Leben teil. Er ist mein Halt geworden, und er ist da, wenn ich ihn brauche. Bei ihm kann ich ›Ich‹ sein. Verstehst Du das? Ich hoffe, ja. Sei mir nicht böse. Ich bin traurig, ich hätte es gerne anders gehabt, hätte es Dir gerne gesagt, aber ich hatte keine Gelegenheit, und das wollte ich nie in einem Brief schreiben.

Ronny! Ich liebe Dich - so komisch das klingt. Aber ich liebe Dich, wie ich keinen anderen liebe. Und das ist das Problem. Diese Liebe bekomme ich nicht wieder. Nicht so, wie ich sie brauche. Du kannst das nicht, das verstehe ich. Weil Du und ich, weil wir uns verändert haben, wir sind erwachsener geworden und nun lieben wir uns und gehen eigene Wege, müssen die vielleicht gehen. Ich weiß es einfach nicht.

Mark liebe ich auch - anders. Und er liebt mich. Auch anders als Du. Nein, ich habe noch nicht mit ihm geschlafen. Ich weiß, dass Du das eben fragen wolltest, und ich werde es Dir nicht erzählen, wenn ich es getan habe. Wir sind ein anderes Paar, und ich fühle mich gut bei ihm. Ist das nicht auch für Dich wichtig? Dass es mir gut geht? Bin ich Dir das denn wert?

Ronny! Du wirst immer einen Platz in meinem Herzen haben - hörst Du? Immer und ewig. An der Stelle wird nie ein anderer sein können. Du bist meine erste große Liebe, und den Platz kann keiner mehr bekommen. Ich bin Dir so unendlich dankbar, wirklich für alles und jeden Augenblick, den ich mit Dir verbringen konnte, durfte. Ich bin froh, Dich getroffen zu haben, und ich bin froh, dass Du ein Teil in meinem Leben warst, bist.

Ach, Ronnylein. Ich weine nun und will es verstehen. Ich hoffe Du bist nicht für immer verletzt, und ich hoffe darauf, dass wir Freunde bleiben, für den Rest unseres Lebens. Für immer. Für die Ewigkeit. Ich bin auch ein Teil von Dir geworden, bitte vergiss mich nicht und verzeih mir, dass ich Dir wehgetan habe.

Du zeigtest mir, dass ich mutig bin.
Du zeigtest mir, dass ich schön bin.
Du zeigtest mir, dass ich gefühlvoll bin.
Du zeigtest mir, dass ich lieben kann.
Du zeigtest mir, dass ich zärtlich sein kann.
Du zeigtest mir, dass ich vertrauen kann.
Du zeigtest mir, dass ich enttäuscht werden kann.
Du zeigtest mir, dass ich trauern kann.
Du zeigtest mir, dass ich ängstlich sein kann.
Du zeigtest mir, dass ich wütend sein kann.
Du zeigtest mir, dass ich weinen kann.
Du zeigtest mir, dass ich verzweifeln kann.
Du zeigtest mir, dass ich hoffnungslos sein kann.
Du zeigtest mir, dass ich hassen kann.
Du zeigtest mir, dass ich verzeihen kann.

Du zeigtest mir, dass ich noch am Leben bin!

Iris ...

Nicht aus den Augen verloren

Das, was uns verloren ging,
Unsere Zweisamkeit – das unstete Ding,
Ist nicht für immer, nicht vollkommen verloren,
Wurde nur anders, neu geboren,
Lebt für einen anderen Traum,
Der uns gehört, wenn wir uns trau'n.
So streifen wir nicht mehr gemeinsam umher,
Dann und wann, sieht einer den ander'n, wie wenn's damals wär …

WIR TRAFEN UNS erst zwei Wochen nach dem Brief wieder. Iris war es, die mich anrief. Und sie schlug den Treffpunkt vor. Wenngleich ich Iris eigentlich nie wieder sehen wollte. Doch als sie am Telefon war, meine Mutter rief mich von der Straße ins Haus, beruhigte mich ihre Stimme schlagartig. Ich war dabei gewesen den Bürgersteig zu kehren, wollte danach noch mein Auto waschen und später den Rasen mähen. Das reale Leben würgte mich mit seiner Banalität.

In den Wochen, den Tagen nach unserer Trennung war ich oft und gerne alleine mit mir und meinen Gedanken. Es war erstaunlich, wie schnell sich Wut, Verzweiflung, Hass und Sehnsucht abwechseln konnten. Ich warf in einem Anfall von Wut alle Erinnerung an sie aus meinem Zimmer, meinem Leben, verbannte sie. Dabei riss ich Herzchen mit Iris darauf, Briefe und Bilder von der Pinnwand in meinem Zimmer und stopfte sie lieblos in eine Tüte. Später holte ich sie heulend wieder heraus, lag schniefend auf dem Bett und tat mir selbst leid.

Wenn ich mit Thomas zusammen war, schimpfte ich über Iris und konnte mühelos hundert schlechte Eigenschaften aufzählen und fand nichts an ihr, das man hätte lieben können oder wollen. Ich hatte mehrmals versucht, einen Brief an sie zu verfassen. Ich zerriss alle in kleine Fetzen. Ich malte Bilder, auf denen sie ein Monster war und fast genau so viele mit ihr und mir auf der Bank unter dem Baum vor dem Sonnenuntergang. Auch diese zerknüllte ich voller Wut heulend und verbittert. Ich war dreimal bei ihr und wollte sie aus dem Haus holen, nur um sie anzuschreien, sie zu umarmen und zu küssen, ihr einen Tritt zu verpassen und meiner Wut ein Ventil geben zu können. Ich wollte ihr Leben zerstören und doch mit ihr zusammen sein, bis zu dieser verdammten Ewigkeit, die in den Briefen so blumig beschrieben worden war. Aber sie war nie da gewesen, oder ich scheiterte schon eine Straße vorher.

Ich vermied Stellen, an denen ich sie hätte treffen können, oder ich fuhr extra dorthin. Ich hockte stundenlang auf der Mauer hinten am Friedhof und wartete, dass sie kommen würde. Und dann zuckte ich doch zusammen, wenn jemand kam, der ihr ähnlich war, warf mich sofort hinter die Mauer, um vorsichtig darüber zu sehen. Doch es war immer nur jemand anders.

Natürlich hatte ich versucht, sie anzurufen, hatte mir Stichpunkte aufgeschrieben, die ich ihr dann mit meinem Zynismus an den Kopf werfen konnte wie faule Tomaten. Aber ich legte immer wieder auf, bevor es klingelte. Nur einmal ließ ich es läuten, bis die Deutsche Bundespost die Verbindung scheinbar unterbrach, nach dem 21. Zeichen.

Ich lief, wie meine Mutter sagte, neben der Spur, unrund, tuckerte außerhalb meines Rhythmus wie ein alter, defekter Motor. Sie ließ mich, verstand es vielleicht und wartete ab. Thomas versuchte, mich auf andere Gedanken zu bringen. Sogar mein Bruder, der davon nicht einmal die Hälfte verstand, war in den zwei Wochen ein netter Kerl und gab sich Mühe, mir mal nicht das Leben schwerzumachen.

Ich bin immer auf die Füße gefallen, damals und auch in allen Situationen, in denen ich mich ähnlich emotional verfangen hatte. Nichts ist so schlecht, dass es nicht für etwas gut wäre. Ein dummer Spruch, das weiß ich, aber er ist einfach richtig. Sieh das Positive an der Sache, lass die Vergangenheit los, verbuch es unter Lebenserfahrung.

Iris wollte, dass wir uns, wie sollte es anderes sein, an der Koppel in der Gartenstraße treffen, dort, wo alles angefangen hatte. Ich erinnere mich an das seltsame Gefühl in mir, als sie am Telefon war, ihre Stimme mühelos eben erst verheilte Wunden aufriss. Ich erlitt das Gefühl von Hass und Liebe, von Verachtung und Sehnsucht wie kleine Partner dicht aneinandergekuschelt in mir drin. Doch ich sagte zu.

Ich entschloss mich, nicht mit dem Auto zu fahren, sondern zu laufen. Es war ein schöner Frühlingstag mit viel Sonne und angenehmen Temperaturen, ein paar Wolken am Himmel, die aber nur selten die Sonne verdeckten. Es hatte seit Tagen nicht mehr geregnet. Ich wollte den Kopf freibekommen, bis ich bei ihr ankam, auch wenn ich mir darüber im Klaren war, dass ich das nie schaffen konnte.

Und so lief ich die Straße hinunter, voller Hoffnung sie dort auf der obersten Stange der Begrenzung zu sehen. Iris, wie sie sich zu mir umdrehte und ihr Gesicht sich aufhellte, wie sie lachte, in der Freude mich zu sehen.

Doch da war niemand. Als ich die Koppel erreicht hatte, stand nicht ein Pony oder Pferd auf der Fläche. Dafür entdeckte ich einen kleinen, von einem Block abgerissen Zettel, auf dem in der mir so vertrauten Schrift stand: »Unser Baum!«

›Unser Baum!‹ dachte ich.

Musste das sein? Ich verharrte an der Koppel, für einige Minuten, sah zu dem Baum der Liebenden, den ich mühelos sehen konnte. Ich erkannte sie dort nicht, dazu war er doch zu weit entfernt. Am Schluss hing dort nur ein weiterer Zettel, auf dem – ja, was - »Friedhofsmauer« stand? Ich würde schon hingehen müssen, wenn ich es wissen wollte. Und so lief ich zu dem Baum.

Sie saß hinter dem dicken Baumstamm, saß in der Sonne und spielte mit einem langen Grashalm. Ich setzte mich wortlos neben sie und schaute wie sie über das Feld zum

Waldrand. Iris sah zu mir, das konnte ich aus dem Augenwinkel gut erkennen.

»Hallo, Ronny!«, begann Iris, als ich mich nicht zu ihr drehen wollte.

Ich schwieg.

»Wie geht es dir?«, fragte sie und wandte den Blick wieder ab.

»Scheiße!«, erwiderte ich ohne besondere Betonung. Manche Worte wirken auch so.

»Klar ...«, meinte sie.

»Was willst du?«, fragte ich mit dem Tonfall eines Mannes, der eben zum tausendsten Mal dieselbe Antwort geben musste, und nun schaute ich sie doch an. Sofort drehte sie den Kopf zu mir. Ich war gezwungen, in diese Augen zu sehen, ich musste die Haare sehen, wie sie um die Schulter flossen wie braune Seide, und hatte den Anblick zu ertragen, der in mir die See zum Kochen brachte.

»Reden?« Sie lächelte.

»Reden, so«, spottet ich und schaute unter mich. »Über was?«, fügte ich hinzu.

»Über uns. Über das, was uns verbindet, immer verbinden wird«, antworte sie sehr schnell und sehr flüssig.

Ich schnaubte verächtlich und hasste mich sofort für diese Geste.

»Da ist kein *Uns* mehr, Iris. Dein *Uns* ist nun Mark - was weiß ich!«, murmelte ich verbissen und rupfte den Grashalm vor mir mitsamt der Wurzel aus dem Boden. Dann warf ich ihn von mir.

Sie schwieg einen Moment, bevor sie erwiderte: »Es wird immer ein *Uns* geben, Ronny«, sie zeigte hinter sich und deutete damit auf den Baum, und ich wusste sofort, was sie meinte.

»So, und wieso?«, wollte ich wissen. Wieder genervt und wieder mürrisch. »Was steht da, Iris? Ein Herz mit unseren Namen drin.« Ich legte den genervten Tonfall ab. »Ich habe dich echt gern gehabt, aber jetzt, ich weiß nicht, was das bringen soll.«

»Freundschaft, Ronny. Ich will nicht sagen, lass uns noch Freunde sein, weil das so abgedroschen klingt. Aber ehrlich: Das ist es, was ich will. Dein Freund bleiben. Nicht mehr, aber auch nicht weniger.«

Ich dachte darüber nach und der nächste Grashalm musste dran glauben. »Freunde, was? Für was Freunde, Iris? Du hast doch Mark. Was soll ich da machen? Gelegentlich vorbeikommen und etwas an deinem Leben kratzen wie ein Hund an der Tür, wenn er rein will? Ja?!«

Mir tat das leid, aber es kam von einer Stelle in mir, die reden wollte und nicht danach fragte, es auch zu dürfen.

»Mark ist nicht du und wird es nie werden, Ronny!« Sie fasste mich erst an der Schulter, dann griff sie mir sanft an mein Kinn und drehte mich zu sich. Ich musste sie ansehen. Ich wollte es nicht, ließ sie aber gewähren.

»Du bist meine erste große Liebe. Ich habe dir in meinem Herzen ein ewiges Zimmer eingeräumt und dort darfst du, musst du immer leben. Hörst du? Ich liebe dich, wie ich keinen anderen Menschen jemals lieben werde.«

Ich riss mein Kinn aus ihrer Hand. »Liebe? Was soll das, Iris? Du liebst mich doch net. Du hast bei dem Typen am Hals gehangen wie ein verträumter Affe vor einer Staude Bananen. Ich kenne dich, und ich weiß, das da war meine Iris, und die liebt den Typen. Also, erzähl mir nix von Liebe! Ich weiß nicht, was ich mit dem Zimmer da soll?« Ich tippte ihr auf die Brust. »Was erwartet mich dort?«

Sie starrte mich eine Weile an, blickte kurz auf die Stelle, an der ich sie berührt hatte, dann wandte sie den Blick ab. »Mark ist anders. Und wir haben uns verändert, Ronny. Du auch. Und ich, ich weiß nicht, ich brauche jetzt etwas anderes, und du kannst mir das nicht geben. Das tut weh, ich weiß. Mir tut es das auch.«

Wir schwiegen eine Weile. Ich ließ das auf mich wirken. Dabei stellte ich fest, wie recht sie eigentlich hatte. Natürlich, wir hatten uns verändert, taten wir das nicht immer noch? Und wenn ich ehrlich zu mir war, dann musste ich zugeben, dass ich vieles an ihr nicht oder nicht mehr mochte. Hatte sie am Ende nur schneller oder früher erkannt, dass wir nicht mehr zusammengehören konnten, dass wir uns nicht mehr diese Liebe geben konnten?

»Wie soll das weiter gehen?«, fragte ich auf einmal und schaute ihr in die Augen.

Sie lächelte. »Lass und Freunde sein. Freunde, Ronny. Ich brauche dich, ich brauche so einen Freund, an den ich mich anlehnen kann und der mir einfach nur zuhört. Ich brauche dich. Verstehst du das?«

Nein, verstand ich nicht. Nicht ein Wort. Und das lag eindeutig an meiner Einstellung zur Liebe, die ich bis dahin immer mit der körperlichen Liebe gleichgesetzt hatte. Sex und sich mögen ist gleich Liebe. Aber manchmal muss man einfach älter werden, beschissene Erfahrungen machen, enttäuscht werden und sein Herz gleich mehrmals brechen lassen, dann erst lernt man dazu. Ich denke, das ist wie mit dieser Herdplatte und dem Kleinkind. Erst wenn es sich die Finger verbrannt hat, kapiert es endgültig, dass dieses Ding da oben auf dem Herd nun mal wirklich so heiß ist, wie Papa gesagt hat.

Ich verstand zwar nicht, was Iris wirklich von mir wollte, aber ich hatte schon verstanden, dass ich eine Chance bekam, die ich ergreifen musste, wenn ich irgendetwas von Iris behalten wollte.

»Freunde? Was?«, fragte ich sie.

Sie nickte mir zu, und ihr Blick wurde eine Spur heller.

»Ja, Ronny. Und ich will dir sagen, was ich an dir schätze und dass mir immer etwas fehlen wird. Damit du weißt, warum ich deine Freundin bleiben will. Deine kleine Schwester, wenn dir das besser gefällt.«

Ich lächelte, denn das gefiel mir wirklich gut. Schwesterchen! Ich meine, ich konnte meinen Bruder nicht wirklich gut leiden, aber eine Schwester hatte ich nie gehabt. Das war doch ein guter Kompromiss. Irgendwie, ohne echt greifbar zu werden.

Ich war mir damals nicht wirklich im Klaren darüber, ob es ein Kompromiss sein konnte. Und vermutlich hatte ich das nur deshalb so schnell angenommen, weil es mir wie eine Tür, ein Ausgang vorkam, mit dem ich aus der seltsamen Situation herauskommen konnte, in der ich seit zwei Wochen lebte.

»So, was denn!«, wollte ich nun mit einem kleinen Lächeln auf dem Gesicht wissen. »Was gefällt dir denn so an mir?«

Sie lachte und knuffte mich.

»Da ist er wieder, oder? Mein Ronnylein. Wenn du von etwas eine Menge übrig hast, dann von deiner verdammten Selbstverliebtheit.«

»Aua, hey, das hat echt wehgetan«, sagte ich und rieb mir die Schulter.

»Memme! Wie damals. Weißt du noch? Plumps, und da lag er. Ronny, vom Himmel gepurzelt.« Sie machte sogar die Bewegung nach, mit der ich gefallen war. Da schubste ich sie, und sie verlor das Gleichgewicht. Als Iris wieder aufrecht saß, lachte sie, und ich stimmte mit ein.

Und dann, Teufel noch mal, tat Iris etwas, dass sie in all den Jahren immer wieder fertigbrachte: Sie heiterte mich auf. Ihr so offenes Lachen, die Art, wie sie lebendig erzählen konnte, genauso wie sie diese 130 Briefe geschrieben hatte, wie sie mit Energie in ihrem Leben alles mit sich riss, was man nicht schnell genug befestigt hatte, so sprachen wir plötzlich über diese fast drei Jahre währende Freundschaft.

Zwei Stunden saßen wir da, und die Sonne ging dabei unter. Sie verschwand langsam über dem Wald und sank, um einen Tag auszublenden, den ich nicht vergessen würde. Denn er war der Auftakt zu einer ganz anderen Zeit mit Iris, die viel länger andauerte. Die folgenden Jahre waren bis heute voller kleiner Momente, in denen unsere Lebenswege sich immer wieder kreuzten.

Wir standen später am Weg, und sie nahm meine Hände. Hier mussten wir uns trennen, weil jeder von nun an einen anderen Heimweg besaß. Iris beugte sich vor und gab mir einen Kuss auf die Wange, und dann packte sie mich mit einem schnellen Griff und umarmte mich. Ich war baff, war einen Moment lang überrascht, aber ich umschlang sie mit meinen Armen. Sie legte den Kopf auf meine Schulter und ihr Mund war dicht an meinem Ohr.

»Ich werde deinen Humor vermissen, deine Schlagfertigkeit, deine so herrlich positive Art. Alles weiß zu sehen, wo es doch schwarz sein sollte und dass du nur kleine Träume hast, die du erreichen willst und oft mit so wenig zufrieden bist. Ich werde dein Lachen vermissen, die Art wie du mich anfasst, und ich werde vermissen, wie du mich ansiehst. Ich werd dich vermissen, Ronny, aber ich werde dich nie, nie in meinem Leben vergessen. Hörst du? Nie! Wann immer du mich brauchst, ich werde da sein, und ich werde kommen und dir eine Schwester sein.« Sie drückte mich etwas fester. »Das ist ein Versprechen.«

Iris löste sich von mir. Sie stand noch vor mir, und wir hielten uns an den Händen. Dann ging sie. Ich sagte nichts, ich stand nur da und rang die Tränen hinunter. Ich denke, sie hatte das gemerkt. Verflucht, ich war echt eine Memme, oder?

Nun, Mark blieb sechs Monate mit Iris zusammen. Iris stand eines Abends vor unserer Haustür und heulte. Ich ging mit ihr spazieren, und hinter mir lästerte meine Mutter über mich und meine Inkonsequenz. Aber ich hörte mir Iris' Leiden an und spendete Trost. Das konnte ich gut. Es war auch einfach, Mark schlecht zu machen, sie in den Himmel zu loben und ihr zu erklären, dass dort noch mehr Jungs waren, die sie verdient hatten. Ich war sogar eine Weile der Meinung, dass ich das noch einmal sein könnte. Damals suchte ich selbst noch einen passenden Ersatz für Iris, ohne richtigen Erfolg dabei zu haben.

Nach Mark kam Richie, also Richard, netter Kerl, aber mit dem IQ eines Stofftieres. Das war mein Standpunkt und spätestens, nachdem Iris das auch festgestellt hatte, war sie derselben Meinung. Danach folgte ein Rolf und später Helmut, Dietmar, Andreas, mit dem war sie viele Jahre zusammen, und danach, ich muss immer wieder lachen, wenn ich mich daran erinnere, ein Jahr Thomas. Mein Thomas, mein bester Freund, auch wenn er es zu dem Zeitpunkt nicht mehr war. So ist das Leben: voller seltsamer Überraschungen.

Iris fuhr mich zu meiner schriftlichen Gesellenprüfung und blieb dort den ganzen Tag. Vorher lernte sie mit mir drei volle Tage und hörte mich geduldig ab. Ohne sie wäre ich nie durch die Prüfung gekommen. Nach der praktischen Prüfung betranken wir uns auf dem Betzenberg in Kaiserslautern. Keiner traute sich, noch nach Hause zu fahren, also schliefen wir im Auto friedlich nebeneinander. Später stand ich vor der Sprachenschule in Worms, als sie mit ihrem Diplom herauskam. Kein Rolf oder wer damals auch immer aktuell war. Ich fuhr sie zur Aufnahmeprüfung nach Frankfurt, für was, das weiß ich gar nicht mehr. Ich suchte mit ihr die Wohnung in Frankenthal aus. Und ich war es, der damals für den Vermieter als Freund fungierte, weil wer auch immer gerade mal nicht da war.

Als mich meine zweite wichtige Liebe verlies, und sie hatte mich fast ein halbes Jahr lang hintergangen, stand ich dort vor der Wohnung und heulte Rotz und Wasser. Am Ende verbrannten wir ein hässliches Stofftier im Aschenbecher auf ihrem Balkon, auf das ich mit einem wasserfesten Stift den Namen meiner Ex geschrieben hatte. Ich weiß, das klingt hart, aber ich war betrunken, und es war einfach nur geil.

An dem Tag schliefen wir miteinander, zum ersten Mal seit unserer Trennung. Ich weiß nicht warum. Es passierte einfach, und keiner von uns machte wirklich einen Anfang, einen ersten Schritt dazu. Aber es war etwas völlig anderes.

Schön, ja, aber einfach völlig anders. Das ganze Spiel war routinierter geworden, eingespielter und lief gut, rund, entspannt. Wir lachten dabei wie kleine Kinder beim Spielen. Wir stöhnten und rieben unsere Körper aneinander. Es war stellenweise seltsam brutal und leidenschaftlich, doch wir sprachen kein einziges Wort dabei. Und das war auch neu für mich. Später standen wir auf dem Balkon. Wir rauchten eine dieser selbst gedrehten Dinger von ihr. Ich hustete, kotzte fast, und sie wieherte wie ein Pferd vor Vergnügen. Dann schliefen wir auf dem Balkon in einer lauwarmen Nacht auf einer Liege miteinander und schauten uns danach den Mond an. Schweigend, genießerisch. Ich habe mich so wohl gefühlt und es sehr genossen.

Es war eine schöne Zeit, doch danach taten wir es nie wieder. Uns war klar, dass das alles kaputt machen konnte. Auch verloren wir darüber später nie ein Wort. So als hätte es den Abend nicht gegeben.

Iris war zu meiner Party und meinem 25. Geburtstag gekommen, ohne dass ich sie einladen musste. Sie stand einfach da mit … Gott, ich weiß es nicht mehr … ihrem Freund eben, und ich empfand nur Freude, sie an dem Tag zu sehen. Keine Spur Eifersucht, keine Spur von Reue oder Trauer wegen vergangener Tage.

Ich besuchte sie in Berlin, als sie dort ein Praktikum ausübte, und wir verbrachten drei Tage in einem einzigen Moment. Ich habe selten so viel Mist gebaut und Spaß dabei gehabt. Berlin würde mich nicht vermissen. Ich könnte alleine über diese drei Tage ein ganzes Buch schreiben. Iris war schon immer der Garant dafür, etwas zu erleben. Sie ging so offen mit den Menschen um, dass wir in dieser Sache super zusammenpassten. Ich mit meinem losen Mundwerk und immer einem flotten Spruch auf den Lippen, sie als Weltverbessererin und immer noch mit Buttons an der Jacke, auch wenn es nicht mehr dieselbe Jeansjacke war. Jahre verflogen wie Tage, ich kann das nicht anders sagen.

Sie kam mit dem Zug nach Koblenz, weil ihr Auto kaputt war, als ich zur Bundeswehr musste. Sie schlief in meinem Auto, ich in der Kaserne, und am nächsten Tag stellten wir Koblenz zur Faschingszeit auf den Kopf. Hölle, ich war so breit, dass ich mich nicht einmal daran erinnere, wie und in welchem Zustand ich in die Kaserne zurückkam. Ich weiß noch, dass Iris und ich auf einem Tisch zu Blasmusik oder so was getanzt hatten und dass die Jungs, fast alles Bundeswehr-Soldaten, allesamt Iris anbaggerten und sie nur sagte, an dem Abend würde sie nur mir gehören. Wir gehörten uns an dem Abend auch ohne Sex. Auch das war eine schöne Zeit.

Danach sahen wir uns ein oder zwei Jahre nicht mehr. Ende 1993 wurde das mit ihrer Mutter wieder schlimmer. Sie stand vor meiner neuen Wohnung und vor meiner damals extrem eifersüchtigen Freundin. Doch die ließ ich stehen, kommentarlos und fuhr mit Iris nach Grünstadt in den Park, spazieren, reden, Händchenhalten, in den Arm nehmen und so weiter. Malte hatte die Mutter verlassen und diese trank wieder viel und zu oft. Die Polizei griff sie am Bahnhof auf, als sie versuchte, einen Zigarettenautomaten mit einem Stein aufzubrechen.

Auf Iris' Stirn prangte eine Platzwunde. Ich stellte keine Fragen. Ich verarztete sie, tröstete sie und half ihr, bis ihre Mutter wieder nüchtern war, einen klaren Kopf zu bewahren. Wir besprachen, was wir alles für Möglichkeiten hatten, und letztendlich waren wir beide dafür, ihre Mutter in professionelle Pflege zu übergeben. Doch das dauert dennoch ein Jahr, bis ihre Mutter in Landstuhl untergebracht wurde.

Klar frage ich mich heute, was man nicht alles hätte verhindern können. Die ewig grausamen Was-wäre-wenn-Fragen.

Meine Freundin, die immer dachte ich würde mit Iris ins Bett gehen, verließ mich für einen anderen, und das war nun in der Rückschau das Beste, was mir je hätte passieren können. Iris half mir, den Verlust zu verkraften, und ich genoss den seltsamen Trost, den sie mir gab.

Einmal trafen wir uns in Worms am Rhein, und wir lagen auf der Wiese und sie in meinen Armen - einfach nur so. Wie ein Paar, wie zwei Freunde und vielleicht wirklich wie zwei Geschwister. Wir sprachen über die Zukunft, die Vergangenheit, warfen uns die Bilder jener gemeinsamen Zeit zu. Jeder füllte sie auf seine Weise mit Details. Wir versuchten, die Zukunft zu erschaffen. Wir versuchten, uns darin die Rollen zu geben, die unseren Träumen entsprangen. Seltsamerweise gaben wir uns beide nie mehr eine gemeinsame Zukunft.

Das Thema um ihre Mutter verfolgte uns weiterhin. Selbst als sie in Landstuhl war, hatte Iris nie richtig Ruhe. Ich erinnere mich an häufige Anrufe von ihr, in denen sie mir erzählte, wie Mutter das Heim hasste und wie sie versuchte, dort wegzukommen. Zweimal war sie so was wie ausgebrochen, zweimal hatte sie einen Suizid versucht, und immer musste Iris dort antanzen und sich zur Rechenschaft ziehen lassen, kitten, versuchen, alles wieder in Gang zu bekommen, auf ihre Mutter einreden und alle diese Dinge. Ich hörte ihr zu, gab ihr Kraft und versprach ihr eine bessere Zukunft. Auch wenn Iris wusste, dass ich Letzteres nicht konnte - es half ihr dennoch.

Im Jahr 2000 heiratete ich meine heutige Frau, und als ich aus dem Standesamt kam, stand Iris unter den Menschen, und sie winkte mir zu. Mir hat es gut getan, sie dort stehen zu sehen. Als im selben Jahr meine Tochter auf die Welt kam, rief ich sie an und schrie ins Telefon, es sei ein Mädchen, und wir lachten beide, telefonierten fast den kompletten Akku leer.

Tatsächlich waren wir gute, beste Freunde geworden, die ihre Freundschaft nicht strapazieren mussten, die sie nicht dehnen mussten, nicht anpassen an neue Lebensumstände. Wenn wir uns trafen, dann war das letzte Mal wie gestern. Wir setzten nahtlos an der Vergangenheit an. Wenn wir uns wieder trennten, dann ohne große Szenen, eher so, als würden wir uns demnächst wieder sehen, bestimmt und bald. Es vergingen Monate, teilweise Jahre, bis das wieder passierte, aber es passierte immer wieder.

Ich glaube, man kann diese Art der Freundschaft als etwas Besonderes bezeichnen. Ich kenne keinen Menschen, mit dem ich so lange zusammen war, wie mit Iris. So lange und so seltsam abgrenzend intensiv. Ich liebe meine Frau und meine Tochter, mein Leben und meine Zukunft mit ihnen über alles. Aber das hier bedeutete mir sehr viel. Dies war ich niemals wirklich imstande zu begreifen. Es bedeutete mir mehr, als ich heute, jetzt ertragen kann.

Das letzte Mal vor dem Anruf hatte ich Iris in Mannheim getroffen, um mit ihr einfach nur ein Eis zu essen. Wir lachten, und sie erzählte mir eher beiläufig von ihrer Mutter. Das Lied kannte ich schon, nicht die Melodie, aber den Text. Wieder terrorisierte Mutter die Pflegerinnen, wieder demolierte sie die Einrichtung, und wieder hatte sie eine der anderen Frauen dort geschlagen. Iris nahm es sichtbar gelassen. Doch ihr Ronny kannte sie zu gut, um nicht hinter den Vorhang sehen zu müssen, und dann, nach einem schönen Tag in Mannheim verabschiedeten wir uns.

Iris ging über den großen Platz vor dem Stadthaus. Sie ging an dem Brunnen vorbei, in dessen spritzendem Wasser sich die späte Sonne brach. Sie huschte wie kleine Sterne über ihr glänzendes Haar. Ein Schwarm Tauben flog aufgeschreckt vor ihr in den Himmel. Sie drehte sich noch einmal um und winkte mir so lässig wie immer und erleichtert.

Das war das letzte Bild, das ich von ihr in mir ablegen konnte.

Schreckliche Nachricht

Das Schicksal gleicht dem wilden Tier,
Das grausam greift nach Dir und mir.
Es hat Dich und mich nicht mal gefragt.
Ich hab nicht mal Adieu zu Dir gesagt.
Ich hasse es, ich will es nicht, will es heftig von mir schieben.
Am Ende kann ich nur die leise Erinnerung an Dich lieben …

DAS TELEFON KLINGELTE an einem Mittwoch um 19.06 Uhr, kurz nach dem Abendessen. Ich saß mit meiner neunjährigen Tochter am Tisch, und wir lasen zusammen aus der Zeitung.

Die Nummer auf dem Display war mir unbekannt, aber ich nahm das Gespräch trotzdem an. Meine Neugier besiegt mich ständig.

»Schuster«, meldete ich mich.

»Ist dort ... ähh ... Ronny?«, fragte eine mir völlig fremde Stimme.

Ronny sagen nur meine besten Freunde zu mir. Auf der Arbeit, im Leben bin ich Ronald Schuster. Ronny in dieser Tonlage zu hören, von einem Mann, den ich offensichtlich nicht kannte, verwirrte mich.

»Ja. Ronald Schuster. Wer ist dort, bitte?« Ich wurde nervös, ohne zu wissen warum. Die Stimme war professionell, gelassen, ruhig, gefasst, aber ernst.

»Hier spricht Kommissar Thomas Geiger.« Er machte eine Pause, so als müsste der Name erst einmal wirken, aber ich war mir sicher, dass er mehr mit der Wirkung seines Berufsstandes arbeitete. Aber dann verriet mir etwas in seinem Tonfall, dass er einen gänzlich anderen Grund hatte, mich anzurufen.

»Oh, Kommissar. Ich hoffe, ich muss mir keine Sorgen machen?« Meine Frau befand sich irgendwo im Haus, meine Tochter saß neben mir, meine Mutter war vor zehn Minuten gegangen, wieder auf dem Weg nach Hettenleidelheim, und mit meinem Bruder hatte ich erst vor einer Stunde gesprochen. Bei mir war alles in Ordnung. Ich musste mir keine Sorgen machen, aber ich tat es dennoch.

»Kennen sie eine Iris Brauer?« Und damit machte ich mir wirklich Sorgen. Es ist schwer, das Gefühl einer aufkommenden Panik zu beschreiben. Vielleicht kann man es mit dem Verlust des Gleichgewichts vergleichen: das »Ich bekomme die Beine weggezogen«.

Daher setzte ich mich und schaute in das Gesicht meiner Tochter, die genau verstanden hatte, dass Papa eben geschockt worden war. Etwas saugte mir die Lebensenergie aus.

»Ja«, murmelte ich kraftlos und bekam einen trockenen Mund.

»Wir haben ihre Nummer von der Rückseite eines Bildes, das Iris Brauer bei sich trug. Es war die einzige Telefonnummer, die wir bei ihr fanden, vorerst zumindest.«

Er machte eine verdammte Pause, und ich hasste den Mann dafür so abgrundtief wie noch nie einen Menschen in meinen Leben.

»Wir sind gute Freunde!«, hörte ich mich sagen, aber ich strafte mich schon für das Wort ›gute‹, denn ich wusste, dass es mehr war als nur das.

»Ah. Hmm…«, sagte er. »Es hat einen Unfall gegeben«, fuhr die Stimme fort. »Es tut mir leid, aber ... ihre Freundin ... sie ist ... nun ... sie ist dabei ums Leben gekommen.«

Und dann schnappte ich nach Luft. Ich begann, am ganzen Körper zu zittern. Der ganze Satz rollte sich langsam zu einem Beben in mir aus. Etwas, dass mich mit sich reißen wollte, etwas das mich packen und in ein Loch ohne Boden zu werfen versuchte, raubte mir den Atem. Meine Tochter starrte mich an, sah entsetzt aus. Sie musste aus meinem

Gesicht lesen wie eben aus der Zeitung. Und was dort stand, gefiel ihr nicht. Papa hatte ein Monster gesehen, ein grausames Wesen, das ihm Angst machte, und damit hatte sie absolut recht.

»Was?«, fragte ich, ohne mich das wirklich sagen zu hören. Ich war noch dabei zu sortieren, die Worte des Mannes am Telefon zu bewerten. Das konnte nicht sein.

›Bitte‹, dachte ich. ›Mein Leben verläuft in so ruhigen Bahnen, alles ist an seinem Platz, jedes Ding hatte seine Rolle.‹

Ich wollte nicht daran glauben, es auch nur in Erwägung ziehen. Dramen passierten doch immer nur den anderen. Immer! Nie mir. Nie!

»Iris Brauer hat, soweit wir das bisher sagen können, einen Unfall gehabt. Ihr Wagen ist von der Autobahn gekommen und hat sich dabei mehrmals überschlagen. Man konnte nichts mehr für sie tun. Sie wurde ... nur noch tot aus dem Wagen geborgen. Es tut mir wirklich sehr leid.«

Er gab sich alle Mühe, das konnte ich hören, aber man konnte so etwas nie in einem Tonfall sagen, der es glaubwürdig erscheinen lassen würde. Mitleid hing an dem Satz wie ein Faden, den man abschneiden wollte.

»Wo?«, fragte ich einsilbig, war mir sicher, nie wieder einen ganzen Satz formulieren zu können.

»A6, Ausfahrt Kaiserslautern West. Sie wollte wohl von der Autobahn herunter, vermuten wir, und dann hat sie vermutlich die Kontrolle über das Fahrzeug verloren. Ich kann ihnen noch nicht mehr sagen. Tut mir leid. Aber ...«

Ich unterbrach ihn. »Ich komme. Sagen sie mir, wo ...«, ich musste wieder trocken würgen und versuchte dabei, einen Tennisball großen Kloß zu verschlucken. »... ich hinkommen muss, um sie ...«, wieder dieses Schlucken, »... um sie zu sehen.«

Er sagte es mir. Ich legte auf. Der Telefonhörer entglitt mir auf den Tisch, und meine Tochter begann zu weinen. Ich saß auf dem Stuhl, und meine Frau kam die Treppe herunter. Sie stand neben mir, meine Tochter war aufgestanden und zu ihr gelaufen. Ich sagte nichts, ich rührte mich nicht von der Stelle. Meine Frau legte ihre Hand auf meine Schulter.

»Ronny, was ist los?«, fragte sie.

Ich reagierte nicht, ich konnte es nicht. Ich konnte keinen, einzigen klaren Gedanken mehr fassen.

»Ronny!!?«, fragte sie wieder. Dann schüttelte sie mich. »Ronny, verdammt!«, schrie sie mich an, während meine Tochter noch lauter weinte. Meine Frau drehte mich zu sich um, und sie hob fast schon brutal meinen Kopf hoch. Ich starrte sie an, ich schaute durch sie hindurch, und meine Frau gab mir eine schallende Ohrfeige.

Der Schmerz katapultierte mich wieder heraus aus dieser Lethargie. Erst jetzt sah ich sie an und murmelte mehr als ich sprach. »Iris ist tot!«

Ich holte meine Tochter zu mir, die sich an mich warf und weinte. Sie hatte verstanden, ohne zu wissen warum, und meine Frau verstand es in dem Augenblick auch.

»Mein Gott!«, sagte sie, und sie setzte sich auf einen Stuhl neben mich.

Sie kennt meine besondere Beziehung zu Iris. Sie kennt diese erste Liebe, von der ich ihr erzählt hatte. Nicht so, wie ich es jetzt hier aufgeschrieben habe, aber sie weiß um diese Besonderheit. Sie hatte Iris kennengelernt. Meine Frau hatte Iris gerngehabt, glaube ich wenigstens, weil sie fröhlich und offen bei uns saß, weil sie immer natürlich und ungezwungen wirken konnte, weil sie eben Iris war. Und daher traf sie die Nachricht von Iris' Tod in dem Augenblick auch sehr hart.

Ich nahm meine Tochter und drückte sie von mir fort.

»Hör zu, Mausbär, es ist alles okay. Es ist nichts mit mir. Ich habe eben nur etwas Schlimmes erfahren«, tröstete ich sie und wischte dabei fast schon mechanisch die Tränen aus ihren Augen und trocknete sie mit meinem Hemdsärmel. Sie beruhigte sich, aber sie zitterte noch so sehr, wie ich es getan hatte.

Schlimmes!?

»Wie?«, fragte meine Frau, und ich wiederholte kurz, was mir der Mann am Telefon gesagt hatte. Ich schaffte es irgendwie, es auszusprechen.

»Ich muss da hin«, setzte ich an und wollte meiner Frau erklären, was mich plötzlich hier wegriss. Aber wir waren nun lange genug verheiratet, kannten uns fast 13 Jahre. Es waren nicht immer Erklärungen nötig, um verstanden zu werden. Daher nickte sie nur.

Keine zehn Minuten später saß ich in meinem Wagen und fuhr über die Autobahn.

›Noch 31 Kilometer‹, spottete das Navigationsgerät mit seiner kalten und lieblosen Anzeige.

31 Kilometer bis zu Iris. 31 Kilometer bis zu dem Augenblick, in dem ich unweigerlich diese kleine Hoffnung verlieren würde, die ganz tief im Inneren sagte: »Das alles kann auch ein Irrtum sein.« Auch wenn ich wusste, wenn ich mir sicher war, dass es keiner war.

Ich erreichte das Polizeirevier in Kaiserslautern gegen 20.30 Uhr. Vom Parkplatz aus musste ich an der Haupttür klingeln und warten. Die blecherne Stimme einer übermüdeten Frau fragte mich aus und betätigte schließlich den Türsummer, der so schrecklich laut durch die Dämmerung fuhr. Ich trat in einen kalten Vorraum mit kleinen Bänken an der Wand. Das Gebäude war alt. Sicherlich aus Zeiten vor dem Ersten Weltkrieg. Das konnten auch noch so viele moderne Einbauten wie die automatische Tür oder die Kameras an der Decke nicht übertünchen. Bei der armen Dame, die wirklich müde wirkte, erfuhr ich, dass ich einen Moment warten musste, bis mich Thomas Geiger abholen wollte. Ich setzte mich auf eine der Bänke und wartete.

Zehn Minuten können sehr lange sein. Ich musste diese Zeit mit mir selbst verbringen. Viel Zeit, um mir Gedanken zu machen, doch die hatte ich mir auch schon im Wagen machen können, machen müssen. Iris war tot und das stand weit weg vor mir in einem Nebel der Unwahrscheinlichkeit. Es gab keine Hoffnung. Oder doch? Nur konnte ich nun kein Schiff der Hoffnung mit vollen, weißen Segeln sehen. Kein Ronny, der am Steuer zielsicher ruderte.

Iris trug ein Bild von mir bei sich. Ich war mir sicher, dass meine Nummer auf dem Bild stand, das aus dem Jahr 1982 stammte. Sie hatte es nie aus ihrem Geldbeutel genommen. Nicht aus dem ersten und auch nicht aus dem … was weiß ich … hundertsten! Ich erinnerte mich, wie wir den Geldbeutel einmal bis zur Verzweiflung gesucht hatten und sie ihn am Ende nur in einem Schwimmbad hatte liegenlassen. Er war glücklicherweise abgegeben worden. Die nette Dame an der Kasse reichte ihn ihr, zog sich dann aber wieder zurück, so als wäre es ihr nicht geheuer, dass Iris ihn bekommen sollte.

»Was ist denn drin?«, hatte sie gefragt.

»Ein Bild von einem hübschen Jungen. Und dahinter stehen vier Telefonnummern, drei davon sind durchgestrichen. Die Erste lautet 82...«, sprach Iris so schnell, sodass ich lachen musste. In dem Ding waren ihr Personalausweis mit ihrem Bild, eine absolut ausreichende Identifikationsmöglichkeit, und dann noch ein Bild von … ach, hab ich wieder vergessen. Aber sie verwies nicht auf ihren Ausweis, sondern auf mein Bild. Das war eine seltsame Situation. Aber diese war bezeichnend für Iris und für uns.

Ich wusste zu dem Zeitpunkt nicht, ob Iris mit einem Mann liiert war. Ich wusste nur, dass sie viel Zeit in ihren Beruf steckte und wenig in den Rest des Lebens. Aber ich glaube, sie hatte einfach nur genug von Liebschaften. Das sagte sie mir einmal.

Das Foto musste total zerknittert sein, und selbst wenn man etwas erkennen konnte, war ich darauf hundert Jahre jünger. Tatsächlich standen dort alle meine Telefonnummern, die ich bislang besaß. Aber seit fast elf Jahren habe ich nun die gleiche Handynummer, unter der mich die Polizei erreicht hatte.

Aber woher war Iris gekommen? Wo wollte sie hinfahren? Und was war nur passiert?

Plötzlich öffnete sich eine Tür. Ein Mann, etwa in meinem Alter, und eine schöne Frau um die 30 kamen zielstrebig auf mich zu.

»Herr Schuster?«, er formulierte das wie eine Frage, doch ich war der Einzige hier, der wartete.

»Ja!«, entgegnet ich. Mir wurde es mulmig und schlecht zugleich. Jeden Moment drohte ich zur Seite zu kippen.

»Thomas Geiger, das hier ist Sabine Herzog, meine Kollegin. Es ist eigentlich ihr ... Fall, aber, na ja, Iris Brauer kommt oder kam aus Hettenleidelheim, und Frau Herzog bat mich, ihr zu helfen. Wir kommen beide aus dem kleinen Ort.«

Diese Herzog reichte mir die Hand. »Herzog!«

Ich schüttelte auch ihre Hand. »Wieso spielt das eine Rolle, woher sie kommt?« Das Wort ›kam‹ wollte mir nicht über die Lippen gleiten. Außerdem war mir das im Moment völlig egal.

»Ronny Schuster?«, fragte mich die Frau statt einer Antwort, hob eine Braue, und plötzlich schaute ich sie mit einem anderen Blick an, den ich bis eben nicht erkannte.

»Sabine?« Ich war überrascht, denn die Frau besaß etwas von einer Sabine, die zwei oder drei Klassen unter mir in die Schule gegangen war. Ich glaubte sogar, mich daran zu erinnern, dass ich sie mal auf eine meiner Partys eingeladen hatte, aber sie hatte sich so sehr verändert.

»Ja. Die Herzog. Die Welt ist ein Dorf, oder? Wir hoffen, dass Sie uns helfen können, Verwandte zu finden«, sagte sie.

Ich sah zu dem Mann. Auch bei ihm schwirrte mir ein schwaches Bild durch den Kopf.

»Und sie sind der Thomas Geiger von der Hauptstraße?«

Geiger nickte.

»Ja, und deshalb sind wir auch hier. Wir haben bislang Sie als Einzigen erreichen können. Wir können sonst keine

Familienangehörigen finden. Und ich hoffe, Sie können uns helfen. Außerdem ...«

Er brach ab, und ich konnte sehen, was er eben sagen musste, aber nicht sagen wollte.

»Sie brauchen jemanden, der sie identifiziert?«, beendete ich den Satz für ihn. Ich konnte seine Erleichterung deutlich erkennen.

»Ich geh vor«, sagte er schnell.

Sabine blieb neben mir, und so traten wir durch die Tür, durch die sie eben gekommen waren. Ich folgte in einer Art Trance, verstrickt in seltsame Bilder und in der Vergangenheit. Ich war seit vielen Jahren nicht mehr in Hettenleidelheim gewesen. Seit meine Mutter oft genug zu uns kam und ich mit meiner Familie ein eigenes Leben führte. Aber nun sah ich Thomas Geiger und Sabine Herzog, an die ich nur vage Erinnerungen besaß. Etwas begann, mich zu sich hinab zu ziehen, und ich konnte mich nicht befreien.

»Es gibt noch eine Oma, denke ich. Gaub. Es tut mir leid, aber ich erinnere mich nicht an ... doch. Ich glaube Ilse. Sie ist die Mutter ihrer Mutter«, sagte ich auf einmal auf dem Weg durch einen langen Flur, in dem eine Lampe nach der anderen durch einen Bewegungsmelder geweckt wurde. Wir bogen zu einer Treppe ab und folgten ihr zwei Stockwerke in den Keller. Geiger öffnete eine Tür mit seinem Ausweis. Auch hier wieder dasselbe Spiel der Lampen. An einer Tür blieben wir stehen. Geiger schaute mich an.

»Nun, hier ist die Gerichtsmedizin.« Er sagte das und schaute dann schon fast verzweifelt zu dieser Herzog.

»Ihre Freundin ist in keinem guten Zustand. Das will mein Kollege damit sagen, und wir wollten Sie ... vorwarnen?«

Ich prallte innerlich zurück. Natürlich, sie hatte sich mehrmals überschlagen. Auf einmal wollte ich sie nicht mehr sehen. Ich wollte raus hier, weg in mein Leben zurück und mit meiner Frau und meiner Tochter lachen. Ich konnte das nicht. Nicht ich ... bitte, nicht ich.

Doch statt zu rennen und zu fliehen, sagte ich, ohne zu denken, wie so oft in meinem Leben: »Es wird schon gehen.«

Geiger und Herzog sahen mich an und warfen sich beide vielsagende Blicke zu, dann zuckte sie mit den Schultern. Geiger ging vor.

Der Raum hinter der Tür führte erst wieder in einen Gang und in einen weiteren Raum, der taghell beleuchtet war. Ein Mann sah zu uns und streifte sofort die Handschuhe ab. Er kam auf uns zu, und der Kommissar nickte ihm zu. Er stellte den Mediziner nicht vor, was mich auch nicht störte. Ich sah den Mann nicht wirklich. Alles, was ich jetzt betrachtete, war der Tisch in der Mitte des Raumes, der unter einer riesigen Lampe stand, die ihn mit kreisrundem Neonlicht eiskalt anstrahlte. Dort lag ein Körper unter einer grünen Decke und am Umriss erkannte ich sofort, dass es Iris sein musste und dass sie es auch war. Die Gestalt war klein, wenig Brust, ein Körper, den ich seit Jahren kannte, wenngleich nicht so.

Ich schob den Mann unsanft zur Seite und trat an den Tisch. Geiger und Herzog folgten mir. Aber ich wartete nicht, bis der Mann mir das Tuch anhob. Ich ergriff es und tat es selbst.

Iris' Augen waren geschlossen. Ihre Haare waren gewaschen worden. Aber sie waren noch feucht und lagen press an ihrem Kopf. Sie hatte schon immer einen sehr ovalen Gesichtsausdruck gehabt, und ihre Stirn war mir am ersten Tag schon aufgefallen. Aber das Gesicht dort hatte so plötzlich nichts mehr mit dem Mädchen gemein, das mir nun seit über 30 Jahren gefolgt war. Iris sah alt aus, ihre Lippen waren blass, eingefallen. Sie wies einen dunklen Schatten unter den Augen auf und viele, sehr viel Schnittwunden waren über das Gesicht verteilt. Keine davon blutete, und mir wurde klar, dass sie das auch nicht mehr konnten, … weil Iris tot war.

Ich brach auf die Knie und begann zu zittern. So gut ich das konnte, nahm ich ihre Hand und schreckte erst zurück, weil sie kalt war. Doch ich musste sie anfassen, und ich musste verstehen, begreifen, dass sie es war. Jemand legte mir die Hände auf die Schultern, doch ich schüttelte sie sofort ab, und derjenige trat einen Schritt zur Seite.

»Lassen sie mich bitte allein.« Ich hörte mich das sagen, denke ich, aber sicher bin ich mir dabei heute nicht mehr. Und sie verließen mich.

Mein Vater starb 1996. Ich habe mir nie seine Leiche angesehen – nie – und wollte das auch nicht tun. Er war tot, und es gab genug Menschen, die das zu bezeugen wussten. Ich glaube, mich daran zu erinnern, dass ich meine Oma aufgebahrt gesehen hatte. Aber bislang ist mir das erspart geblieben, echte tote Menschen so zu sehen. Menschen, die aus meiner eigenen Mitte gerissen worden waren - so wie Iris hier.

Ich verweilte lange in dem Raum. Ich glaube, 20 Minuten. Erst auf den Knien, dann stehend, und dann lief ich um sie herum. Keine Ahnung warum. Ich musste sie immer wieder ansehn und hoffte, sie würde plötzlich die Augen aufschlagen und mich lachend ansehen. Ihre haselnussbraunen Augen. Doch das passierte nicht.

Ich verstand es noch nicht. Aber ich musste es akzeptieren. Am Ende nahm ich es einfach nur hin.

Die Erinnerung daran tut weh. Sie schmerzt in mir drin wie ein Messer, das langsam gedreht wird und meine Eingeweide zerstört. Sie nimmt mir Kraft. Sie beraubt mich einer Lebensenergie, die ich nie so wahrgenommen habe.

Man kann mir glauben, dass ich mit zittriger Hand schreibe, dass diese Stelle kaum noch zu lesen ist. Und das nicht, weil meine Tränen die Schrift verwischen, sondern weil mir die Kraft fehlt, den Worten ihr richtiges Aussehen zu verpassen. Jene Endgültigkeit zwingt mir die Trauer immer wieder auf. Sie stülpt sie über mich, fesselt meine Bewegungsfreiheit.

Wenig später saß ich mit den Beamten an einem Tisch in einer völlig leeren Kantine. Ich trank einen schlechten Kaffee aus einem Becher, den man nicht anfassen konnte, weil er zu heiß war. Sie hatten mich hierher gebracht, dachten, ich würde jetzt wohl einen Kaffee brauchen. Ich ließ es geschehen. Mir war das völlig gleich.

Geiger brach das lange Schweigen.

»Waren sie ... zusammen?«, fragte er zögerlich.

Ich hob den Blick und sah ihn eine Weile an. Ich wusste schon, was ich sagen wollte.

»Zusammen?«, wiederholte ich seine Frage. »Zusammen!« Nun formte ich es in eine Tatsache um. »Ja, nein, früher einmal.«

Ich wich den Blicken der beiden aus und starrte wieder zum Fenster in die Nacht hinaus. Sabine beugte sich vor.

»*Die* Iris und *der* Ronny?«, fragte sie, und ich musste sie ansehen. »1983«, fügte sie noch hinzu.

Dazu nickte ich schwerfällig.

»Ich hab von euch gehört, damals«, sagte Sabine Herzog und brachte ein schwaches Lächeln zustande. »Ich hatte mit meinem Freund in eine Eiche hinter dem Friedhof ein Herz geschnitzt. Über oder neben eures, wie ich vermute?«

Ich lachte freudlos und zwang mich, den Gedanken zu verdrängen, denn ich glaubte, heulen zu müssen.

»Damit wir in den Sonnenuntergang sehen können«, ergänzte ich leise wie in Trance.

Herzog nickte nur. Geiger kam an den Tisch vorgerutscht. »Können wir etwas für sie tun, Herr Schuster?«

Ich grinste schwach. »Sagen sie doch Ronny, ich meine, das ist doch irgendwie ... ach, vergessen sie es einfach. Was? Nein. Eigentlich nicht. Sie könnten mir nur sagen, was passiert ist und warum sie hat sterben müssen.«

Ich starrte ihn an. Geiger nickte, setzte sich wieder zurück.

»Eine Idee hätten wir schon«, meinte er und schaute Herzog an.

Ich wartete. »Ja?«

»Sie hat ein Hämatom an der hinteren Kopfseite. Es stammte nicht von dem Unfall. Es ist dem Gerichtsmediziner bei der ersten Untersuchung sofort aufgefallen. Er hat geröntgt und konnte einen erhöhten Hirndruck feststellen.«

Ich starrte ihn weiter nur an. »Was soll das bedeuten?«

»Sie hat vermutlich vor dem Unfall einen Schlag auf den Kopf bekommen. Es kam zu einer inneren Blutung, die erst später zu einem Anfall und zu einem, ja, so einer Art Schlaganfall geführt hat. Wir sind uns natürlich erst sicher, wenn sie obduziert wurde.«

Nun war ich plötzlich wach. »Und das bedeutet?«

Sabine fuhr für Geiger fort. »Wenn sie den Schlaganfall während der Fahrt bekam, dann ist sie bewusstlos geworden und ...« Sie ließ den Rest offen.

Ich sprang auf. Plötzlich wusste ich es.

»Wo ist ihr Auto!?«, fragte ich die beiden, die wie erschrockene Hühner auf ihren Stühlen zurückgesprungen waren.

»Herr Schuster …«, wollte Geiger irgendeinen Satz beginnen, doch ich brach ihn hinter meinem Namen ab.

»Das Auto!«, brüllte ich ihn plötzlich an.

Herzog war aufgestanden.

»Bitte, beruhigen sie sich«, sagte die Herzog noch, ich trat einen Schritt zu ihr. Ich war nun ruhig und leiser geworden. Ich wusste, woher der Schlag kommen konnte, ich wusste es, aber ich musste mir sicher sein.

»Bitte, bringen sie mich zu dem Auto«, bat ich sie, nun zwar ruhiger, aber bestimmend.

Geiger quittierte den Blick von ihr, und sie deuteten mir, ihnen zu folgen.

Wenig später beugte ich mich auf der Fahrseite in den Wagen, der vollkommen zerstört wirkte. Ich erkannte das Blut in dem Auto, und mir drohte es schlecht zu werden. Doch dann holte ich von irgendwoher den letzten Rest an Mut und Kraft zusammen und suchte hinter den Resten der Windschutzscheibe nach einem kleinen Zettel, und ich fand ihn auch. Als ich mit ihm im Licht stand und Geiger und Herzog zu mir kamen, konnte ich erst das Datum lesen. Doch ich hatte schon gewusst, was ich lesen würde, ich war mir so verdammt sicher.

Es war das aktuelle Datum. Sie hatte drei Stunden gelöst, die maximale Parkzeit. ›Stefansplatz‹ stand über der Zeit und darunter standen drei Euro. Sie warf immer drei Euro ein, auch wenn sie nie so lange bleiben konnte, oder bleiben wollte.

Gott verflucht, ich wusste es. Ich habe es immer gewusst, und ich hatte es immer geahnt. Ich wusste nun, wer sie umgebracht hatte. Plötzlich erinnerte ich mich an die Platzwunde an ihrem Kopf vor einigen Jahren.

»Das? Ach, das ist nix. Ich bin mit dem Kopf an den Schrank im Wohnzimmer geknallt. Dumm, oder?«, hatte Iris zu mir gesagt. Ich glaubte es, weil es leichter ist, Dummheiten zu glauben, als an weitaus schlimmere Dinge glauben zu müssen.

Ich erinnerte mich auf einmal wieder an das Krankenhaus und an Silvester '83/'84 und dann an die Kraft, die ihre Mutter entwickeln konnte. Ich erinnerte mich an die blauen Flecken, aber auch an viele andere kleinen Erinnerungen, Wortfetzen diverser Gespräche, Telefonate mit Iris und hinter ihr die Stimme ihrer Mutter, die lallte und keinen richtigen Satz herausbrachte. Ich sah sie vor mir, wie sie mir die Hand über das Gesicht zog, erinnerte mich an den eigenen Schmerz. Und nein, Oma, ich habe nie etwas von dem Tag vergessen. Nie.

So stand ich einen Augenblick nur so da, bis mich Geiger vorsichtig berührte.

»Herr Schuster?«, fragte er und wartete, bis ich ihn ansah. Das tat ich auch, ganz langsam, und so als wäre mein Hals aus dünnem Glas.

Ich weiß nicht, ob die beiden das jemals verstehen konnten oder es in eine einigermaßen, sinnvolle Reihenfolge bekommen würden. Aber mir war klar, dass sie, selbst wenn sie gewusst hätten, wer Iris letztendlich auf dem Gewissen hatte, nie etwas hätten machen können. Es machte also keinen Sinn, mit ihnen darüber zu reden. Das hier waren nur Beamte, die ihren Job ausübten.

»Alles okay!«, erwiderte ich nun völlig ruhig. Ich hatte eine Entscheidung getroffen. »Alles okay. Ich wollte nur etwas wissen.«

Dann gab ich ihnen den Zettel. Natürlich starrten sie das Ding an und verstanden nichts. Später, wenn sie nach der Mutter suchten, vielleicht. Wenn sie dann einen Zusammenhang finden würden …

Hatten die in dem Heim etwas bemerkt und konnten die sich erinnern, oder war es nur in dem stillen Zimmer am Ende des Flurs passiert. Iris und ihre Mutter waren sicher alleine dort. Die Mutter betrunken. Wenn nicht, dann wütend, weil ihr der Alkohol fehlte. Sie hatte Iris angebrüllt. Vielleicht gepackt und gerüttelt.

»Gib mir was, Iris, bitte, gib mir verdammt noch mal was!«, hatte sie bestimmt mit einem zornigen Gesicht gebrabbelt. Und ich hatte das schon gesehen. Mehr als nur dieses eine Mal. Und Iris? Sie hatte bestimmend »nein« gesagt, den Kopf geschüttelt. Mutter wurde immer schnell wütend. Das war ja ihr Problem. Sehr schnell. Vielleicht hatte sie Iris weggestoßen und angeschrien, aber ich vermutete, dass sie Iris eher zu sich riss und Iris sich wehrte. Vielleicht ein Kampf, ein kurzer Schlag, Iris stolperte und schlug mit dem Kopf an das Bett, an den kleinen Schrank vor dem Fenster …?

Ich habe nie verstanden, warum Iris zu ihr ging. Sie konnte doch nicht wirklich für die Frau etwas empfunden haben.

Iris konnte es mir nie erklären. »Es ist meine Mutter, Ronny!«

Eine Mutter, die ihr Kind verdrosch, immer wieder mit Wut und Verachtung strafte, immer wieder und wieder. Ich sah in ihr keine Mutter. Ich sah schon immer eine fast ständig betrunkene Frau, die sich nicht beherrschen konnte, wenn sie gesoffen hatte und auch nicht, wenn sie nüchtern war.

Ich sah in ihr eine Hexe, die das Leben ihrer Tochter versaute. Ich erkannte in der Frau dieses Böse hinter den Augen lauern. Das Böse, dass sich diese Dinge ausgedacht hatte, die Iris und mir das Leben schwer machten, das uns all die Jahre begleitet hatte. Ich konnte nie die Mutter darin erkennen, die Iris sich gewünscht hatte. Und die wenigen klaren Momente der Frau würden nie im Leben, nicht einmal in zwei oder drei Leben, den Schrecken ausgleichen, den sie sonst verbreitete.

Natürlich musste ich mir sicher sein und dazu musste ich zu ihr. Ich wollte es von ihr hören. Ich wollte erfahren, was passiert war, und dann würde ich handeln.

»Ich fahre nach Hause. Wenn sie genau wissen, was passiert ist, sagen sie es mir dann?«, fragte ich in die verdutzten Gesichter, die mich anstarrten und dann wieder untereinander Blicke wechselten.

»Ja!«, sagte nun Geiger. »Sicher!«

Und dann fuhr ich nach Hause. Ich verlies sie mit zwei neuen Erkenntnissen. Iris war tot. Ich würde sie nie wieder sehen, das verstand ich nun, nahm es hin, akzeptierte es. Meine erste Liebe war tot, eine, wenn nicht die beste Freundschaft, war zerstört - zerstört worden.

Und die andere Erkenntnis war eher ein Entschluss, den ich gefasst hatte:

Ich würde ihre Mutter umbringen.

Zurück aus der Vergangenheit

Ich komme zurück aus meiner anderen Welt.
Sie hat mir gefallen und auch ein wenig gefehlt.
Doch ich muss zurück in mein altes Leben,
Ich lebe und liebe - nie werde ich das vergeben.
Zu schnell ist das Leben beendet.
Es liegt in meiner Hand – dass das Schicksal sich zum Guten wendet …

DAS HIER WIRD das letzte Kapitel sein. Es ist alles gesagt, denke ich - nun ja, bis auf eines vielleicht. Aber dazu komme ich noch. Ich habe am Anfang begonnen, das tut man gewöhnlich, wenn man eine Geschichte erzählen will. Ich habe keine Versprechungen gemacht. Ich habe die Geschichte erzählt, und nun beende ich sie.

Das hier ist nur eine Liebesgeschichte, wie sie überall auf der Welt jeden Tag beginnt und auch jeden Tag endet. Ja, es endet immer, auf die eine oder andere Weise. Die Ewigkeiten, die wir uns gegenseitig versprechen, halten selten sehr lange. Ihre letzten Worte »Ronny, ich werde immer für dich da sein« verhallten nun nutzlos in einem leeren Raum. Und auch mein Versprechen, immer auf sie aufzupassen, war gebrochen worden. Ich konnte es nicht, ich konnte sie nicht bei mir, bei uns halten.

An solchen Erfahrungen erkennt man, wie vergänglich Leben sein kann. Es ist immer eine zarte Blume, die gepflegt und gehegt werden will, werden muss. Dreht man sich nur einmal zur Seite, sieht weg, kümmert sich um etwas anderes, geht diese Blume ein. Und so ist das mit Freundschaften, Lieben und dem Leben. Fragen sie eine Mutter, die in einem unachtsamen Moment ihr Kind verloren hat, den Mann, der einen Augenblick nicht auf die Maschine vor sich geachtet hatte und nun ohne Hände lebt. Fragen sie einen Autofahrer nach einem schweren Unfall. Sie alle werden sagen, dass sie nur mal kurz … ach, lassen wir das einfach ... Sie verstehen das.

Ich habe von Iris und mir erzählt. Das ist alles gewesen, was ich tun kann, das ist es gewesen, was ich tun musste und das ist es, was ich tun konnte. Ihre, meine, unsere Geschichte hier festzuhalten. Hier in dem Esszimmer meiner Mutter, in den letzten vier Tagen. Auf Papier. Festgehalten für immer – vielleicht.

Manche werden sich darin wiedererkennen. Sie werden darin Übereinstimmungen finden zu ihrer eigenen Erfahrung. Natürlich.

Iris und ich waren, sind nur normale Menschen, die eine besondere Zeit gemeinsam haben durften. Jeder könnte an der Stelle eine ebenso spannende Geschichte erzählen. Meine ist in vielen Punkten nichts Besonderes - wenngleich sie das für mich immer sein wird.

Verflucht, das hier ist schwerer, als ich es mir vorgestellt hatte. Ich wollte es nur aufschreiben, es endlich loswerden. Mehr wollte ich nie damit bezwecken.

Es geht mir nun besser. Nicht gut. Es wird mir vermutlich nie gut gehen, wenn ich an Iris denke. Ich fände es ihr gegenüber nicht richtig. Doch wenn ich so darüber nachdenke und mich frage, was Iris von mir erwarten würde. Vermutlich würde sie lachen und sagen: »Du bist ein Idiot, Ronny.«

Ja, das würde sie zu mir sagen. Ich war oft der Idiot - ein hartes Wort, aber es kommt auf den Moment an, in dem man es sagt. Es kommt auf den Menschen an, der es sagt. Aber Iris hätte vermutlich gewollt, dass ich mich an die schöne Zeit erinnere, und dass es mir dabei besser gehen sollte. Es ist schwer, aber ich werde es versuchen. Irgendwie werde ich in mein Leben zurückkehren. Ich werde meine Tochter in den Arm nehmen und meine Frau küssen. Ich werde Iris in meinem Herz an einer ganz bestimmten Stelle verweilen lassen. Aber ich werde zurückkommen. Zurück in mein Leben.

Es geht mir also besser, nachdem ich nun fast 400 Seiten Papier vor mir liegen habe. Es liegt dort, wie eine Kopie meiner Erinnerungen. Ein einziger, aberwitzig langer Brief. Für mich der 131. Brief, den ich dann noch haben werde. Ich habe auch keine Ahnung, was ich mit all dem anstelle. Ehrlich, ich weiß es wirklich nicht.

Ich denke, ich werde ihn mit ihren 130 Briefen zuvor in meinen Keller zurücklegen und warten, bis ich eines Tages wieder dazu bereit bin, aus meinem richtigen Leben hinunter in das kleine Zimmer zu gehen. Dem Zimmer, in denen die Erfahrungen des Lebens ablegt werden und in denen Iris ein so großes Regal belegt. Aber vielleicht gebe ich es meiner Mutter, die schon seit Tagen darauf stiert und mich immer wieder fragt, was ich denn da schreibe. Vielleicht sollte ich es meiner Frau geben - damit sie mich besser versteht? Wirklich versteht? Vielleicht sollte ich es aber auch allen zu lesen geben? Oma Ilse Gaub. Thomas, meinem guten alten Kumpel. Sabrina, die nun zwei Kinder durch den Ort scheucht, wie ich mir habe sagen lassen. Dem alten Apotheker vielleicht, der sich an mich erinnern könnte. Es gibt eine Vielzahl an Menschen, denen wir, Iris und ich, begegnet sind, die ein Teil dieser Geschichte geworden sind. Sie alle könnte das interessieren.

Ich weiß nicht, noch nicht, was ich machen werde. Mal sehen …

Zwei Tage, nachdem ich wieder zu Hause war, ich fertig war mit dem, was ich noch erledigen wollte, hatte diese Herzog angerufen und mir gesagt, dass sie nun wüssten, was passiert sei. Ob ich es wissen wollte. Und sie erzählten mir, was ich doch schon wusste.

Iris hatte einen Schlag auf den Hinterkopf erhalten, der wie vermutet zu einer inneren Gehirnblutung geführt hatte. Der Druck auf das Gehirn war schließlich so groß geworden, dass sie bewusstlos wurde. Sie hatte die Kontrolle über das Fahrzeug verloren. Vermutlich hatte Iris noch versucht, von der Autobahn zu kommen und sich dabei überschlagen. Ihr Genick war gebrochen, drei Rippen hatten sich in die Lunge gebohrt, die Milz sei gerissen, und vermutlich wäre sie auch ohne gebrochenes Genick an den inneren Blutungen gestorben, noch bevor ein Rettungswagen und die Sanitäter ihr hätten helfen können. Sie würden nun versuchen herauszubekommen, wo sich Iris aufgehalten hatte und woher dieser Schlag auf den Kopf stammte.

Ob ich wüsste, dass sie eine Mutter in einem Heim hatte? Ich bestätigte dies. Ob ich wüsste, wie sie sich mit der Mutter verstanden hatte? Ja, das wüsste ich. Nicht gut. Ob es sein könnte, dass sie von ihrer Mutter geschlagen wurde? Auch das bejahte ich. Weshalb hätte ich lügen sollen? Mich hatte ja keiner dort gesehen, ich habe die Flaschen abgewischt und vermutlich verdächtigte man mich ohnehin nicht. Wozu auch?

Ihre Mutter wurde einen Tag vor dem Eintreffen der Beamten tot in ihrem Zimmer gefunden. Sie hatte 6,3 Promille Alkohol im Blut gehabt und war an den Folgen einer Alkoholvergiftung gestorben.

Ich war nicht überrascht.

Die Beamten konnten Mutter nichts mehr fragen.

Ich schon.

Nun, ich ging nicht zur Beerdigung von Iris. Oma hatte mich angerufen, und ich sagte, ich könne das nicht. Sie verstand es zwar, aber alte Leute denken darüber anders. Ich denke, nein ich weiß, sie war sehr traurig und enttäuscht. Ich kann sie verstehen. Aber ich hasse Beerdigungen, denn man ist nicht alleine. Man muss sich den Augenblick mit vielen anderen teilen. Wahrscheinlich verurteilt man mich hier zu vorschnell. Ich denke, man muss nicht am Grab stehen, wenn der Sarg zu sehen ist. Es spielt keine Rolle. Ich würde mir die Zeit nehmen und mich verabschieden. Alleine.

Ich schlief kaum, ich war oft und lange wach und stand am Fenster, starrte in die Nacht. Mal war der Mond zu sehen, mal verdeckten ihn einsame Wolken. Mir war kalt, und ich fühlte mich alleine. Das konnte so nicht weitergehen, sagte ich mir eines Morgens. Meine Frau verstand mich, als ich zu ihr sagte, dass ich für ein paar Tage verreisen würde. Ich wollte zu meiner Mutter fahren, und ich wollte an Iris' Grab gehen. Ich hatte dort noch etwas zu erledigen. Ich hatte es nie versprochen und doch musste ich das tun.

»Komm nur wieder zurück, Ronny!«, bat mich meine Frau. Und ich versprach es ihr.

Also packte ich eine kleine Tasche, nahm mir ein paar Tage frei und fuhr nach Hettenleidelheim.

Den Rest kennen Sie nun. Das ist es, was ich hier geschrieben habe, das ist es, was Sie nun lesen können. Ich kam, und mich holte die Vergangenheit ein, zog mich zurück in die Zeit meiner ersten, meiner großen Liebe. Es zerrte mich in das Hettenleidelheim von 1982 zu der kleinen Iris und zu mir selbst. Es ist schwerer als ich es mir gedacht hatte. Wirklich. Verdammt, es ist schwer, das alles hier wieder loszulassen.

Ich hoffe, ich schaffe es.

Aber noch bin ich nicht fertig ...

Es ist einfach, einen Menschen zu töten. Wussten Sie das? Unglaublich einfach und erschreckend zugleich. Alles, was Sie dazu benötigen, besitzen Sie in sich. Es schlummert in jedem von uns und will nur aufwachen. Es liegt da unten irgendwo, es wartete darauf, dass Sie es wecken. Es sieht zu Ihnen hoch und lächelt Sie an, wissend, dass Sie es einmal brauchen, benutzen werden.

Und dann, wenn Sie sich bücken und die kleine Hand ergreifen, ihm helfen, zu Ihnen hochzukommen, wird es schnell aufstehen und mitkommen. Dann lacht es. Dieses Lachen wird Sie ausfüllen, und es wird Sie steuern. Glauben Sie mir, es wird Sie vollkommen ausfüllen, und Sie werden ihm folgen. Blind und voller Wut, voller Hass, voller Zuneigung zu dem kleinen, hässlichen Ding, das vorrennt und sich immer wieder zu Ihnen umdrehen wird, nur um zu sehen, dass Sie ihm noch folgen. Das werden Sie dann tun - ihm folgen.

Sie gehen in eine Apotheke und besorgen sich einen Liter Isopropyl Alkohol, Sie werden ihn verdünnen und in zwei Litern gutem Wodka verteilen, weil Sie das können, weil Sie das wollen, weil es Ihnen eine verfluchte Freude bereitet. Der Hass, die Wut werden Sie steuern. Das kleine Ding wird bei Ihnen sein und Sie dazu animieren. Er wird, ja, es wird zu Ihnen sprechen, und Sie … Sie werden zuhören.

Sie packen diese Flaschen in eine Tasche, und Sie fahren zu ihr, mit nur einem Gedanken. Dieses Ding läuft neben Ihnen, wenn Sie wieder aussteigen. Vielleicht nehmen Sie es an der kleinen Hand. Sie gehen, Sie wissen, dass Sie dort sein wird. Und sie ist wirklich da, sitzt da und erkennt Sie nach all den Jahren ohne Probleme wieder.

»Ronny!«, sagt sie, und Sie setzten sich zu ihr, und dann reden Sie.

Aber vorher stellen Sie die Flasche auf den kleinen Tisch neben dem Bett. Erst ist sie sauer, doch als sie erkennt, was Sie mitgebracht haben - böser Ronny - sie wird lachen, und dann wird sie diese Flasche nehmen und sie öffnen und daran riechen, sie wird daraus trinken. Sie muss es ja tun. Immerhin braucht sie das Zeug mehr als alles andere in ihrem beschissenen Leben. Mehr als ihre eigene Tochter. Dann trinkt sie, und Sie werden reden.

»Iris!«, sagen Sie und sehen unter sich, wie ein Mann, der etwas Schweres tragen musste. »Sie wird nicht wieder kommen!«

Sie sieht Sie an und versteht nicht.

»Du hast sie geschlagen - hab ich recht?«, fahren Sie fort.

Sie sieht Sie wieder an und versteht erst langsam, dann plötzlich erhellt sich ihr Gesicht.

»Hat sie wieder gepetzt? Tut sie das nicht immer? Rennt sie nicht immer zu ihrem Rooonnyyyyy!«, wird sie sagen, fast singen, lachen wird sie, die Flasche heben.

»Und?«, erwidert sie ruhig und trinkt. »Ich kann sie schlagen, wann immer ich will. Sie kommt schon wieder. Sie kommt immer wieder, Ronny! Oder?«

Sie trinkt wieder, es schmeckt ihr.

»Sie wird immer wieder kommen, Ronny, und warum?«

Sie werden sich beruhigen müssen, aber Sie sind nicht alleine, nein, es ist bei Ihnen das kleine Böse aus ihrem eigenen Inneren. Es ist da, es hilft ihnen. Wirklich!

»Nein!«, sagen Sie, und Sie hören ihr zu.

»Weil ich ihre Mutter bin, Ronny. Weil ich ihre verdammte Mutter bin.«

Und Sie beugen sich vor, völlig ruhig und völlig gelassen. Es hält Ihnen die Hand, die kleinen Fingerchen mit den Krallen daran werden ihre Hand leicht drücken, damit Sie es sagen können.

»Sie ist tot!«, sagen Sie, und dann sehen Sie in das Gesicht der Frau.

Sie versteht es erst nach einer Weile, aber diese Zeit nehmen Sie sich, denn Sie wollen es sehen, wie sie versteht, dass Iris nie wieder zu ihr kommen kann.

Dann gehen Sie. Sie gehen und lassen die zweite Flasche dort stehen. Denn Sie wissen, dass sie auch diese trinken wird.

Sie gehen und das kleine Böse, es folgt Ihnen, und es hält noch immer Ihre Hand.

Es ist so verflucht leicht, dass Sie es nicht glauben wollen. Doch das ist es wirklich. Und alles, was Sie dazu benötigen, ist in Ihnen, schlummert dort.

Wenn Sie fertig sind, wird es sich wieder schlafen legen.

Nun, ich habe hier einen kleinen Zettel gefunden, den ich mir bis zum Schluss aufgehoben habe. Iris hat ihn gezeichnet. Sie erinnern sich? Der Friedhof? Sie hatte allen Wegen zwischen den Gräbern einen Namen gegeben. Ihren ›Plan‹ halte ich hier in meinen Händen. Er ist mit Tusche geschrieben. Iris liebte Tusche. Ich habe mit ihr die Tinte gekauft, auf einem Flohmarkt. Das schrieb ich schon, oder? Ich hatte ihr den Füller von meinem Geld gekauft, als Geschenk, und habe fast alles irgendwie wieder bekommen, denke ich. In den Briefen und in dem kleinen ›Plan‹ hier steckt genau diese Tinte. Schon komisch, oder?

Verdammt, ich muss wirklich aufpassen, ich heule, und die ganze Tinte wird verschmieren.

Wissen Sie was? Ich werde nun gehen. Ich muss hier weg, ich muss aus den Erinnerungen heraus, in mein anderes, reales ›Jetzt‹-Leben zurück. Vorher gehe ich zu ihr. Ich sage ihr lebe wohl.

Lebe wohl, Iris.

Ich liebe Dich.

Ronny ...

Epilog

ES IST NACHT ÜBER DEM kleinen Dorf Hettenleidelheim. Ein warmer Abendwind bläst durch die fast leeren Gassen und trägt die entweichende Wärme des Tages in den kühlen Nachthimmel, der sternenklar ist und dessen fast komplett ausgefüllter Mond über der kleinen Friedhofskapelle steht. Dieses grausilbrige Licht liegt über den Gräbern, die hier in absoluter Stille einer Kirchturmuhr lauschen, welche nur einmal schlägt. Auf der Mauer des Friedhofes sitzt eine Katze und schaut gelangweilt, aber wachsam den Weg entlang. Bis hin zu dem Blumenladen an der unteren Ecke, neben dem eine nervös flackernde Straßenlampe sich scheinbar nicht entscheiden kann, ob sie nun endlich erlöschen soll. Weit hinter der letzten Mauer des Friedhofes, auf dem Feld und vor dem schwarzen Wald, thront die alte Eiche wie ein Wachmann im Mondlicht. Der Wind spielt im seicht dahin wiegenden Korn ein lautloses Lied. Weiße Steine lassen die Wege zwischen den Gräbern traurig hell erscheinen, wie Adern silbrigen Blutes zeichnen sie sich ab.

Da springt die Katze auf und flieht ins Dickicht, als ein Mann im langen Mantel und mit einer Tasche unterm Arm neben dem Eingang über die Mauer springt. Einen Moment bleibt er auf dem Weg stehen, schneidet mit seiner Taschenlampe die Nacht in zwei ungleiche Teile. Sein Licht sucht unruhig eine bestimmte Stelle, auf die er zielstrebig aber nicht hastig zugeht. Vor der Kapelle biegt er in einen Weg ein und geht zu einem Berg aus Blumenkränzen und einem frischen Holzkreuz. Der kalte Strahl der Lampe prallt gegen das helle Kreuz, und er kann den Namen lesen.

›Iris Brauer‹

Er schaltet das Licht aus, öffnet seine Tasche und legt verschiedene Dinge vor sich auf den Weg. Wenig später hallen dumpfe Schläge eines Hammers über die kalten Steine der Gräber. Als der Mann sich wieder erhebt, steht an der Gabelung zu den Gräbern ein kleines Schild aus schlichtem Holz, in dessen Maserung die Farbe eines einfachen wasserfesten Stiftes tief eingezogen ist. Mit der Hand und übertrieben sorgfältig geschrieben, steht dort: ›Die Gasse der Liebe.‹

Er bleibt nur für einen Moment stehen. Der Wind spielt mit seinen Haaren, doch dann kehrt er zurück zu dem Grab und nimmt einen dicken braunen Umschlag mit fast 400 handgeschriebenen Seiten heraus, um ihn zwischen den Kränzen ablegen zu können. Er zögert, aber er legt ihn vorsichtig ab. Dann setzt er sich auf den Boden und starrt auf das Grab. Er sitzt dort fast eine Stunde, bis die Uhr der fernen Kirche zwei Mal schlägt und ihn zurückholt in seine eigene Welt. Erst jetzt steht er auf.

Vorsichtig streichelt er noch einmal über den Umschlag, küsst seine Finger und drückt den Kuss auf das Papier.

»Leb wohl. Iris!«, sagt er dann leise.

Danach dreht er sich um und geht.

Wenig später ist der Friedhof mit seinen Gräbern wieder allein.

Weitere Veröffentlichungen im **Titus Verlag:**

IVAR LEON MENGERs

Thriller

Darkside Park

Erstes Buch

Ankunft in Porterville

Manche Menschen verschwinden spurlos. Andere kommen völlig verändert zurück. Entdecken Sie das dunkle Geheimnis von Porterville, der scheinbar friedlichen Stadt an der Ostküste Amerikas...! Der Start der spannenden Thriller-Trilogie. Sechs verschiedene Menschen, sechs verschiedene Schicksale und ein Geheimnis, das alles miteinander verbindet. Darkside Park - die mehrfach prämierte Thriller-Serie in drei Büchern. Verfasst von den bekannten Hörspiel-Autoren Hendrik Buchna, Christoph Zachariae, John Beckmann, Simon X. Rost und Raimon Weber.

Taschenbuch - 9,90 € - ISBN 978-3-942277-08-2

Thriller

Darkside Park

Zweites Buch

Wege in die Dunkelheit

Was ist das dunkle Geheimnis des ›Frozen King‹? Kann Sarah Freeman ihren Freund Tom retten? Es geht spannend weiter mit dem zweiten Buch von Darkside Park. Sechs verschiedene Menschen, sechs verschiedene Schicksale und ein Geheimnis, das alles miteinander verbindet.

Darkside Park - die mehrfach prämierte Thriller-Serie in drei Büchern. Verfasst von den bekannten Hörspiel-Autoren Hendrik Buchna, Christoph Zachariae, John Beckmann, Simon X. Rost und Raimon Weber.

Taschenbuch - 9,90 € - ISBN 978-3-942277-09-9

Weitere Veröffentlichungen im **Titus Verlag:**

Thriller

Darkside Park

Drittes Buch

Das letzte Geheimnis

Das spannende Finale des preisgekrönten Trillers. Erfahren Sie das Geheimnis des ›Darkside Park‹! Auch diesmal verfasst von den bekannten Hörspiel-Autoren Hendrik Buchna, Christoph Zachariae, John Beckmann, Simon X. Rost, Raimon Weber und Ivar Leon Menger.

Taschenbuch - 9,90 € - ISBN 978-3-942277-10-5

Erzählung

Der absolute Wahnsinn

von Ursula Nawroth

Der Traum, in einer Idylle zu leben, ist der einzige Wunsch der Familie. Jedoch erweist sich das ruhige Bauernhaus und das Zusammenleben mit dem Vermieter Herr Unehrlich als sehr schwierig, äußerst nervenaufreibend und gesundheitsgefährdend.

Es tun sich unglaubliche Dinge, die kein Mieter erleben möchte - aber letztlich ist es doch das wahre Leben.

Die Autorin Ursula Nawroth berichtet in ihrem Erstlingswerk mit ihrem erfrischenden Humor von einer Geschichte die auf eigenen Erfahrungen basiert.

Taschenbuch - 64 Seiten - 6,90 € - ISBN 978-3-942277-12-9

Weitere Veröffentlichungen im **Titus Verlag:**

Thriller

Schwedenblut

von Sascha Ehlert & Oliver Möntnich

Als ein deutsches Paar den Entschluss gefasst hat, nach Schweden auszuwandern, haben sie noch nicht geahnt, was sie erwahrten sollte. In dem kleinen Ort nördlich des Polarkreises verschwinden Frauen, ohne das sie jemals aufgefunden werden. Als der Hund Stella im der bewaldeten Umgebung jedoch einen menschlichen Finger findet, wird ein Stein ins Rollen gebracht.

Die Autoren Sascha Ehlert und Oliver Möntnich, der selbst in Schweden lebt, schaffen in ihrer ersten Zusammenarbeit einen Thriller, der die romantisch anmutende Gegend um Jokkmokk in einem völlig anderen Licht darstellt. Spannung für den nicht ganz so zartbesaiteten Leser.

Taschenbuch - 9,90 € - ISBN 978-3-942277-22-8

Kriminalroman

Milchshake für Blasius

von Sascha Ehlert

In einem kleinen Dorf im Taunus führt Blasius ein Leben, geprägt vom Alltag. Als er auf Pit trifft, gerät er plötzlich in das für ihn unbekannte Frankfurter Milieu. Blasius gerät an den gefährlichen Barkley und damit in ein Abenteuer um Leben, Tod, Geld und Sex.

Über allem steht zudem bedrohlich die Ankunft des Killers, dem ›Schönen Marcello‹.

Wird Blasius es schaffen, sich aus den Fängen des Milieus zu lösen? Der Autor Sascha Ehlert erzählt die Ereignisse auf seine ganz eigene Art und mit der gewohnten Prise Humor, die auch in einer solchen Kriminalgeschichte nicht fehlen darf. Der Roman erinnert in seiner bildhaften Darstellung an einen Krimi, der markante Charaktere beinhaltet.

Taschenbuch - 236 Seiten - 9,90 € - ISBN 978-3-942277-01-3

Aus der Zahnindianer-Reihe im **Titus Verlag:**

Kinderbuchreihe

Die Zahnindianer – Band 1
Wackel-Zahn wird entführt

von Ehlert/Vilchez

Als die Stinkefußindianer von der Zahn-Fee erfahren, schmieden sie einen Plan: Sie wollen den wackelnden Zahn des kleinen Indianerkindes Wackel-Zahn haben - dazu müssen sie das Mädchen entführen.

Doch Wackel-Zahn, das mutigste aller Indianerkinder, macht dem Häuptling Käse-Fuß einen gehörigen Strich durch die Rechnung. Die Zahnindianer erzählen mit ihrem ersten Abenteuer eine aufregende Geschichte, die sich um die Pflege der Zähne dreht. Mit vielen Zeichnungen und Rätseln werden die kleinen Leser eingebunden. Ein spannender Spaß mit Lerneffekt für lesende Kinder und die, denen noch vorgelesen werden darf.

Hardcover - 64 Seiten - 9,90 € - ISBN 978-3-942277-02-0

Die Zahnindianer – Band 2
Besuch von Cowboy Sammy

von Ehlert/Vilchez

DER BRIEFFREUND von Wackel-Zahn, der kleine Cowboy Sammy, lädt sie zu einem Besuch nach Greenville ein. Überglücklich kommt sie dort an und muss feststellen: Mit der Zahnpflege halten es die Cowboys nicht gerade gut. Sie kennen ja noch nicht einmal die Zahn-Fee. Als dann Sammy bei den den Zahnindianern übernachten darf, wird ihm erst mal gezeigt, wie man sich ordentlich die Zähne pflegt. Die Abenteuer-Geschichte um die Indianer mit den gesunden Zähnen schaut über den Rand des Dorfes hinaus und unterhält mit lustigen Rätseln zwischen den Kapiteln. Ein Lesespaß für kleine und große Kinder.

Hardcover - 64 Seiten - 9,90 € - ISBN 978-3-942277-21-1

Wo ist der Zahn für die Zahn-Fee? ***Titus-Mini Nr. 1***

Broschiert - 16 Seiten - 1,50 € - ISBN 978-3-942277-06-8

Hasen-Zahns Streiche *Titus-Mini Nr. 2*
Broschiert - 16 Seiten - 1,50 € - ISBN 978-3-942277-05-1

Krummer-Zahn besucht den Schamanen
Titus-Mini Nr. 3
Broschiert - 16 Seiten - 1,50 € - ISBN 978-3-942277-04-4

Pech-Zahn wartet auf die Zahn-Fee
Titus-Mini Nr. 4
Broschiert - 16 Seiten - 1,50 € - ISBN 978-3-942277-19-8

Die Zahnbürsten sind verschwunden
Titus-Mini Nr. 5
Broschiert - 16 Seiten - 1,50 € - ISBN 978-3-942277-18-1

Die Lachtränen von Frischer-Zahn
Titus-Mini Nr. 6
Broschiert - 16 Seiten - 1,50 € - ISBN 978-3-942277-20-4

Aus der Erli-Reihe im **Titus Verlag:**

Erlis Abenteuer – Spuk in Steinau
Titus-Mini Nr. 1
Broschiert - 16 Seiten - 1,50 € - ISBN 978-3-942277-14-3

Erlis Abenteuer – Das gestohlene Ei
Titus-Mini Nr. 2
Broschiert - 16 Seiten - 1,50 € - ISBN 978-3-942277-15-0

Erlis Abenteuer – Die Räuber aus dem Spessart
Titus-Mini Nr. 3
Broschiert - 16 Seiten - 1,50 € - ISBN 978-3-942277-16-7

TITUS
VERLAG

Bremenstraße 9
65191 Wiesbaden
Telefon 0611-7109703
Telefax 0611-7109704
E-Mail: info@titus-verlag.de
Internet: www.titus-verlag.de